Joy Fielding



# Vies éclatées

FRANCE LOISIRS
123, boulevard de Grenelle, Paris

Titre original : *Missing Pieces*.
Traduit de l'américain par Christine Bouchareine.

Une édition du Club France Loisirs, Paris,
réalisée avec l'autorisation des Éditions Robert Laffont.




ISBN : 2-7441-1265-8

*À Carol*

# 1.

Encore une femme portée disparue.

Elle s'appelle Millie Potton et elle a été vue pour la dernière fois il y a deux jours. D'après le journal d'aujourd'hui, Millie est grande, mince, et elle boite légèrement. Elle a quarante-cinq ans, ce qui n'a rien d'étonnant. Seules des femmes d'une cinquantaine d'années s'appellent encore Millie.

Le petit article, à la page trois des nouvelles locales du *Palm Beach Post*, déclare qu'elle a été vue pour la dernière fois dans la rue, en robe de chambre, par une voisine qui, manifestement, ne s'en est pas émue outre mesure. Millie Potton, continue l'article, souffre depuis longtemps de troubles mentaux qui, laisse-t-on entendre, seraient en relation directe avec sa disparition. En conclusion, le reste de la population n'a aucune crainte à avoir.

Plus d'une vingtaine de femmes ont disparu de la région de Palm Beach au cours des cinq dernières années. Je le sais parce que je m'intéresse à ce problème, non pas depuis le début, mais depuis que le nombre des cas ne cesse d'augmenter, et qu'inconsciemment j'ai commencé à les dénombrer. L'âge des femmes s'échelonne de seize à soixante ans. La police considère, pour les plus jeunes d'entre elles, qu'il s'agit probablement de fugues, comme dans le cas d'Amy Lokash, dix-sept ans, qui est partie de chez une amie à dix heures du soir et dont on n'a plus jamais eu de nouvelles. D'autres cas, et Millie Potton en fera certainement partie, sont classés pour différentes raisons plus ou moins logiques. Mais la police s'est trompée pour Amy Lokash.

Car, tant qu'on ne retrouve pas de corps au fond d'une poubelle, derrière un Burger King, comme dans le cas de Marilyn Greenwood, vingt-quatre ans, ou flottant sur le ventre, dans un marais de Port Everglades, comme Christine McDermott, trente-trois ans, la police ne peut rien faire. Enfin, c'est ce qu'ils prétendent. On dirait que les femmes ont la fâcheuse manie de disparaître.

La maison est calme ce matin, ce qui est assez normal, tout le monde est parti. J'ai tout le temps de taper mon rapport. J'appelle ça un rapport mais, en fait, c'est plutôt une série de réminiscences, bien que la police m'ait demandé d'être aussi précise et méthodique que possible, de ne rien laisser de côté, même si cela me paraît insignifiant, ou trop personnel. C'est à eux de décider ce qui est important, m'ont-ils dit.

Je ne vois pas très bien l'intérêt de tout ça. Ce qui est fait est fait. Ce n'est pas comme si je pouvais revenir en arrière et changer le cours des choses. J'aimerais bien, pourtant, et Dieu sait si j'ai tout fait pour empêcher que ça arrive. Mais je me suis heurtée à un mur. Je le savais à ce moment-là. Je le sais maintenant. Il y a des événements sur lesquels nous n'avons aucune prise, les actes des autres en sont l'exemple typique. Cela a beau nous déplaire, nous sommes obligés de nous écarter pour laisser les gens faire ce qu'ils veulent, aller jusqu'au bout de leurs erreurs, même si nous voyons clairement à quelle catastrophe cela va les conduire. N'est-ce pas d'ailleurs ce que je me tue à répéter à mes patients ?

Bien sûr, il est plus facile de donner des conseils que de les suivre. C'est peut-être la raison pour laquelle je suis psychothérapeute familiale, bien que cela n'ait rien à voir avec le motif que j'ai donné sur mon dossier d'inscription à l'université. Si ma mémoire est bonne, ce qui est de moins en moins le cas ces derniers temps, j'ai dû évoquer mon désir intense d'aider les autres : mes amis disaient qu'ils pouvaient compter sur moi et j'avais, en outre, une expérience de dysfonctionnement au sein de ma propre famille, même si le terme de dysfonctionnement n'existait pas encore au moment de mon entrée à l'université en 1966. On l'entend tous les jours maintenant, il fait tellement partie de notre jargon quotidien qu'on se demande comment on a pu vivre sans lui, alors qu'il ne veut rien dire finalement. Qu'est-ce qui caractérise un dysfonctionnement après tout ? Quelle famille ne connaît pas de problèmes ? Je suis sûre que mes propres filles auraient beaucoup à dire à ce sujet.

Alors, par où commencer ? C'est ce que demandent toujours mes patients la première fois qu'ils viennent me consulter. Ils entrent dans mon cabinet, au troisième étage d'un immeuble d'un rose de médicament, sur Royal Palm Way, le regard méfiant, tripotant nerveusement leur alliance, et s'asseyent du bout des fesses sur mes fauteuils tapissés de gris et blanc, les lèvres entrouvertes, impatients de libérer leur fureur, leurs peurs, leur mécontentement et la première phrase qui tombe de leurs lèvres est invariablement la même. Par où dois-je commencer ?

Le plus souvent, je leur demande de me décrire les événements qui les ont conduits à mon cabinet, la fameuse goutte d'eau qui a fait déborder le vase. Ils réfléchissent quelques secondes, puis ils commencent, lentement d'abord, partant des fondations, comme pour la construction d'une maison, empilant détail sur détail, comme des briques, entassant les offenses les unes contre les autres, accumulant les affronts caractérisés sur les menaces voilées, les mots jaillissant de leur bouche à toute vitesse comme s'ils craignaient de ne pas avoir le temps de tout dire en une heure.

J'ai utilisé une analogie avec le bâtiment. Cela amuserait beaucoup Larry. C'est mon mari, depuis vingt-quatre ans, et il est entrepreneur. On lui doit une bonne partie des superbes maisons construites autour des golfs du comté de Palm Beach. Sa profession fut d'ailleurs la cause que nous avons invoquée pour quitter Pittsburgh et venir nous installer en Floride, il y a sept ans. Mais je reste intimement persuadée qu'au fond Larry voulait surtout s'éloigner de ma mère et de ma sœur. Il le nie, mais comme c'est également la raison pour laquelle j'ai aussitôt accepté de déménager, je n'ai jamais cru à ses dénégations. Mais à quoi bon remettre tout cela sur le tapis puisque ma mère nous a rejoints moins d'un an plus tard, suivie de ma sœur quelques mois après.

Ma sœur s'appelle Jo Lynn. Enfin, c'est comme ça qu'elle veut qu'on l'appelle. Son véritable nom, c'est Joanna Linda. Mais notre père l'a surnommée Jo Lynn dès son plus jeune âge et le nom lui est resté. Et il lui va très bien, tout compte fait. Elle a tout d'une Jo Lynn, elle est grande, blonde, avec une poitrine plantureuse et un rire communicatif qui part du fond de sa gorge pour finir en notes de cristal. Je dois même reconnaître que l'accent traînant du Sud qu'elle affecte depuis son arrivée en Floride paraît mieux lui convenir, et semble plus naturel que les intonations sèches du Nord qui ont marqué sa voix pendant presque trente-sept ans.

Je dis mon père, mais en fait, c'était seulement le père de Jo Lynn, pas le mien. Mon père est mort quand j'avais huit ans. À en croire ma mère, il se serait levé à la fin du dîner pour prendre un verre de lait, en disant qu'il avait un sacré mal de tête et, une minute plus tard, il était étendu mort sur le sol. Une rupture d'anévrisme, avait ensuite diagnostiqué le médecin. Ma mère s'était remariée l'année suivante et Jo Lynn était née un an plus tard, quelques semaines après mon dixième anniversaire.

Mon beau-père était un homme méchant et sournois qui avait plus souvent recours à ses poings qu'à son cerveau, pour autant qu'il en eût un. Je suis sûre que c'est à lui que Jo Lynn doit cette manie de se choisir des hommes violents, et pourtant il s'est toujours montré tendre envers elle, sa préférée sans l'ombre d'un doute. C'était sur ma mère qu'il passait son sale caractère. Quant à moi, en dehors de quelques taloches bien senties, il m'ignorait le plus souvent. De toute façon, ma mère l'a quitté quand Jo Lynn avait treize ans et que j'étais déjà partie de la maison pour épouser Larry. Mon beau-père est mort l'année suivante d'un cancer du pancréas. Jo Lynn a été la seule à le pleurer.

Et maintenant, c'est moi qui pleure pour ma sœur, comme cela m'est arrivé bien souvent au fil des ans. En fait, bien sûr, ce n'est que ma demi-sœur, et nos dix ans de différence ainsi que sa façon de vivre assez déconcertante n'ont rien fait pour nous rapprocher. Mais je n'oublierai jamais ce matin où ma mère est rentrée de l'hôpital, serrant contre elle ce bébé emmitouflé qu'elle m'a posé délicatement dans les bras en me disant que, maintenant, c'était d'une vraie poupée qu'il fallait que je prenne soin. Je me souviens qu'il m'arrivait de la regarder dormir dans son berceau pendant des heures, cherchant à comprendre comment elle grandissait, tandis que le nourrisson se transformait inexorablement en petite fille. Elle était si belle, si têtue et si sûre d'elle, avec cette superbe certitude qu'ont les petits enfants d'avoir raison quoi qu'il arrive, qu'il m'est encore difficile de concilier cette vision avec l'âme en peine qu'elle est devenue, un de ces êtres humains qui traversent la vie sans le moindre but, toujours convaincus que le succès et le bonheur les attendent au coin de la rue. Sauf qu'elle avait le chic d'oublier dans quel sens elle allait, et l'art de tourner dans la mauvaise direction et d'aboutir à chaque fois dans une impasse, sans un seul coin de rue à l'horizon.

Je la retrouve un peu dans Sara, ma fille aînée, qui a le don de prendre la vie à rebrousse-poil, et cela m'effraie. C'est peut-être la raison pour laquelle je suis toujours sur son dos, comme elle aime à le dire. En fait, Sara ne dit jamais rien, elle hurle. Elle croit que pour l'emporter dans une discussion, il suffit de répéter sans cesse la même chose de plus en plus fort. Elle doit avoir raison parce qu'on finit par laisser tomber ou par quitter la pièce en hurlant. Je dois reconnaître que j'ai fait les deux bien des fois, à ma grande honte. Mes patients seraient horrifiés s'ils le savaient.

Sara a dix-sept ans et elle mesure un peu plus d'un mètre quatre-vingts. Comme Jo Lynn, elle a de grands yeux verts et une poitrine plantureuse. Je ne sais pas d'où elle tient ça. Pour être honnête, je ne suis pas bien sûre de savoir d'où elle vient. Il m'arrive de la regarder, pendant une de ses tirades, en me demandant s'il n'y aurait pas eu une erreur à l'hôpital. Comment cette géante aux yeux immenses et à l'énorme poitrine, qui hurle contre moi à pleins poumons, pourrait-elle être de moi ? Il y a des moments où je la regarde en pensant qu'elle est la plus jolie créature à la surface de la terre. Et il y a des jours où je jurerais qu'elle ressemble à Patricia Kenwinkle. Vous vous souvenez, elle faisait partie du gang meurtrier de Charles Manson. C'était la jeune tueuse au visage renfrogné, aux longs cheveux bruns avec la raie au milieu, au regard à la fois vide et implacable. Il m'arrive de retrouver la même expression chez Sara. Ma fille porte des vêtements que je jurerais avoir jetés il y a vingt-cinq ans, de ces grandes tuniques indiennes transparentes et sans forme que je déteste maintenant. À l'inverse de Michelle, ma fille de quatorze ans, qui ne porte que des vêtements Club Monaco ou de chez Gap, et qui surveille attentivement toutes les disputes familiales depuis la touche, pour les commenter plus tard. Comme le chœur des vierges. Ou comme une thérapeute familiale en herbe.

Est-ce pour cela que j'ai relativement peu de problèmes avec ma fille cadette ? Voudrais-je réellement que tout le monde me ressemble, comme le répète ma fille aînée ? « Je ne suis pas toi, hurle-t-elle. Je suis moi ! » Et n'est-ce pas exactement ce que j'ai voulu ? Mais pourquoi faut-il qu'elle soit aussi désagréable ? Ai-je été aussi révoltée, aussi grossière, aussi profondément malheureuse ? ai-je demandé à ma mère qui, avec un petit sourire énigmatique, m'a assuré que j'étais parfaite.

Par contre, Jo Lynn, c'était une autre histoire, avait-elle ajouté prudemment.

« Je te souhaite d'avoir une fille qui te ressemble ! »

J'entends encore ma mère, exaspérée, hurler cette phrase à Jo Lynn, et j'ai eu, plus d'une fois, bien du mal à ne pas la prononcer moi-même. Mais de dépit ou de peur, ma sœur est restée sans enfants malgré trois mariages, d'ailleurs ratés, et c'est moi qui ai hérité de la fille qui lui ressemble. C'est injuste. J'ai toujours respecté les règlements, et, s'il m'est arrivé de me révolter, je l'ai toujours fait dans les limites acceptables. J'ai fait des études, obtenu mes diplômes, je ne fume pas, ne bois pas, ne me drogue pas et j'ai épousé le seul homme avec qui j'aie jamais couché. À l'inverse, Jo Lynn a fait des études juste le temps de se mettre dans l'ambiance, de prendre son pied et de tout laisser tomber, et sa vie sexuelle a été aussi précoce qu'active. Je suis devenue thérapeute familiale, elle est devenue le pire cauchemar des thérapeutes familiaux.

Pourquoi parler de tout cela ? Est-ce que cela va réellement intéresser la police ? Je ne sais pas. En vérité, je n'ai plus d'idée précise sur rien. Ma vie ressemble à l'un de ces immenses puzzles interminables sur lesquels vous passez une éternité, pour vous apercevoir, juste à la fin, qu'il vous manque les pièces principales.

L'âge apporte la sagesse, m'a-t-on souvent répété dans ma jeunesse, je m'en souviens parfaitement. J'en doute. L'âge n'apporte que des rides, c'est ça qu'ils voulaient dire certainement. Et des problèmes de vésicule, et de l'arthrite, et des bouffées de chaleur, et des pertes de mémoire. Je ne supporte pas bien de vieillir, ce qui m'étonne, parce que j'ai toujours pensé que je serais de ces femmes qui vieillissent harmonieusement. Mais c'est difficile d'être harmonieuse quand on court aux toilettes toutes les dix minutes, ou qu'on se retrouve en sueur dès qu'on a fini de se maquiller.

Tout le monde est plus jeune que moi. Mon dentiste, mon médecin, les professeurs de mes filles, mes voisins, les parents des amis de mes filles, mes patients, et même les policiers qui sont venus m'interroger, tous sont plus jeunes que moi. C'est drôle parce que j'ai toujours l'impression d'être plus jeune que tout le monde, et voilà que je m'aperçois que je suis non seulement plus vieille, mais carrément plus vieille. Et je suis la seule que cela étonne.

Il m'arrive de me surprendre, quand même. Je suis habillée, je me sens bien, je trouve que j'ai une allure superbe et c'est alors que je m'aperçois à l'improviste dans la vitrine d'un magasin et je me demande : « Qui est-ce ? Qui est cette femme d'âge mûr ? » Ce ne peut être moi. Je n'ai pas ces poches sous les yeux. Ce ne sont pas mes jambes. En tout cas, mon postérieur ne ressemble pas à ça. C'est absolument effrayant lorsque l'image qu'on a de soi ne correspond plus à celle que vous renvoie la glace. C'est encore plus angoissant quand on s'aperçoit que les autres ne vous voient plus, que vous êtes devenue invisible.

Ce qui permet peut-être de comprendre ce qui est arrivé avec Robert.

Comment l'expliquer sinon ?

Et voilà, je me perds encore en digressions, je cède à l'un de mes pires défauts. Larry prétend que je le fais sans cesse. J'essaie d'expliquer que c'est ma façon d'arriver au sujet. Il prétend que c'est ma façon de l'éviter. Il a probablement raison. Dans le cas présent au moins.

Je sens que je vais avoir une bouffée de chaleur. Je le sais parce que j'ai cette horrible sensation d'angoisse que j'éprouve à chaque fois avant une crise, un peu comme si l'on me versait un verre d'eau glacée dans la gorge. Le liquide descend et m'enserre le cœur dans un étau de glace puis se transforme en feu. Je ne sais pas ce qui est le pire.

Au début, j'ai cru que ces accès d'anxiété venaient de tout le chaos qui m'entourait. J'accusais ma mère, ma sœur, Robert, le procès. Tout. Mais peu à peu, je me suis aperçue que ces poussées de terreur étaient aussitôt suivies de vagues de chaleur qui remontaient du creux de mon estomac vers ma tête, me laissant transpirante et essoufflée, comme si j'allais imploser. Je m'étonne de la force de ces attaques, de mon impuissance à les maîtriser, et du peu de contrôle que j'exerce sur ma propre vie.

Mon corps me trahit. Il suit dans l'ombre son propre calendrier. Je porte des lunettes pour lire maintenant. Ma peau a perdu de sa souplesse, elle se plisse comme un tissu bon marché. J'ai des petites rides sur le cou, comme ces cercles qui indiquent l'âge d'un arbre. Des choses poussent à l'intérieur de mon corps, sans y être invitées.

Je suis allée voir mon médecin récemment pour un examen de routine. Le Dr Wong, une petite femme délicate à qui l'on donne tout juste dix-huit ans, m'a découvert plusieurs polypes sur le col de l'utérus et m'a dit qu'il fallait les retirer.

— Comment sont-ils arrivés ici ? lui ai-je demandé.

— Ce sont des choses qui nous viennent en vieillissant, m'a-t-elle répondu en haussant les épaules.

Elle me donna le choix : elle pouvait soit programmer une opération sous anesthésie générale dans quelques semaines, soit les retirer immédiatement, ici, dans son cabinet, sans aucune anesthésie.

— Que me recommandez-vous ? lui ai-je alors demandé, peu emballée par les perspectives qu'elle m'offrait.

— Cela dépend de votre seuil de douleur.

Je décidai de faire retirer aussitôt les polypes dans son cabinet. Je préférais quelques minutes de douleur plutôt que me faire endormir, j'avais toujours détesté cette sensation. Finalement, il s'agissait d'une intervention assez simple, qui prit moins de dix minutes, pendant lesquelles le médecin ne cessa de m'expliquer ce qu'elle faisait, avec plus de détails que je n'en demandais effectivement.

— Maintenant, vous allez ressentir l'impression d'avoir envie d'aller aux toilettes, l'entendis-je me dire quelques secondes avant que mon estomac ne commence à se nouer plusieurs fois sur lui-même.

Quand elle eut terminé, le Dr Wong me tendit un petit récipient de verre. Il contenait deux petites boules rouges, de la taille de deux grosses cerises.

— Regardez, me dit-elle, presque avec fierté, voici vos polypes.

Des jumeaux, me dis-je, prise de vertige, avant d'éclater en sanglots.

Je devais rappeler son cabinet, deux semaines plus tard, pour savoir s'il y avait un problème. Je suis incapable de me souvenir si je l'ai fait ou pas. C'était au beau milieu de toute cette folie. Il est fort possible que j'aie oublié.

Il se passe quelque chose dans la rue. Je le vois depuis la fenêtre. Je suis assise à ma table, dans le bureau, une petite pièce tapissée de livres, sur le devant de la maison, à côté de l'entrée. Faut-il que je fasse une description de la maison à l'intention de la police ? J'en ferai une, bien qu'ils la connaissent déjà. Ils ont passé assez de temps ici. Ils ont pris suffisamment de photos. Mais pour résumer, c'est une maison assez grande avec trois chambres et un bureau. Les chambres des filles sont à droite de l'entrée, la chambre des parents à gauche, sur l'arrière de la maison. Entre elles se trouvent le salon, la salle à manger, quatre salles de bains et un grand espace ouvert regroupant la cuisine, le coin-repas et la salle de séjour familiale, dont le mur du fond est constitué de grands panneaux vitrés coulissants qui donnent sur la piscine en forme de haricot. Les plafonds sont hauts et équipés de ventilateurs, comme celui qui tourne au-dessus de ma tête en ce moment. Les sols sont recouverts de gros carreaux de faïence et agrémentés de quelques tapis. Il y a de la moquette uniquement dans les chambres et le bureau. La couleur dominante est le beige, avec quelques touches de brun, de noir et de bleu-vert. C'est Larry qui a construit la maison. Et moi qui l'ai décorée. Ce devait être notre sanctuaire.

Je crois comprendre ce qui se passe dehors. C'est déjà arrivé. Une bande de grands dadais tarabustent des gamins plus jeunes pour qu'ils viennent frapper à ma porte. Les grands rient, se moquant des petits, ils les poussent en les traitant de dégonflés, les défiant de traverser la rue. « Allez sonner chez elle, allez lui demander ! » les entends-je dire bien qu'aucun son ne parvienne à mes oreilles en dehors de leurs rires cruels. « Allez sonner chez elle et après on vous laissera tranquilles. » Les deux petits garçons (je crois reconnaître l'un d'eux, Ian McMullen, un enfant de six ans, qui habite au bout de la rue) s'arment de courage en regardant la maison. Une dernière bourrade et les voilà qui traversent la rue et remontent mon allée, le doigt déjà tendu vers la sonnette.

Et soudain, ils détalent, comme s'ils étaient poursuivis, tandis que les autres partent en courant dans la direction opposée. Ils m'ont peut-être vue les observer. Ou quelqu'un les a appelés. À moins que leur bon sens ne l'ait finalement emporté. Allez savoir ! Qu'importe ce qui les a fait fuir, je suis soulagée, même si je suis déjà à moitié levée de mon siège.

La première fois, c'est arrivé juste après la parution de l'affaire à la une des journaux. La plupart des gens étaient restés discrets, mais il y en a toujours qui ne sont pas satisfaits de ce qu'ils lisent, qui veulent encore en savoir plus, qui se sentent même en droit d'en savoir plus. La police avait su les tenir à distance, mais des gamins avaient néanmoins réussi à venir sonner à ma porte.

— Que puis-je faire pour vous ? leur avais-je demandé.

Je les revoyais encore devant moi.

— C'est ici que ça s'est passé ? avaient-ils demandé en gloussant nerveusement.

— De quoi parlez-vous ?

— Vous savez bien...

Un silence, des regards curieux essayant de voir derrière moi qui m'obstinais à leur boucher la vue.

— On peut voir le sang ?

Ce doit être à ce moment-là que je leur ai fermé la porte au nez, mais je reconnais avoir été tentée, un bref instant, de les faire entrer pour les conduire à l'arrière de la maison, tel un guide de musée, commentant la visite d'une voix mélodieuse, leur montrant l'endroit de la salle de séjour qui avait été couvert de sang, où l'on apercevait encore de vagues traces rouges en dépit des interventions répétées des services de nettoyage. Je vais d'ailleurs devoir me résoudre à changer plusieurs dalles. Ce ne sera pas facile. L'usine qui les fabrique a fait faillite il y a quelques années.

Mais comment tout cela est-il arrivé ? À quel moment ma vie, jusque-là paisible et confortable, a-t-elle échappé à tout contrôle, telle une voiture sans freins sur une route de montagne, qui prend de plus en plus de vitesse jusqu'au moment où elle plonge dans un ravin, et s'écrase en flammes ? À quel instant ma vie a-t-elle explosé en mille morceaux, sans qu'il soit possible de la réparer ni de la remplacer ?

Il est évident que tout ne se détériore pas d'un coup, à un moment précis. Quand une partie de notre vie se désagrège, les autres éléments ne restent pas bien sagement à attendre leur tour. Ils ne nous laissent ni le temps de faire face à la situation, ni le recul nécessaire pour nous y adapter. Les événements continuent à s'enchaîner les uns aux autres avec autant d'empressement qu'un contractuel se précipitant pour remplir son quota de contraventions.

Est-ce que je dramatise la situation ? Peut-être. Mais je pense en avoir le droit. Moi qui ai toujours été celle sur qui on pouvait compter, avec mon esprit pratique, moi qui ai toujours eu plus de bon sens que d'imagination, en tout cas c'est ce que Jo Lynn avait dit un jour, j'ai bien le droit de faire un peu de mélodrame.

Dois-je commencer par le commencement, comme sur ces badges que l'on colle sur son revers : « Bonjour, je m'appelle Kate Sinclair » ? Dois-je dire que je suis née il y a quarante-sept ans, à Pittsburgh, par une belle journée d'avril particulièrement chaude, que je mesure un mètre soixante-sept et que je pèse cinquante-sept kilos, que mes cheveux sont châtain clair, mes yeux un ton plus sombre, que j'ai de petits seins, de belles jambes et un petit sourire en coin ? Que Larry m'appelle affectueusement bille de clown et que Robert m'a dit que j'étais belle ?

Ce serait plus facile de commencer par la fin, d'énoncer les faits déjà connus, de donner le nom des morts et de nettoyer le sang une fois pour toutes, au lieu d'aller chercher des motifs, des explications, des réponses qu'on ne trouvera jamais.

Mais ce n'est pas ce que veut la police. Ils connaissent déjà les faits. Ils ont vu le résultat. Ce qu'ils veulent, ce sont les détails, et j'ai accepté de faire de mon mieux pour les leur fournir. Je pourrais commencer par la disparition d'Amy Lokash ou par la première visite que sa mère m'a rendue à mon cabinet. Je pourrais commencer par les angoisses de ma mère qui se croyait suivie ou par le jour où le professeur de Sara m'a appelée pour me faire part de ses inquiétudes croissantes quant au comportement de ma fille. Je pourrais parler du premier coup de téléphone de Robert, ou du voyage surprise de Larry en Caroline du Sud. Mais je crois que, s'il y a un moment que je dois choisir plus que tout autre, c'est ce samedi matin d'octobre où Jo Lynn et moi étions assises à la table de la cuisine à siroter tranquillement notre troisième tasse de café. Ma sœur avait alors reposé le journal du matin pour annoncer tranquillement qu'elle allait épouser un homme que l'on jugeait pour le meurtre de treize femmes.

Oui, je pense que c'est là que je vais commencer.

## 2.

Je me souviens qu'il y avait du soleil, c'était une de ces merveilleuses journées, typiques de la Floride, où le ciel est d'un bleu si intense qu'il semble artificiel, avec une température idéale, vingt-six degrés, et une petite brise tiède. J'avalai ma dernière goutte de café, la dégustant aussi amoureusement qu'un fumeur invétéré savourant sa dernière cigarette, tout en regardant, dans le jardin, le gros cocotier, derrière la piscine, penché sur le toit de la maison couvert de tuiles en terre cuite. C'était digne de ces cartes postales de vacances qui claironnent « Merveilleux séjour, quel dommage que tu ne sois pas là ». Les couleurs du ciel, de l'herbe, et même de l'écorce des arbres étaient si vives qu'ils semblaient vibrer. On aurait dit qu'ils émettaient de la lumière.

— Quelle belle journée ! dis-je à voix haute.

— Hum, marmonna Jo Lynn de derrière son journal.

— Regarde, insistai-je, sans bien savoir pourquoi.

Qu'est-ce que je cherchais ? Qu'elle m'approuve ? Voulais-je engager la conversation ? Était-ce bien nécessaire ?

— Regarde comme le ciel est bleu.

Les yeux de Jo Lynn apparurent brièvement derrière les pages des nouvelles locales du *Palm Beach Post*.

— Tu n'aimerais pas avoir un pull de cette couleur ? me demanda-t-elle avec son accent traînant du Sud.

Ce n'était pas exactement la réponse que j'attendais, mais elle était bien digne de Jo Lynn, pour qui la nature n'était qu'une toile de fond. Je me tus, me demandant si je ne prendrais pas encore une tasse de café. Je décidai que non. Trois tasses, c'était largement suffisant, même si j'adorais mon café du matin, mon seul vice, comme je me plaisais à dire.

Je me mis à penser à Larry, parti faire un golf bien avant huit heures du matin pour y retrouver de futurs clients. Larry s'était mis à ce sport assez récemment. Il y avait joué autrefois alors qu'il était encore à l'université, il était même doué, m'avait-il confié, mais il avait dû arrêter faute de temps et d'argent. Maintenant qu'il avait des deux en quantité substantielle, et que ses clients et amis l'invitaient de plus en plus fréquemment à jouer, il s'y était remis, bien qu'il trouvât cela moins divertissant que dans son souvenir. La veille, il avait passé une heure à s'entraîner devant le miroir qui couvre un mur de la salle de bains, essayant de retrouver l'aisance du swing de sa jeunesse. « J'y suis presque », répétait-il à chaque fois. J'avais fini par me lasser d'attendre qu'il vienne se coucher et je m'étais assoupie, une vague frustration dans le bas du ventre.

À mon réveil, il était déjà parti. Je m'étais levée et, enveloppée d'un court peignoir rose, j'étais allée me faire un bon café avant de m'asseoir pour lire le journal que Larry avait eu la gentillesse de rentrer avant de partir. Les filles dormaient encore et ne se lèveraient certainement pas avant quelques heures. Michelle était sortie avec des amies jusqu'à minuit passé. Je n'avais même pas entendu Sara rentrer.

Je lisais la critique des films en sirotant ma deuxième tasse de café lorsque Jo Lynn arriva. Elle était d'une humeur massacrante, m'annonça-t-elle en guise de bonjour, d'une part parce qu'elle n'avait pas bien dormi, mais surtout parce qu'on lui avait posé un lapin, la veille. Elle me raconta que son petit ami, un ancien joueur de football reconverti dans la vente de matériel de sport qui, d'après elle, ressemblait à Brad Pitt en plus buriné, s'était décommandé à la dernière minute, prétextant qu'il avait mal à la gorge et qu'il se sentait courbatu. Elle était donc allée prendre un verre toute seule et sur qui était-elle tombée, apparemment en pleine forme ? « Bon, tu devines la suite », me dit-elle, se servant un café avant de s'installer.

Elle était donc là, vêtue d'un short blanc et d'un dos-nu qui ne cachait pas grand-chose, splendide comme d'habitude, malgré sa nuit sans sommeil, ses boucles blondes tombant dans un superbe désordre sur ses épaules : c'était son petit air de « tout juste sautée », comme elle l'appelait, même si ce n'était pas le cas, avait-elle marmonné. Eh bien, nous sommes deux, faillis-je lui confier, mais je me retins. Il m'a toujours été pratiquement impossible de parler de ma vie sexuelle avec elle, peut-être parce que je me méfie de ses indiscrétions mais surtout parce que je n'ai pas grand-chose à raconter. Je pratique la monogamie depuis plus d'un quart de siècle. Et pour Jo Lynn, monogamie égale monotonie. J'ai renoncé à la faire changer d'avis. Ces derniers temps, mes mots sonnaient creux, même à mes oreilles.

Jo Lynn, par contre, a toujours adoré me faire partager les secrets de sa vie amoureuse. Elle me raconte ses aventures avec force détails. J'ai essayé de lui faire comprendre que sa vie sexuelle était un sujet qui devait rester très personnel mais elle avait visiblement du mal à le concevoir. J'ai tenté de lui rappeler que la prudence était mère de sûreté. Elle m'a regardée comme si j'étais folle. J'ai voulu la mettre en garde contre certaines maladies : elle m'a jeté un regard mauvais avant de détourner les yeux. Je lui ai même dit que ses confidences ne m'intéressaient pas. Elle a éclaté de rire. « Bien sûr que ça t'intéresse », m'a-t-elle rétorqué. Et évidemment, elle avait raison. « N'en parle pas devant les filles », l'ai-je suppliée. En vain. Jo Lynn était ravie d'avoir un public. Elle se délectait de l'effet qu'elle avait sur mes filles qui l'admiraient ouvertement, surtout Sara. Parfois, elles se liguaient toutes les trois contre moi, se moquant de mon puritanisme, parlant de me traîner à l'une de ces horribles émissions qu'elles regardaient de temps en temps. « Ma fille, tu as besoin de changer de style ! » se mettait à crier Jo Lynn en imitant la voix tonitruante de Rolanda ou de Ricki Lake, tandis que Sara se tordait de rire.

— Il est mignon, murmura alors Jo Lynn, d'une voix à peine audible, le visage disparaissant derrière son journal au point que je n'étais pas certaine qu'elle ait dit quelque chose.

— Tu m'as parlé ?

— Il est vraiment mignon, répéta-t-elle d'une voix plus claire. Regarde ce visage, ajouta-t-elle en étalant le journal sur le dessus en verre de la table de cuisine. Je vais me marier avec lui.

Mon regard se posa sur la première page des nouvelles locales. Trois hommes me faisaient face : le président des États-Unis, de passage en Floride pour rencontrer des hommes politiques locaux ; un prêtre catholique qui apportait son soutien à une marche de défense des droits des homosexuels ; et Colin Friendly, bien mal nommé puisque assassin présumé de treize femmes, et qui comparaissait au tribunal de West Palm Beach. J'avais peur de demander auquel elle faisait allusion.

— Je parle sérieusement, me dit-elle, en tapotant sa photographie d'un interminable ongle orange. Regarde-le. Il ressemble un peu à Brad Pitt, tu ne trouves pas ?

— Je lui trouve plutôt une tête d'assassin.

En fait, j'aurais eu bien du mal à dire à quoi il ressemblait. J'avais enlevé mes lunettes et tout le journal était noyé dans le brouillard.

— Mets tes lunettes, dit-elle, lisant dans mes pensées.

Elle me tendait mes montures en demi-lune. Les petits points noir et blanc de la photo se mirent aussitôt en place, formant un ensemble clair et cohérent.

— Que vois-tu ?

— Je vois un tueur sans pitié, dis-je, m'apprêtant à retirer mes lunettes lorsqu'elle m'arrêta.

— Où est-il écrit qu'il a tué qui que ce soit ?

— Jo Lynn, tu lis réellement le journal ou tu te contentes de regarder les images ?

— J'ai lu l'article, mademoiselle je-sais-tout, répondit-elle d'un ton qui nous ramena toutes les deux à nos dix ans. Et pas une seule fois il n'est écrit que c'est un meurtrier.

— Jo Lynn, il a tué au moins treize femmes...

— Il est accusé de les avoir tuées, ce qui ne veut pas dire qu'il l'ait fait. Et d'ailleurs, corrige-moi si je me trompe, n'est-ce pas pour cela qu'il y a un procès ?

J'ouvris la bouche pour protester mais, me ravisant, je préférai ne rien dire.

— Que fais-tu du « innocent jusqu'à preuve du contraire » ? continua-t-elle, comme il fallait s'y attendre.

Le silence magnanime ne marchait pas avec elle.

— Tu le crois innocent, annonçai-je, me rabattant sur la technique à laquelle j'ai souvent recours avec mes patients.

Au lieu de les contredire, au lieu d'essayer de les faire changer d'avis ou de leur apporter des réponses qui peuvent se révéler plus ou moins correctes, je me contente de répéter leurs paroles, les reformulant parfois sous un angle plus positif, en espérant que cela leur donnera le temps de trouver seuls leurs réponses, ou tout simplement pour qu'ils sachent qu'ils ont bien été entendus.

— Je crois qu'il a de bonnes chances de l'être. Écoute, regarde son visage. Il est beau.

À contrecœur, j'ai regardé la photographie. Colin Friendly était assis entre ses défenseurs, deux hommes sans visage qui parlaient entre eux derrière son dos, tandis que l'accusé, penché en avant, regardait fixement la barre des témoins vide. Je voyais un homme d'une trentaine d'années à peine, aux cheveux ondulés bruns, épais, soigneusement coiffés en arrière, dégageant ses traits fins, un visage que j'aurais peut-être trouvé beau en d'autres circonstances. Je savais, pour avoir vu d'autres clichés, qu'il mesurait plus d'un mètre quatre-vingts, qu'il était mince, presque maigre. On disait qu'il avait les yeux bleus, mais on ne disait jamais bleu tout court : c'était toujours bleu perçant, ou d'un bleu intense, bien que la photo du journal n'en laissât rien deviner. Mais peut-être était-ce difficile pour moi de le regarder d'un œil objectif, déjà à cette époque.

— Tu ne trouves pas qu'il est superbe ?

Je secouai la tête.

— Tu plaisantes ! Il ressemble à Brad Pitt, avec seulement les cheveux un peu plus sombres et le nez légèrement plus long et plus mince.

J'ai regardé fixement la femme de trente-sept ans assise en face de moi. Après avoir parlé comme une fillette de dix ans, voilà qu'elle se mettait à délirer comme une adolescente éperdument amoureuse. Ne serait-elle jamais adulte ? me demandai-je. Mais n'étions-nous pas tous logés à la même enseigne ? Nous bornant à vieillir sans jamais mûrir ?

— D'accord, admettons qu'il ne ressemble pas tant que ça à Brad Pitt, mais tu dois reconnaître qu'il est séduisant. Il a du charme. Oui, c'est ça, il a du charme. Ça au moins, tu ne peux pas le nier.

— Il me paraît difficilement concevable de trouver séduisant quelqu'un qui a torturé et assassiné treize femmes ou jeunes filles, et j'ai encore plus de mal à lui trouver du charme. Je suis désolée, cela m'est impossible.

Je me mis à penser à Donna Lokash, une de mes patientes dont la fille, Amy, avait disparu depuis bientôt un an, peut-être victime de la folie meurtrière de Colin Friendly, bien que son corps n'ait toujours pas été retrouvé.

— Tu dois dissocier les deux questions, dit Jo Lynn, et je faillis éclater de rire car c'était moi qui parlais toujours de dissocier les problèmes. Le fait qu'il soit séduisant n'a rien à voir avec le fait qu'il ait tué quelqu'un ou pas.

— Ah bon ?

— Non. Il n'y a aucun rapport entre les deux.

Je haussai les épaules.

— Que vois-tu quand tu le regardes ? demandai-je, sincèrement intriguée. À part Brad Pitt ?

— Je vois un petit garçon à qui on a fait du mal.

Le ton de Jo Lynn était grave, sincère.

— Tu vois un petit garçon à qui on a fait du mal, répétai-je, revoyant Jo Lynn enfant, berçant doucement sur son ventre nu un chaton perdu : il lui avait collé la teigne. À quoi vois-tu cela ?

L'ongle orange vif traça un cercle autour de la bouche de Colin Friendly.

— Il a un sourire triste.

J'étudiai la photo de plus près, et découvris, à ma grande surprise, qu'elle avait raison.

— Et tu ne trouves pas étrange, dans de telles circonstances, qu'il sourie quand même ?

— C'est juste une bravade de gamin, répondit-elle comme si elle connaissait Colin Friendly depuis toujours. Je trouve ça touchant.

Je me suis levée et, traînant les pieds, je suis allée me resservir une tasse de café. J'allais en avoir besoin, je le sentais.

— Ne pourrions-nous pas parler d'autre chose ?

Jo Lynn pivota sur sa chaise pour me tendre sa tasse à remplir. Ses longues jambes bronzées s'étalaient vers moi, le vernis orange de ses orteils brillant sous le cuir tressé de ses sandales blanches.

— Tu ne me prends pas au sérieux, n'est-ce pas ?

— Jo Lynn, ne nous lançons pas...

— Ne nous lançons pas dans quoi ? Dans une discussion ? Simplement parce qu'elle me tient à cœur ?

Je regardai fixement ma tasse, regrettant de ne plus être au lit.

— C'est important pour toi ?

Jo Lynn se redressa et ramena ses jambes sous sa chaise, affichant une de ces moues à la Bardot qui plaisent tant aux hommes mais qui ont toujours eu le don de me mettre hors de moi.

— Oui, très important.

— Bon, et où dois-je faire livrer le cadeau de mariage ? demandai-je, cherchant désespérément à faire de l'humour.

Mais Jo Lynn n'était pas prête à me suivre sur ce terrain.

— C'est ça, fiche-toi de moi. Tu t'es toujours fichue de moi.

Je bus une grande gorgée de café, c'était la seule chose que je pouvais faire sans prendre de risque.

— Écoute, Jo Lynn, que veux-tu que je dise ?

— Je voudrais que tu arrêtes de me traiter de haut.

— Je suis désolée, je ne m'en rendais pas compte.

— C'est bien là le problème. Tu ne te rends jamais compte de rien.

Je n'avais guère envie d'entamer une discussion sur mes défauts à cette heure de la matinée.

— Écoute, si on s'arrêtait là ? Il fait beau. Et je ne veux pas gâcher cette belle journée à me disputer avec toi pour un type que tu ne connais même pas.

— Cela va changer.

— Quoi ?

— Je vais faire sa connaissance.

— Quoi ?

— Je vais faire sa connaissance, reprit-elle d'un ton obstiné. Je vais aller au tribunal, la semaine prochaine, pour le voir.

Ma patience était à bout. Elle était encore pire que Sara.

— Tu vas aller au tribunal...

— C'est exactement ce que je viens de dire. Je vais aller au tribunal. Dès lundi.

— Et qu'est-ce que tu penses pouvoir faire en allant là-bas ? demandai-je, ignorant la petite voix de psychothérapeute qui, au fond de mon cerveau, me suppliait de me calmer, de hausser simplement les épaules en disant « mais bien sûr », et d'attendre que Jo Lynn se lasse du sujet. On ne va pas te laisser lui parler.

— Peut-être que si.

— Jamais de la vie.

— Eh bien, je m'installerai dans la salle pour le regarder. Je serai là pour le soutenir.

— Tu seras là pour le soutenir, répétai-je d'un air hébété.

— Exactement. Et arrête de répéter tout ce que je dis. C'est exaspérant.

Je décidai de tenter une nouvelle approche.

— Je croyais que tu devais chercher du travail, lundi.

— Je n'ai pas cessé d'en chercher depuis deux semaines. J'ai laissé des CV dans toute la ville.

— Et as-tu relancé par téléphone ? Tu sais qu'il faut insister.

Le ton de ma voix me déplaisait autant que la tête que faisait Jo Lynn en m'écoutant.

— Dieu sait si tu peux te montrer tenace quand tu veux, continuai-je néanmoins.

— Peut-être que cela ne m'intéresse pas, rétorqua-t-elle. Peut-être que j'en ai assez de faire des petits boulots mal payés pour des crétins de prolos. Peut-être que je vais me lancer dans les affaires toute seule.

— Pour faire quoi ?

— Je n'ai pas encore décidé. Je pourrais ouvrir un cours de gymnastique, ou un salon de toilettage pour chiens, ou un truc du genre.

J'essayai de garder un visage impassible tandis que je digérais cette dernière nouvelle. Jo Lynn n'avait pas suivi un seul cours de gymnastique de sa vie. Et elle vivait dans un immeuble où les animaux domestiques étaient interdits.

— Tu ne m'en crois pas capable ?

— Je te crois capable de tout, il suffit simplement que tu le décides.

Je le pensais sincèrement. C'était justement ce qui m'inquiétait à ce moment précis.

— Mais tu trouves que c'est une idée stupide.

— Je n'ai jamais dit ça.

— Ce n'est pas la peine. Je le lis sur ton visage.

Je me détournai et m'aperçus dans la vitre fumée du four. Elle avait raison. En dépit du verre teinté, je pouvais voir que mon visage avait pâli et que ma mine était défaite. Évidemment, mes cheveux pendants et mes poches sous les yeux n'arrangeaient rien.

— Il faut de l'argent pour monter une affaire, commençai-je, ignorant le petit psychothérapeute qui trépignait à l'intérieur de mon cerveau.

— Je trouverai l'argent.

— Ah bon ? Et comment ? Quand ?

— Quand maman mourra, dit-elle, en affichant le même sourire triste que le tueur à la une du journal.

Un instant, j'eus l'impression que mon cœur avait cessé de battre. Je reposai brutalement ma tasse sur le comptoir et joignis mes mains tremblantes.

— Comment peux-tu dire une chose pareille ?

Et là, elle éclata de rire. Je la regardai, consternée.

— Déride-toi un peu. Tu n'as pas vu que je plaisantais ?

— Plutôt limite, ton humour !

Je me mordis aussitôt la langue. C'était une des expressions favorites de notre mère.

— Je n'ai jamais tout à fait compris ce que ça voulait dire, dit Jo Lynn d'un ton irrité.

— Ça signifie que, sous des airs de plaisanter, on dit en fait ce qu'on pense. Tu étais sérieuse.

— Je vois.

— De toute façon, insistai-je, maman n'a que soixante-quinze ans, et elle est en pleine forme. À ta place, je ne compterais pas trop sur elle pour débarrasser le plancher avant un certain temps.

— Je n'ai jamais pu compter sur elle pour quoi que ce soit, répondit Jo Lynn.

— Qu'est-ce que tu veux dire ?

Ce fut le tour de Jo Lynn de me regarder d'un air offusqué.

— Elle a toujours été comme ça. Tu n'étais pas là toutes ces années.

— Dis-moi, combien de temps ça va durer ? Tu es adulte maintenant. Combien de temps vas-tu continuer à lui en vouloir de tout ce qu'elle a fait ou pas fait il y a vingt ans ?

— Ne minimise pas ses actes.

— Mais qu'a-t-elle fait exactement ?

Jo Lynn secoua la tête, écarta quelques mèches blondes de sa joue, et tira sur la large créole en or qu'elle portait à l'oreille droite.

— Rien. Elle n'a rien fait de mal. Ce fut une mère parfaite. Oublie ce que j'ai dit. J'ai dit ça parce que je vais avoir mes règles, ajouta-t-elle en secouant la tête, ce qui fit retomber les boucles blondes sur sa joue.

Il en fallait plus pour me calmer.

— Je ne savais pas que tu les attendais trois cent soixante-cinq jours par an.

Jo Lynn me regarda fixement, me fusillant de ses yeux verts, plissant ses lèvres orange, comme si elle se préparait à bondir sur la table pour me prendre à la gorge et me renverser sur le sol. Et soudain ses yeux s'écarquillèrent, ses lèvres s'entrouvrirent, et elle éclata de rire, encore une fois, mais maintenant son rire était sincère, sans retenue, et communicatif.

— Elle est excellente ! dit-elle, tandis que je me délectais de cette bonne humeur inattendue.

Le téléphone se mit à sonner. C'était notre mère. On aurait dit qu'elle venait nous donner la réplique, qu'elle avait suivi notre conversation et qu'elle connaissait nos pensées les plus secrètes.

— Dis-lui que nous étions justement en train de parler d'elle, me chuchota Jo Lynn, suffisamment fort pour qu'on l'entende.

— Comment vas-tu, maman ? préférai-je demander, me la représentant à l'autre bout du fil, sa toilette faite, habillée, ses courts cheveux gris frisés encadrant son visage étroit, ses yeux marron brillant d'impatience à l'idée de la journée qui l'attendait.

— Délicieusement bien, répondit-elle d'une voix claironnante qui retentit dans la pièce.

C'était une de ses grandes expressions. « Délicieusement bien. » Jo Lynn l'avait prononcée en même temps qu'elle.

— Comment vas-tu, ma chérie ?

— Très bien.

— Et les filles ?

— Aussi.

— Je vais bien, moi aussi, cria Jo Lynn.

— Oh ! Jo Lynn est là ?

— Elle est passée prendre un café.

— Dis-lui que je l'embrasse.

— Moi aussi, répondit platement Jo Lynn.

— Ma chérie, continua ma mère, je t'appelle parce que je n'arrive pas à retrouver ma délicieuse recette de crumble poché et je me demandais si tu n'en aurais pas une copie par hasard.

— Le crumble poché ? répétai-je.

— Oui. Tu te souviens ? Je t'en ai fait il y a quelques semaines. Tu as trouvé ça délicieux.

— Tu veux parler du crumble aux pêches ?

— Oui. Ce n'est pas ce que je viens de dire ?

— Tu as dit... Peu importe. Cela n'a aucune importance. Je vais la chercher et je te rappelle. D'accord ?

Il y eut un moment de silence.

— Eh bien, ne tarde pas trop, finit-elle par dire avec une certaine inquiétude dans la voix.

— Tu as un problème ?

Mon Dieu, faites qu'il n'y ait rien de grave, priai-je, croisant mentalement les doigts. J'avais l'impression que tout se désintégrait autour de moi, et que le ciel n'était plus aussi intense, que le bleu avait déteint.

— Non, tout va bien, me rassura-t-elle aussitôt. C'est juste mon voisin, M. Emerson. Il est furieux contre moi. Je ne sais pas pourquoi, mais il est très désagréable avec moi depuis quelques jours.

— Désagréable ? Que veux-tu dire ?

Je me représentai M. Emerson, un vieil homme charmant, un peu voûté mais toujours plein d'allant, avec de superbes cheveux blancs. Il était le voisin de palier de ma mère, à la maison de retraite de Palm Beach Lakes, la résidence pour personnes âgées où elle s'était installée deux ans auparavant. Il avait toujours été un voisin parfait, attentionné, affable, en possession de toutes ses facultés mentales. Évidemment, comme il allait sur ses quatre-vingt-dix ans, tout pouvait arriver.

— Je pensais lui préparer un crumble aux pêches pour faire la paix, continua ma mère. Mais je ne trouve plus la recette.

— Je la cherche et je te rappelle. En attendant, ne t'inquiète pas. Ça lui passera avec le temps.

— Mais lui reste-t-il beaucoup de temps ? rétorqua ma mère, et j'éclatai de rire.

— Dis-lui que je vais me marier, lança Jo Lynn d'une voix forte, au moment où j'allais raccrocher.

— Quoi ? Elle se marie encore ?

— Tu vas l'adorer, ajouta Jo Lynn alors que je m'empressais de rassurer ma mère, lui disant qu'il s'agissait d'une plaisanterie, avant de raccrocher.

Jo Lynn, ses yeux réduits à une fente verte et ses lèvres orange pincées, me dévisageait, visiblement hors d'elle.

— Pourquoi lui as-tu dit ça ? Pourquoi essaies-tu toujours de la protéger ?

— Pourquoi cherches-tu toujours à lui faire du mal ?

Nous nous dévisageâmes un très long moment, nos questions sans réponse planant entre nous comme des particules de poussière prises dans un rayon de soleil. Qu'est-ce qui te prend ? avais-je envie de crier. Es-tu vraiment sérieuse pour Colin Friendly ? Tu n'en as donc pas assez de te faire battre par des pauvres types ? Qui veux-tu punir ? Pourquoi toujours vouloir te mettre dans des situations impossibles ?

— Qu'est-ce qui se passe ? demanda une voix ensommeillée derrière nous.

Je me tournai vers Sara qui entrait dans la cuisine d'un pas traînant, pieds nus, son corps d'amazone ondulant dans un ensemble short en soie bleu marine... Mon ensemble bleu marine, remarquai-je, comprenant brusquement pourquoi je ne pouvais plus mettre la main dessus depuis plusieurs semaines. Les yeux à peine ouverts, cachés derrière ses longs cheveux emmêlés, elle avança vers le frigo, ses bras élégants tendus devant elle comme une aveugle. Elle ouvrit la porte, sortit du réfrigérateur un carton de jus d'orange frais et le porta directement à ses lèvres.

— Non, je t'en prie, arrête, lui dis-je aussitôt, essayant de ne pas crier.

— Cool ! me lança-t-elle.

Encore une de ces délicieuses expressions qu'affectionnent les adolescents et que j'aimerais tant balayer de la surface de la terre. « Lâche-moi les baskets ! » en est une autre.

— Il y a des verres dans le placard.

Sara posa le carton et ouvrit le placard, s'assurant que je la voyais bien lever les yeux au ciel tandis qu'elle prenait un verre.

— Alors, quelle était la cause de tout ce raffût ? Vous avez ri tellement fort que vous m'avez réveillée.

Je mis quelques instants à comprendre de quoi elle parlait. Cela me paraissait bien loin.

— Ta mère a dit un truc drôle, lui répondit Jo Lynn, comme si je n'étais qu'une vieille bique sans humour. Sur les règles. C'était quoi déjà ?

— En fait, ce n'est pas de moi. Je l'ai entendu à la radio.

— Mais c'était quoi ? demanda Sara en se remplissant un grand verre de jus d'orange, qu'elle vida bruyamment d'un trait, avant de reposer le carton et le verre en même temps sur la table.

— Oh ! oh ! Dans le frigo ! lançai-je d'un ton autoritaire. Dans le lave-vaisselle !

Levant les yeux au ciel, une fois de plus, elle ouvrit et referma lourdement les portes des deux appareils.

— Pas de problème ! dit-elle en traversant la pièce pour venir regarder le journal étalé sur la table de la cuisine.

Le président, le prêtre et Colin Friendly lui faisaient face.

— Il est mignon, dit Sara, en repartant vers sa chambre.

— Je vais me marier avec lui, lui lança Jo Lynn.

— Super, répondit Sara sans sourciller.

# 3.

Le lundi arriva. J'avais des consultations toutes les heures, de huit heures du matin à six heures du soir, avec à peine quarante-cinq minutes de pause pour le déjeuner.

Mon cabinet, situé au cœur de Palm Beach, à seulement quelques rues de l'océan, consiste en deux pièces pas très grandes et une salle d'attente encore plus petite. Les murs sont rose pastel, et c'est le gris qui domine pour les meubles. Des magazines sont empilés dans des corbeilles d'osier posées de part et d'autre des deux banquettes capitonnées qui sont adossées aux murs de la salle d'attente. Je fais attention à n'avoir que des revues récentes depuis le jour où l'une de mes patientes est arrivée en larmes dans mon cabinet, serrant contre elle un numéro de *Newsweek*, et m'a demandé si je savais que Steve McQueen avait un cancer, alors que Steve McQueen était déjà mort depuis plusieurs années.

Les murs présentent un assortiment éclectique de tableaux : une photo en noir et blanc d'un ours polaire serrant son petit contre lui ; une aquarelle aux couleurs sourdes représentant une femme lisant à l'ombre d'un énorme banian ; une reproduction d'une éclatante affiche de Toulouse-Lautrec, Jane Avril dansant le french cancan. De la musique classique passe en fond sonore, pas trop fort mais suffisamment, je l'espère, pour couvrir les éclats de voix qui pourraient venir de mon cabinet de consultation.

Dans celui-ci, trois fauteuils tapissés de tissu gris et blanc sont regroupés autour d'une table basse rectangulaire en verre. Je vais chercher d'autres sièges quand cela est nécessaire. Il y a également des bacs de plantes qui ont l'air vraies mais qui sont artificielles car je n'ai pas du tout la main verte et j'en ai eu assez de les voir mourir. Et, sur le plan symbolique, je trouve que des plantes en mauvaise santé risquent de donner une piètre opinion de mes talents de psychothérapeute.

Sur la table basse sont disposés en permanence une petite boîte de gâteaux, un gros bloc-notes et une énorme boîte de mouchoirs en papier. Une caméra vidéo est installée dans un angle : je l'utilise parfois pour enregistrer une séance, toujours avec l'autorisation de mon patient, bien évidemment. Une horloge est accrochée au mur, derrière mon dos, ainsi que quelques tableaux impressionnistes : les lumineux nymphéas de Monet, un paisible village de Pissarro, et une peinture de Renoir représentant une jeune fille aux joues rouges debout sur une balançoire.

La petite pièce derrière abrite mon bureau, mes dossiers, un petit réfrigérateur, quelques chaises pliantes et un tapis de jogging, que j'appelle mon tapis de torture. J'essaie bon gré mal gré d'y passer au moins vingt minutes par jour. C'est censé me détendre l'esprit tout en me tonifiant le corps. En fait, ça m'énerverait plutôt. Mais tout m'irrite en ce moment. J'accuse mes hormones, qui sont en constante fluctuation, les magazines ne cessent de le répéter. Ces articles ont le don de m'exaspérer, eux aussi. Cela n'aide pas les femmes d'un certain âge (c'est ainsi que les Français nous appellent, je crois) de se voir toujours représentées comme les branches mortes et stériles d'un arbre autrefois florissant.

Bref, nous étions lundi, j'avais reçu des patients toute la matinée et j'avais senti mon estomac protester pendant mon dernier rendez-vous avant le déjeuner. Le couple assis en face de moi me consultait pour que je leur donne des conseils sur la façon d'agir avec leur fils de quatorze ans, un adolescent désagréable et difficile comme j'en avais rarement rencontré. Il n'avait plus voulu venir dès la troisième séance, mais ses parents étaient toujours là, cherchant désespérément à trouver un compromis acceptable pour tout le monde. Mais les compromis ne sont valables que si toutes les personnes concernées y souscrivent et leur fils n'avait qu'une idée : leur gâcher la vie.

— Il a encore fait le mur pendant que nous dormions, disait Mme Mallory, tandis que son mari se tenait impassible à côté d'elle. Nous ne nous en serions même pas aperçus si je ne m'étais pas levée pour aller à la salle de bains. J'ai vu la lumière allumée. Je suis entrée dans sa chambre et, vous ne le croirez jamais, il avait mis des oreillers dans son lit pour faire croire qu'il dormait, comme font les prisonniers dans les films qu'on voit à la télé. Il était plus de trois heures du matin quand il est rentré.

— Où est-il allé ?

— Il n'a pas voulu le dire.

— Que s'est-il passé alors ?

— Je lui ai dit que nous étions morts d'inquiétude...

— Elle était morte d'inquiétude, corrigea sèchement le mari.

— Pas vous ? demandai-je.

Jerry Mallory secoua sa tête au crâne dégarni. C'était un homme soigné qui ne portait que des costumes sombres, toujours accompagnés de cravates rayées. Il offrait un vif contraste avec son épouse qui, elle, avait toujours l'air d'avoir enfilé la première chose tombée du sèche-linge.

— Tout ce que je crains, c'est de voir la police débarquer à la maison.

— Je ne sais plus quoi faire, dit Jill Mallory, son regard allant de moi à son mari qui regardait droit devant lui d'un air buté. Il me met les nerfs à fleur de peau. Je ne dors plus. Je crie pour un oui pour un non. J'ai encore hurlé contre ma petite Jenny ce matin. Bien sûr, je lui ai expliqué que ce n'était pas parce que je criais beaucoup contre elle, ces derniers temps, que je ne l'aimais pas.

— Et vous vous donnez ainsi la permission de continuer de hurler contre elle, dis-je aussi doucement que possible.

Elle me regarda comme si je venais de lui planter une flèche dans le cœur.

Jill, Jerry, Jenny, Jason, récitai-je mentalement, me demandant si cette suite de J était délibérée. Jo Lynn, ajoutai-je, malgré moi, l'imaginant dans la salle de tribunal bondée de West Palm Beach, tout en priant pour que, son bon sens retrouvé, elle soit restée chez elle.

— Y a-t-il un moyen de forcer Jason à se faire suivre ? demanda sa mère. Par un psychiatre peut-être...

Je répondis que ce n'était pas une bonne idée. Les adolescents ne sont pas demandeurs de ce genre de thérapie et cela pour deux motifs : le premier, c'est qu'ils n'ont pas la moindre idée des raisons de leurs actes, et le deuxième, c'est qu'ils n'ont aucune envie de les connaître.

Une fois la séance terminée et les Mallory partis, je passai dans l'autre pièce pour me jeter sur le sandwich au thon qui était au frigo et écouter mon répondeur. On avait raccroché deux fois sans rien dire et laissé sept messages : trois de patients voulant des rendez-vous ; un du conseiller pédagogique de l'école de Sara me priant de le rappeler ; deux de ma mère me demandant de la contacter le plus vite possible ; et un de Jo Lynn me disant qu'elle avait passé la matinée au tribunal, que Colin Friendly était encore plus beau que sur ses photos, qu'elle était convaincue plus que jamais de son innocence, et qu'il fallait que je l'accompagne pour juger par moi-même, mercredi, le jour où, en principe, je ne travaillais pas. Je fermai les yeux, et pris une profonde inspiration avant d'appeler ma mère.

Je remarquai tout de suite une tension inhabituelle dans sa voix.

— Où étais-tu ? demanda-t-elle. J'ai passé la matinée à essayer de te joindre. Je n'ai réussi à obtenir que ton engin stupide.

— Que se passe-t-il, maman ? Que t'arrive-t-il ?

— C'est ce maudit M. Emerson.

— Que s'est-il passé avec M. Emerson ?

— Il m'accuse d'avoir voulu l'empoisonner avec le crumble aux pêches que je lui ai fait. Il prétend qu'il a passé la nuit à vomir. Il dit à tout le monde dans l'immeuble que j'ai essayé de l'empoisonner.

— Oh ! maman, je suis tout à fait désolée ! Comme tu dois être déçue. Toi qui t'es donné tant de mal.

Je l'imaginais courbée sur sa table de cuisine, disposant soigneusement les tranches de pêche les unes contre les autres dans le plat.

— Ne t'inquiète pas. Personne ne va le prendre au sérieux.

— Tu ne pourrais pas appeler Mme Winchell ? continua-t-elle, faisant allusion à la directrice de la maison de retraite. Je suis tellement retournée, et je sais que si tu l'appelles pour lui expliquer...

— Je ne pense pas que ce soit bien nécessaire, maman.

— Je t'en prie.

Je sentis à nouveau cette angoisse inaccoutumée dans sa voix.

— Bon, d'accord. Quel est son numéro ?

— Son numéro ?

— Ne t'inquiète pas, je le trouverai.

Ma mère n'était visiblement pas d'humeur à se préoccuper de ce genre de détail.

— Tu l'appelles tout de suite ?

— Dès que possible.

— Merci, ma chérie. Je suis désolée de t'ennuyer comme ça.

— Mais pas du tout, maman. Je te rappelle plus tard.

Je reposai le combiné et mordis dans mon sandwich tout en feuilletant mon carnet d'adresses à la recherche du numéro de téléphone de Mme Winchell, pour décider finalement d'appeler d'abord l'école de ma fille. Au moment où le conseiller décrocha, un énorme morceau de thon se colla à mon palais.

— Sara saute beaucoup de cours, me dit-il sans préambule. Elle a manqué quatre cours de maths et deux cours d'espagnol, ces deux dernières semaines.

Mon Dieu, me dis-je. Ça recommence. N'avions-nous pas déjà vécu la même chose l'année dernière ?

— Je vais lui parler, dis-je au conseiller, me sentant complètement impuissante.

Bien sûr, c'était la faute de Sara, pas la mienne, mais ça ne m'empêchait pas de me sentir responsable. Quelle belle thérapeute familiale je fais ! me dis-je en avalant le reste de mon sandwich, qui eut bien du mal à se frayer un passage de mon œsophage à mon estomac.

J'appelai Mme Winchell et lui expliquai rapidement les raisons de mon coup de fil, lui demandant si elle ne pourrait pas aller voir M. Emerson. Peut-être était-il arrivé à une étape de sa vie où il était temps de lui trouver un endroit où il serait plus assisté ? suggérai-je délicatement. Mme Winchell marqua un temps de silence avant de me répondre. Je m'aperçus que je retenais ma respiration, sans bien comprendre pourquoi.

— Ce n'est pas aussi simple que ça, commença-t-elle.

Elle s'arrêta. J'essayai de me l'imaginer à l'autre bout du fil, mais son silence me perturbait. Il me fallut encore quelques secondes avant de pouvoir me la représenter. Une femme d'une dizaine d'années plus âgée que moi, à la peau d'ébène, et jolie, en dépit de son menton fuyant, avec de courts cheveux noirs et un sourire sympathique.

— En fait, je pensais vous appeler.

— Y a-t-il un problème ? poursuivis-je à contrecœur.

— Nous avons reçu plusieurs plaintes émanant d'autres pensionnaires.

— Des plaintes ? Au sujet de M. Emerson ?

— Au sujet de votre mère.

— Au sujet de ma mère ?

Un long silence s'ensuivit.

— Nous avons eu quelques problèmes ces derniers mois, reprit-elle.

— De quelle sorte ?

Nouveau silence. Mme Winchell n'était manifestement pas du genre à parler avant d'avoir mûrement réfléchi, un trait de caractère que j'appréciais beaucoup chez les autres mais que je n'avais jamais pu acquérir personnellement. Je regardai ma montre, puis mon carnet de rendez-vous. Le nom de Donna Lokash était gribouillé sur la case de treize heures.

— Vous savez, bien sûr, combien votre mère aime cuisiner...

— Oui, naturellement. C'est un véritable cordon-bleu...

Mme Winchell ignora mon interruption.

— Et elle est toujours très gentille, elle fait des tas de choses pour ses amis et ses voisins...

Venons-en au fait ! eus-je envie de crier, lorsque, apercevant un gâteau sec traînant sur le coin de mon bureau, je l'enfournai dans ma bouche.

— Mais malheureusement, les dernières fois qu'elle a cuisiné, tout le monde a été très malade.

Mes yeux louchèrent vers l'arête de mon nez. Que voulait dire cette bonne femme ? Que ma mère avait tenté d'empoisonner ses voisins comme le prétendait M. Emerson ?

— Je ne vois pas très bien à quoi vous voulez en venir, dis-je.

Il y eut un nouveau silence pesant. J'imaginais Mme Winchell regardant autour d'elle, tapotant ses cheveux frisés, frottant le bout de son nez.

— Il est vrai que nos pensionnaires ont l'estomac de plus en plus sensible, ils ne supportent plus des nourritures aussi riches. Je me demandais si vous ne pourriez pas demander à votre mère de s'abstenir de faire la cuisine pendant quelque temps.

Le cœur brisé, je m'imaginais déjà la mine déconfite de ma mère quand je lui transmettrais la requête de Mme Winchell.

— Je lui parlerai.

— Ce n'est pas tout, continua Mme Winchell.

Je retins ma respiration, m'abstenant de dire quoi que ce soit.

— C'est au sujet de la plainte que votre mère a déposée contre l'un de nos employés.

— Je vous demande pardon ?

— Elle ne vous a rien dit ?

Je secouai la tête, tout en prenant conscience que cette façon de répondre était insuffisante.

— Non, elle ne m'en a jamais parlé.

— Je crois que c'est peut-être un peu trop délicat pour aborder ce sujet au téléphone. Je préférerais vous rencontrer. Nous pourrions nous donner rendez-vous dans les jours qui viennent, vous, votre mère et moi-même. Oh ! et vous avez une sœur, je crois ?

Mon esprit me repassa aussitôt le message que Jo Lynn avait laissé sur mon répondeur. « Il faut que tu le voies en personne, Kate. Il est encore plus beau qu'en photo, et je suis absolument certaine qu'il est innocent. »

— Oui, j'ai une sœur, effectivement.

— Je crois qu'il serait bon qu'elle vienne aussi. Cela nous permettra de tirer les choses au clair, j'espère.

Ma mère, Jo Lynn et moi, me dis-je, imaginant Jo Lynn, assise au tribunal. Un fan-club d'une personne. Elle avait même dû sauter le déjeuner pour avoir une place le plus près possible de l'accusé, lors de la reprise du procès après le repas. Elle devait être toute de blanc vêtue, comme d'habitude, pour mettre en valeur son teint de pêche. Avec une minijupe pour montrer ses jambes. Et un débardeur le plus moulant possible, j'en aurais mis ma main à couper. Colin Friendly ne pouvait que remarquer Jo Lynn Baker. Elle avait dû tout faire pour ça.

— Je n'ai que le mercredi de libre, répondis-je à Mme Winchell tout en me demandant comment je pourrais convaincre Jo Lynn de m'accompagner.

— Que diriez-vous de mercredi à quatorze heures ? me proposa aussitôt Mme Winchell.

— Parfait.

— Je vous attends avec impatience.

Elle raccrocha. Je restai assise, le combiné collé à l'oreille, à me demander ce qui se passait. Ma mère n'était pas une enquiquineuse, et elle n'était pas du genre à se plaindre, même quand elle avait des raisons de le faire. Elle avait supporté les mauvais traitements de mon beau-père pendant des années sans mot dire, espérant ainsi nous cacher, à ma sœur et moi, des choses malheureusement plus qu'évidentes. Et maintenant ? Essayait-elle encore de nous épargner ?

Je secouai la tête, et Sara me revint inopinément à l'esprit. Une mère cessait-elle jamais de chercher à protéger son enfant ?

Je répondis à mes autres messages avant de troquer en vitesse ma robe bleue et mes chaussures plates contre un survêtement blanc et des tennis, et me précipitai sur mon tapis de jogging, accroissant progressivement son allure pour arriver à un bon sept kilomètres à l'heure. Coudes au corps, je tentai de faire le vide dans mon esprit. Malheureusement, il ne fallut pas longtemps à ma famille pour venir me rejoindre, leurs images s'accrochant à mes bras et à mes jambes, comme des poids lourds, m'ôtant toute force.

Laissez-moi, protestai-je silencieusement, essayant de me débarrasser de leur emprise. C'est mon temps à moi, celui que je me réserve pour me détendre, me rafraîchir les idées, me tonifier et me relaxer. Je m'occuperai de vos problèmes plus tard.

Mais au lieu de s'effacer, les images se précisaient, de plus en plus insistantes. Ma mère apparut devant moi, tel un génie s'échappant de sa bouteille, elle approcha son visage à quelques centimètres du mien et me serra dans ses bras à m'étouffer. Ma fille me grimpait sur le dos, entourait ma taille de ses jambes, nouait ses mains autour de mon cou, escaladait mes épaules comme une petite fille. Les deux femmes m'étreignaient si fort que je n'arrivais plus à respirer. Pourquoi ma fille manquait-elle l'école ? Que se passait-il avec ma mère ? Pourquoi étais-je prise entre les deux ?

Ne compte pas sur moi, m'avertit Jo Lynn, tandis que des mains invisibles me saisissaient par les chevilles, me donnant l'impression maintenant de m'empêtrer dans de la neige profonde. Tu n'es jamais là quand j'ai besoin de toi, je ne vois pas pourquoi je t'aiderais.

Mais tu as toujours su me trouver, protestai-je, manquant de tomber en donnant un coup de pied en direction de son image vautrée sur le sol. Qui t'a soutenue contre Andrew, Daniel, Peter, contre tous ces hommes qui n'ont cessé de te démolir et de te briser le moral ?

Ouais, mais qu'as-tu fait pour moi récemment ? demandait-elle en resserrant son étreinte.

Ne t'occupe pas d'elle, me conseillait Sara.

Tu t'en occuperas plus tard, ajoutait ma mère.

Moi d'abord, disait Sara.

Non, moi, insistait ma mère.

Moi.

Moi.

Moi. Moi. Moi. Moi. Moi.

Je fermai les yeux, l'angoisse m'enserrant la poitrine comme une camisole de force.

— C'est mon temps, dis-je, à voix haute. Je m'occuperai de vous plus tard.

Mon anxiété s'envola d'un coup. Je pris une profonde inspiration et souris. Tu vois, pensai-je, il suffisait tout simplement de le dire à voix haute. Mais presque aussitôt, mon anxiété se trouva remplacée par une bouffée de chaleur si forte que j'eus l'impression qu'un chalumeau était braqué sur mon cerveau. La transpiration perça mon sweat-shirt, mon front se couvrit de sueur, des mèches de cheveux se collèrent sur mes tempes.

— Génial. Il ne manquait plus que ça, dis-je en réduisant la vitesse de mon tapis de jogging, ralentissant si brutalement que je faillis basculer lorsqu'il s'arrêta.

Me retenant au bureau pour ne pas tomber, je pris dans le frigo un soda que je tins contre mon front le temps que la pièce arrête de tourner et que la vague de chaleur diminue puis disparaisse complètement. Je regardai ma montre. Il était presque une heure et quart et j'étais toujours en survêtement. Je glissai un coup d'œil discret dans la salle d'attente mais Donna Lokash n'était pas là. J'étais à la fois soulagée et inquiète. Ce n'était pas dans les habitudes de Donna d'être en retard.

Je passais mon sweat-shirt par-dessus ma tête lorsque le téléphone sonna. Je finis de le retirer prestement et répondis au téléphone, vêtue simplement de mes sous-vêtements.

C'était Donna à l'appareil, la voix déformée par les larmes.

— Je suis vraiment désolée. Je sais que je suis en retard. Le téléphone a sonné au moment où je partais.

— Donna, que se passe-t-il ? Il est arrivé quelque chose ? C'est au sujet d'Amy ?

Amy, la fille de Donna, avait disparu depuis presque un an. J'étais particulièrement touchée par cette disparition car Amy était à la même école que Sara, elles avaient été dans la même classe à plusieurs reprises. Je me souvenais de la première fois où Donna Lokash était venue à mon cabinet, quelques mois après la disparition d'Amy. Elle se souvenait m'avoir croisée lors des réunions de parents d'élèves, avait-elle murmuré, son corps frêle appuyé au chambranle, les yeux bouffis, presque fermés d'avoir tant pleuré, accentuant l'expression ravagée de son visage. Elle avait besoin d'aide, m'avait-elle dit. Elle n'arrivait pas à supporter la situation.

— La police vient de m'appeler. Ils ont trouvé un corps. C'est peut-être celui d'Amy.

— Oh ! mon Dieu !

— Ils veulent que j'aille à l'institut médico-légal. Ils m'envoient une voiture. Ils m'ont demandé si je pouvais venir avec une amie. Je ne sais pas quoi faire.

Je savais que Donna ne voyait plus personne depuis la disparition de sa fille. Et son ex-mari habitait à New York. Il était venu quand Amy avait disparu, mais au bout de deux semaines de recherches infructueuses, il était rentré chez lui. Il était remarié et il devait s'occuper de sa nouvelle famille maintenant. Donna, elle, n'avait personne.

— Voulez-vous que je vienne avec vous ?

— Vous feriez ça ?

Sa gratitude était si palpable que j'aurais presque pu la toucher du doigt.

— Il faudrait venir tout de suite, vous allez devoir annuler vos autres rendez-vous. Bien sûr, je vous paierai. Il ne me viendrait pas à l'idée de vous demander une chose pareille sans vous dédommager.

— Je vous en prie, ne vous inquiétez pas pour ça. C'est une journée calme, mentis-je, en traçant mentalement une croix sur mes rendez-vous de l'après-midi. Où voulez-vous qu'on se retrouve ?

— À l'institut médico-légal, sur Gun Club Road. À l'ouest de Congress. Devant la prison.

— Je pars tout de suite.

J'essayai de contacter rapidement mes patients de l'après-midi, laissai un mot d'excuse sur ma porte pour ceux que je n'avais pu joindre, puis je partis pour la morgue du comté.

# 4.

Vingt minutes plus tard, je franchissais l'entrée du complexe pénal du comté de Palm Beach, composé d'un groupe de bâtiments imposants couleur sable qui regroupaient le bureau du shérif, différents services administratifs, et la prison, une haute construction en retrait, surnommée le Gun Club Hilton. Sans les fils de fer barbelés qui couraient au-dessus des portes de la prison, le complexe ne se serait guère distingué des autres immeubles de bureaux, comme, par exemple, ceux du Service des Eaux de Floride du Sud, situés juste de l'autre côté de la rue.

L'institut médico-légal, situé dans une petite structure d'un seul étage sur l'avant du complexe, avait des airs de provisoire, un peu comme ces vieilles classes préfabriquées que l'on plante à côté d'une école flambant neuve, indispensables certes, mais vaguement importunes. Je m'étais garée non loin de là, j'avais coupé le contact et j'étais restée quelques instants à regarder le petit lac qui s'étendait le long de la route, anticipant en pensée la salle stérile avec ses relents pharmaceutiques. Je me voyais debout, légèrement en retrait derrière Donna, les yeux soigneusement détournés, mes mains posées sur ses bras pour la soutenir tandis que le coroner retirait le drap blanc qui recouvrait une table d'acier, dévoilant le visage gris d'une adolescente qui était peut-être sa fille. Je l'entendais éclater en sanglots, la voyais tituber, et la sentais s'évanouir dans mes bras. Tout le poids de son horrible chagrin me tombait dessus, m'obstruant le nez et la bouche, tel un oreiller, me volant mon oxygène, m'empêchant de respirer. C'est au-dessus de mes forces, me dis-je.

Si elle peut le faire, tu peux le faire toi aussi, me réprimandai-je, en m'extirpant de ma voiture. Je m'engageai d'un pas vif sur l'allée de béton qui conduisait à l'entrée latérale du modeste bâtiment, poursuivie par une autre image indésirable, encore plus terrible que la première : le coroner retirait le drap et découvrait le corps de ma propre fille tournant vers moi un regard sans vie.

— Sara ! m'écriai-je malgré moi.

Un couac aigu dispersa cette vision dans toutes les directions telle une balle percutant un panneau de verre. Là, dans un renfoncement de l'immeuble, près de la porte, une grosse cane de Barbarie surveillait une couvée de canetons nouvellement éclos, comme en témoignaient les coquilles vides éparpillées dans l'herbe autour d'eux. Les yeux écarquillés, je contemplai la scène en silence, n'osant plus bouger de peur d'effrayer les petits et d'éveiller l'hostilité de la mère. Je les regardai quelques secondes, m'émerveillant de la fragilité de la vie et de sa résistance. Puis je pris une profonde inspiration et j'ouvris la porte vers la mort.

Donna Lokash était assise sur une des deux chaises en acier et vinyle qui étaient adossées au mur en béton blanc de la petite réception. Un policier en uniforme se tenait à son côté. Elle était encore plus frêle que lors de notre dernier rendez-vous, les rides sous ses yeux noisette s'étaient encore creusées, dessinant de larges cernes en demi-cercles. Ses cheveux étaient tirés en queue-de-cheval, une coiffure plus pratique qu'élégante. La peau autour de ses ongles était à vif, les ongles eux-mêmes étaient rongés jusqu'au sang. Donna se leva d'un bond et se précipita vers moi.

— Vous avez vu les canetons ? me demanda-t-elle d'une voix tremblante, presque hystérique.

— Oui, je les ai vus.

— C'est un bon présage, non ?

— Je l'espère. Comment vous sentez-vous ?

Elle jeta un regard inquiet autour d'elle, avant de me chuchoter discrètement :

— J'ai un peu mal au cœur.

— Respirez profondément, lui dis-je en appliquant moi-même ce conseil.

Le policier en uniforme s'approcha de moi, et me tendit la main. Il était d'une taille moyenne avec des cheveux blonds tirant sur le roux et une carrure d'athlète.

— Madame Sinclair, je suis l'officier Gatlin. Merci d'être venue.

Je hochai la tête.

— Que va-t-il se passer ?

— Je vais prévenir que vous êtes là.

— Et ensuite ? Que dois-je faire ? Rester ici ou accompagner Mme Lokash ? demandai-je en montrant du menton la porte au fond.

— Personne n'a le droit d'entrer là-bas, dit le policier.

— Je ne comprends pas.

— Ce n'est pas comme à la télévision, m'expliqua-t-il doucement. En fait, nous ne laissons jamais personne voir le corps. Certaines installations très modernes disposent de salles spéciales avec des lumières douces où l'on peut voir le corps à travers une baie vitrée. Mais ici, nous sommes dans un vieux bâtiment qui est, en outre, très exigu. Nous n'avons ni l'espace ni le matériel.

— Alors comment...

Je me mordis la lèvre, incapable de continuer.

— On va vous apporter une photographie.

— Une photographie ?

— Ils ne veulent pas que je voie mon bébé, dit Donna.

— Nous ne savons pas encore si c'est Amy, lui dis-je.

— On ne veut même pas me laisser regarder sa photo, continua Donna comme si je n'avais rien dit.

Elle se couvrit la bouche d'une main tremblante, tentant en vain d'étouffer un sanglot.

— Que voulez-vous dire ?

— Nous ne montrons jamais les photographies aux parents proches, dit l'officier Gatlin. C'est beaucoup trop traumatisant. C'est pourquoi nous leur demandons de venir avec un prêtre ou un ami de la famille, quelqu'un qui a connu la victime...

— Mais je ne la connaissais pas, protestai-je, comprenant brutalement que c'était à moi qu'on allait demander d'identifier le corps. Je veux dire que je ne l'ai vue que rarement. Je ne suis pas sûre de pouvoir...

— Je ne savais pas qu'ils m'empêcheraient de la voir, se mit à pleurer Donna, se balançant d'un pied sur l'autre. Je ne sais plus quoi faire. Oh, mon Dieu ! Je ne sais pas quoi faire. Je ne sais pas qui appeler d'autre. Je suis désolée de vous avoir entraînée dans cette histoire, Kate. Je vous en prie, pardonnez-moi. Je ne savais pas qu'on m'empêcherait de la voir.

— Je vais regarder cette photo, dis-je brusquement, me remémorant toutes les heures que Donna avait passées dans mon bureau, penchée sur ses albums de famille, me montrant Amy en bébé tout blond, Amy en petite fille boulotte, Amy en robe bustier au bal de fin d'année du lycée, ses cheveux châtains bouclés encadrant ses joues aux charmantes fossettes, Amy le jour de ses dix-sept ans, ses yeux marron étincelants, quelques semaines à peine avant qu'elle ne disparaisse. Je devrais pouvoir la reconnaître, dis-je, prenant la main de Donna pour la serrer.

Le policier hocha la tête et se dirigea vers la paroi de verre qui séparait la salle d'attente du bureau de la réceptionniste. « Sonnez ici » indiquait un petit panneau près d'un imposant bouton noir. Il appuya sur le bouton et dit à la réceptionniste que j'étais prête.

— Nous devrions nous asseoir, suggérai-je à Donna en tirant une des quatre chaises qui entouraient la table de Formica au centre de la pièce.

Elle s'y laissa tomber tandis que je m'asseyais sur le siège à côté d'elle, fixant mon attention sur les objets qui nous entouraient pour empêcher la panique de me submerger : le tapis lie-de-vin posé sur le linoléum à l'entrée, le store devant la fenêtre, la fontaine à eau potable dans un coin, les deux distributeurs contre le mur, un pour les boissons, l'autre pour les sucreries, le ronronnement des néons encastrés dans le plafond, illuminant une petite peinture mièvre représentant un paysage, un panneau « Interdit de fumer » en quinze langues différentes, et enfin un autre, plus petit, qui proclamait « Parfois ce sont les petits riens qui font toute la différence ».

Je n'avais jamais vu de cadavre auparavant, pas même en photo, à part à la télévision et je ne savais pas comment j'allais réagir à la vue d'une jeune fille, d'une adolescente de l'âge de ma fille aînée, étendue morte sur une table, même si c'était seulement en photo. Une autre pensée terrifiante m'assaillit alors.

— Le visage porte-t-il des marques de coups ? demandai-je en faisant un effort pour garder une voix calme.

— Nous ne vous aurions pas montré la photo dans ce cas.

— Comment est-elle morte ? demanda Donna Lokash, depuis son siège.

Ses yeux étaient fixés sur la porte, au fond de la pièce, mais son regard était vide, elle ne devait rien voir du tout.

— De plusieurs coups de couteau, répondit à voix basse l'officier Gatlin, comme pour atténuer l'impact de ses mots.

— Mon Dieu ! gémit Donna.

— Quand ? demandai-je.

— Il y a quelques jours. Des enfants ont découvert son corps ce matin, dans un parc, à Stuart.

— Mais il y a plus d'un an qu'Amy a disparu. Qu'est-ce qui vous fait croire que c'est elle ?

— Elle correspond à son signalement.

— Que se passera-t-il si je suis incapable de l'identifier ?

— Nous comparerons avec son dossier dentaire, si nous en avons un. Ou nous demanderons à Mme Lokash d'apporter la brosse à cheveux d'Amy, ou quelque chose qu'elle a touché, pour prendre ses empreintes et comparer.

La porte du fond s'ouvrit brusquement. Un homme grand, beau garçon, aux cheveux poivre et sel coiffés en arrière, traversa la salle d'attente, une photo à la main.

— Mon Dieu, oh ! mon Dieu ! gémit Donna en se balançant sur son siège, ses bras crispés autour de sa taille.

— Voici Fred Sheridan, l'assistant du médecin légiste, dit l'officier Gatlin tandis que je me levais. Êtes-vous prête, madame Sinclair ?

— Je ne sais pas, avouai-je honnêtement.

— Prenez votre temps, dit Fred Sheridan d'une voix rauque, presque râpeuse.

Je m'approchai lentement de lui. J'avalai ma salive, fermai les yeux. Je vous en supplie, faites que je sois capable de savoir si c'est elle ou pas, priai-je intérieurement, tout en essayant de me remémorer la dernière fois que j'avais vu Amy, élargissant son image, me concentrant sur son visage, le scrutant trait par trait : les fossettes de chaque côté de sa bouche ronde, les taches de rousseur constellant son nez retroussé, ses grands yeux bruns très écartés. C'était une jolie fille, d'une taille et d'un poids standard, ce qui voulait dire qu'elle devait très certainement se trouver trop petite et trop grosse. Je secouai la tête et rouvris les yeux. Si seulement elles savaient comme elles sont belles, me dis-je, pensant à nouveau à ma fille Sara, tout en baissant les yeux vers la photo que me tendait Fred Sheridan.

— Elle portait une barrette rouge, annonça subitement Donna.

— Comment ? dis-je en me détournant avant que le cliché n'ait eu le temps de marquer ma mémoire.

— Lorsqu'elle est sortie ce soir-là, elle portait une barrette rouge. Ce n'était qu'une babiole en plastique, représentant un Cupidon assis sur des cœurs, mais elle l'adorait. C'était un des enfants qu'elle gardait qui la lui avait offerte. Elle l'avait perdue, et elle était très contrariée, lorsqu'un beau jour, je l'ai retrouvée en faisant le ménage dans sa chambre. Elle était tombée derrière sa commode et vous ne pouvez pas savoir comme Amy était contente quand je la lui ai rendue. Elle la portait, juste au-dessus de l'oreille droite, quand elle est sortie ce soir-là. Elle disait que c'était son porte-bonheur, finit Donna d'une voix brisée.

Elle se tut, les yeux fixés sur le sol.

— Est-ce Amy ? me demanda doucement Fred Sheridan, me ramenant à la photographie par ses paroles.

Le visage que je me mis à observer avec intensité, à ma grande surprise, était jeune, rond et étonnamment serein. Pas de trace de sourire sur sa bouche lisse, ni d'inquiétude assombrissant son regard. Une toile encore vierge, me surpris-je à penser. On ne lui avait même pas laissé une chance d'exister. Les larmes me montèrent aux yeux. Je me détournai.

— Ce n'est pas elle, dis-je dans un soupir.

Donna laissa échapper un cri étranglé. Je me précipitai aussitôt à son côté. Elle me prit la main et, la serrant contre son visage, éclata en sanglots, ses larmes chaudes ruisselant sur mes doigts.

— Vous êtes sûre ? demanda l'officier Gatlin.

— Oui.

La fille de la photo correspondait peut-être au signalement d'Amy, mais son nez, loin d'être retroussé, pointait vers le bas, sa lèvre inférieure était plus fine, moins accentuée. Il n'y avait aucune tache de rousseur sur son teint de cendre.

Il n'y avait pas de barrette rouge.

— Que va-t-il se passer maintenant ? demandai-je.

— Nous allons poursuivre nos recherches pour l'identifier, répondit l'officier Gatlin tandis que Fred Sheridan repartait vers le fond de la pièce. Et nous continuons à chercher Amy.

— Ma fille n'a pas fait de fugue, lui déclara Donna d'un ton catégorique.

— Je vais vous reconduire chez vous, madame Lokash, répondit l'officier.

— Non, je vais la raccompagner, dis-je.

Donna me lança un sourire de gratitude.

— Je ne suis pas sûre de pouvoir tenir sur mes jambes.

— Prenez votre temps, lui dis-je, comme me l'avait dit l'assistant du coroner quelques minutes plus tôt.

— Et vous ? Comment vous sentez-vous ? me demanda-t-elle tandis que je l'aidais à se lever.

— Ne vous inquiétez pas pour moi.

L'officier Gatlin nous ouvrit la porte et nous sortîmes au soleil. Au pays des vivants, me dis-je.

— Oh ! regardez ! dit Donna en me montrant l'endroit où, moins d'une demi-heure plus tôt, la mère cane se trouvait avec ses canetons tout juste éclos : il ne restait plus qu'une douzaine de coquilles vides abandonnées, la mère et les petits avaient disparu. Où sont-ils passés ?

— La mère a dû les emmener vers le lac, répondit l'officier Gatlin. Il y a, derrière le bâtiment, une autre couvée qui va bientôt éclore, si vous voulez aller les voir.

— On peut ? me demanda Donna, d'une voix de petite fille.

— Si vous voulez.

Après avoir pris congé de l'officier, nous nous dirigeâmes vers l'arrière du bâtiment. Là, dans un coin abrité, couvait une autre cane de Barbarie, ses œufs éparpillés autour d'elle.

— Regardez, me dit Donna en me montrant un œuf. Celui-là est fêlé. Il va bientôt éclore.

— C'est extraordinaire.

— On peut les regarder quelques minutes ? Vous voulez bien ?

— Volontiers, dis-je en m'agenouillant dans l'herbe, ma longue jupe en jean tombant en larges plis autour de moi.

Nous restâmes ainsi plusieurs minutes, aussi immobiles que les œufs que nous observions, sans parler, perdue chacune dans nos pensées. Je songeais à Sara et à Michelle, à la chance que j'avais que tout aille bien pour elles. J'avais hâte de les serrer dans mes bras et de leur dire combien je les aimais. En avaient-elles une idée ? Le leur disais-je assez souvent ?

— Comment vous sentez-vous ? finis-je par demander.

— Je ne sais pas, répondit Donna, d'une voix sans vie, comme la fille sur la photographie. D'un côté, je suis tellement, tellement soulagée que ce ne soit pas Amy.

Elle poussa un profond soupir.

— Mais d'un autre, cela m'aurait presque délivrée que ce soit elle, parce que au moins j'aurais su, une fois pour toutes, ce qui lui était arrivé. Tout aurait été réglé en quelque sorte. Il n'y aurait plus eu cette attente. Je passe ma vie à attendre, continua-t-elle d'une voix où montait l'anxiété. J'attends que le téléphone sonne, j'attends qu'Amy franchisse la porte, j'attends que son assassin se découvre. Je ne sais pas combien de temps je vais pouvoir continuer à attendre.

— Ce doit être affreusement douloureux, dis-je, désolée de ne pas pouvoir trouver de mots, n'importe quoi, qui puisse atténuer son chagrin.

— Le procès n'arrange rien, continua-t-elle, et je compris aussitôt qu'elle faisait allusion au procès de Colin Friendly. Tous les jours, je lis dans les journaux ce que cette brute a fait à ses victimes et je me demande s'il a fait la même chose à ma petite fille. Et c'est plus que je ne peux en supporter.

Je m'approchai d'elle pour la prendre dans mes bras.

— Savez-vous qu'il leur casse le nez ? dit-elle.

— Pardon ?

— Il leur casse le nez. C'est sa signature. D'après ce qu'on dit, il ne les a pas toutes tuées de la même manière, mais il leur a cassé le nez à chaque fois. Je l'ai lu dans le journal.

Je revis la photographie de Colin Friendly dans le *Palm Beach Post.* (« Que vois-tu quand tu le regardes ? » avais-je demandé à ma sœur. « Je vois un petit garçon à qui on a fait du mal », m'avait-elle répondu.)

— Par moments, j'ai envie de faire irruption au tribunal pour affronter moi-même ce monstre, dit Donna. Exiger qu'il me dise s'il a tué Amy. Qu'il me dise la vérité, quelle qu'elle soit, que ma vie puisse reprendre. Et puis je me dis, non, je ne pourrais pas supporter qu'il me dise qu'il l'a tuée, parce que si je sais qu'elle est réellement morte, à quoi bon vivre ?

Je ne dis rien. Nous sommes restées à contempler la cane qui s'était soulevée pour regarder sous ses plumes avant de se reposer légèrement plus à droite.

— Je n'arrête pas de penser au soir de sa disparition, dit Donna. Nous nous sommes disputées avant qu'elle s'en aille. Vous le saviez ? Je vous l'avais dit ?

— Non, je ne crois pas.

— Non, je ne pense pas. Je n'en ai parlé à personne. J'ai trop honte.

— Honte de quoi ?

— C'était une dispute tellement stupide. Il pleuvait. Je voulais qu'elle prenne un parapluie, elle disait qu'elle n'en avait pas besoin. Je lui ai dit qu'elle se conduisait comme une enfant, et elle m'a dit d'arrêter de la traiter en enfant.

— Donna, la coupai-je, vous vous faites du mal.

— Mais c'est la dernière chose que je lui ai dite. Pourquoi a-t-il fallu que je fasse une scène pareille pour une idiotie de parapluie ?

— Parce que vous vous préoccupiez de son bien-être. Parce que vous l'aimiez. Et elle le savait.

— Quand on se disputait, c'était toujours pour des broutilles, jamais pour un truc important, mais à chaque fois ça prenait des proportions incroyables, je ne sais pas pourquoi, peut-être parce que j'étais seule à l'élever et que j'avais l'impression de devoir compenser l'absence de Roger, je ne sais pas, je ne sais plus ce que je pensais, mais je me souviens, oh ! mon Dieu ! Voulez-vous que je vous dise quelque chose de franchement horrible ? Je me souviens qu'il m'arrivait de penser que c'était trop pour moi, qu'il aurait peut-être mieux valu qu'elle aille vivre avec Roger, que ça serait plus facile si elle n'était plus là. Mon Dieu ! mon Dieu ! Comment ai-je jamais pu penser une chose pareille ?

— Tous les parents se font ce genre de réflexion à un moment ou à un autre, essayai-je de la rassurer, pensant à ma mère et à Jo Lynn, à moi et à Sara. Ne culpabilisez pas. Vous n'êtes pas une mauvaise mère pour autant.

Comme pour me donner la réplique, l'œuf que nous observions se fendit et une créature décharnée, aux plumes mouillées plaquées sur le corps, le bec béant, les yeux clos, se tendit vers l'air libre, se débattant désespérément pour sortir de sa coquille, avant de finalement basculer sur le côté. L'animal resta étendu sur le sol sans bouger.

— Il est mort ? cria Donna d'une voix perçante.

— Non, il est tout simplement trop faible pour pouvoir remuer.

Donna le regardait fixement.

— Il faut que je sache ce qui est arrivé à Amy, dit-elle.

Je ne répondis rien. Je pensais à Sara. Les enfants vous rendent fous, me dis-je, ils vous font parfois une vie infernale. Mais une fois qu'ils sont là, on ne peut plus vivre sans eux.

Et ce fut cette pensée, plus que toute autre chose, qui me poussa à accompagner Jo Lynn au tribunal, le mercredi suivant.

# 5.

Il n'était pas encore huit heures lorsque j'arrivai au tribunal, le mercredi matin. Jo Lynn faisait déjà la queue. Elle était au début de la longue file d'attente qui serpentait dans le hall du nouveau palais de justice, un magnifique immeuble de onze étages, tout en marbre rose, situé au centre de West Palm Beach. Jo Lynn m'avait prévenue qu'il fallait venir au moins deux heures à l'avance si l'on voulait avoir un siège, mais j'avais refusé d'arriver avant huit heures et elle s'était engagée à me retenir une place. En passant devant ceux qui attendaient, je sentis que je m'attirais plus d'un mauvais regard.

— La semaine prochaine, il faudra que tu arrives plus tôt, sinon je ne pourrai pas te garder de place.

— Aujourd'hui me suffira largement, rétorquai-je vivement.

Jo Lynn se contenta de sourire. Elle passa négligemment un foulard fuchsia dans ses cheveux et l'attacha sur le côté par un petit nœud impertinent. Le foulard était assorti à son rouge à lèvres et à ses talons aiguilles à brides. Entre les deux, elle arborait une robe blanche en jersey, décolletée et moulante, fendue haut sur le côté. Debout à côté d'elle, dans mon ensemble de Calvin Klein à la fois classique et branché, j'avais l'impression d'être une vieille fille mal ficelée, comme ces tantes célibataires qui n'ont connu que l'outrage des ans et qui passent leur temps à critiquer ce que font les jeunes. Les gens allaient et venaient autour de nous, souriant à Jo Lynn, la saluant, m'ignorant totalement.

C'était pareil, où que j'aille, avec Sara. Les hommes tordaient le cou pour mieux voir ma fille, cherchant à m'écarter de leur champ visuel. Pourquoi m'entêtais-je à dépenser des fortunes pour m'habiller chez les meilleurs stylistes alors que mon apparence n'avait visiblement aucune importance ? Personne ne me voyait, de toute façon.

Je me représentai Sara, encore vautrée au fond de son lit quand j'avais quitté la maison, elle serait donc en retard aujourd'hui à l'école, une fois de plus. Bien sûr, elle avait prétendu que c'était ma faute si elle était arrivée en retard, la veille. C'était moi qui avais déclenché un drame, avec ma manie de vouloir me mêler de ses affaires. J'avais dû lui rappeler que j'avais bien été forcée de m'en occuper après l'appel que j'avais reçu de son école. Elle m'avait répondu d'aller me faire voir. Et, malgré la révélation que j'avais eue au bureau du coroner, en dépit de toutes mes bonnes intentions et de mes nouvelles résolutions, la discussion n'avait cessé de s'envenimer. Et Sara y avait mis fin en claquant la porte d'entrée, brisant le silence de la rue, calme jusqu'alors, par ces mots :

— Merci de m'avoir encore mise en retard pour l'école, madame la psy !

Un homme s'approcha. Taille moyenne, légèrement débraillé, vêtu d'un jean et d'un fin sweat-shirt bleu marine. Il dit à Jo Lynn qu'il allait chercher une tasse de café en face et lui demanda s'il pouvait lui rapporter quelque chose.

— Un café, ça serait génial, Éric, lui dit-elle. Et toi, Kate ?

— Un café, approuvai-je en souriant.

Il ne me jeta pas le moindre regard.

— Avec du lait et deux sucres, c'est ça ? demanda-t-il à Jo Lynn.

— Tu sais tout.

— Noir pour moi, précisai-je, mais il était déjà parti. Qui est cet Éric ? ajoutai-je, en le regardant s'éloigner.

Elle haussa les épaules.

— Juste un gars que j'ai rencontré l'autre jour en faisant la queue. Il vient depuis le début du procès.

Le procès entrait dans sa deuxième semaine. Selon les dernières informations, il devait durer jusqu'à Noël. Je regardai autour de moi, contemplant distraitement les personnes qui faisaient la queue derrière nous. Je m'aperçus qu'il s'agissait de gens tout à fait quelconques, attendant simplement leur tour pour plonger leur regard au cœur du mal. Il y avait plus de jeunes que de vieux, plus de femmes que d'hommes. Surtout des jeunes femmes, à la fois fascinées et horrifiées. Cela les rassurait-il de se trouver ici ? me demandai-je. Avaient-elles l'impression de mieux maîtriser la situation ? Voulaient-elles braver leurs craintes les plus épouvantables, défier leurs démons ? À moins qu'elles ne fussent venues, comme ma sœur, pour demander la main du diable.

C'était la première fois que je pénétrais à l'intérieur du nouveau tribunal, inauguré en mai 1995. Mes yeux contemplèrent le hall, essayant de le considérer du point de vue de Larry, c'est-à-dire de l'œil du constructeur soucieux du détail, mais je ne vis qu'une masse de verre et de granit. Peut-être étais-je trop nerveuse. Peut-être regrettais-je déjà d'être venue.

Éric revint avec nos cafés. Le mien, à l'instar de celui de Jo Lynn, contenait assez de lait et de sucre pour déclencher un coma diabétique. Je remerciai d'un sourire et tins cette chose imbuvable entre mes mains jusqu'à ce qu'elle refroidisse. Enfin, Éric ne m'avait pas oubliée, c'était déjà ça.

Environ une heure plus tard, une nuée d'hommes et de femmes, surgis de nulle part, franchirent les portes vitrées devant nous.

— La presse, me chuchota Jo Lynn d'un air entendu, tandis que je les suivais du regard, mon attention particulièrement attirée par le profil d'un homme qui me paraissait vaguement familier. La cinquantaine, mince, un mètre soixante-dix-huit environ, des cheveux d'un ton feuille morte assorti à son très élégant costume. Mon regard le suivit tandis qu'il passait les filtres de sécurité jusqu'à ce qu'il disparaisse de ma vue.

— C'est vraiment dommage que le juge ne veuille pas de caméras de télévision dans la salle, disait Jo Lynn, apparemment très au fait du déroulement des opérations. Évidemment, s'il y avait eu des caméras, j'aurais dû m'acheter une nouvelle garde-robe. Le blanc ne donne pas bien à la télévision. Tu le savais ?

— Le blanc ne rend pas bien à la télévision, corrigeai-je machinalement tout en me demandant si elle parlait sérieusement.

Elle parut piquée au vif.

— Qu'est-ce qui te permet de me reprendre, mademoiselle je-sais-tout ?

Nous n'avons plus rien dit. Après avoir passé le filtre de sécurité à notre tour, nous sommes montées dans l'ascenseur bondé qui devait nous mener au dernier étage, là où se trouvait la salle d'audience.

Je ne savais pas ce qui nous attendait et je fus stupéfaite, à la sortie de l'ascenseur, de me trouver devant une immense baie vitrée avec une vue saisissante sur la ville, son réseau de canaux et l'océan. Un paysage de rêve, ai-je pensé, je m'en souviens encore, alors que je suivais le long couloir, sachant pertinemment qu'il me conduisait au cauchemar.

On avait la même vue remarquable de la salle d'audience, dont le mur, à l'est, était tout en vitres. Le procès avait lieu dans la salle 11A, surnommée « la salle des cérémonies ». C'était la plus grande du tribunal. Je n'étais jamais entrée dans une salle d'audience et, à ma grande surprise, tout me parut aussitôt familier. Ayant vu pendant des années des procès de fiction à la télévision et au cinéma, sans parler de la nouvelle chaîne *Tribunal*, je trouvai les lieux sinon accueillants, tout au moins familiers. Que ce fût l'estrade du juge, encadrée de drapeaux, la barre des témoins, le box du jury, ou la tribune des spectateurs d'environ soixante-quinze places, tout était exactement comme je m'y attendais.

— Colin va s'asseoir là-bas, dit Jo Lynn en m'indiquant d'un signe de tête la longue table de chêne sombre et les trois fauteuils de cuir où prendrait place l'équipe de la défense. Au milieu.

Elle était déjà assise sur le bout de son siège, le corps penché en avant pour avoir la meilleure vue possible alors qu'il n'y avait encore rien à voir. Nous étions au troisième rang, dans la partie centrale, juste derrière le bureau du procureur et les deux rangs réservés aux familles des victimes.

— C'est d'ici qu'on voit le mieux Colin, m'expliqua-t-elle.

Je regardai la salle se remplir, en priant pour qu'elle arrête de parler du tueur comme si c'était l'un de ses meilleurs amis.

— Attends de voir comme il est beau, dit Jo Lynn.

Les épaules de la femme assise devant nous se raidirent, son dos s'arqua comme celui d'un chat. Je me tournai vers l'arrière de la salle, regardant sans le voir le ciel bleu sans nuages, mon visage rouge d'embarras et de honte.

Il me fallut plusieurs secondes avant de sentir qu'on me regardait. C'était l'homme que j'avais remarqué à l'extérieur, celui qui avait les cheveux d'un brun d'automne et un costume hors de prix. De profil, il m'avait paru maigre, anguleux, puissant et inaccessible. De face, je le trouvais plus gentil, plus doux, moins impressionnant. Trop d'années passées au soleil de Floride avaient quelque peu buriné son beau visage, il avait de fines rides autour de ses lèvres pleines et de ses yeux noisette.

Comment pouvais-je savoir qu'il avait des yeux noisette ? me demandai-je en détournant mon regard pour le ramener aussitôt sur lui, voyant sous mes yeux stupéfaits les années s'effacer de ses traits telles des couches de peinture s'écaillant sur le mur d'une maison. L'homme mûr s'était estompé pour laisser place à un garçon de dix-huit ans. Il portait un survêtement blanc, avec un énorme douze rouge qui lui barrait la poitrine, son visage ruisselait de sueur après sa victoire dans la dernière course, il recevait en souriant les félicitations de la foule d'adorateurs qui se pressait autour de lui. « Super, Bobby ! Quelle belle course ! »

— Robert ? chuchotai-je.

Jo Lynn me donna un coup de coude.

— Voilà Eaves, le procureur. Je le déteste. Il veut la peau de Colin.

À contrecœur, je repris pied dans le présent, tandis que les assesseurs du procureur remontaient l'aile gauche de la salle pour gagner leurs sièges face à nous. Ignorant notre présence, ils s'installèrent dans un grand brouhaha, ouvrant et refermant bruyamment leurs attachés-cases, comme si nous n'étions pas là. M^e^ Eaves était un homme sévère au crâne dégarni et à l'estomac protubérant sous la veste de son costume bleu marine. Il défit le bouton du haut avant de s'asseoir. Ses assesseurs, un homme et une femme qui semblaient assez jeunes pour être ses enfants, et qui se ressemblaient suffisamment pour paraître frère et sœur, affichaient la même expression sévère. Leurs vêtements étaient simples, fades. Un peu comme les miens, me dis-je brusquement, regrettant de ne pas avoir pensé à mettre un foulard pour égayer ma tenue, tout en me demandant comment je pouvais avoir des préoccupations aussi frivoles. Lentement, je laissai mon regard dériver vers le fond de la salle. Le garçon en survêtement rouge et blanc avait disparu. L'homme mûr au superbe costume brun avait repris sa place. Il était en grande conversation avec son voisin. J'attendis qu'il se tourne dans ma direction, mais au bout de quelques minutes, voyant qu'il continuait à parler, j'abandonnai, avec un petit pincement de déception au cœur, douloureux comme le coup de coude que Jo Lynn m'avait donné. J'avais dû me tromper, me dis-je. Robert Crowe était un garçon que j'avais fréquenté au lycée, et je ne l'avais pas revu depuis que sa famille était partie de Pittsburgh pour aller je ne sais où. Je me souvenais que j'avais été ravie qu'ils quittent la région : cela m'avait aidée à encaisser le fait qu'il m'avait plaquée. Que venait-il faire ici maintenant ?

Je secouai la tête, laissant échapper un soupir plein de rancœur et stoppai le trépignement nerveux de mon pied sur le sol d'une main impatiente. Quant à mon cœur, il battait bien trop vite. Il y avait plus de trente ans que je n'avais pas revu Robert Crowe. Comment pouvait-il encore me faire un effet pareil ?

— Le voilà, c'est lui, m'annonça Jo Lynn d'une voix fébrile, en se tortillant sur son siège, croisant les jambes bien haut pour tirer le meilleur parti de la fente de sa jupe.

Le silence tomba sur la salle tandis que Colin Friendly franchissait la porte sur le devant de la salle et gagnait son siège, escorté d'un policier armé. Aussitôt, ses avocats se levèrent pour l'accueillir. L'assassin présumé était vêtu d'un costume classique bleu marine, d'une chemise rose pêche et d'une cravate au motif cachemire. Avec ses cheveux bruns soigneusement coiffés en arrière, il était exactement comme sur la photo du journal du week-end. Et, tel un chasseur cherchant sa proie, pensai-je en frissonnant, je le vis balayer la salle d'un regard nonchalant qui, un bref instant, s'arrêta sur Jo Lynn.

— Mon Dieu, tu as vu ? chuchota Jo Lynn en me saisissant la main, plantant ses ongles longs dans ma peau. Il m'a regardée. Il sait que je suis venue pour lui.

La femme assise juste devant nous jeta un regard furieux par-dessus son épaule, puis se détourna aussitôt.

— Qu'est-ce qui lui prend ? s'indigna Jo Lynn.

— Bon sang, Jo Lynn ! bégayai-je. Tu ne t'entends pas ? Tu ne te rends pas compte de ce que tu dis !

— Qu'est-ce qui te prend ?

Le juge entra à son tour, quelques secondes plus tard. Tout le monde se leva respectueusement puis se rassit. Le juge Kellner était grisonnant et digne comme il convenait.

Puis vint le jury, sept femmes, cinq hommes, plus deux femmes tenant le rôle de suppléantes ; chacun portait un badge l'identifiant comme juré. Sur les quatorze, huit étaient blancs, quatre étaient noirs, deux étaient entre les deux. Ils étaient correctement habillés, mais la décontraction de leur tenue était déconcertante. Enfin, moi, j'étais étonnée. Évidemment, avec mon tailleur, j'étais la seule dans la salle d'audience, en dehors des hommes de loi et de l'accusé, à être vêtue strictement. Ainsi que Robert Crowe.

Je tournai la tête à nouveau vers le fond de la salle. Cette fois-ci, Robert Crowe me regarda droit dans les yeux. Il sourit. Et articula un « Kate » interrogatif.

Je sentis mon cœur bondir dans ma poitrine, et mon estomac faire un tour sur lui-même. Mais pourquoi es-tu aussi nerveuse ? m'interrogeai-je. Simplement parce que tu es dans la même pièce qu'un meurtrier présumé et qu'un ex-petit ami du lycée ? Il n'y a vraiment pas de quoi se mettre dans un état pareil.

La seconde suivante, je sentis mon ventre se tordre dans tous les sens. Mon front se couvrit de sueur ainsi que le dessus de ma lèvre. Je tirai sur le col de mon chemisier beige, hésitant à enlever ma veste.

— Qu'est-ce qu'il fait chaud ici ! chuchotai-je à Jo Lynn.

— Non, je ne trouve pas.

L'huissier réclama le silence et le juge demanda au procureur d'appeler son premier témoin. La température de la pièce redevint normale. Jo Lynn se tortilla nerveusement sur son siège tandis que l'on faisait prêter serment à une jeune fille à l'air studieux du nom d'Angela Riegert.

— Regarde-la, marmonna Jo Lynn à voix basse. Moche et grosse comme elle est, elle serait bien contente de décrocher un type comme Colin.

Comme s'il l'avait entendue, Colin Friendly tourna lentement la tête dans la direction de ma sœur. Un léger sourire flottait sur ses lèvres.

Jo Lynn croisa puis décroisa les jambes.

— Nous sommes avec toi, Colin, chuchota-t-elle.

Il sourit plus largement puis reporta son attention vers la barre des témoins.

— Je vais lui donner mon numéro de téléphone, dit Jo Lynn, en se mettant précipitamment à fouiller dans son sac en paille blanc à la recherche d'un bout de papier.

— Tu es folle !

J'aurais voulu lui flanquer une taloche pour la ramener à la raison. Exactement comme l'aurait fait ce bon vieux papa, me dis-je avec mépris, stupéfaite de cette agressivité soudaine. Je n'avais jamais frappé qui que ce fût de ma vie, ce n'était pas pour commencer maintenant même si la tentation en était très forte. Je regardai fixement la nuque de Colin Friendly. Il avait visiblement le don de me mettre hors de moi.

Jo Lynn gribouillait déjà son nom et son numéro de téléphone sur une feuille déchirée.

— Je la lui donnerai pendant la pause.

— Si tu fais ça, je m'en vais. Je te le jure, je partirai immédiatement.

— Alors je n'irai pas avec toi voir maman, rétorqua-t-elle, en posant un doigt sur ses lèvres pour me calmer.

Elle me tenait. La seule façon de la convaincre de m'accompagner au rendez-vous de l'après-midi avait été d'accepter de l'escorter au tribunal, encore avait-il fallu reporter la rencontre à seize heures pour qu'elle « n'abandonne » pas Colin, c'étaient ses propres termes, avant la fin de l'audience. Elle ignorait que j'étais résignée à faire tout ce qu'elle voudrait.

Je ne savais toujours pas exactement ce que j'étais venue faire dans cette salle de tribunal. Pensais-je réellement pouvoir apprendre quelque chose qui aiderait Donna Lokash ? Ou essayais-je de protéger ma sœur, de la sauver de Colin Friendly, de la sauver d'elle-même ? Je l'ignorais. Je ne le saurai probablement jamais.

— Déclinez vos nom, prénom et adresse, intima l'huissier au témoin, une jeune fille petite, obèse, nerveuse et mal à l'aise, dont les yeux étroits refusaient de se tourner du côté de la défense.

— Angela Riegert, répondit-elle d'une voix à peine audible.

— Parlez plus fort, lui dit doucement le juge Kellner.

Angela Riegert s'éclaircit la gorge et répéta son nom. C'était à peine plus perceptible qu'avant. Toute l'assistance se pencha en avant, tendant l'oreille. Elle donna son adresse, le 1212, Olive Street à Lake Worth.

Le procureur, déjà debout, reboutonna sa veste bleu marine, exactement comme on les voit toujours faire à la télévision.

— Mademoiselle Riegert, quel âge avez-vous ? commença-t-il.

— Vingt ans, répondit-elle, avec l'air d'en douter.

— Et depuis combien de temps connaissiez-vous Wendy Sabatello ?

— C'était ma meilleure amie depuis l'école primaire.

— Qui est Wendy Sabatello ? demandai-je.

— L'une des victimes, me glissa Jo Lynn du coin des lèvres.

Je baissai les yeux, je ne voulais pas en savoir davantage.

— Et pouvez-vous me dire ce qui s'est passé la nuit du 17 mars 1995 ?

— Nous sommes allées à une fête chez une amie. Ses parents étaient partis et il y avait une grande soirée.

— À quelle heure êtes-vous arrivée là-bas ?
— Vers neuf heures.
— Et la réception battait son plein ?
— Ça commençait à chauffer. C'était bondé. La musique était très forte.
— Connaissiez-vous tout le monde ?
— Non. Il y avait beaucoup de gens que je n'avais jamais vus.
— Avez-vous vu l'accusé ?
À contrecœur, Angela Riegert lança un regard furtif dans sa direction.
— Pas tout de suite, chuchota-t-elle.
— Pardon, pourriez-vous répéter ?
— Je ne l'ai pas vu tout de suite.
— Mais vous l'avez vu ?
— Oui, il était dans le jardin. Je l'ai vu quand nous sommes sorties pour prendre l'air.
— Lui avez-vous parlé ?
— C'est lui qui m'a parlé.
— Tu rêves, ricana Jo Lynn.
— Qu'a-t-il dit ?
— Pas grand-chose. « Quelle bonne soirée ! », « Quelle belle nuit ! », ou un truc de ce genre.
— Wendy Sabatello était-elle avec vous à ce moment-là ?
— Oui. Elle l'a trouvé séduisant.
— Objection, Votre Honneur, protesta un des avocats de la défense en bondissant sur ses pieds. Le témoin peut-il lire dans les pensées ?
— Elle me l'a dit, rétorqua Angela Riegert d'une voix claire.
— Objection, répliqua l'avocat. Ce sont des propos rapportés.
— Objection refusée.
Le témoin parut embarrassée, pas très sûre de comprendre ce qui se passait. Elle n'était pas la seule.
— Vous a-t-elle dit autre chose à son sujet ?

Angela Riegert hocha la tête.
— Elle m'a dit qu'il avait des yeux extraordinaires.
— Et qu'en pensiez-vous ?
— Je le trouvais séduisant, moi aussi, et un peu plus âgé que les autres types qui étaient là.
— Que s'est-il passé ensuite ?
La jeune fille déglutit puis elle se mordit la lèvre inférieure.
— Nous sommes revenues à l'intérieur ensemble.
— Et avez-vous encore parlé à Colin Friendly ?
— Non, mais, un peu plus tard, Wendy a dit qu'elle retournait dehors pour le retrouver.
— Et alors ?
— C'est la dernière fois que je l'ai vue.
— Elle n'est plus revenue à l'intérieur ?
— Non, quand je suis allée à sa recherche pour lui dire que j'étais prête à rentrer, elle était partie.
— Et l'accusé ?
— Il était parti, lui aussi.
Le procureur sourit.
— Merci, mademoiselle Riegert. Le témoin est à vous, ajouta-t-il en hochant la tête en direction de la défense.
L'avocat était déjà debout, boutonnant sa veste. Il avait une allure d'athlète, blond, un cou de taureau, les muscles de ses bras saillant sous la veste de son costume de soie gris.
— Mademoiselle Riegert, dit-il, en détachant les syllabes, y avait-il de l'alcool à cette soirée ?
Angela Riegert se tassa sur son siège.
— Oui.
— De la drogue ?
— De la drogue ? répéta-t-elle, visiblement perturbée.
— De la marijuana ? De la cocaïne ?
— Je n'ai vu personne prendre de la cocaïne.
— Avez-vous bu ? insista l'avocat.
— J'ai pris quelques bières, oui.
— Étiez-vous ivre ?

— Non.

— Avez-vous fumé de la marijuana ?

— Objection, Votre Honneur, protesta Me Eaves. Ce n'est pas le témoin que l'on juge.

— Cela dépend comment on envisage les choses, monsieur le juge. Cela affecte directement les capacités du témoin à identifier mon client.

— Objection refusée. Je vous en prie, répondez à la question, mademoiselle Riegert.

Elle hésita, visiblement au bord des larmes.

— J'ai pris quelques bouffées, finit-elle par admettre.

— Quelques bouffées de marijuana, quelques bières, c'est bien ce que vous voulez dire ? répéta l'avocat de la défense.

— Oui.

— Cela vous a-t-il grisée ?

— Non.

— Pourtant vous êtes sortie prendre l'air.

— Il faisait très chaud à l'intérieur, il y avait beaucoup de monde.

— Et dehors ?

— C'était mieux.

— Faisait-il sombre ?

— Oui, je crois.

— Donc, commença l'avocat en se mettant juste devant les jurés, il faisait sombre, vous aviez bu, vous aviez fumé de la marijuana... (Il s'arrêta, soignant ses effets.) Et vous vous permettez néanmoins d'identifier formellement mon client.

Angela Riegert se redressa et regarda Colin Friendly droit dans les yeux.

— Oui, dit-elle. Je sais que c'était lui.

— Oh ! mademoiselle Riegert, s'exclama l'avocat comme pris d'une idée subite, portez-vous des lunettes ?

— Parfois.

— Les portiez-vous ce soir-là ?

— Non.

— Merci. Pas d'autres questions.
L'avocat retourna prestement à sa place.
— Beau travail, dit Jo Lynn.
J'étais bien forcée de l'approuver. En moins d'une minute, l'avocat de Colin Friendly avait pratiquement démantelé le témoignage d'Angela Riegert, réussissant, dans le meilleur des cas, à semer le doute.
— Vous pouvez vous retirer, dit le juge au témoin.
Angela Riegert prit une profonde inspiration puis elle quitta la barre des témoins. Jo Lynn la fusilla du regard tandis qu'elle passait devant nous pour sortir de la salle.
— Quelle tarée ! laissa tomber Jo Lynn d'un ton catégorique, tandis que l'on faisait entrer le témoin suivant.
— La cour appelle Marcia Layton.
Je me tournai vers le centre de la salle en même temps que Colin Friendly. Nos regards se croisèrent une fraction de seconde. Il me fit un clin d'œil impudent juste avant de détourner les yeux.

# 6.

Il était quatre heures et demie lorsque nous arrivâmes à l'appartement de notre mère, situé sur Palm Beach Lakes Boulevard, à quelques kilomètres à l'ouest de la I-95.

— Pourquoi te presses-tu autant ? demanda Jo Lynn qui me suivait en chancelant sur ses talons aiguilles, tandis que je traversais le parking au pas de course en direction de l'immeuble qui ressemblait à un gros quatre-quarts au citron. Elle ne va pas s'envoler.

— J'avais dit à Mme Winchell que nous serions là à quatre heures, lui rappelai-je. Elle ne va pas être très contente. Elle doit partir à cinq heures.

— Et alors, c'est la faute à qui si nous sommes en retard ?

Je ne dis rien. Jo Lynn avait raison. C'était bien à moi qu'on pouvait le reprocher. Et à Robert. Il m'attendait à la sortie de la salle d'audience, à la fin de la séance.

— Je suis désolé de t'avoir manquée à la pause du déjeuner, s'excusa-t-il immédiatement, tandis que j'essayais de ne pas remarquer combien ses yeux noisette étaient clairs. J'ai dû me rendre en vitesse à une réunion.

— Comment vas-tu ? Que fais-tu ici ? lui demandai-je d'une voix plus aiguë que d'habitude.

Heureusement que Jo Lynn n'était pas à côté de moi pour assister à ma régression vers l'adolescence : elle était restée à la porte de la salle, guettant l'occasion d'aborder l'un des avocats de Colin Friendly. Elle avait passé la plus grande partie du déjeuner à composer une lettre à l'intention de ce monstre, après avoir décidé que son numéro de téléphone ne suffisait pas. Il fallait que Colin Friendly sache qu'elle était convaincue de son innocence, m'avait-elle dit. Je lui avais répondu qu'il fallait qu'elle se fasse examiner la tête.

— Ce que je fais à Palm Beach ou ce que je fais au tribunal ? Je pourrais te poser la même question.

Les sillons autour des yeux de Robert Crowe se plissèrent. Je sentis qu'il était tout à fait conscient de l'effet qu'il me faisait, comme autrefois, et que cela l'amusait, l'émouvait même, peut-être.

— J'habite ici, à Palm Beach. Plus précisément à Palm Beach Garden. Nous sommes venus nous y installer il y a sept ans. (Mais avait-il demandé autant d'informations ?) Et toi ?

— Ma famille a déménagé à Tampa quand j'ai terminé mes études secondaires. Je suis allé étudier à Yale, puis, une fois mes diplômes en poche, j'ai rejoint mes parents en Floride. J'ai rencontré une fille, je me suis marié, je me suis installé à Boca, j'ai divorcé, je suis allé vivre à Delray, je me suis remarié, et j'ai emménagé à Palm Beach.

— Ah ! tu es donc marié ! dis-je, regrettant aussitôt ces paroles.

Il sourit.

— J'ai quatre enfants. Et toi ?

— Deux filles.

— Et un mari ?

— Euh... oui... bien sûr. Larry Sinclair. Je l'ai rencontré à l'université. Je ne crois pas que tu le connaisses, bafouillai-je, suppliant le ciel qu'on me bâillonne.

J'ai toujours rêvé d'être une femme mystérieuse, une de ces femmes au sourire énigmatique qui parlent peu, certainement parce qu'elles n'ont pas grand-chose à dire, mais dont tout le monde croit qu'elles ont des pensées profondes. De toute façon, le mystère n'a jamais été mon fort. Ma mère dit toujours que mon visage est un livre ouvert.

Robert Crowe secoua la tête, révélant quelques cheveux gris sur ses tempes. Ça le rendait encore plus distingué, me dis-je.

— Un seul mari ? demanda-t-il.

— Plutôt banal.

— Plutôt surprenant, répliqua-t-il. Mais qu'est-ce qui t'amène ici ?

Je lançai un regard furtif vers ma sœur, qui attendait toujours à la sortie de la salle d'audience.

— À dire vrai, je ne sais pas. Et toi ? Tu es journaliste ?

— Pas tout à fait. J'ai une station de radio, WKEY.

— Ah bon !

J'espérais qu'il n'avait pas senti combien j'étais impressionnée.

— Normalement, je ne devrais pas être ici. Nous avons des reporters qui couvrent cette affaire, évidemment...

— Évidemment, approuvai-je.

— Mais j'avais un déjeuner dans le coin, et je me suis dit... (Il s'arrêta.) Tu es très belle, déclara-t-il.

J'éclatai de rire. Pour ne pas m'évanouir, certainement.

— Pourquoi ris-tu ? Tu ne me crois pas ?

Je sentis mes joues s'empourprer, mes genoux se dérober, la température de mon corps monter. C'est bien le moment d'avoir des vapeurs, me dis-je. Je vais lui faire une sacrée impression.

— Non, mais ça fait bien longtemps que personne ne m'avait dit ça, m'entendis-je répondre.

— Larry ne te dit pas que tu es belle ?

Il sourit, semblant se délecter du prénom de mon mari. Il joue avec moi, pensai-je.

Il y eut une bousculade près de la porte. Les avocats de Colin Friendly quittaient la salle.

— Maître Archibald, entendis-je ma sœur crier tandis qu'elle tendait à l'avocat en costume gris la lettre qu'elle avait composée pendant la pause du déjeuner. Je me demandais si vous pourriez faire en sorte que cette lettre parvienne bien à Colin. C'est très important.

— C'est lamentable, déclara Robert Crowe.

— Quoi ?

— Ces groupies qui assaillent les tribunaux. Il y en a à chaque procès. Plus le crime est horrible, plus ces dingues sont émoustillées. C'est à se demander...

— À se demander quoi ?

— Quelle vie ces pauvres filles peuvent bien mener. Regarde cette femme. Elle n'est pas vilaine. Elle ne devrait normalement avoir aucun mal à se trouver un mec, et pourtant elle préfère courir après un type qui prend son pied à mutiler et à tuer des femmes. Je ne comprends pas. Et toi ?

Je secouai la tête, mais en fait, je ne savais plus très bien ce qu'il avait dit après « pas vilaine ». Quelques minutes avant, il m'avait dit que j'étais belle. Jo Lynn était seulement « pas vilaine ». Enivrée d'orgueil, j'étais incapable de penser à autre chose.

— Et que fait la femme de Larry quand elle n'assiste pas aux procès des grands meurtriers ? demanda-t-il.

Cette deuxième mention du prénom de mon mari me tira brutalement de ma rêverie.

— Je suis psychothérapeute.

— Mais bien sûr, je me souviens que tu t'es toujours intéressée à ces choses-là !

À l'entendre, on aurait cru qu'il avait écouté attentivement tout ce que je racontais, trente ans plus tôt.

— Eh bien, la petite Kate Latimer a réalisé son rêve.

Était-ce si sûr ? me demandai-je. Et dans ce cas, que faisait-elle avec cet étranger ?

— Eh bien, Kate Latimer, j'ai été ravi de te revoir après toutes ces années.

Il approcha son visage du mien. Allait-il m'embrasser ? Allais-je le laisser faire ? Étais-je devenue complètement idiote ?

— Je m'appelle Kate Sinclair maintenant, nous rappelai-je à tous les deux.

Il pencha la tête sur le côté, sans me quitter des yeux, me prit la main et la porta lentement à ses lèvres. Elles effleurèrent le dessus de ma main. Je ne veux même pas décrire l'effet que cela eut sur mon pauvre corps mais il eut bien du mal à rester debout.

— Oh ! oh ! dit-il brusquement.

Je me figeai sur place.

— Que se passe-t-il ?

— La cinglée vient vers nous.

— Bon, eh bien, on peut y aller maintenant, annonça Jo Lynn en arrivant à ma hauteur, ses yeux allant de moi à Robert Crowe.

— Jo Lynn, je te présente Robert Crowe. Robert, voici ma sœur, Jo Lynn Baker.

— Pitié, tuez-moi tout de suite, dit simplement Robert.

J'éclatai de rire, heureuse de reprendre le contrôle de la situation.

— J'ai manqué quelque chose ? demanda Jo Lynn.

Son ton était léger, mais dans ses yeux passa une expression de colère et de tristesse que je connaissais bien. Elle n'aimait pas être tenue à l'écart. Elle détestait qu'on se moque d'elle.

— J'étais en classe avec votre sœur, lui dit Robert, comme si cela expliquait tout.

Et, bizarrement, cela parut la satisfaire.

— Ah bon ? Eh bien, c'est à moi que vous devez cette miniréunion des anciens élèves. C'est moi qui l'ai traînée ici, et croyez-moi, ça n'a pas été facile.

Elle se pencha pour lui serrer la main, étalant ses seins sous son nez.

— Oui, je crois me souvenir que c'est quasi impossible de forcer Kate à faire ce qu'elle a décidé de ne pas faire, dit Robert avec un petit sourire en coin.

Il avait passé six mois à essayer de me séduire pour finalement me laisser tomber comme une vieille chaussette quand il avait compris qu'il perdait son temps.

— Nous devons y aller, dit Jo Lynn avant de se pencher vers Robert avec des airs de conspirateur. Notre mère terrorise les vieux locataires de sa maison de retraite. Nous avons rendez-vous.

— Quelle intéressante famille ! dit Robert tandis que Jo Lynn m'entraînait vers la sortie.

— Dis-moi, tu as couché avec lui ? me demanda-t-elle sur la route.

— Non, bien sûr que non.

— Mais tu en avais envie, insista-t-elle.

— J'avais dix-sept ans, je ne savais pas ce que je voulais.

— Tu voulais coucher avec lui, mais comme tu étais une sainte-nitouche, tu ne l'as pas fait et tu l'as toujours regretté.

— Pour l'amour du ciel, Jo Lynn, il y a des années que je n'ai pas eu une seule pensée pour ce type.

Voyant que je refusais de poursuivre ce sujet, Jo Lynn se lança dans la récapitulation des événements de la journée. Angela Riegert était une catastrophe comme témoin, déclara-t-elle. Elle avait été plus utile à la défense qu'à l'accusation. Quelle importance qu'elle ait témoigné de la présence de l'accusé auprès de la victime peu avant sa disparition, les jurés se souviendraient seulement d'une chose : Angela Riegert était une pauvre demeurée qui avait une mauvaise vue, qui buvait et qui fumait de la marijuana.

Marcia Layton s'était fait discréditer de la même manière, puis renvoyer comme les autres témoins de la journée, qui tous, sans exception, avaient attesté de la présence de Colin Friendly dans l'entourage des jeunes filles assassinées juste avant leur disparition.

— Rien de concluant, décréta Jo Lynn d'un ton buté. Les témoins oculaires ne sont jamais fiables, tout le monde le sait.

C'était inutile de discuter. Jo Lynn avait toujours cru uniquement ce qu'elle voulait croire. Elle voyait ce qu'elle voulait voir. Et quand elle regardait Colin Friendly, elle ne voyait qu'un petit garçon solitaire au sourire triste, et elle le croyait innocent, autant que chacune des victimes pour le meurtre desquelles il était jugé. Et il y en avait peut-être d'autres, encore.

Les choses s'étaient passées de la même manière avec Andrew et Daniel et Peter. Andrew, qu'elle avait épousé à dix-huit ans, lui avait d'abord cassé un bras, puis l'autre. Daniel, qu'elle avait épousé six ans plus tard, lui avait volé son argent et brisé plusieurs côtes. Peter, qu'elle avait épousé au lendemain de son trente-deuxième anniversaire et dont elle avait divorcé à la veille du trente-troisième, l'avait précipitée du haut de l'escalier le soir même de leurs noces. Et pourtant, c'étaient Andrew, Daniel et Peter qui l'avaient plaquée. J'avais essayé de la convaincre de suivre une thérapie, mais elle ne voulait pas en entendre parler.

— C'est la faute de maman, plaisantait-elle. (« Plutôt limite, ton humour », aurait dit notre mère, les épaules affaissées, acceptant d'endosser cette responsabilité.)

— Tu ne voudrais pas marcher moins vite, gémit Jo Lynn au moment où nous atteignions la porte d'entrée de l'établissement.

— Quelle idée de porter des talons aussi hauts ! m'exclamai-je, reportant ma rancœur sur ses chaussures fuchsia.

— Tu n'aimes pas mes chaussures ?

Le hall était spacieux et accueillant avec ses murs blancs, ses plantes vertes et ses sièges recouverts d'un vif tissu fleuri. Il y avait une bonne douzaine de personnes âgées assises dans des fauteuils à bascule blancs qui regardaient par les baies vitrées comme si elles étaient dans un drive-in. Chevelures clairsemées, taches de vieillesse, dos voûtés et visages creusés. Un vieillard tripotait sa braguette, une vieille femme ajustait son dentier... En les dévisageant, j'eus l'impression d'entrevoir l'avenir. Cela me glaça jusqu'aux os.

Notre mère nous attendait devant le bureau de Mme Winchell.

— Où étais-tu passée ? Tu n'as pas l'habitude d'être en retard.

Son regard allait de Jo Lynn à moi.

— Ne me regarde pas comme ça, protesta Jo Lynn, aussitôt sur la défensive.

— Je me disais seulement que c'était bon de vous voir, dit notre mère.

Jo Lynn détourna les yeux en laissant échapper un gargouillis bizarre entre le rire et le ronflement.

— Je suis désolée, maman, expliquai-je, c'est ma faute. J'ai rencontré un ancien copain de lycée.

— Avec qui elle aurait bien aimé coucher mais elle ne l'a pas fait, ajouta Jo Lynn.

— Quoi ? dit ma mère.

— Jo Lynn...

— C'est vrai, dit Jo Lynn en souriant à notre mère. Elle t'a dit que j'allais me marier ?

Tout le long de notre réunion, Mme Winchell (dont le tailleur rouge tomate seyait particulièrement bien à sa peau sombre bien qu'il tranchât violemment sur la décoration jaune canari de son bureau) jeta, sans se gêner, des coups d'œil répétés à sa montre. Elle ne pouvait pas rester très longtemps, nous avait-elle dit, dès le début de notre entretien. Nous avions près de quarante minutes de retard et, malheureusement, on l'attendait pour le dîner, à Boca.

(Je me suis marié. Je me suis installé à Boca. J'ai divorcé. Je suis allé vivre à Delray.)

— Vous pourriez peut-être parler à vos filles de vos griefs contre M. Ormsby, commença Mme Winchell.

Notre mère prit un air d'abord perplexe puis embarrassé. Apparemment, elle ne voyait pas à quoi Mme Winchell faisait allusion.

— Ne m'avez-vous pas dit que M. Ormsby vous harcelait ? continua Mme Winchell. Fred Ormsby fait partie de notre personnel d'entretien, nous expliqua-t-elle en consultant sa montre.

— C'est un homme charmant, ajouta notre mère.

— Ne vous appelle-t-il pas à n'importe quelle heure de la nuit ?

— Pourquoi ferait-il une chose pareille ?

C'était au tour de Mme Winchell de paraître désorientée.

— Mais il ne l'a pas fait, bien sûr. Jamais. Je répète seulement ce que vous m'avez dit.

— Non, insista notre mère. Fred Ormsby est un homme charmant. Il ne ferait jamais une chose pareille. Vous avez dû mal comprendre.

— Alors il n'y a pas de problème ! s'exclama ma sœur en sautant sur ses pieds.

— Apparemment non, sourit Mme Winchell, visiblement soulagée que notre entretien arrive à une conclusion aussi rapide et satisfaisante.

Si elle avait d'autres préoccupations, ce n'était pas maintenant qu'elle allait en parler.

— Qu'est-ce que tu en penses ? demandai-je à ma sœur tandis que nous prenions l'ascenseur pour raccompagner notre mère à son appartement, au quatrième étage.

Jo Lynn haussa les épaules.

— Mme Winchell mélange un peu ses pensionnaires.

— Je n'ai aucune confiance en cette femme, dit notre mère.

Jo Lynn éclata de rire.

— C'est parce qu'elle est noire que tu ne l'aimes pas.

— Jo Lynn ! m'exclamai-je, outrée.

— Mme Winchell est noire ? demanda notre mère.

— Comment peut-elle ignorer que cette femme est noire ? chuchotai-je à ma sœur tandis que nous quittions l'ascenseur pour suivre un couloir rose pêche. Tu crois qu'elle a des problèmes de vue ?

— Non, elle n'a pas remarqué, c'est tout.

— Mais on est forcé de remarquer ce genre de chose !

— On ne vous a donc jamais dit que c'était mal élevé de chuchoter dans le dos des gens ? demanda notre mère d'un air pincé en s'arrêtant devant la porte de son appartement sans montrer la moindre intention de l'ouvrir.

— Qu'est-ce que tu attends ? demanda Jo Lynn. Il n'y a personne à la maison.

Ma mère fouilla sa poche à la recherche de ses clés. Elle était élégamment vêtue d'une jupe rose pâle et d'un twin-set assorti, relevé par un simple rang de perles.

— Je réfléchissais simplement.

— À quoi ? demandai-je.

— Je ne vois pas ce que j'ai bien pu faire pour que Mme Winchell ne m'aime pas, dit-elle d'une voix où l'on sentait venir les larmes.

— C'est parce que tu es juive, dit Jo Lynn.

— Je suis juive ? demanda notre mère.

— Elle plaisante, maman, intervins-je aussitôt, fusillant Jo Lynn du regard, me sentant comme Alice au thé du chapelier fou.

— Moi aussi, dit notre mère en nous souriant d'un air espiègle tandis que nous entrions dans son studio. Qu'as-tu fait de ton sens de l'humour, Kate ?

Je l'ai oublié au tribunal, pensai-je, mes yeux embrassant la pièce d'un seul regard. Le côté salle de séjour comprenait un petit canapé avec un fauteuil assorti, une table basse serrée entre les deux et un lampadaire coincé dans un angle. Des photos de moi, de mes filles et de Jo Lynn couvraient la moindre surface disponible, jusqu'à l'appui de la fenêtre en face qui donnait sur le parking, en bas.

— On se croirait dans une étuve, ici. À quelle température as-tu monté le thermostat ? demanda Jo Lynn en se dirigeant vers le thermomètre. Il fait vingt-huit degrés. Comment peux-tu supporter une telle chaleur ?

— On devient frileux en vieillissant, répondit notre mère.

J'enlevai ma veste et la jetai sur le dossier d'une chaise.

— Que fais-tu ? demanda Jo Lynn, la ramassant aussitôt pour me la tendre. Nous n'allons pas nous attarder.

— Nous pouvons rester quelques minutes.

— Bien sûr que vous allez rester, insista notre mère. Nous allons prendre un morceau de gâteau.

— Pas question, dit Jo Lynn. Tu veux nous empoisonner comme le pauvre M. Emerson ?

Notre mère se dirigeait déjà vers la minuscule kitchenette et ouvrait le réfrigérateur pour y prendre un gâteau de Savoie un peu de guingois.

— Oh ! Jo Lynn ! dit-elle. Toujours aussi limite, ton humour !

— Qu'est-ce que c'est que ça ? demandai-je en m'approchant d'elle par-derrière, venant d'apercevoir un flacon de produit vaisselle sur la clayette du haut. Maman, qu'est-ce que ça fait dans ton frigo ?

Jo Lynn nous avait déjà rejointes.

— Mon Dieu, maman, c'est avec ça que tu fais la cuisine ?

— Bien sûr que non, rétorqua notre mère en sortant le détergent du réfrigérateur pour le poser sur le bord de l'évier. Ça arrive à tout le monde de se tromper.

— Maman ne va pas bien du tout, dis-je, tandis que nous repartions en voiture. Elle ne sait plus où elle en est.

Jo Lynn leva les mains au ciel d'un air fataliste.

— Elle perd la tête.

J'invitai Jo Lynn à dîner et, à mon grand soulagement, elle refusa. Elle voulait se relaxer et passer une bonne nuit de sommeil, me dit-elle, pour être bien fraîche, le lendemain, au tribunal. Il était important que Colin soit entouré de gens en forme pour lui soutenir le moral. En outre, ses avocats essaieraient peut-être de la contacter et elle ne voulait surtout pas rater leur appel.

— Comme tu veux, dis-je en la déposant devant son appartement, non loin de Blue Heron Drive.

Je la suivis des yeux jusqu'à ce qu'elle soit en sécurité dans le hall de l'immeuble. Ma sœur avait le béguin pour un tueur en série et ma mère rangeait son détergent dans le réfrigérateur. Une famille intéressante, en vérité, pensai-je, me remémorant les paroles de Robert, tandis que je me contorsionnais sur mon siège pour faire demi-tour et repartir vers la I-95.

Heureusement, je ne ressemble pas du tout à ma sœur. Je suis quelqu'un de mûr, d'équilibré, sans grande fantaisie. Je serais plutôt trop terre à terre. Je connais bien mes points forts et mes faiblesses, j'accepte mes défauts et mes angoisses. Et je ne suis certainement pas sentimentale. Et encore moins romantique. Alors que signifiait ce désir désespéré et irrésistible qu'avait éveillé en moi cet homme que je n'avais pas vu depuis trente ans, ce sportif superficiel qui m'avait fait la cour avant de me plaquer quand je n'avais pas voulu sauter le pas ? Pourquoi étais-je obsédée par son sourire narquois ? « Tu es très belle », m'avait-il dit, je repassais sans cesse cette phrase rebattue dans ma tête, en rythme avec la musique country de Dwight Yokam diffusée par mon autoradio. Je m'aperçus alors que j'écoutais WKEY, et me demandai quand j'avais bien pu changer de station.

En fait, il était inutile de faire de la psychanalyse pour comprendre ce qui m'arrivait. Je vieillissais, ma vie avec Larry suivait son petit train-train monotone, j'avais pris conscience que j'étais mortelle en voyant ma mère, et ma sœur me rendait chèvre. Robert Crowe représentait un agréable retour en arrière. Il me ramenait à ma jeunesse, à mon innocence, à cette époque où j'avais toute la vie devant moi. Il était en outre le symbole de tout ce qui était séduisant et inaccessible, il était celui qui était parti.

Jo Lynn avait raison. J'aurais bien voulu coucher avec lui quand j'avais dix-sept ans. J'avais failli plus d'une fois jeter mon bonnet par-dessus les moulins, avec ma morale et tous les vêtements que j'avais sur le dos. Je ne sais pas ce qui m'a arrêtée, peut-être la certitude qu'une fois que je lui aurais cédé, il ne s'intéresserait plus à moi et continuerait son chemin. Eh bien, il avait fini par se lasser d'attendre et il m'avait quittée. Le résultat était le même. Et en plus, il avait déménagé, ne me laissant aucune chance de changer d'avis.

J'avais menti en disant à Jo Lynn que je ne pensais plus à lui depuis bien des années. En fait, j'avais pensé à lui plus souvent que je ne voulais le reconnaître, plus souvent que je ne le croyais. Ses traits s'étaient peut-être légèrement estompés, affadis, mais il était toujours là, rôdant au fond de ma mémoire, tel le symbole d'une époque plus facile, celle de l'ardeur de la jeunesse, des occasions qu'on laisse passer, de ce qui aurait pu être.

Le dîner était déjà sur la table lorsque j'arrivai chez moi. J'en fus reconnaissante à Larry, qui était bien meilleur cuisinier que moi, probablement parce qu'il aimait mijoter des petits plats, contrairement à moi. En tout cas, il avait fait un sauté de poulet que Michelle ne voulut pas manger parce qu'il était trop épicé et que Sara refusa de goûter parce qu'elle était trop grosse. J'engloutis tout ce qui était dans mon assiette et faillis m'étrangler avec un morceau.

— Ça va ? s'inquiéta Larry.

— Veux-tu que je te fasse la manœuvre de Heimlich ? demanda Michelle en se précipitant vers moi.

Elle suivait des cours de secourisme depuis l'été précédent et n'arrêtait pas de demander si personne n'avait besoin qu'on lui fasse la manœuvre de Heimlich.

— Non, merci, ma chérie, lui dis-je.

Sara et Michelle sortirent de table alors que Larry et moi n'avions pas fini de manger, Michelle pour faire ses devoirs, Sara pour repartir à l'école. Il y avait une répétition pour le prochain défilé de mode. Elle y participait et il ne fallait pas qu'elle soit en retard. Une préoccupation curieuse de la part de Sara, me dis-je, qui se souciait beaucoup moins de ses horaires en temps normal.

Nous avons brièvement parlé de notre journée, Larry et moi, puis le silence est retombé entre nous. Je le regardai manger. C'était un homme séduisant, de taille et de poids moyens, sa calvitie naissante lui conférait un certain charme, il avait les yeux gris-bleu, le teint clair, il était plutôt mince, seul son estomac s'était un peu empâté au fil des ans. Il franchirait le cap de la cinquantaine en juillet prochain avec beaucoup de discrétion et sans la moindre angoisse. Quand je lui avais demandé ce que ça faisait d'avoir cinquante ans, il m'avait simplement répondu en souriant :

— Je n'ai pas le choix.

Comment Robert répondrait-il à cette question ? me demandai-je, alors que j'essayais de le chasser de ma mémoire tout en débarrassant la table. Mais c'était peine perdue. La présence de Robert me poursuivit tandis que je rangeais la cuisine, se glissa entre moi et Larry pendant que nous regardions la télévision, et me pourchassa jusque dans ma chambre quand je renonçai à attendre le retour de Sara plus longtemps.

Larry était déjà couché. Les quatorze coussins qui, le jour, décorent notre dessus-de-lit ivoire jonchaient la moquette dans les mêmes tons. Larry les déteste. Il les trouve exaspérants et il a raison. Mais j'adore les disposer le matin en jolies petites rangées, et franchement, ça ne m'ennuie pas de devoir les empiler tous les soirs. Peut-être que cela me donne l'illusion d'être maître de la situation. Larry ne s'attarde pas à ce genre de chimère : il se contente de les balancer à travers la pièce, les laissant tomber n'importe où.

Je me déshabillai et me glissai dans le lit contre mon mari, le cherchant dans le noir. Il soupira, s'étira et se tourna sur le dos pour me prendre dans ses bras, heureux de me sentir contre lui.

— Salut, bille de clown, me chuchota-t-il en m'embrassant dans le cou, tandis que mes doigts dessinaient une longue ligne sinueuse sur la toison de son torse, descendant lentement.

Il laissa échapper un petit grognement tandis que ma main s'aventurait encore plus bas. Je ne sais pas pourquoi mais je me sens toujours personnellement insultée lorsque Larry n'est pas excité quand ma main se pose sur lui. Je sais que c'est stupide, que les hommes réagissent moins vite en vieillissant, que certaines parties de leur corps ne se mettent plus au garde-à-vous à la moindre allusion sexuelle, et qu'un peu de persévérance finira toujours par payer. Ce qui ne m'empêche pas d'être déçue, contrariée même, pour être totalement franche, quand je constate que ma simple présence ne suffit plus. Je sais que nous sommes mariés depuis presque vingt-cinq ans. Je sais que mon corps n'est plus le même qu'autrefois. Je sais qu'une certaine routine s'est installée entre nous. Je sais combien il est difficile d'être romantique. N'ai-je pas déjà confessé que je n'étais pas sentimentale ? Mais j'aime beaucoup mon mari. Et jamais, un seul instant, je n'ai douté de son amour pour moi.

Oubliant ma déception, je me mis à le caresser doucement et sentis, avec reconnaissance, son corps réagir rapidement. Je m'allongeai sur lui et me mis à bouger lentement, puis de plus en plus vite, comme si quelqu'un me poursuivait, et peut-être étais-je réellement poursuivie.

Tandis que Larry sombrait dans le sommeil, je vis Robert qui me regardait depuis l'un des fauteuils ivoire, devant la fenêtre, son sourire de chat du Cheshire brillant dans l'ombre. Son image flotta dans les airs, s'approcha de moi et me chuchota : « Fais de beaux rêves ».

# 7.

Tout en cherchant désespérément à comprendre le rôle que Sara a joué dans ce qui est arrivé, je me demande si j'aurais pu agir différemment, si j'aurais pu éviter les bouleversements et la tragédie qui suivirent. J'avais certainement tous les indices nécessaires. Les pièces de mon puzzle étaient toutes là. Il suffisait que je les assemble dans le bon ordre. À moins qu'il n'y ait déjà eu des pièces manquantes ? Mais cela m'aurait-il avancé de les retrouver ?

Lorsque Sara était sortie, ce soir-là, prétendant qu'elle allait répéter le prochain défilé de mode à l'école, l'idée ne m'avait pas effleurée qu'elle pouvait mentir. Ou peut-être que si. L'expérience m'avait appris à considérer d'un œil suspect tout ce que faisait Sara. Mais, telle une femme déterminée à rester avec son mari volage, j'avais décidé de croire tout ce qu'elle me raconterait, jusqu'à preuve du contraire. Sara étant fidèle à elle-même, il n'y avait jamais longtemps à attendre.

La première fois que j'avais surpris Sara en flagrant délit de mensonge, elle venait tout juste d'avoir quinze ans. Nous étions allées dîner dehors, il pleuvait, et Sara avait fait tomber son sac en courant vers la voiture. Une dizaine de paquets de cigarettes vides s'en étaient échappés et s'étaient étalés sur le trottoir trempé.

— C'est pas à moi, s'empressa-t-elle de dire en les ramassant précipitamment tandis que je la regardais, muette de consternation.

— Ils ne sont pas à toi ? répétai-je.

— C'est à une copine. Elle les collectionne.

Évidemment, n'importe qui aurait compris aussitôt que ce n'était qu'un mensonge et aurait réglé le problème sur-le-champ. Mais quand c'est votre propre enfant qui vous raconte des bobards, tout est différent.

— Ton amie collectionne les paquets de cigarettes vides ?

— Oui, et sa mère serait furieuse si elle l'apprenait, alors elle m'a demandé de les garder pour elle, dit Sara en se redressant, après avoir fourré les emballages trempés dans son sac, hors de ma vue. D'ailleurs je ne fume pas, insista-t-elle. C'est pas à moi.

Je fis de gros efforts pour la croire. Les gens collectionnent toutes sortes de choses bizarres. Pourquoi pas des emballages de cigarettes ? Et si cela risquait de contrarier la mère de son amie, quoi de plus normal que de demander à Sara de les lui garder. Voilà ce dont j'avais voulu me convaincre. Mais mon bon sens avait fini par l'emporter, et la psychothérapeute avait repris la situation en main.

— Tu dis que tu ne fumes pas et j'aimerais beaucoup te croire, commençai-je. Tu sais combien il est dangereux de fumer et je sais que je ne peux pas te suivre vingt-quatre heures sur vingt-quatre. Si tu veux fumer, je ne peux pas t'en empêcher. J'espère seulement, dans ce cas, que tu seras suffisamment intelligente pour arrêter avant de ne plus pouvoir t'en passer.

Et on en resta là. Et bien sûr, elle fumait, et elle n'était pas assez intelligente pour arrêter. Pourquoi cela me surprenait-il ?

Les dix paquets de cigarettes vides furent suivis de cinq bouteilles de bière que je découvris dans son placard en cherchant le chemisier qu'elle m'avait demandé de lui repasser. Comment avais-je osé fouiller dans ses affaires ? avait-elle ensuite hurlé, comme si je n'avais pas pu voir que son chemisier blanc était par terre, au milieu de sa pagaille. Et bien sûr, la bière n'était pas à elle, elle la gardait seulement pour une amie.

Il y avait eu le jour où elle avait sauté les cours pour aller faire des courses à Fort Lauderdale, le week-end où elle était allée voir en cachette les Grateful Dead à Miami. Je ne suis certainement pas la seule mère à ne pas avoir pleuré la disparition de Jerry Garcia, et pourtant j'avais adoré ses disques dans ma jeunesse.

Les pulls disparaissaient de mes tiroirs. La moitié de nos CD s'étaient envolés. Sara volait de l'argent dans mon porte-monnaie, et le niait, prise la main dans le sac. L'adorable créature qui me considérait autrefois avec un certain respect avait cédé la place à un être qui me regardait avec tant de mépris que j'en avais froid dans le dos. J'essayais de me rassurer en me disant que c'était un passage obligé, que c'était pour Sara une façon inconsciente de se détacher de moi, de conquérir son indépendance. N'empêche que j'avais de la peine. Et ce chagrin, les livres de psychologie ne vous y préparent pas.

En fait, ce sont les mensonges qui font le plus de mal, parce qu'ils détruisent la confiance et c'est horrible de ne plus pouvoir accorder notre confiance à une personne que nous aimons.

Mais la sincérité n'avait rien de bien réconfortant non plus. Sara m'a informé allègrement, quelques semaines après son seizième anniversaire, qu'elle n'était plus vierge. Comme elle n'a jamais eu de petit ami sérieux, dire que j'étais surprise serait un euphémisme. J'ai bredouillé quelques mots pour dire que j'espérais que l'expérience avait été agréable. Puis je me suis lancée dans un cours sur le danger des rapports sexuels non protégés dans la société actuelle, certainement parce que j'avais peur de lui laisser la parole, peur qu'elle m'annonce autre chose que je ne souhaitais pas entendre. Elle m'assura qu'elle connaissait les dangers du sida, la nécessité des préservatifs, me précisant qu'elle n'était plus une enfant. Et là-dessus, elle me demanda de la conduire chez le marchand de disques.

C'est à peu près à cette époque qu'elle m'a avoué avoir tâté de la drogue. Juste un peu d'herbe et d'acide, me dit-elle en haussant les épaules. Franchement pas de quoi inquiéter nos pauvres petits cerveaux démodés. Elle nous rappela que c'était notre génération qui avait pratiquement inventé les hallucinogènes. Je lui ai rappelé qu'ils étaient toujours interdits, qu'elle jouait avec le feu, et qu'elle pourrait aller faire ses valises si jamais nous trouvions de la drogue à la maison.

— Voilà ce qu'on gagne à être franc avec vous, avait-elle maugréé.

Elle se mit à recevoir des coups de fil à n'importe quelle heure de la nuit. Comme nous n'avons qu'une ligne, ces appels réveillaient toute la maison. Je lui dis que cela devait cesser. Elle me répondit qu'elle ne pouvait rien y faire. Je rétorquai que c'était à elle de dire aux gens de ne pas appeler après onze heures du soir. Elle me dit de me mêler de mes affaires. Notre discussion fut alors brutalement interrompue par Larry qui se précipita dans sa chambre pour arracher son téléphone du mur. Le problème fut ainsi radicalement résolu.

C'est grâce au téléphone que nous avons découvert que Sara n'était pas allée à la répétition du défilé de mode de l'école. Une amie, qui me parut passablement éméchée, appela à deux heures du matin pour prévenir que Sara avait oublié son sac à la soirée. Pourrions-nous lui dire de ne pas s'inquiéter ? Nous avons répondu que nous en serions ravis.

En fait, Sara s'était aperçue qu'elle avait oublié son sac et elle était retournée le chercher, elle était donc au courant du coup de fil et, comme nous, elle s'était préparée à notre affrontement. Vous n'imaginerez jamais, se lamenta-t-elle, avant même d'avoir franchi le seuil de la porte, elle était allée jusqu'à l'école pour s'apercevoir que la répétition avait été annulée. Un groupe d'élèves, sachant combien ce défilé était important (il était organisé au profit de United Way) et voulant faire du bon travail, avaient décidé d'organiser une répétition chez l'un d'entre eux. Il n'y avait pas eu de fête. Ils avaient travaillé comme des dingues pour ne s'arrêter qu'une heure plus tôt, quand ils avaient jugé que ce serait le meilleur défilé jamais présenté. Si nous ne la croyions pas, finit-elle avec un grand geste, c'était notre problème, pas le sien, mais ça lui ferait beaucoup de peine. Le temps qu'elle nous débite tout cela, elle avait réussi à se mettre dans une colère digne de la Bible. Comment osions-nous ne pas lui faire confiance ? Mais quelle sorte de parents étions-nous donc ? Et de quel droit avions-nous parlé à ses amis, d'abord ?

Nous l'avions privée de sortie pour deux semaines.

— Allez au diable, avait-elle hurlé en courant vers sa chambre.

— Attention ! l'avertis-je.

— Attention, toi-même, madame la psy !

Elle claqua sa porte.

— Ça sera trois semaines, cria Larry.

Le choc d'une chaussure jetée contre la porte encore vibrante nous répondit en retour.

Quelques secondes plus tard, Michelle sortit sur la pointe des pieds de sa chambre et nous considéra, son père et moi, d'un œil torve.

— Vous savez bien que ça ne sert jamais à rien de lui interdire de sortir, commença-t-elle, le sérieux de son message quelque peu compromis par la chemise de nuit avec un ours en peluche qu'elle portait. Interdire aux enfants de sortir ne fait que les rendre encore plus mauvais.

Elle a raison, me dis-je.

— Retourne te coucher, lui dis-je.

Mais il ne faut pas croire que Sara soit toujours horrible. Je reconnais que certaines de ses tirades font preuve d'une imagination époustouflante, certes, mais Sara est d'une vulnérabilité effrayante, elle a réellement un bon fond. Sous son énorme poitrine bat le cœur d'une gentille fille. Sara est une enfant prisonnière d'un corps d'adulte. Elle est encore au stade de la chrysalide.

Je me souviens du jour où elle a eu ses règles pour la première fois. Elle avait quinze ans, ce qui est tard, et elle avait oublié depuis longtemps la conversation que nous avions eue toutes les deux à ce sujet. Je lui avais donné des protections hygiéniques et elle avait quitté la pièce en rasant les murs, comme si ce triste état de choses était de ma faute. Le lendemain matin, je lui avais demandé si les serviettes ne l'avaient pas gênée pour dormir. Elle m'avait regardée, horrifiée.

— Tu ne veux pas dire qu'il faut porter ça la nuit ?

J'en ris encore, comme de son dégoût lorsqu'elle était revenue me trouver quatre jours plus tard.

— Combien de temps ça va durer ? m'avait-elle demandé d'une voix indignée.

Je n'avais pas eu le courage de lui dire qu'elle en avait probablement pour encore trente-cinq ans, au moins.

Un soir, Sara m'aidait à contrecœur à mettre la vaisselle sale dans le lave-vaisselle. J'avais rangé tous les verres ensemble. Il n'en restait plus qu'un que je mis de l'autre côté du lave-vaisselle. Sara enleva aussitôt l'un des verres que j'avais soigneusement alignés pour le mettre contre celui qui était isolé.

— Je ne veux pas qu'il se sente seul, expliqua-t-elle.

J'en aurais pleuré. Je la serrai alors contre moi en lui disant que je l'aimais. Sara se laissa embrasser, marmonnant qu'elle m'aimait elle aussi, puis elle quitta la pièce.

Comment s'y retrouver entre l'innocente petite chose qui s'inquiète de ce que peut éprouver la vaisselle sale et le grossier personnage qui semble ignorer que les êtres humains ont eux aussi une certaine sensibilité ?

La pomme ne tombe jamais loin de l'arbre, dis-je à mes patients, pour essayer de les rassurer (ce dont je suis personnellement convaincue), la vie finira par reprendre son cours, et les adolescents comme Sara redeviendront des êtres humains. À condition qu'ils vivent suffisamment longtemps pour cela.

Est-ce vrai que nous avons les enfants que nous méritons ? Qu'en dirait ma mère ? je me le demande.

Et pour répondre à ma question, je ne sais pas si j'aurais pu empêcher ce qui est arrivé en agissant différemment dès le début. C'est facile de raisonner après coup. On fait de son mieux avec ce qu'on a. Parfois, ça suffit. Parfois c'est raté.

Je résistai aux supplications de Jo Lynn qui voulait que je l'accompagne à nouveau au tribunal, lui précisant que je ne m'intéressais ni à Colin Friendly ni aux projets qu'elle formait à son égard. Pour être franche, je suivais attentivement le procès dans les journaux et à la télévision. Au cours des dernières semaines, le procureur avait fait venir à la barre une longue file de témoins, et tous avaient pu, d'une manière ou d'une autre, établir un lien entre l'accusé et au moins huit des femmes assassinées. Un vieil homme témoigna qu'il avait vu l'une des victimes montrer son chemin à Colin Friendly le jour de sa disparition. Une femme aux yeux rougis par les larmes jura l'avoir vu assis, sur un banc, dans le parc où son amie allait régulièrement promener son chien. Des enfants avaient retrouvé le chien errant dans les rues du voisinage, sa laisse traînant derrière lui. Et des campeurs avaient retrouvé sa maîtresse, ou plutôt ce qu'il en restait, quatre mois plus tard, près du lac Okeechobee. Le médecin légiste avait pu établir qu'elle avait été violée, frappée, puis poignardée de quatre-vingt-six coups de couteau.

Le mercredi, cela faisait deux jours que le médecin légiste témoignait à la barre. Il avait décrit dans les moindres détails les blessures de chacune des victimes et la façon dont elles avaient été occasionnées. Il avait énoncé les conclusions des autopsies d'un ton neutre, dénué de toute nuance, vide de toute émotion. La victime numéro un, Marie Postelwaite, vingt-cinq ans, infirmière au JFK Memorial, avait été violée, frappée, poignardée, puis étranglée avec son propre collant, noué si serré autour de son cou qu'elle en avait été presque décapitée. La victime numéro deux, Christine McDermott, trente-trois ans, institutrice et mère de deux enfants, avait été violée, sodomisée, battue, poignardée et mordue à plusieurs reprises. La victime numéro trois, Tammy Fisher, seize ans, élève brillante de terminale, avait été retrouvée violée, frappée, poignardée, la gorge tranchée d'une oreille à l'autre. Et ainsi de suite jusqu'à la treizième victime, Maureen Elfer, vingt-sept ans, jeune mariée, qui avait été violée, sodomisée, frappée, poignardée et carrément étripée. De légères variations du même thème épouvantable.

Et je n'avais pas du tout envie d'entendre de près ces horribles descriptions, avais-je dit à ma sœur, la veille au soir, quand elle m'avait appelée. Cela me suffisait de les lire dans les journaux, sans avoir à endurer les sanglots étouffés des familles des victimes au fur et à mesure que de nouvelles horreurs leur étaient révélées. N'en avait-elle pas assez ? lui avais-je demandé.

— Tu plaisantes ? C'est seulement le début.

Les preuves de l'autopsie étaient tout à fait litigieuses, vraisemblablement falsifiées, me dit-elle, d'un air entendu. L'ADN était une science notoirement inexacte. Le médecin légiste était à la solde du procureur. Attends un peu que la défense s'occupe de lui.

Je pensais à ma visite au petit bâtiment sur Gun Club Road. Je l'avais racontée à ma sœur, espérant que cela la ferait réfléchir. En vain.

— L'innocence de Colin sera prouvée. Tu verras, insista-t-elle.

Elle le soutenait toujours, bien qu'il n'ait pas répondu à sa lettre. Il y en avait au moins un de raisonnable, pensai-je, soulagée.

— Je me demande si on lui a donné ma lettre, dit-elle d'un ton songeur le mercredi suivant, au tribunal, alors que je me tortillais sur mon siège, mon regard revenant constamment vers le fond de la salle, balayant d'un air désinvolte les rangées réservées aux médias.

Que faisais-je ici ? Avais-je espéré revoir Robert ? Était-ce la raison qui m'avait fait accepter de passer une journée de plus au tribunal ?

Oh ! mon Dieu ! me dis-je en frissonnant. Je ne vaux pas mieux que ma sœur.

— Tu crois qu'ils auraient fait ça ? demandait Jo Lynn.

— Fait quoi ?

— Qu'ils ne lui auraient pas donné ma lettre ?

— Je n'en sais rien, répondis-je honnêtement, perturbée par la force de mon propre aveuglement.

— À mon avis, continua-t-elle, ce doit être illégal de ne pas donner son courrier à quelqu'un. Puisque je lui ai écrit une lettre, que je la leur ai confiée, ils sont tenus de la lui faire parvenir, je pense. Pas toi ?

— Je n'en ai pas la moindre idée.

Mon ton trahit une certaine fébrilité. Je m'en aperçus. Jo Lynn aussi.

— Qu'est-ce qui t'arrive ? Tu es déçue que ton petit ami ne soit pas venu ?

Je tournai brusquement la tête vers elle, mes yeux jetant des éclairs, les joues écarlates.

— Quand arrêteras-tu de dire des absurdités ?

— J'ai touché un point sensible, on dirait.

La porte sur le devant de la salle s'ouvrit et le prisonnier fut introduit. Il balaya la salle d'un seul regard. À côté de moi, Jo Lynn lui fit signe de la main, agitant juste le bout des doigts, avant d'y déposer un petit baiser du bout des lèvres et de le souffler vers lui. Les lèvres de Colin Friendly se retroussèrent en un sourire tandis qu'il faisait mine d'attraper le baiser invisible au vol, refermant ses doigts dessus comme sur la gorge d'une jeune fille. Il portait le costume bleu qu'il avait la première fois que je l'avais vu, mais cette fois sa chemise était blanche et sa cravate bleu marine. Je me demandai s'il changeait de cravate et de chemise tous les jours, et dans ce cas, qui s'en occupait. Je faillis poser la question à Jo Lynn mais me ravisai. Elle en profiterait à tous les coups pour faire une réflexion sur ma tenue, sur le fait que je portais une ravissante robe à fleurs que je réservais habituellement à des occasions plus mondaines, et elle ne manquerait pas d'en déduire que je l'avais mise dans l'espoir de croiser Robert.

Jo Lynn portait un pull blanc profondément décolleté et une minijupe en cuir noir. Elle venait de se laver les cheveux et ils retombaient en boucles blondes sur ses épaules, comme une lourde dentelle. Je surpris à plusieurs reprises des gens se penchant pour la regarder. Jo Lynn semblait ne s'apercevoir de rien, toute son attention concentrée sur l'accusé, mais je voyais qu'elle se savait observée. Et, à la façon dont elle secouait la tête et écartait ses cheveux de son visage, je voyais très bien qu'elle en était ravie.

Elle était devenue une sorte de célébrité dans la salle 11A. Les gens venaient lui parler. Ils lui demandaient son avis sur l'audience de la veille. Ils lui demandaient si elle pensait que Colin témoignerait pour sa défense, si ce serait bien qu'il le fasse. J'étais surprise de voir combien elle semblait s'y connaître, et combien on semblait l'écouter. Elle se plaignait toujours que je ne la prenne pas assez au sérieux et elle avait peut-être raison.

Le médecin légiste avait repris sa place à la barre des témoins. C'était un petit homme trapu, qui devait mesurer moins de un mètre soixante-cinq, avec des cheveux sombres et un visage oblong qui avait l'air d'avoir été coincé entre les portes d'un bus, des traits rapprochés, et des lunettes en équilibre instable sur le bout de son nez. Il s'appelait Ronald Loring et devait avoir quarante-cinq ans environ. Plus jeune que moi, me dis-je.

— Nous n'avons plus beaucoup de questions à vous poser, ce matin, Dr Loring, commença le procureur, boutonnant sa veste rayée marron tout en s'approchant du témoin.

Le Dr Loring hocha la tête.

— Vous avez déclaré que les victimes ont toutes été violées et parfois même sodomisées, est-ce bien exact ?

— Oui, c'est exact.

— A-t-on retrouvé du sperme sur les victimes ?

— On a retrouvé du sperme correctement conservé sur plusieurs victimes.

Il énuméra leurs noms.

— Et ce sperme correspond-il à celui qui a été prélevé sur Colin Friendly ?

— Oui, de façon significative.

Je jetai un coup d'œil vers Jo Lynn. Elle secoua la tête et fit bouffer ses cheveux, faisant semblant d'ignorer mon regard.

Il s'ensuivit une longue discussion sur les techniques utilisées pour analyser et identifier le sperme. Cela avait un rapport avec les sécrétions corporelles, le groupe sanguin et d'autres variables. J'ai oublié. Selon ces variables, il y avait soixante-dix pour cent de chances que Colin Friendly fût celui qui avait violé et sodomisé ces femmes.

— Soixante-dix pour cent, répéta dédaigneusement Jo Lynn.

Il en était de même des traces de dents incrustées dans la chair de plusieurs victimes. On avait pris un moule des dents de Colin Friendly. Les traces de salive trouvées au fond des blessures laissaient à penser qu'il s'agissait de l'accusé sans permettre de l'affirmer formellement. En dépit de cela, le Dr Ronald Loring déclara qu'il ne subsistait pas le moindre doute dans son esprit, Colin Friendly était bien responsable des morsures retrouvées sur les corps des victimes.

Qu'en était-il des corps retrouvés dans un tel état de décomposition qu'ils n'étaient plus qu'un tas d'os au moment où ils avaient été déterrés ? demanda le procureur. Comment le médecin pouvait-il déterminer que ces malheureuses avaient été assassinées, sans même aller jusqu'à dire que le meurtrier était Colin Friendly ?

Le Dr Loring se lança dans de longues explications sur les merveilles de la médecine légale, décrivant à quel point ces techniques scientifiques s'étaient perfectionnées, permettant parfois de donner l'heure précise et la cause du décès d'une personne. Il expliqua en détail les méthodes employées par ses services. Sa voix était calme, son ton dénué de toute passion. Je voyais qu'il n'était plus suivi par certains membres du jury dont les yeux étaient perdus dans le vague ou menaçaient même de se fermer.

— Quel charabia ! marmonna Jo Lynn.

Cela mis à part, la façon dont les victimes avaient été frappées établissait un rapport certain entre l'accusé et chacune des victimes, continua le Dr Loring, tandis que le jury et le reste de la salle tendaient l'oreille. Les femmes avaient été sauvagement frappées, leur nez avait été cassé. De nombreux coups de couteau entouraient les seins des victimes, dessinant un huit horizontal. Elles avaient été éventrées. Et elles avaient été poignardées dans le cœur à plusieurs reprises.

Les treize femmes pour le meurtre desquelles était jugé Colin Friendly avaient été assassinées par le même homme, conclut le médecin légiste. Et cet homme, c'était Colin Friendly.

— Quel charlatan ! s'exclama Jo Lynn.

Je ne pus me retenir. Tel un poisson affamé, je mordis à l'hameçon.

— Comment peux-tu dire une chose pareille ? Tu n'as donc pas écouté ce que disait le Dr Loring ?

— J'ai entendu qu'il disait soixante-dix pour cent, pas cent pour cent, rétorqua-t-elle. J'ai entendu « très proches » et non pas « identiques ». Il n'a rien prouvé du tout. Attends un peu que M$^{e}$ Armstrong s'en occupe.

À mon grand soulagement, le juge suspendit l'audience pour le déjeuner. Je regardai Colin Friendly se lever, parler brièvement à ses avocats puis se tourner en souriant vers Jo Lynn tandis qu'on le faisait sortir de la salle.

— Tiens bon, Colin, dit Jo Lynn, soulignant sa confiance en lui d'un hochement de tête.

— Je crois que j'en ai assez entendu pour aujourd'hui, dis-je à Jo Lynn. Si on s'en allait ?

Elle me regarda d'un air outré.

— Qu'est-ce qui te prend ? Ton petit ami ne s'est pas pointé, alors tu plies bagage et tu rentres ?

— Ne sois pas ridicule.

— C'est la deuxième fois aujourd'hui que tu me trouves ridicule. Je n'ai rien de ridicule. C'est toi qui es grotesque à courir après un type qui t'a plaquée il y a trente ans.

Je dus faire appel à tout mon sang-froid pour ne pas me mettre à hurler. Je pris quelques profondes inspirations, et saisissant mon sac, manifestai sans équivoque mon intention de partir. Jo Lynn s'écarta pour me laisser passer et je m'engageai dans l'allée.

— Excusez-moi, mademoiselle Baker.

Me retournant, je vis l'avocat de la défense musclé et blond s'approcher de ma sœur. Il se pencha, lui chuchota quelques mots à l'oreille puis s'éloigna.

Nous fûmes aussitôt entourées de reporters, leurs appareils photo crépitant de tous côtés, comme une rafale de mitraillette. Baissant la tête, je continuai à marcher vers la sortie. Jo Lynn m'emboîta le pas, mais suffisamment lentement pour que les photographes puissent la suivre.

— Que vous a dit Jake Armstrong ? demanda un journaliste.

— C'est confidentiel, je le crains, répondit ma sœur avec un sourire charmeur, les lèvres en cœur, les yeux légèrement baissés.

Une vraie coquette.

— Quelle est la nature exacte de vos relations avec Colin Friendly ?

— Je suis simplement une amie convaincue de son innocence.

— Même après les preuves que nous avons eues ce matin ?

— Je crois que les preuves peuvent être forgées et les analyses de laboratoires peuvent être falsifiées. L'institut médico-légal du comté de Palm Beach est vieux et suranné, dit-elle, se servant de ce que je lui avais confié pour étayer sa théorie. Leur équipement est plutôt dépassé.

Voilà qui m'apprendrait à lui faire des confidences, me dis-je, ulcérée.

— Colin Friendly est-il votre petit ami ?

— Vraiment, votre question est trop indiscrète.

— Dites-nous ce que Jake Armstrong vous a dit.

Jo Lynn s'arrêta, décocha à chacun des journalistes assemblés autour d'elle un grand sourire, humectant ses lèvres pour la caméra.

— Franchement, les gars, dit-elle, comme si ces étrangers étaient ses meilleurs amis, vous savez bien que je vous dirais tout si je le pouvais. Je vous en prie, il ne faut pas m'en vouloir.

Et sur ces paroles, elle me prit par le bras et me poussa vers le couloir.

— Pour l'amour du ciel, murmurai-je à voix basse, qu'est-ce qui te prend ?

— Je suis simplement polie. Comme maman nous a appris.

Elle m'attira dans un renfoncement en me souriant d'un air taquin.

— Tu veux savoir ce que Jake Armstrong m'a dit ?

— Non.

— Menteuse. Allez, demande-moi.

J'essayai de garder le silence, mais le cœur n'y était pas. En fait, je mourais d'impatience de l'apprendre, et nous le savions toutes les deux.

— Que t'a-t-il dit ?

Un sourire triomphal s'étala sur le visage de Jo Lynn.

— Tout finit par arriver, dit-elle, tandis que je sentais mes jambes se dérober sous moi. Colin Friendly veut me rencontrer.

# 8.

— Et si vous me disiez ce qui vous a conduits ici ?

La dame brune d'un certain âge jeta un regard inquiet vers son mari, dont les yeux étaient vissés sur ses mocassins Gucci marron. Elle se retourna vers moi.

— Je ne sais pas par où commencer.

Elle jeta un nouveau coup d'œil anxieux à son mari.

— Arrête de me regarder, dit-il, sans lever la tête. Ce n'est pas moi qui ai voulu venir ici.

— Vous ne vouliez pas venir ? répétai-je.

— C'est elle qui en a eu l'idée, dit-il en pointant un pouce dédaigneux dans la direction de son épouse.

Lois et Arthur McKay étaient assis en face de moi, leurs fauteuils orientés vers des murs opposés. C'était un beau couple. Grands, parfaitement habillés, ils avaient une allure presque princière. Ils avaient dû être beaux comme des dieux dans leur jeunesse, le champion de foot du campus et la reine de beauté de l'année. Ils étaient mariés depuis trente ans et avaient trois grands enfants. C'était leur première visite.

— Pourquoi croyez-vous que votre femme a voulu venir ici ?

Il haussa les épaules.

— Vous n'avez qu'à le lui demander.

Je hochai la tête.

— Lois ?

Elle jeta un regard hésitant autour d'elle.

— J'en ai assez d'être ignorée, dit-elle, baissant les yeux vers le sol.

— Tu te plains parce que je joue de temps en temps au golf et au bridge.

— Tu joues au golf tous les jours et au bridge trois fois par semaine.

— Je suis à la retraite. C'est pour cela que nous sommes venus vivre en Floride.

— Je croyais que nous avions déménagé pour pouvoir passer plus de temps ensemble.

Lois McKay respira profondément, prit un mouchoir en papier et se tut pendant quelques secondes.

— Il n'y a pas que le bridge, finit-elle par dire. Il n'y a pas que le golf.

— Qu'y a-t-il ? demandai-je.

— L'année dernière, commença Lois, sans que j'aie à la pousser plus avant, j'ai passé une visite médicale de routine. Le médecin m'a découvert une grosseur au sein droit. Elle m'a envoyée faire une mammographie. Pour résumer mon histoire, la mammographie a révélé un cancer. J'ai dû subir l'ablation d'un sein. Demandez à mon mari ce qu'il a fait pendant mon opération.

— Tu es injuste, protesta son mari. Tu m'avais dit que tu n'avais pas besoin que je sois là, que je ne pourrais rien faire pour toi à l'hôpital.

— Vous auriez voulu qu'il soit là ? demandai-je.

Lois McKay ferma les yeux.

— Bien sûr.

— Ne m'as-tu pas dit que je ferais mieux d'aller jouer au golf ?

— Oui, c'est ce que je t'ai dit.

— Mais vous ne le pensiez pas, dis-je doucement.

— Non.

— Qu'est-ce qui vous empêchait de dire à votre mari que vous aviez envie qu'il soit auprès de vous ?

Elle secoua la tête. Des larmes tombèrent sur ses genoux, tachant la jupe de son tailleur vert clair.

— Il n'aurait pas dû avoir besoin que je le dise.

— Je suis censé lire dans tes pensées ?

— Je voulais que cela vienne de lui, murmura Lois McKay.

— Et vous avez eu de la peine en voyant qu'il n'était pas là.

Elle hocha la tête.

— Voilà qu'il faudrait que je sois devin maintenant, grogna son mari.

— Tu aurais dû être près de moi. Tu aurais dû t'inquiéter de savoir si je vivrais ou pas. Tu aurais pu avoir au moins la décence de me rendre visite à l'hôpital.

— Vous n'êtes pas allé voir votre femme pendant qu'elle était à l'hôpital !

— Elle sait bien ce que j'éprouve dans ces endroits. Je les déteste. Ils me donnent la chair de poule.

— Demandez-lui quand il m'a touchée pour la dernière fois. Demandez-lui quand nous avons fait l'amour la dernière fois. Nous n'avons pas fait l'amour depuis avant mon opération, continua-t-elle dans le même souffle. Il ne s'est pas approché de moi une seule fois.

— Tu étais malade, bon sang ! D'abord l'opération, ensuite les rayons. Tu étais épuisée. C'était bien le dernier de tes soucis !

— Je ne suis plus malade. Je ne suis plus fatiguée. Je suis seulement lasse d'être ignorée, dit-elle, éclatant en sanglots. J'ai l'impression de ne plus exister, comme si en m'enlevant le sein on avait fait disparaître tout le reste.

Pendant quelques instants, le seul mouvement perceptible dans la pièce fut le tremblement silencieux de ses épaules. Je me tournai vers Arthur McKay. Il était raide sur sa chaise, le visage figé comme un masque mortuaire.

— Avez-vous eu peur lorsque vous avez appris que votre femme avait un cancer ? demandai-je.

— Pourquoi aurais-je eu peur ?

— Parce que le cancer est une chose effrayante.

— Je sais tout sur le cancer. Ma mère est morte de ça quand j'étais petit.

— Avez-vous eu peur que votre femme meure ?

Ses yeux jetèrent des éclairs, il serra les poings. Et ne dit rien.

— Avez-vous parlé à votre femme de ce que vous éprouviez ?

— Ce que je ressentais ne l'intéressait pas.

— Ce n'est pas vrai. J'ai essayé bien souvent de te parler.

— Écoute, quelle différence cela fait-il ? dit-il. C'est comme l'eau qui passe sous les ponts. Nous ne pouvons rien y changer.

— Et maintenant ?

— Quoi, maintenant ?

— Avez-vous peur ?

Arthur McKay ouvrit la bouche comme pour parler, puis il la referma, sans rien dire.

— Une mammectomie est bien plus compliquée que la plupart des opérations. La perte d'un sein a beaucoup de conséquences. Pour les deux partenaires. Comment avez-vous ressenti l'opération de votre femme ? Qu'éprouvez-vous maintenant ? corrigeai-je aussitôt.

— Je ne sais pas, répondit Arthur McKay d'une voix impatiente.

— Moi, je sais, dit Lois McKay, prenant un nouveau mouchoir pour essuyer ses larmes. Ça le dégoûte. Je le dégoûte.

— Est-ce vrai ? demandai-je. Cela vous dégoûte ?

Pendant un long moment très pénible, Arthur McKay ne dit rien.

— Que suis-je censé éprouver ? demanda-t-il enfin.

— Tu pourrais être content que je sois en vie.

— Je suis content que tu sois en vie.

— Content mais dégoûté.

Nouveau silence interminable. Arthur McKay se leva et se mit à arpenter la pièce comme un lion en cage.

— C'est fabuleux. Tu me fais vraiment passer pour le dernier des salauds. Déjà que ce n'était pas très glorieux d'être dans la peau du type qui va jouer au golf pendant que sa femme est sur la table d'opération et qui ne lui rend même pas visite. Mais ce n'était que le début. Il paraît que le type est dégoûté par l'intervention que sa femme a subie. Et il sait que ça ne va pas s'arranger. Il ne peut rien sur ses sentiments. Et il en a ras le bol de se sentir coupable.

— Ce n'est pas parce que j'ai perdu un sein que je ne suis plus une femme, dit Lois, le visage ruisselant de larmes. C'est toi qui n'es plus un homme.

Pendant quelques secondes, Arthur McKay resta pétrifié. Puis il s'approcha de la porte, l'ouvrit et sortit dans le couloir. La porte se referma derrière lui.

Je bondis sur mes pieds.

— Laissez-le partir, dit calmement Lois en tortillant son mouchoir.

— Nous pouvons arranger les choses, dis-je, sachant qu'il suffirait de quelques mots pour que son mari revienne dans la pièce.

Elle secoua la tête.

— Non, c'est trop tard. En fait, je suis soulagée que la vérité soit étalée au grand jour.

— Il a terriblement peur de vous perdre, dis-je tout en sachant combien ces paroles pouvaient paraître étranges après ce que son mari avait dit.

— Oui, bizarrement, je crois que vous devez avoir raison, convint-elle à ma grande surprise. Mais je pense que cela n'a plus d'importance.

— Il va peut-être changer.

— Je n'ai plus de temps à perdre, constata platement Lois McKay. En plus, il a raison : il ne peut rien faire contre ce qu'il ressent.

— Et vous, qu'éprouvez-vous ?

Elle prit une profonde inspiration, et les mots tombèrent de sa bouche tandis qu'elle expulsait l'air.

— Je me sens blessée. Révoltée. Effrayée.

— Qu'est-ce qui vous effraie ?

— L'avenir. Pour autant qu'il m'en reste, ajouta-t-elle en haussant les épaules.

— Vous en avez un.

— À cinquante-cinq ans, avec un sein en moins ?

Elle sourit, mais c'était un sourire lourd de chagrin, comme un nuage chargé de pluie. Avant de partir, elle prit plusieurs rendez-vous. Juste pour elle, précisa-t-elle. Elle viendrait seule.

Quelques instants après son départ, j'avais échangé mon tailleur pour mon survêtement blanc et je marchais d'un bon pas sur mon tapis de jogging. Je me demandais comment j'affronterais la perte d'un sein. Je me demandais si Larry réagirait comme l'avait fait Arthur McKay.

Je connaissais déjà la réponse, au moins en ce qui concernait Larry. Il se moquerait totalement de l'ablation du sein, cela ne compterait pas plus pour lui que si je prenais dix kilos ou si je perdais tous mes cheveux.

Nous nous étions rencontrés lors d'un rendez-vous organisé par des amis. Je n'étais franchement pas ravie, je n'aimais pas sortir. À vingt et un ans, j'étais toujours vierge, non pas par choix mais parce que les circonstances l'avaient voulu ainsi. Cela faisait une éternité que je n'étais pas sortie. Je passais la journée en cours et la nuit à la bibliothèque. Je ne rentrais chez moi que quand je ne pouvais pas faire autrement. Je m'endormais en entendant mon beau-père faire des scènes et je me réveillais en entendant ma mère sangloter. Je crois que c'est pour cela que j'avais accepté de sortir avec Larry : tout plutôt que de rester à la maison.

Nous étions allés dîner dans un petit restaurant italien non loin du campus. Il m'a dit plus tard qu'il était tombé amoureux de moi dès cette première soirée. « Pourquoi ? » lui avais-je demandé, m'attendant à une profusion de compliments sur mes yeux, mes lèvres, mon extrême intelligence. « Parce que tu as mangé tout ce qu'il y avait dans ton assiette », m'avait-il répondu.

Comment ne pas l'aimer ?

Il n'y avait eu aucun jeu entre nous, aucun faux-semblant. Ses yeux pleins de gentillesse n'étaient que le reflet de sa générosité. Je me sentais en sécurité avec lui. Je savais qu'il serait bon pour moi, qu'il ne me ferait jamais de mal volontairement. Après toutes les horreurs que j'avais connues à la maison, cela comptait plus que tout. Larry était un homme bien, honnête, jamais je ne pourrais rencontrer quelqu'un de plus respectable. Je savais qu'il m'aimerait quoi qu'il arrive.

J'étais sur mon tapis de jogging lorsque le téléphone sonna. Normalement je laisse le répondeur répondre à ma place et je ne sais toujours pas exactement ce qui m'a poussée à aller décrocher moi-même. J'ai dû penser que c'était Jo Lynn, elle m'avait dit qu'elle m'appellerait tous les jours pour me donner le compte rendu des événements de la journée. Le procureur avait passé la majeure partie de la semaine précédente à essayer de convaincre le jury de l'exactitude des preuves fournies grâce à l'ADN, appelant témoin sur témoin pour que soient expliquées les procédures compliquées et souvent ennuyeuses utilisées pour les tests. La défense avait passé autant de temps à essayer de discréditer ces démonstrations. Jo Lynn était de plus en plus nerveuse. N'ayant toujours pas rencontré Colin Friendly, elle avait fini par se convaincre qu'il y avait une coalition contre eux pour les empêcher de se voir.

— Centre de thérapie familiale, dis-je en décrochant le combiné.

— Pourrais-je parler à Kate Sinclair, s'il vous plaît ?

— C'est moi.

— Kate, ici Robert Crowe.

Aussitôt mon cœur se mit à battre la chamade et ma respiration se fit haletante comme si j'étais remontée sur le tapis de jogging.

— Allô ? Kate, tu es là ?

— Oui, m'empressai-je de répondre, profondément contrariée de la réaction incontrôlée de mon corps au simple son de sa voix.

Je venais de vanter, en long et en large, les vertus morales de mon mari : où étaient les miennes ?

— Comment vas-tu ?
— Très bien. J'ai beaucoup regretté de ne pas te voir, ce matin, au tribunal.
— Tu y étais ?
— Oui, mais pas toi.
— Je ne peux y aller que le mercredi.
— Je m'en souviendrai. J'ai vu ta sœur.
— C'est difficile de faire autrement.
— C'est intéressant ce qu'on a écrit sur elle, dans les journaux, l'autre jour. « La nouvelle amie de Friendly », une petite phrase qui marque. Qu'en est-il au juste ?
— Rien du tout.
Était-ce la raison de son appel ? Cherchait-il à décrocher un scoop ?
— Eh bien, tu n'as rien manqué aujourd'hui. Le juge a ajourné le procès à la semaine prochaine.
— Ah bon ! Pourquoi ?
— Il paraît que Colin a la grippe. Le pauvre petit ne se sentait pas bien, alors ses avocats ont demandé l'ajournement. Qui sait ? Il a peut-être besoin de repos.
— Nous avons tous besoin de repos, dis-je en faisant des vœux pour que le rhume de Colin dégénère en pneumonie et qu'il en crève.
— C'est justement la raison de mon appel, dit Robert, et je crus un instant avoir manqué une partie de la conversation. Je me proposais de t'emmener déjeuner.
— Déjeuner ?
— Que dirais-tu de mercredi prochain ? Si tu peux t'arracher au tribunal, bien entendu.
— Tu veux qu'on déjeune ensemble ? répétai-je, me mordant la langue pour m'empêcher de le dire encore.
— J'aurais une proposition intéressante à te faire.
— Quel genre de proposition ?
— Quelque chose qui va te plaire, je crois.
— Vas-tu me dire de quoi il s'agit ?
— Je le ferai mercredi. Où est-ce qu'on se retrouve ?
Nous convînmes de nous retrouver au Charley's Crab, sur South Ocean Boulevard. À midi. Je raccrochai en me

demandant ce que diable j'étais en train de faire. Mon Dieu, marmonnai-je, m'apprêtant à rappeler Robert pour tout annuler. Mais ce n'était pas un rendez-vous galant, me dis-je, décidant que je me conduisais comme une idiote. Il s'agissait simplement d'un déjeuner. Et d'une proposition intéressante. Qu'avait-il en tête ? Eh bien, je le saurai mercredi, me dis-je en reposant le téléphone.

Il se mit aussitôt à sonner.

— Un empêchement ? dis-je dans le combiné, persuadée que c'était Robert qui se ravisait.

— Quel empêchement ? demanda Larry.

— Larry ?

— Kate, c'est toi ?

J'éclatai de rire, partagée entre la culpabilité et le soulagement.

— C'est une de mes patientes, je me demande si elle viendra un jour, elle n'arrête pas de reporter ses rendez-vous, dis-je en insistant sur le « elle ».

— Elle viendra. Personne ne peut te résister.

J'essayai de rire et finis par m'étrangler.

— Ça va ? (Je sentis l'inquiétude dans sa voix.) Tu t'es enrhumée ?

— Tout va bien, lui dis-je, me sentant de plus en plus mal. Que puis-je faire pour toi ?

— Je voulais juste savoir si nous étions libres ce vendredi soir.

— Je crois. Pourquoi ? Qu'est-ce qui se prépare ?

— Un client satisfait voudrait nous inviter à dîner.

— Quelle bonne idée.

— Parfait. Je vais lui dire qu'il peut compter sur nous. Je t'aime, bille de clown, dit-il en guise d'au revoir.

— Moi aussi, je t'aime.

Je raccrochai.

Eh bien, me dis-je, tu vas tout de suite rappeler Robert Crowe pour annuler ce déjeuner. Ces bêtises ont assez duré. S'il a quelque chose d'intéressant à te proposer, il n'a qu'à le faire par téléphone.

J'entendis la porte de ma salle d'attente s'ouvrir et se refermer. Je regardai ma montre, puis mon carnet de rendez-vous. Sally et Bill Peterson étaient en avance, et moi j'étais en retard. Pas terrible comme combinaison. Voulant retirer prestement mon sweat-shirt, je restai la tête coincée dans l'encolure. Ça t'apprendra, marmonnai-je. J'entendis alors la porte de mon bureau s'ouvrir, et j'arrachai frénétiquement le sweat-shirt pour me dégager le visage. Qui pouvait bien entrer dans mon bureau sans se faire annoncer ni y être invité ?

— Maman ! m'exclamai-je.

Elle recula contre le mur, le visage aussi gris que ses cheveux en bataille, ses yeux sombres écarquillés de peur.

— Maman, que se passe-t-il ? Qu'y a-t-il ?

— Quelqu'un me suit.

— Quoi ?

— Quelqu'un me suit, répéta-t-elle en jetant un regard furtif autour d'elle.

— Qui te suit ? De quoi parles-tu ?

— Un homme. Il me suit depuis plusieurs rues. Il est entré derrière moi dans l'immeuble.

Je me ruai aussitôt dans le couloir pour le scruter de droite à gauche. Il n'y avait personne. Je suivis le tapis rose du corridor, passai devant l'ascenseur, et m'approchant avec méfiance de la cage d'escalier, tout au fond du couloir, j'ouvris la porte d'un coup sec. Toujours personne. J'entendis les portes de l'ascenseur s'ouvrir. Une séduisante jeune femme en sortit et passa devant moi en me jetant un regard gêné. C'est alors que je m'aperçus que j'étais en pantalon de survêtement et en soutien-gorge. Et je me targue de vouloir soigner les gens, pensai-je.

— Je n'ai vu aucun homme dans les parages, dis-je à l'intention de ma mère en revenant dans le bureau pour remettre mon sweat-shirt.

Je regardai autour de moi. Je ne la vis nulle part.

— Maman ? appelai-je en suivant mon petit couloir étroit. Maman, où es-tu ?

Je poussai la porte de mon second bureau, m'attendant à la trouver debout devant la fenêtre à admirer les magnifiques palmiers de Royal Palm Way. Mais elle n'était pas là.

— Maman, où es-tu passée ?

Était-elle réellement venue ? Ou était-ce ma mauvaise conscience qui l'avait fait apparaître pour me ramener à la raison ?

C'est alors que j'entendis des sanglots. Entrecoupés, étouffés, comme si l'on essayait désespérément de les contenir. Je reconnus aussitôt cette plainte sourde, surgie de mon passé, que je n'avais malheureusement pas oubliée, malgré le passage des années. Elle me pétrifia sur place.

— Maman ?

Je la trouvai accroupie derrière la porte du bureau, les genoux remontés sous le menton, son visage trempé de larmes, ses yeux presque fermés, sa bouche béante comme une plaie. M'agenouillant aussitôt près d'elle, je la pris dans mes bras. Elle tremblait comme une feuille, je ne savais pas quoi faire.

— Tout va bien, maman. Tout va bien. Tu es en sécurité maintenant. Tout va bien. Tu es en sécurité.

— Il était là. Il me suivait.

— Qui, maman ? Tu sais qui c'était ?

Elle secoua la tête vigoureusement.

— Quelqu'un de ton immeuble ?

— Non. Je ne l'avais jamais vu.

— Tu es sûre qu'il te suivait ? Peut-être qu'il marchait simplement dans la même direction que toi.

— Non, insista-t-elle. Il me suivait. Chaque fois que je me suis retournée, il s'est arrêté en faisant semblant de regarder une vitrine. Quand j'ai ralenti, il a ralenti. Et quand j'ai marché plus vite, il a fait la même chose.

Je me demandais s'il fallait que j'appelle la police. Pourquoi suivrait-on ma mère ?

— Est-ce que tu viens de passer à la banque ? demandai-je, pensant qu'une dame âgée était une proie facile pour des voleurs.

Mais sa banque était près de son appartement, de l'autre côté du pont, à des kilomètres de là. Il lui aurait fallu une journée entière pour venir à pied jusqu'ici.

— Comment es-tu venue ?

Elle me regarda sans comprendre.

— Maman, répétai-je, de plus en plus inquiète, sans savoir pourquoi. Comment es-tu venue ici ?

Son regard s'assombrit. Elle détourna les yeux.

— Maman, tu ne te souviens pas comment tu es venue ici ?

— Bien sûr que si ! dit-elle d'une voix brusquement calme, tout en se redressant. J'ai pris un taxi jusqu'à Worth Avenue, continua-t-elle en aplatissant les plis de sa robe à fleurs. J'ai fait du lèche-vitrines, puis j'ai décidé de passer te dire bonjour. En chemin, un homme s'est mis à me suivre.

Elle prit une profonde inspiration, et se recoiffa avec les doigts.

— Il devait vouloir tout simplement me piquer mon sac. Que je suis bête, je suppose que j'ai paniqué. Pardonne-moi, je suis une vieille dame.

La porte de mon cabinet s'ouvrit, puis se referma. Je jetai un regard méfiant dans cette direction, puis revins à ma mère.

— C'est seulement ton prochain patient, me rassura-t-elle, en me caressant la joue. J'y vais, je te laisse travailler.

Après m'être excusée auprès de Sally et Bill Peterson, je raccompagnai ma mère jusque dans la rue pour la mettre dans un taxi.

— Maman, avançai-je timidement, avant de refermer la porte de la voiture, tu devrais peut-être aller voir un médecin.

— Quelle idée, ma chérie ! Je vais parfaitement bien, sourit-elle. Mais toi, tu as l'air un peu sur les nerfs. Je pense que tu travailles trop, dit-elle en m'embrassant sur la joue. Je te rappellerai.

Et quelques secondes plus tard, elle était partie.

# 9.

— Qu'appelez-vous un psychopathe ?

L'homme à la barre des témoins, très distingué dans sa tenue patriotique avec son costume bleu marine, sa chemise blanche et sa cravate rayée rouge, prit un moment pour réfléchir à la question, bien qu'en qualité d'expert cité comme témoin par l'accusation il ait dû parfaitement préparer sa réponse.

— Un psychopathe est une personne qui est hostile à la société, commença-t-il. Peu sensible aux sentiments humains normaux, il ne connaît que la colère. Cette colère, combinée à un égocentrisme absolu et à une impossibilité totale de comprendre ce que ressentent les autres, lui permet de commettre les crimes les plus odieux sans qu'il éprouve le moindre sentiment de culpabilité ni le moindre remords.

— Et qu'appelez-vous un sadique sexuel ?

Nouveau temps de réflexion.

— Un sadique sexuel tire son plaisir sexuel des douleurs qu'il inflige.

— Les deux termes vont-ils de pair ? demanda le procureur qui tapotait sa cravate de cachemire brun en regardant le jury.

Je suivis son regard et remarquai que les jurés étaient très attentifs. Il avait suffi de prononcer le mot « sexe », me dis-je, en glissant un regard vers Jo Lynn. Elle portait un jean blanc moulant et un débardeur blanc avec un cœur rose vif.

— Un psychopathe n'est pas forcément un sadique sexuel, mais un sadique sexuel est toujours un psychopathe, répondit le témoin.

— En qualité d'expert, docteur Pinsent, pensez-vous que Colin Friendly soit un sadique sexuel ?

— Oui.

— Est-il psychopathe ?

— Tout à fait.

De nouveau, je dévisageai Jo Lynn dont le visage était calme, serein même. Écoutait-elle ce que l'on disait ? L'entendait-elle ?

Le procureur s'approcha de la table de la défense, s'arrêta devant l'accusé, dévisageant Colin Friendly comme s'il le voyait pour la première fois. Colin Friendly lui retourna un charmant sourire. Il était apparemment bien remis de sa grippe. Il avait l'œil clair, le teint frais. Tout semblait rentré dans l'ordre.

— Mais il n'a pas l'air anormal, observa Me Eaves, comme lisant dans mes pensées. En fait, M. Friendly me paraît aussi sympathique que son nom le laisse entendre, il est bel homme, poli, intelligent.

— Les psychopathes sont souvent très intelligents, expliqua le témoin. Et rien ne les empêche d'être séduisants. Quant à sa politesse, il vous laisse seulement voir ce qu'il juge bon de vous montrer.

L'avocat de la défense se leva d'un bond.

— Objection, Votre Honneur. Le témoin ne peut parler à la place de M. Friendly.

— Objection acceptée.

— Pour parler en termes plus généraux, docteur Pinsent, reprit le procureur sans se laisser démonter, que voulez-vous dire quand vous déclarez que les psychopathes laissent voir aux gens ce qu'ils jugent bon de leur montrer ?

— Les psychopathes sont de grands simulateurs. Leurs sentiments sont très superficiels et ils sont extrêmement égocentriques. Mais ils peuvent simuler les émotions qu'ils observent chez les autres et avoir la réaction attendue, c'est-à-dire celle qui convient à la situation. Ils tablent sur le fait que leurs interlocuteurs escomptent toujours des autres un minimum de décence humaine. On leur attribue des sentiments qu'ils n'éprouvent pas le moins du monde.

Il s'arrêta pour regarder Colin Friendly droit dans les yeux.

— Les psychopathes s'expriment souvent parfaitement, ils sont agréables, ce sont de beaux parleurs. Ils vous font rire, puis ils vous plongent un poignard dans le cœur.

— Ne peut-on rien croire de ce qu'ils disent ?

— Oh ! bien sûr que si ! Ils disent souvent la vérité. Mais il ne faut pas oublier qu'ils donnent toujours la version de la vérité qui les arrange.

— Qu'est-ce qui donne naissance à un psychopathe, docteur Pinsent ?

Le Dr Walter Pinsent se frotta le menton et sourit.

— C'est un peu comme si vous me posiez la fameuse question : qui était là en premier, l'œuf ou la poule ? C'est l'éternel débat. Naît-on assassin ou le devient-on ? (Il secoua la tête.) Il n'y a pas de réponse concluante, ni dans un sens ni dans l'autre. Il y a beaucoup de théories, bien sûr, mais elles ont le défaut de changer avec le temps et le climat politique. Parfois nous donnons la priorité à la génétique, parfois c'est à l'environnement. Nous faisons des hypothèses sur des chromosomes Y en plus, sur des déséquilibres génétiques. Mais beaucoup de gens ont des déséquilibres génétiques sans être pour autant des assassins. Et beaucoup de gens ont un chromosome Y en plus sans pour autant aller découper leurs congénères en morceaux.

— Colin Friendly a-t-il un déséquilibre génétique ou un chromosome surnuméraire ?

— Non.

— Et qu'en est-il de cette théorie qui fait passer l'environnement avant tout ?

Walter Pinsent s'éclaircit la gorge en redressant sa cravate.

— Il est évident que notre enfance a une importance primordiale sur notre développement. Les germes de ce que nous serons adultes ont été implantés alors que nous étions enfants. Presque tous les tueurs en série ont eu une enfance atroce. Ils ont été négligés, maltraités, battus, violentés, abandonnés, enfin tout ce qu'on peut imaginer.

— Est-ce le cas pour Colin Friendly ?

— Oui.

Jo Lynn se pencha vers moi.

— Le pauvre chéri, murmura-t-elle.

Je cherchai désespérément une trace d'ironie dans ses paroles. Il n'y en avait aucune.

— Existe-t-il des caractéristiques que l'on retrouve chez tous les psychopathes ? demanda le procureur.

— Les recherches ont mis au jour ce que nous appelons « la triade homicide » ; il s'agit de trois éléments que l'on repère dans l'enfance de presque tous les tueurs en série. La cruauté envers les animaux, l'énurésie nocturne jusqu'à un âge avancé, et la pyromanie.

— A-t-on retrouvé ces éléments dans l'enfance de Colin Friendly ?

— Oui.

— Et après avoir rencontré l'accusé, après avoir examiné ses antécédents ainsi que les nombreux rapports psychiatriques qui vous ont été fournis, êtes-vous certain que Colin Friendly soit un sadique sexuel et un psychopathe, coupable des crimes pour lesquels il est jugé ?

— Absolument certain, répondit le Dr Pinsent.

— Merci, docteur Pinsent. Je vous laisse le témoin, maître Armstrong.

Me Eaves se rassit en déboutonnant sa veste. Me Armstrong se leva et boutonna la sienne.

— Docteur Pinsent, êtes-vous psychiatre ?

— Non.

— Docteur en médecine ?

— Non.

— Docteur en psychologie, peut-être ?

— Non. J'ai un doctorat de pédagogie.

— Je vois...

Jake Armstrong secoua la tête d'un air ennuyé, comme s'il n'arrivait pas à comprendre ce que le Dr Pinsent faisait là en qualité d'expert cité comme témoin. Il ne cherchait qu'à soigner ses effets. Le jury avait déjà été informé que le Dr Pinsent était un agent spécial de l'Académie nationale du FBI de Quantico, en Virginie, et qu'il faisait partie de l'équipe de recherche spécialisée dans la définition du profil des tueurs en série.

— Combien de fois avez-vous rencontré l'accusé ?

— Deux fois.

— Deux fois.

Jake Armstrong secoua la tête, révélant juste ce qu'il fallait de perplexité pour qu'on le croie surpris. Bien joué, me dis-je.

— Et combien de temps ont duré ces rencontres ?

— Environ deux heures à chaque séance.

— Environ deux heures à chaque séance, répéta l'avocat de la défense, cette fois-ci en hochant la tête de bas en haut. Et cela vous a suffi pour arriver à la conclusion que Colin Friendly est un dangereux psychotique ?

— Un dangereux psychopathe, corrigea le Dr Pinsent.

Jake Armstrong laissa échapper un ricanement narquois. Jo Lynn fit de même.

— Vous avez conclu au bout d'environ quatre heures d'entretien avec mon client qu'il était un dangereux psychopathe et un sadique ?

— Oui.

— Dites-moi, docteur Pinsent, seriez-vous arrivé aux mêmes conclusions si vous aviez rencontré M. Friendly dans d'autres circonstances ?

— Je ne suis pas certain de bien comprendre votre question.

— Imaginons que vous ayez fait la connaissance de M. Friendly à une soirée, ou pendant vos vacances, et que vous ayez passé quelques heures à parler avec lui. L'auriez-vous quitté avec l'impression qu'il était un dangereux psychopathe et un sadique ?

Pour la première fois depuis qu'il était arrivé à la barre des témoins, le Dr Pinsent parut perdre de son assurance.

— Probablement pas. Comme je l'ai antérieurement déclaré, les psychopathes sont souvent des gens charmants.

— Vous trouvez que M. Friendly est charmant.

— Oui, il a l'air très aimable.

— Est-ce un crime ?

Le procureur leva la main.

— Objection.

— Objection accordée.

— Serait-il possible, docteur Pinsent, insista l'avocat de la défense, que votre jugement ait pu être influencé par le fait que M. Friendly était déjà inculpé et que vos rencontres avaient lieu à la prison ?

— J'ai été influencé par ce qu'il m'a dit.

— Je vois. Colin Friendly vous a-t-il dit qu'il était coupable ?

— Non.

— N'a-t-il pas, au contraire, protesté de son innocence ?

— Si. Mais cela est typique de ce genre de personnalité.

— C'est intéressant. Vous venez donc de nous dire que, s'il avoue sa culpabilité, c'est qu'il est coupable et s'il la nie, eh bien, cela signifie également qu'il est coupable. Condamné quand on avoue, condamné quand on nie. Cela me rappelle un peu la chasse aux sorcières de Salem.

Le procureur bondit sur ses pieds.

— Votre Honneur, je demande que l'on efface cette remarque de l'enregistrement. M^e^ Armstrong interroge-t-il le témoin ou fait-il un discours ?

— Accordé.

— Je vais reformuler ma question, reprit Jake Armstrong avec entrain. Voyez-vous des tueurs en série sous les lits, docteur Pinsent ?

— Objection ! s'écria M^e^ Eaves dont l'imposant arrière-train n'avait eu que le temps d'effleurer son siège.

— Je retire ma question, dit aussitôt Jake Armstrong. Je n'ai plus de questions à poser au témoin.

— Le témoin peut se retirer.

Le juge réclama une suspension d'audience de dix minutes.

— Ne me dis pas que tu t'es laissée avoir par ce cinéma, dis-je à Jo Lynn, pleine d'optimisme, tandis que les gens autour de nous se levaient pour se dégourdir les jambes.

— Quel cinéma ?

Elle louchait dans son miroir tout en appliquant une nouvelle couche de rouge sur ses lèvres déjà très colorées.

— Par la tentative de l'avocat de la défense de dissimuler les preuves derrière un écran de fumée.

— Qu'est-ce que tu veux dire ? dit-elle en relevant son miroir pour se redonner un petit coup de mascara.

— Tout simplement que le Dr Pinsent est un des meilleurs experts que l'on puisse trouver, commençai-je.

Elle me coupa aussitôt.

— Il n'est pas psychiatre. Ni même docteur en médecine.

— C'est un spécialiste auprès du FBI.

— Depuis quand admires-tu tant le FBI ?

— Je dis simplement qu'il sait de quoi il parle.

— Son opinion n'engage que lui.
— C'est l'avis d'un expert, lui rappelai-je.
— Tu fais trop confiance aux experts, répliqua-t-elle. Ce n'est pas parce qu'on a un diplôme qu'on sait tout.

Je pris cela comme une pique dirigée directement contre moi. Jo Lynn ne cessait de clamer la supériorité de l'expérience pratique sur les études universitaires.

Ne réponds pas, me dis-je, bien décidée à me montrer agréable.

— Sinon, quoi de neuf ? demandai-je, cherchant un terrain moins dangereux.
— À quel sujet ?

Je haussai les épaules.

— As-tu eu des réponses pour les candidatures que tu as envoyées ?

Elle ferma son miroir d'un coup sec.

— Tu sais bien que non.

Touché, me dis-je.

— Tu as parlé à maman ?

Elle laissa tomber le miroir dans son sac.

— Pourquoi veux-tu que je lui parle ?

Touché encore.

— Tu as un rendez-vous ce week-end ?

Elle ferma son sac d'un claquement sec.

— J'ai un rendez-vous vendredi, dit-elle en se tournant vers moi, sa bouche s'arrondissant en une moue provocatrice.
— Génial. Quelqu'un de nouveau ?
— Si on veut.
— Je le connais ?
— Tu crois le connaître.
— Qu'est-ce que tu veux dire ?
— Simplement que tu crois le connaître, mais que tu te trompes. Ça signifie que tu ne le vois pas du tout comme il est. Et ça veut dire que tu l'as regardé toute la matinée.

Coulé.

La salle s'estompa autour de moi. Le bruit de fond habituel fut couvert par un bourdonnement dans mes oreilles. J'avais la tête qui tournait, j'avais l'impression que j'allais m'évanouir. Je m'agrippai au siège sur lequel j'étais assise, plantant mes ongles dans le bois dur.

— Je t'en prie, dis-moi que c'est une plaisanterie.

Jo Lynn tira sur son débardeur, pour que le gros cœur rose soit bien au centre de son opulente poitrine.

— Je ne plaisanterais jamais avec un sujet aussi important.

Reste calme, me dis-je.

— Et quand cela s'est-il décidé ?

— L'avocat de Colin m'a téléphoné hier soir. Je t'aurais bien appelée, mais il était très tard et je sais que, chez vous, tout le monde dort à poings fermés dès dix heures du soir.

— Je ne comprends pas, bafouillai-je, où ce rendez-vous va-t-il avoir lieu ?

— Je ne sais pas. Dans un parloir ou un truc du genre. On va me le dire.

— Jo Lynn, je t'en prie, commençai-je, incapable de me retenir. Tu ne crois pas que tout cela est allé assez loin ? Il n'est pas trop tard pour tout annuler. Tu n'es pas obligée de le faire.

— Mais de quoi parles-tu ? demanda-t-elle d'une voix indignée. Pourquoi veux-tu que j'annule ?

— Parce que l'homme en question est un tueur sans scrupules.

— Je ne suis pas de cet avis.

— Les preuves sont écrasantes.

— Je ne suis pas de cet avis.

— Tu n'es pas de cet avis, répétai-je.

— Non, et je ne crois pas que les jurés le seront, eux non plus. De toute façon, dit-elle en faisant un signe de la main à un journaliste au fond de la salle, je n'ai plus envie d'en parler. Pourquoi faut-il toujours que tu joues les rabat-joie ?

— J'essaie seulement de t'insuffler un peu de bon sens pour te sortir de ce pétrin.

Jo Lynn se retourna vers le devant de la salle.

— Tu as toujours eu plus de bon sens que d'imagination, dit-elle.

Il était déjà à la table lorsque j'arrivai au Charley's Crab à midi vingt.

— Je suis désolée d'être en retard, dis-je en me laissant tomber sur la chaise que le serveur me proposait, avant de me lancer dans une observation lente et systématique de la longue série de salles attenantes et du mur couvert de photos encadrées représentant des poissons de concours, admirant l'énorme marlin empaillé accroché sur un autre, contemplant la foule attroupée au bar, suivant les serveurs qui slalomaient entre les tables et les box, fonçant sur leurs riches clients, le brushing impeccable et un sourire plaqué sur les lèvres. Posant mon regard partout, sauf sur l'homme assis en face de moi.

— Vu que l'audience dure au moins jusqu'à midi, tu as fait vite, me dit-il.

— Je suis partie plus tôt.

Je fis signe au serveur. Une heure et demie plus tôt, faillis-je préciser. J'avais quitté la salle précipitamment après la révélation désagréable de Jo Lynn. Et j'avais roulé pendant des kilomètres en essayant de comprendre ce que ma sœur espérait prouver en se jetant au cou d'un maniaque sexuel psychopathe qui allait très certainement mourir sur la chaise électrique. Si c'était pour ennuyer notre mère, c'était raté. Celle-ci avait ignoré toutes les déclarations provocatrices de Jo Lynn, ne trouvant rien d'anormal ni de fâcheux dans le comportement de sa fille cadette. Par contre, si c'était après moi qu'elle en avait, je devais reconnaître qu'elle avait mis dans le mille.

Le serveur apparut.

— Pourrais-je avoir un verre de vin blanc ? demandai-je.

Le serveur marqua un temps d'hésitation.

— Vous n'aimez pas le vin que monsieur a commandé ?

Pour la première fois, je regardai l'homme assis en face de moi. Robert Crowe, à la fois exquis, distingué et tout simplement irrésistible, se penchait vers moi, en me montrant la bouteille de Chardonnay de Californie qui rafraîchissait à côté de lui.

— Merci, dis-je au serveur, me sentant complètement ridicule. Ce sera parfait.

Robert, sans rien dire, me servit puis il fit tinter son verre contre le mien et porta un toast.

— Au passé, dit-il.

— Au passé, approuvai-je.

Voilà qui me paraissait assez rassurant.

— Et à l'avenir.

Je bus la moitié de mon verre d'un coup.

— Je connais une jeune femme qui doit avoir très soif ou qui doit être très tendue.

— J'ai eu une matinée assez difficile.

— Tu veux en parler ?

— Je veux bien parler de tout sauf de ça.

— Dis-moi pourquoi tu refuses de me regarder.

Je me mis à rire, d'un de ces ricanements gênés qui sonnent particulièrement faux.

— Je te regarde.

— Tu regardes mon oreille droite.

— Et elle est très jolie.

J'éclatai de rire en fixant ses yeux noisette. Mon Dieu, me dis-je, me forçant à soutenir son regard, décidée à ne pas être la première à cligner ou à détourner les yeux. Je n'aurais pas dû venir. J'aurais dû suivre mon intuition et rentrer chez moi en quittant le tribunal. Au lieu de quoi j'avais erré sans but pendant une demi-heure, avant de prendre la I-95. J'étais pratiquement arrivée à Pompano lorsque je m'étais aperçue qu'il était presque midi, et j'avais fait demi-tour, m'enjoignant de rentrer à la maison tandis que ma voiture prenait la direction de l'océan et de Charley's Crab.

De Charley's Crab et de Robert Crowe, me dis-je en souriant, ce qui ne fut pas sans lui échapper car il sauta sur cette occasion.

— Voilà qui est mieux. Tu as un sourire magnifique.

— Il est de travers, corrigeai-je.

— C'est justement ce qui le rend si joli.

Je clignai des yeux et tournai la tête.

Nous passâmes notre commande, du saumon grillé pour lui, de l'espadon au feu de bois pour moi.

— Et du gaspacho, ajoutai-je.

Avec de l'ail, plein d'ail, continuai-je en pensée.

— Parle-moi un peu de ton cabinet de thérapie.

Je haussai les épaules.

— Que veux-tu que je te dise ? J'ai beaucoup de patients. Qui ont beaucoup de problèmes.

— Quelle sorte de problèmes ?

— Des problèmes avec leurs parents, leurs enfants, des problèmes conjugaux, extraconjugaux...

Je me tus et bus une longue gorgée de vin.

— Et tu arrives à les résoudre ?

— Je fais de mon mieux.

— Depuis combien de temps pratiques-tu ?

— Plus de vingt ans, répondis-je, rassurée de me trouver sur un terrain familier. J'ai commencé comme assistante sociale pour les services scolaires de Pittsburgh, que j'ai quittés ensuite pour ouvrir une clinique de psychothérapie familiale avec une consœur. Et quand nous sommes venus vivre en Floride, j'ai ouvert mon propre cabinet.

— Tu n'arrêtes pas de changer d'emploi, dis-moi !

Je pensai à ma sœur qui, toute sa vie, n'avait connu que des petits boulots sans avenir et uniquement des relations condamnées d'avance.

— Oh ! oh ! dit Robert. Je vois des nuages à l'horizon. À quoi penses-tu ?

Mais je n'avais aucune envie de parler de Jo Lynn. Je lui avais déjà consacré suffisamment de mon temps, ce jour-là.

— Je m'étonnais de la vitesse à laquelle le temps passe, mentis-je, choisissant la facilité. Et toi ? Comment as-tu fait pour te retrouver propriétaire d'une station de radio ?

— Je l'ai épousée, répondit-il simplement.

Je ne savais plus quoi dire, alors je me tus.

— Le père de Brandi possède plusieurs radios dans le pays. Méfie-toi des femmes dont le nom peut se boire, ajouta-t-il en souriant.

— J'essaierai d'y penser.

— En fait, elle s'appelle Brenda. En souvenir de Brenda Marshall, une actrice des années quarante. Mon beau-père en était fou, je crois.

— Elle était mariée à William Holden.

Robert Crowe me regarda d'un air stupéfait et admiratif.

— Comment le sais-tu ?

Je secouai la tête.

— L'esprit est une chose étrange et stupéfiante. J'arrive tout juste à retenir mon numéro de téléphone, mais je sais que Brenda Marshall a été mariée avec William Holden.

— Tu es une femme passionnante, Kate Latimer.

Sur le point de le reprendre, je me ravisai. Il connaissait parfaitement mon nom. Et moi aussi.

— Et que fait ta femme ?

— Elle fait les magasins, elle va au restaurant, elle fait de la gymnastique.

— Et elle s'occupe des enfants, ajoutai-je. Quatre, tu as dit, je crois.

— Entre douze et dix-huit ans. Deux garçons, deux filles.

— Je suis sûre qu'elle n'a guère le temps de s'ennuyer.

— L'aîné est parti à l'université. Les autres sont à l'école toute la journée. Nous avons deux domestiques. Fais-moi confiance, Brandi n'est pas débordée.

— Des problèmes ? demandai-je bien malgré moi.

— Comme tout le monde, je pense.

— C'est pour ça que tu m'as invitée à déjeuner ?

Il caressa le bord de son verre en souriant.

— Non, si j'avais eu besoin d'une thérapie, je serais venu à ton cabinet. J'ai autre chose en tête pour toi.

— Cela me paraît très intéressant.

— J'espère que ça te plaira.

Le serveur nous apporta notre commande et emplit nos verres à nouveau. Pendant quelques minutes, nous nous contentâmes de manger et de boire.

— Eh bien, commençai-je, remontée par mon deuxième verre de vin, qu'as-tu envisagé pour moi ?

— Une émission de radio qui te serait réservée.

Je laissai tomber ma fourchette. Elle rebondit sur mes genoux et tomba par terre. Un serveur qui passait la remplaça aussitôt.

— Je ne comprends pas.

— Je n'ai pas encore bien réfléchi à tout, continua Robert. En fait, ce n'est que lorsque je t'ai vue au tribunal et que tu m'as parlé de ce que tu faisais que l'idée m'en est venue.

— Quelle idée exactement ?

— L'idée de faire de la psychothérapie sur les ondes.

— Tu veux dire comme *Frasier* ? Une émission quotidienne où les gens interviennent par téléphone ?

— Je ne sais pas encore. Comme je viens de le dire, je n'y ai pas encore bien réfléchi. C'est une des raisons pour lesquelles je t'ai proposé ce déjeuner. Je voulais ton avis.

— Mais je n'ai aucune expérience de la radio.

— Tu sais comment parler. Tu sais donner des conseils. Et tu as une voix agréable à entendre.

— Mais je n'ai pas le temps. J'ai mon travail. Ma famille.

— Mais ce ne serait pas forcément tous les soirs. Ce pourrait être seulement une ou deux fois par semaine. Et pas obligatoirement le soir. Ce pourrait être dans la journée. Le mercredi, sourit-il. Ton jour de liberté.

— Mais qu'est-ce que je ferai ?

— Tu seras toi-même. Tu répondras aux questions. Tu aideras les gens à résoudre leurs problèmes.

— Pourquoi moi ?

— Pourquoi pas toi ? Tu es intelligente. Tu es belle. Tu es d'ici. Écoute, je sais bien que cela te tombe dessus sans prévenir. Mais pourquoi ne pas y réfléchir un peu. Voir les idées qui vont te venir. Décider du genre d'émission qui t'intéresserait, de la présentation qui te conviendrait. Entre-temps, je vais commencer à en parler à nos producteurs, voir s'ils ont des idées, eux aussi. Réfléchis. C'est tout ce que je te demande.

— Je vais y réfléchir, m'entendis-je lui répondre.

— Parfait.

Il leva son verre pour porter un autre toast.

— Aux propositions intéressantes ! lança-t-il.

# 10.

Le vendredi avait débuté assez normalement. Sara était encore au lit lorsque Larry, Michelle et moi avions quitté la maison. J'avais renoncé à essayer de la réveiller. C'était à Sara de faire en sorte d'être à l'heure à l'école, pas à moi.

Je m'attendais à recevoir un appel de son établissement pour m'informer de son retard, et je ne fus donc pas surprise lorsque, écoutant mon répondeur lors d'une pause de cinq minutes entre deux séances, je trouvai effectivement un message de l'école de Sara. Je ne vis pas l'intérêt de rappeler immédiatement, pensant qu'ils n'allaient rien m'apprendre de bien nouveau. Par contre, j'appelai la maison, essayant de me convaincre que le fait que personne ne réponde était le signe que Sara était en classe. Ou qu'elle était en chemin. Ou profondément endormie, me chuchota une petite voix désagréable. Je la fis taire comme on fait taire un petit enfant. Puis je fis entrer mes patients suivants. Extérieurement, j'étais calme. Intérieurement, je bouillais.

Je n'étais pas la seule. Tous les patients qui vinrent en consultation ce jour-là éprouvèrent le besoin de râler contre quelque chose. Personne ne s'exprima calmement. Personne ne fit le moindre effort pour garder son sang-froid. Ils avaient tous besoin de crier, contre les autres, contre eux-mêmes, contre moi. Peut-être s'agissait-il d'un simple cas de transfert, peut-être mon humeur s'exprimait-elle par leur bouche. Mais cela devait plutôt venir de cette humidité étouffante qui pesait sur la région de Palm Beach depuis vingt-quatre heures, comme une énorme chape de plomb, menaçant de faire disparaître en fumée toute personne qui s'aventurerait à l'extérieur. À moins que ce ne fût tout simplement qu'un mauvais jour.

À six heures du soir, j'étais épuisée. Je n'avais qu'une idée, rentrer chez moi et m'affaler sur mon lit, mais je savais que c'était impossible. Larry avait promis que nous irions à un dîner offert par des « clients satisfaits ». Je souris. C'était bon de savoir que quelqu'un, quelque part, était satisfait de quelque chose.

Avant de quitter mon bureau, j'écoutai mon répondeur pour relever les derniers messages et je découvris que j'avais reçu deux nouveaux appels de l'école de Sara, un juste après le déjeuner, pour me dire que Sara ne s'était toujours pas présentée, et un autre, à la fin de la journée, pour me dire qu'elle avait manqué une journée complète de cours, risquant ainsi une mise à pied.

Je regardai ma montre, sachant qu'il était trop tard pour rappeler l'école. En outre, qu'aurais-je pu dire ? Peut-être qu'une mise à pied serait une bonne leçon pour Sara, peut-être comprendrait-elle enfin la portée de ses actes, mais je n'en étais pas convaincue. Sara hausserait les épaules comme toujours. Ce serait ma vie qui serait suspendue, pas la sienne.

Tandis que je suivais la I-95 vers le nord, slalomant dans les encombrements du vendredi soir (la circulation avait encore empiré depuis que les frileux du Nord avaient entamé leur migration annuelle vers le Sud), je me promis de parler calmement à Sara. Je l'informerais simplement des appels répétés de l'école pour ses absences, en lui précisant que je n'attendais d'elle ni explications ni excuses. L'école réglerait cela avec elle le lundi suivant. En attendant, elle était interdite de sortie. Je savais que Sara allait hurler, jurer, claquer les portes, me faire sa scène habituelle pour essayer de me pousser à bout. Quoi qu'il arrive, décidai-je en quittant l'autoroute à PGA Boulevard pour partir vers l'ouest, je ne hausserai pas le ton. Je resterai calme.

— Que veux-tu dire, elle n'est pas là ? demandai-je d'une voix forte à ma fille cadette, à peine avais-je franchi le seuil de la maison.

— Pourquoi cries-tu après moi ? rétorqua Michelle.

Elle se tenait debout au milieu de la salle de séjour, à droite de la table basse en verre, entre les deux gros canapés couleur fauve, une sucette à la cerise dans la bouche qui colorait ses lèvres en rouge.

On dirait une jolie poupée de porcelaine, pensai-je. Mais je ne dis rien.

— Pourrais-tu sortir du tapis avec ton truc ? me contentai-je de lui lancer.

— La journée a été dure ?

Je souris. Sara se serait mise à hurler. Michelle s'inquiétait de ma journée.

— Horrible.

Je me tournai vers les portes fermées de notre chambre, prenant brusquement conscience du bruit de la douche.

— Quand papa est-il rentré ?

— Il y a quelques minutes. Il a joué cent.

— Cent quoi ?

— Au golf. Son score était de cent points. Il paraît que c'est pas mal, m'assura-t-elle en contemplant la moquette entre ses pieds avant de renfoncer précipitamment sa sucette à la cerise dans sa bouche.

Un mince filet de liquide rouge dégoulinait le long de son menton, disparaissant sous son cou, comme si elle s'était coupée en se rasant.

— Je suis contente que quelqu'un ait eu une bonne journée, dis-je.

— Papa m'a raconté qu'il avait vraiment fait très chaud, mais d'après lui, c'est ce qui l'a aidé à se concentrer.

Je défis les boutons du haut de mon chemisier blanc, enlevai mes chaussures et me laissai tomber contre la pile de coussins.

— A-t-il dit quelque chose au sujet de Sara ?

— De quel genre ?

Du genre où elle a passé la journée, eus-je envie de crier, mais je me retins. Reste calme, me répétai-je intérieurement. Le calme, c'était la solution.

— A-t-elle téléphoné ?

— Mais qu'est-ce qui se passe encore avec Sara ? (Une moue se dessina sur la bouche de Michelle, exagérant encore le dessin rouge de ses lèvres.) Pourquoi tu poses toujours des questions sur elle ? Ça ne t'intéresse donc pas ce que j'ai fait de ma journée ?

— Ta journée ?

— Oui, ma journée. Je suis une personne, moi aussi, exactement comme Sara, et j'ai des journées, comme tout le monde.

Je me redressai contre les coussins, aussitôt sur mes gardes. Je m'étais préparée à une scène avec Sara, pas avec Michelle.

— Bien sûr.

— Personne ne s'intéresse à ce que je fais, continua-t-elle, comme un jouet que l'on a trop remonté et qui s'emballe, impossible à contrôler, impossible à arrêter. J'ai demandé à papa comment s'était passée sa journée, je t'ai demandé si tu avais eu une journée difficile, je demande toujours aux autres, mais jamais personne ne s'inquiète de moi !

— Michelle...

— Non. Tu me demandes de sortir du tapis avec ma sucette...

— Michelle...

— Tu m'interroges au sujet de Sara...

— Ma chérie, je t'en prie...

— Est-ce que ça intéresse quelqu'un de savoir que j'ai eu seize sur vingt à mon contrôle de maths ? Que je suis la première de la classe ? Non ! Tout le monde s'en fout !

Elle sortit de la pièce en courant. Je bondis aussitôt derrière elle.

— Attends, Michelle. Bien sûr que ça compte pour nous.

Trébuchant sur mes chaussures, un talon se fichant douloureusement dans la plante de mon pied droit, je courus en boitant derrière elle pour me heurter à la porte qui me claqua au nez.

— Ma chérie, je t'en prie, laisse-moi entrer, dis-je en frappant d'abord légèrement au battant, puis plus fort. Michelle, je t'en prie, ouvre.

Lentement, la porte s'entrouvrit. Michelle était en larmes de l'autre côté. Je m'avançai en chancelant vers elle, impatiente de serrer son corps gracile dans mes bras.

— Non, dit-elle doucement, et je restai quelques instants penchée en avant, sur la pointe des pieds, avant de retrouver mon équilibre en redescendant sur mes talons.

— Tu as eu seize sur vingt à ton contrôle de maths ? répétai-je les yeux pleins de larmes. C'est merveilleux.

— C'est la meilleure note de la classe, dit-elle sans me regarder.

— Tu dois être très fière.

Elle recula dans sa chambre et se laissa tomber au milieu de son grand lit, le regard rivé devant elle. À l'inverse de la chambre de Sara, qui disparaissait sous le désordre, la chambre rose et ivoire de Michelle était impeccable. Son lit était parfaitement fait, les oreillers à fleurs roses et blanches étaient soigneusement disposés sur le dessus-de-lit en patchwork assorti. Le dessus de sa commode en rotin était dégagé à l'exception d'une boîte à bijoux incrustée de perles en forme de coffre. Ses vêtements étaient accrochés dans la penderie et non pas abandonnés sans soin par terre. Je sursautai. Jusque dans l'intimité de la chambre de Michelle, Sara avait le don de s'imposer, évinçant sa petite sœur.

Timidement, je m'approchai du lit et attendis pour m'asseoir que Michelle m'y invite silencieusement d'un léger hochement de tête.

— Je suis désolée.

Le hochement de tête s'accentua tandis qu'une lèvre rouge disparaissait en tremblant sous l'autre. Michelle se détourna.

— Il arrive que les adultes soient tellement absorbés par leur petit monde qu'ils en oublient celui des autres, commençai-je. En particulier quand ceux qui les entourent sont aussi faciles à vivre et raisonnables que toi.

Je tendis la main pour caresser les boucles brunes qui tombaient sur ses épaules. Elle ne s'écarta pas, et je lui en fus reconnaissante.

— Nous avons tendance à concentrer toute notre énergie sur ceux qui nous mènent la vie dure et c'est injuste, car tu mérites mieux. Beaucoup mieux. Et je suis désolée, ma chérie. Sincèrement désolée. Tu es mon petit ange et je t'aime de tout mon cœur. Je t'en prie, dis-je dans un chuchotement, tu veux bien faire un câlin ?

Elle se laissa aller contre moi sans rien dire. Mon nez s'enfouit aussitôt dans ses boucles soyeuses, respirant son parfum aussi doux que celui d'un nourrisson. La chaleur de son corps menu me brûlait le flanc.

— Je t'aime, répétai-je en embrassant le haut de sa tête, une fois, deux fois, dix fois, tant qu'elle se laissa faire.

Michelle essuya ses dernières larmes sans faire le moindre geste pour se dégager.

— Je t'aime aussi.

Nous sommes restées assises ainsi un long moment, appréciant cette tendresse, aucune de nous ne voulant être la première à s'éloigner de l'autre. Pour la première fois de la journée, j'avais l'impression d'être réellement calme.

Notre paix fut déchirée par la voix de Larry.

— Kate ? appelait-il. Kate, où es-tu ?

— Ça va, dit Michelle en se dégageant de mon étreinte, emportant toute ma sérénité avec elle.

Instantanément, je sentis ma colère revenir. Mais pourquoi Larry criait-il ? Pourquoi fallait-il qu'on sorte ce soir alors que je n'avais qu'une envie : rester chez moi ? Où était Sara ? Qu'est-ce qu'elle cherchait, cette fois-ci ?

— Que se passe-t-il ? demandai-je en accueillant Larry sur le seuil de la chambre de Michelle.

Il avait une grande serviette beige enroulée autour de la taille, et se séchait les cheveux avec une autre.

— Rien.

Sa voix grave emplit l'espace autour de nous et résonna dans la chambre de Michelle.

— Michelle t'a dit que j'avais joué cent ?

— Oui.

— Qu'est-ce qu'il a fait chaud, tu ne peux pas savoir ! continua-t-il, plein d'enthousiasme, me suivant dans notre chambre, tel un énorme chien sur mes talons. Mais je ne sais pas pourquoi, toute cette humidité, ça m'a réussi. Ça m'a forcé à me concentrer, j'ai l'impression. En tout cas, ça a marché, j'ai joué quatre-vingt-dix-huit. J'aurais pu faire encore moins si je ne m'étais pas énervé sur les deux derniers trous. C'est comme ça le golf, dit-il en riant. C'est un jeu avec plein de si. Et toi, comment s'est passée ta journée ?

— Horrible. On est obligés d'y aller ce soir ?

Il regarda sa montre, encore humide de la douche.

— Bien sûr. Il faudrait d'ailleurs qu'on parte d'ici dix minutes.

— Dix minutes ? Mais j'ai ma douche à prendre et le dîner de Michelle à préparer.

— Tu n'as pas le temps de te doucher et Michelle n'a qu'à commander une pizza.

— Je n'irai nulle part tant que je n'aurai pas pris ma douche, dis-je d'un ton buté. Et Sara ?

— Tu pourras paresser dans ton bain aussi longtemps que tu voudras à notre retour. Et quoi Sara ?

— Tu sais où elle est ?

— Je devrais ?

— Ce serait bien si quelqu'un le savait, répondis-je d'une voix acerbe, sachant que j'étais injuste. Il paraît qu'elle n'est pas allée à l'école de la journée.

L'enthousiasme céda le pas à la résignation sur le visage de Larry.

— As-tu vérifié auprès de la messagerie téléphonique pour savoir si elle a appelé ? demanda-t-il.

Je contournai le lit pour décrocher le téléphone blanc posé sur la grande table aux angles arrondis, tapotai rapidement le numéro approprié pour connaître mes messages. Il y en avait un seul. De Jo Lynn. « Rappelle-moi », c'était tout ce qu'il disait.

Rappeler ma sœur était bien la dernière chose dont j'avais envie. Ce jour-là n'était autre que le grand jour, celui où la Belle devait rencontrer la Bête, et je n'avais aucun désir d'en entendre le compte rendu détaillé. Je savais déjà suffisamment de choses à mon goût, que la rencontre devait avoir lieu juste après la suspension de l'audience pour le week-end, qu'elle se tiendrait à la prison du comté de Palm Beach sur Gun Club Road, et que Roméo et Juliette seraient séparés par une paroi de verre et se parleraient par l'intermédiaire de téléphones spéciaux. Comme dans les films, pensai-je en secouant la tête devant l'ironie qui avait voulu que l'on installe la prison dans une rue appelée Gun Club Road. Je fermai les yeux, essayant de ne pas imaginer ma sœur et Colin Friendly, leurs mains plaquées l'une sur l'autre, de chaque côté de la vitre qui les séparait.

— Eh bien ? demanda Larry.

— Pas de messages, préférai-je répondre pour simplifier les choses.

— Autant te préparer, me conseilla-t-il, déjà à moitié habillé.
— Comment pouvons-nous sortir sans savoir où elle est ?
— Facile, dit-il en enfilant une chemise à rayures bleues et blanches. Il suffit d'y aller. Je ne vais pas laisser une gamine mal élevée chambouler ma vie. Nous nous occuperons de Sara à notre retour.

Il avait raison et je le savais, mais je n'étais pas en état de réfléchir sainement.

— Mais nous ne savons même pas où elle est.
— Même si nous le savions, dit Larry, nous n'aurions pas le temps de nous en occuper maintenant. Alors, prépare-toi. Le dîner est à Jupiter, et tu sais comment ça roule à cette heure-ci.
— À Jupiter !
— À Jupiter, répéta-t-il en souriant. Ce n'est pas Mars, tout de même. Cela ne nous prendra qu'une vingtaine de minutes.
— Alors j'ai le temps de passer sous la douche, insistai-je en me dirigeant vers la salle de bains tout en retirant mes vêtements, les laissant tomber derrière moi les uns derrière les autres. Exactement comme Sara, me dis-je en refermant rapidement la porte derrière moi. J'ouvris l'eau, aussitôt soulagée par le jet bouillant qui me martela la tête comme de minuscules grêlons.

— Excusez-moi, pourrais-je me servir de votre téléphone ?

Les mots avaient jailli de ma bouche à peine avions-nous mis le pied dans la demeure toute neuve de nos hôtes, à la résidence du golf de Windfall Village, à Jupiter.

— Bien sûr.

Surprise, notre hôtesse, une petite brune ronde en pantalon de toréador, me montra le chemin qui menait de sa salle de séjour ténébreuse à sa cuisine. Évitant de regarder Larry dont le visage contrarié devait avoir pris l'expression fermée que je connaissais bien, je traversai rapidement le sol dallé de marbre, saluant d'un bref signe de tête la demi-douzaine d'invités rassemblés autour du piano à queue, et contournai l'escalier en colimaçon (il y en avait un de chaque côté de la maison) pour gagner la cuisine toute de marbre et d'acier sur l'arrière. Les deux domestiques en uniforme qui préparaient des canapés parurent sidérées de me voir. Autant que Michelle en m'entendant au téléphone.

— Sara n'est pas là, me dit-elle d'un ton excédé.

Je l'avais dérangée en plein milieu de son feuilleton, *Roseanne*, dont c'était la énième rediffusion.

— Ne te fais pas de souci pour elle, maman, me conseilla-t-elle avant de raccrocher. Tu sais qu'elle va bien. Ne la laisse pas te gâcher ta soirée.

C'était trop tard, faillis-je lui avouer, avant de remettre le téléphone dans la main que me tendait l'une des domestiques pour le replacer sur son support, comme si je n'étais pas capable de le faire moi-même. Elle n'avait peut-être pas tort, me dis-je en m'apercevant dans le cadre en acier du double four. J'avais l'air un peu dérangée avec mon visage dévoré d'inquiétude, mes cheveux encore humides de la douche et mal coiffés. Qui est cette femme ? me demandai-je.

Larry ne m'avait pas lâchée d'une semelle, tel un père impatient, tandis que j'appliquais mon rouge à lèvres, et il n'avait pas cessé de regarder sa montre pendant que je me débattais avec la fermeture Éclair de ma robe de cocktail noire.

— Ils sécheront dans la voiture, protesta-t-il lorsque je pris le séchoir, me le retirant des mains pour le remettre dans son tiroir, ignorant mes protestations véhémentes. Tu es parfaite, insista-t-il lourdement, à plusieurs reprises, pendant le trajet, mais « parfaite » n'est pas un adjectif qui donne particulièrement confiance en soi.

Contrairement à « belle », me dis-je en pensant à Robert, sachant que ça ne l'aurait pas ennuyé d'arriver en retard à une soirée, décidant que lui m'aurait laissé tout le temps de me préparer, qu'il aurait même sauté sous la douche avec moi, nous retardant encore plus. Et peut-être n'y serions-nous pas allés du tout, continuai-je à fantasmer, tandis que je rejoignais Larry à contrecœur, me laissant présenter aux autres, avant qu'on ne m'entraîne pour l'incontournable visite de la maison que Larry avait construite.

— C'est magnifique, dis-je. Tout simplement magnifique.

Nous n'avons pas arrêté de nous chamailler toute la soirée et avons continué de nous disputer pendant tout le trajet de retour.

— Je n'en reviens pas de ta grossièreté ce soir, me dit-il tandis que nous descendions Donald Ross Road à toute allure.

— Je n'ai pas été grossière, me défendis-je.

— Tu ne trouves pas que c'est impoli de s'absenter toutes les dix minutes pour aller téléphoner ?

— J'ai téléphoné trois fois en tout et pour tout.

— Quatre.

— D'accord, quatre. J'ai téléphoné quatre fois. Je plaide coupable.

Ce qui me fit penser aussitôt à Colin Friendly et à Jo Lynn. Michelle m'avait dit que ma sœur avait rappelé. Je savais qu'il faudrait que je la contacte le lendemain matin, qu'elle me donnerait tous les détails sordides de son rendez-vous à la prison, que je le veuille ou non.

— Et à quoi cela a-t-il servi ? continuait Larry. À rien. Sara n'est toujours pas rentrée et tu sais quoi ? Elle ne sera toujours pas là quand nous arriverons, ce qui vaut mieux d'ailleurs, parce que si jamais elle était là, je crois que je la tuerais.

— Je ne comprends pas que tu puisses être insensible à ce point, dis-je, décidée à prendre de travers tout ce qu'il dirait.

Mais j'étais furieuse, et c'était plus facile de déclencher une dispute avec Larry, j'avais plus de chances de gagner, que d'attendre de me battre avec Sara, contre qui je perdais à tous les coups.

Il refusa de mordre à l'hameçon. J'avais beau le provoquer, et Dieu sait si je poussai le bouchon, osant même lui reprocher de s'inquiéter plus de ses clients que de sa fille, il resta de marbre. Il esquiva la discussion. Plus il se dérobait, plus j'attaquais. Plus il serrait le volant entre ses mains, plus ma langue se déliait. Je me mis à brailler, à hurler. Il ne dit rien.

Tout ce que je voulais, bien sûr, c'était qu'il arrête la voiture et qu'il me prenne dans ses bras. Juste qu'il se gare sur le bas-côté de la route pour me serrer contre lui en me disant que j'étais une mère merveilleuse, que Sara n'était pas un échec, que tout allait s'arranger et que j'étais belle. Mais, évidemment, il n'en fit rien. C'est difficile de dire à une femme qui vous attaque sur le plan personnel, professionnel et familial qu'elle est belle.

Lorsque nous arrivâmes à la maison, Larry monta directement dans notre chambre, sans même aller voir si Sara était rentrée. Il savait, comme moi, qu'elle n'était pas là. Mais moi, je tenais à le vérifier.

— Elle n'a pas appelé, me cria Michelle depuis son lit.

Il était presque minuit et elle avait une voix ensommeillée, qui me fit penser à un chaton dans son panier. Je m'approchai du lit de Michelle et me penchai pour l'embrasser sur le front, écartant ses cheveux soyeux de son petit visage fin. Elle se retourna en soupirant.

— Dors bien, chuchotai-je.

Je refermai sa porte derrière moi. S'il y avait un esclandre plus tard, je ne voulais pas qu'elle soit dérangée.

Larry, déjà au lit, faisait semblant de dormir. Ma colère s'était calmée, cédant la place à l'accablement.

— Je suis désolée, lui dis-je.

C'était vrai, et il le savait, mais ce n'était qu'une bien piètre consolation. Qu'importe qu'on regrette toutes les horreurs qu'on a dites ? L'autre les a entendues. Et les mots blessent plus que des coups de bâton ou qu'une volée de pierres. Ils résonnent encore au fond de la mémoire alors que les blessures physiques sont guéries depuis longtemps.

Je m'allongeai sur les draps à côté de Larry, tout habillée pour quand Sara rentrerait à la maison. Je voulais que notre affrontement ait lieu sur un pied d'égalité. Sara avait déjà la jeunesse de son côté et je ne voulais pas accroître mon désavantage en étant en chemise de nuit.

Pour Sara, l'heure limite de sortie était fixée à deux heures du matin. Je ne crois pas avoir pensé qu'elle rentrerait dans les temps. Est-ce qu'une enfant qui fait l'école buissonnière pendant toute une journée s'embarrasse de respecter l'horaire convenu ? Sara se souciait-elle jamais des conséquences de ses actes ?

Je n'étais pas encore réellement inquiète. J'étais furieuse, déprimée et déçue, par elle, par son attitude, par tout un ensemble de choses, mais je ne me faisais pas encore du souci. Ce n'était pas la première fois, après tout, qu'elle faisait ce genre de coup.

Lorsque l'heure à laquelle elle aurait dû être là fut dépassée, je sortis de mon lit pour aller dans sa chambre, scrutant dans les ténèbres son lit défait.

— Où es-tu ? murmurai-je, luttant contre l'inquiétude qui me gagnait, essayant désespérément de ne pas penser à toutes les horreurs qui auraient pu lui arriver.

J'essayai de ne pas l'imaginer se vidant de son sang dans un caniveau, victime d'un conducteur ivre qui se serait enfui après l'avoir renversée. J'écartai la vision de son corps, gisant dans une impasse, roué de coups. Je refusai d'entendre les hurlements qu'elle aurait pu pousser en luttant contre un violeur sadique. J'essayai de ne pas voir la photo de son beau visage, blanc et immobile, prise alors qu'elle était étendue sur l'acier glacial de la table du médecin légiste. J'essayai de toutes mes forces, mais en vain.

Je m'étendis sur ses draps, l'odeur du tabac froid m'enveloppa aussitôt. Qu'est-ce qu'elle avait dans la tête ? Elle savait bien qu'il y avait un tas de cinglés qui n'attendaient que l'occasion de tomber sur ce genre de gamine naïve, persuadée que rien ne pouvait lui arriver. Des hommes comme Colin Friendly, me dis-je en frissonnant, repoussant son image en enfonçant mon visage dans la douce obscurité de l'oreiller.

Contre toute attente, je m'endormis. Et rêvai d'une fille que j'avais connue au lycée. Elle était venue en vacances en Floride, l'année dernière, et j'étais tombée sur elle à la galerie marchande de Gardens. C'était la première fois que je la revoyais depuis la remise des diplômes, mais elle faisait toujours étonnamment jeune. Pleine d'énergie et d'enthousiasme, et fière de sa vie. Six semaines plus tard, j'avais appris qu'elle s'était tuée dans un accident de la route, peu après son retour à Pittsburgh. Elle avait perdu le contrôle de sa voiture sur une plaque de verglas et heurté la barrière de sécurité. La voiture s'était retournée, elle avait été tuée sur le coup. Dans mon rêve, elle me faisait de grands gestes depuis le rayon des congelés à Publix. J'avais perdu ma liste de courses et elle me disait en riant de ne pas m'énerver, que tout s'arrangerait.

Lorsque je me suis réveillée, Larry était assis au bord du lit et me regardait.

— Je crois que nous devrions appeler la police, dit-il.

# 11.

Nous décidâmes d'appeler d'abord les amis de Sara.

Ce n'était pas si évident que ça. Les amis de Sara n'étaient jamais les mêmes. Chaque année amenait un nouveau groupe de copains. Les anciens visages disparaissaient, de nouveaux surgissaient. Personne ne faisait jamais long feu.

Sara avait toujours été ainsi. Je me souviens de cette maîtresse de l'école maternelle, qui m'avait prise à part, un après-midi, au cours d'un goûter organisé à l'intention des parents, pour me confier qu'elle n'avait jamais vu un enfant se comporter en classe comme Sara. Elle m'avait raconté que Sara descendait tous les après-midi du petit bus scolaire jaune, qui faisait le trajet de chez nous à l'école, en annonçant : « Aujourd'hui, je vais jouer avec untel. » Elle choisissait chaque jour un nouveau compagnon de jeu et, chaque jour, elle réussissait à gagner l'amitié de l'enfant désigné. Et le lendemain, elle passait à un autre. Sara ne se liait jamais longtemps avec qui que ce soit de particulier, mais à chaque fois ces amitiés passagères étaient profondes et sincères. Ce qui ne l'empêchait pas, le lendemain, de passer à une autre sans jamais se retourner.

Notre déménagement de Pittsburgh à Palm Beach ne l'avait visiblement pas affectée. Sara, contrairement à

Michelle, ne laissait aucun véritable ami derrière elle. Plusieurs camarades de classe lui avaient écrit : Sara n'avait jamais répondu. Elle s'était jetée dans sa nouvelle vie avec son habituel enthousiasme, se faisant rapidement de nouvelles connaissances, passant d'une année à l'autre sans s'embarrasser des contraintes qu'apportent les longues amitiés.

Il était donc difficile de savoir avec qui Sara pouvait se trouver.

— Jennifer, proposai-je, ayant entendu Sara marmonner ce nom de temps en temps.

— Jennifer comment ? demanda Larry, ce qui n'était pas idiot comme question.

Je secouai la tête. Je n'en avais aucune idée. Et je ne connaissais pas mieux les noms qui allaient avec Carrie, Brooke ou Matt.

— Je connais le nom de Carrie, m'obstinai-je, essayant de retrouver l'image de la jeune fille aux longs cheveux blonds et au jean noir moulant son avantageux postérieur. Elle est venue il y a quelques semaines. Tu t'en souviens, Carrie... Carrie... Carrie Rogers ou Rollins, un nom comme ça, ça commençait par un R.

Ne pas arriver à retrouver le nom d'un seul des amis de ma fille me faisait culpabiliser encore plus. Comment peut-on se prétendre bonne mère, imaginai-je déjà entendre la police déclarer, quand on ne sait même pas qui sont les amis de sa fille ?

— A-t-elle un carnet d'adresses ? finit par demander Larry, et nous nous mîmes à chercher dans le désordre de Sara, comme on fouille des décombres après un bombardement.

Nous ramassâmes ses vêtements, certains sales, d'autres récemment lavés, rangeâmes quelques cassettes et refermâmes ses livres. Nous trouvâmes des stylos, de la monnaie, des bouts de papier et même, sous son lit, les restes d'un gâteau.

— Regarde, dis-je, remarquant une pointe de mélancolie dans ma voix tandis que je lui montrais quatre paquets de cigarettes vides, elle continue sa collection.

— Le voilà ! s'exclama Larry en sortant, de dessous un amoncellement de produits de maquillage, un vieux carnet dont la couverture de cuir représentait un blouson de motard.

Il l'ouvrit et un nuage de talc pour bébé tomba sur la moquette, comme de la neige.

— Il n'y a rien au R, dit-il.

— Essaie au C.

Et, effectivement, il y avait Carrie, griffonné au milieu de la page, à l'encre verte. Sans nom de famille. Peut-être que Sara non plus ne le connaissait pas, me dis-je.

Nous regagnâmes notre chambre pour appeler Carrie. La voix qui nous répondit était enrouée par le sommeil et le tabac. Elle marmonna un mot inintelligible qui ressemblait plus à un gémissement qu'à un bonjour.

— Carrie ? demandai-je d'une voix forte, espérant ainsi la réveiller. Carrie, je suis la mère de Sara. Est-ce qu'elle est chez vous ?

Il y eut un long silence.

— Quoi ?

— Sara est-elle chez vous ?

— Qui ?

— Sara Sinclair ! criai-je dans l'appareil, excédée, sentant que je perdais mon temps.

— Sara n'est pas là.

— Savez-vous où elle est ?

— Quelle heure est-il ?

— Huit heures.

— Huit heures du matin ?

Je laissai retomber le combiné sur son socle.

— Sara n'est pas là-bas.

Nous essayâmes six autres noms avant d'abandonner. J'avais la main sur le combiné, prête à appeler la police, lorsque le téléphone se mit à sonner.

— Sara ! hurlai-je malgré moi.
— Jo Lynn, me répondit celle-ci à ma grande déception.
Mes épaules s'affaissèrent, je baissai la tête. Ma sœur était bien la dernière personne à qui j'avais envie de parler.
— Jo Lynn, je suis désolée, je ne peux pas te parler maintenant. Sara n'est pas rentrée hier soir...
— Bien sûr qu'elle n'est pas rentrée, elle est chez moi.
— Quoi ! aboyai-je. Sara est chez Jo Lynn, dis-je aussitôt à Larry.
Il hocha la tête et se laissa tomber sur le lit.
— Tu le saurais si tu avais pris la peine de me rappeler.
— Quoi ?
— Je t'ai appelée deux fois hier soir.
— Tu n'as pas parlé de Sara.
— Je pensais que tu allais me rappeler.
Sur le point de protester, je me ravisai. La seule chose qui comptait, c'était de savoir où était Sara et qu'elle allait bien. J'étais si contente que j'en oubliais presque qu'elle avait manqué une journée de cours. Depuis combien de temps était-elle chez ma sœur ? me demandai-je, prise d'une autre crainte.
— Que fait-elle chez toi ?
Les mots étaient sortis lentement, presque à contrecœur, comme s'il fallait me les arracher.
— Promets-moi de ne pas te mettre en colère, commença Jo Lynn, tandis que tous les muscles de mon corps se raidissaient.
— Tu ne vas pas me dire qu'elle a passé toute la journée avec toi !
— Ce fut très instructif pour elle. Elle n'était jamais entrée dans un tribunal. Ce qui est regrettable quand on y réfléchit. Oui, elle va tout de même avoir dix-huit ans à son prochain anniversaire.
Si elle vit jusque-là, faillis-je dire, mais je me retins. Après tout, c'était Jo Lynn que j'avais envie de tuer.

— Tu l'as emmenée au tribunal avec toi, dis-je, tandis que Larry levait un regard effaré vers le plafond, cloué sur place, comme s'il avait été frappé d'une balle en plein cœur.

— Eh bien, tu n'avais pas voulu venir avec moi.

C'était donc ma faute, me dis-je, craignant presque d'ajouter un seul mot.

— Ne me dis pas que tu l'as emmenée avec toi à la prison ?

— Bien sûr que je l'ai emmenée. Qu'est-ce que tu voulais que je fasse, que je la laisse au milieu de l'autoroute North Dixie ? Ce n'est pas le quartier idéal, tu sais.

— Tu l'as emmenée voir Colin Friendly ?

— Non, bien sûr que non. Elle est restée dans la salle d'attente. Attends que je te raconte ma visite, Kate. C'est incroyable.

— Tu as emmené ma fille à la prison du comté, répétai-je, hébétée.

— C'est un endroit fantastique, babilla Jo Lynn, inconsciente des mains qui auraient voulu passer par le fil du téléphone pour l'étrangler. J'étais vraiment très angoissée, mais Sara a été parfaite. Elle a été mon navigateur, me guidant jusqu'au parking des visiteurs, me disant de me détendre, que j'étais belle, toutes ces choses qu'une véritable amie est censée vous dire.

— Sara n'est pas ton amie, lui rappelai-je. C'est ta nièce et elle a la moitié de ton âge.

— Qu'est-ce que l'âge vient faire là-dedans ? demanda Jo Lynn d'un ton agressif. Franchement, Kate, tu ne juges pas ta fille à sa juste valeur. Elle dit que tu la traites comme une enfant, et elle a raison.

— Je la traite comme une gamine parce qu'elle en est une.

— On croirait entendre notre mère.

— Il faut bien que quelqu'un raisonne en adulte.

— Enfin bref, poursuivit Jo Lynn, nous avons dû traverser un pont pour aller dans la zone de visite des prisonniers. On aurait dit des douves, tu sais, comme autour d'un château. En fait, le bâtiment est assez beau, dit-elle, enchaînant les mots comme si elle avait peur que je raccroche si elle reprenait son souffle.

J'y pensais effectivement et je ne sais pas ce qui m'a retenue. J'essayais de me dire qu'il fallait que je tienne le coup pour pouvoir parler à Sara, que j'étais forcée d'écouter le récit de Jo Lynn jusqu'au bout, mais je ne suis pas certaine que ce soit la véritable raison. Écouter Jo Lynn, c'était un peu comme lorsqu'on passe près de l'endroit où vient d'arriver un affreux accident. On a beau n'avoir aucune envie de regarder, on ne peut pas s'en empêcher.

— On arrive dans le hall d'entrée et, là, il y a des panneaux de tous les côtés. « Attention ! Lisez bien ! Les objets personnels suivants ne seront pas autorisés au-delà du contrôle de sécurité. » Et alors tu as une liste de quatorze objets, oui, quatorze ! Et des trucs qui ne te viendraient même pas à l'idée : les téléphones cellulaires, les sacs de couches, les chapeaux. Oui, les chapeaux ! ajouta-t-elle d'une voix effarée. Et puis tu passes la sécurité, et il y a de nouveaux panneaux, les interdictions de fumer habituelles et les trucs du genre, mais il y a une pancarte qui vaut le déplacement : « Toutes armes et munitions interdites passé ce point. » Elle nous a bien fait rire, celle-là. Qui pourrait être assez stupide pour apporter une arme dans une prison ?

Probablement quelqu'un d'assez stupide pour y amener sa nièce de dix-sept ans, faillis-je répondre.

— Je leur ai dit mon nom et qui j'étais venue voir, et là ils m'ont regardée, comment te dire, avec un certain respect, parce que ce n'était pas à un pauvre type qui avait attaqué la supérette du coin que je venais rendre visite. Il a fallu que je signe tout un tas de registres et de papiers. Et puis nous nous sommes assises dans la salle d'attente qui n'est vraiment pas géniale : juste quelques chaises bleues inconfortables, tout le reste de la pièce est peint d'un gris abominable. Heureusement, il y avait des distributeurs de boissons et je nous ai acheté des Coca, mais je n'ai pas eu le temps de finir le mien parce qu'on m'a appelée, et j'ai dû le laisser parce qu'on n'a pas le droit d'apporter de la nourriture ni des boissons dans la salle de visite. Pas même du chewing-gum. C'est incroyable.

— Tu as donc laissé Sara dans la salle d'attente, toute seule.

— Il y avait d'autres personnes. Je ne l'ai pas abandonnée. Elle était très bien. Elle ne s'est pas ennuyée une seconde.

— Puis-je lui parler ?

— Elle dort encore.

— Eh bien, réveille-la. Et ramène-la à la maison. Immédiatement.

— Pourquoi ? Pour que tu lui cries après ? Elle n'a rien fait de mal.

— Elle a manqué la classe, rappelai-je à ma sœur. Et elle n'est pas rentrée hier soir.

— Elle était avec moi. Et j'ai essayé de te joindre. Plusieurs fois. Crois-moi, elle en a plus appris, hier, dans la réalité, qu'à l'école. Elle fera un exposé là-dessus et elle aura un A.

— Tu n'avais pas le droit...

— Relaxe, dit Jo Lynn. C'est passé et la petite s'est amusée comme une folle. Ne gâche pas tout.

— Tu la réveilles et tu la ramènes, ordonnai-je.

— Tout à l'heure, s'obstina Jo Lynn.

— Pas tout à l'heure. Maintenant.

Pour toute réponse, Jo Lynn me raccrocha au nez. Je me tournai vers Larry. Il secoua la tête et quitta la pièce.

Il était presque seize heures lorsque j'entendis la voiture de Jo Lynn se garer dans l'allée. Larry avait quitté la maison à quatorze heures, craignant d'exploser s'il devait attendre une minute de plus que ma sœur daigne se présenter avec notre fille. Je l'avais poussé à partir. J'avais dépassé depuis longtemps le stade de la colère.

Michelle était partie avec des amies, et j'étais seule à la maison. J'errais d'une pièce à l'autre, compartimentant ma colère, essayant de la ranger, comme des babioles dans un tiroir, essayant de la relativiser pour la désamorcer. Sara était saine et sauve, me disais-je, et je savais où elle était. Il ne lui était arrivé aucun mal. Manquer un jour de classe n'était pas la fin du monde. Elle le rattraperait facilement. Elle avait passé la nuit chez ma sœur et cette dernière avait appelé deux fois. C'était ma faute si je n'avais pas rappelé. Je ne pouvais pas en vouloir à ma fille du manque de jugeote de ma sœur. Et à quoi bon en vouloir à Jo Lynn ? À quoi ça m'avancerait ?

À quatre heures, j'étais d'un calme aérien. Je les accueillerais à la porte, je remercierais ma sœur d'avoir reconduit Sara à la maison, j'essaierais de me débarrasser d'elle aussi rapidement et doucement que possible, puis j'attendrais le retour de Larry pour parler à Sara. Nous étions déjà convenus que la meilleure façon de réagir, c'était d'éviter les éclats auxquels elle s'attendait, et qu'elle espérait peut-être, d'ailleurs. Nous ne lui donnerions aucune raison de se mettre en rage. Moins on en dirait, mieux ce serait. Sara n'était pas stupide, elle savait qu'elle avait mal agi. Ses actions auraient des retombées. Il appartenait seulement à Larry et à moi de décider ce que seraient ces retombées.

Jo Lynn passa devant moi dès que j'ouvris la porte.

— Où est Sara ? demandai-je en scrutant la Toyota qui perdait de l'huile sur mon allée.

— Elle est dans la voiture.

Je plissai les yeux pour essayer de l'apercevoir à travers le pare-brise sale.

— Où ? Je ne vois personne.

— Elle s'est cachée.

— Mais c'est ridicule. De quoi me croit-elle capable ? J'étais sur le point d'y aller.

— N'y va pas, me conseilla Jo Lynn, m'arrêtant net. Je lui ai promis de te parler avant.

— Je crois que nous avons suffisamment parlé, dis-je, mon calme cédant sous l'anxiété.

Jo Lynn se pencha devant moi pour refermer la porte.

— Je le lui ai promis, répéta-t-elle. Tu ne voudrais pas me faire passer pour une menteuse, n'est-ce pas ?

Je voudrais bien te hacher menu, eus-je envie de lui répondre, remarquant son T-shirt blanc, son petit short et sa nouvelle coiffure. Me retenant, je me forçai à sourire.

— Tu es en colère, dit-elle.

À l'évidence, mon sourire devait manquer de sincérité, sans compter que Jo Lynn avait toujours adoré enfoncer les portes ouvertes.

— Tu t'es fait couper les cheveux, remarquai-je.

Elle fit bouffer ses boucles blondes.

— Cet après-midi. Ça te plaît ? J'ai juste raccourci de quelques centimètres.

— Ça te va très bien.

— Écoute, je sais que je n'aurais pas dû demander à Sara de m'accompagner sans avoir eu ton accord auparavant, dit-elle, me prenant par surprise, elle qui n'avait pas l'excuse facile. Mais j'étais tellement nerveuse, et je ne voulais pas y aller toute seule, j'avais réellement besoin qu'on m'accompagne et je savais que tu ne viendrais pas...

— Serais-tu en train de dire que c'est ma faute ?

— Non, bien sûr que non, tu n'y es pour rien. Ce n'est la faute de personne. Il n'y a pas de faute. Je disais juste que si tu avais été un petit peu plus compréhensive, un peu plus gentille...

— Je t'aurais accompagnée et tu n'aurais pas eu besoin d'entraîner ma fille dans cette histoire, dis-je, finissant sa phrase.

On revenait au genre d'excuses dont j'avais l'habitude de la part de Jo Lynn.

— Eh bien, oui, dit-elle. J'avais vraiment besoin de toi. Et je n'ai pas pu compter sur toi.

Je hochai la tête et pris une profonde inspiration. Je n'étais plus angoissée. J'étais folle furieuse. Des gouttes de sueur perlaient à mon front et à mes tempes. Jo Lynn ne remarquait rien.

— Je n'arrivais pas à y croire, Kate, continuait-elle. C'était extraordinaire de se retrouver avec Colin dans cette prison.

J'ouvris la bouche pour protester, mais me ravisai aussitôt. Plus je protesterais, plus cette scène s'éterniserait. Alors, essuyant la transpiration au-dessus de ma lèvre sans rien dire, j'attendis qu'elle termine.

— Je portais la nouvelle robe blanche que j'ai achetée, pensant qu'elle lui plairait, et j'avais raison, il l'a adorée. Elle est très chic, ni trop courte ni trop décolletée. Distinguée, tu vois.

Je hochai la tête. Ma définition de la distinction et celle de Jo Lynn ne devaient pas appartenir au même dictionnaire.

— Enfin bref, j'ai eu les nerfs à fleur de peau tout l'après-midi. Mais Colin a été un amour, il ne m'a pas quittée des yeux au tribunal, me souriant gentiment comme pour me dire de ne pas m'inquiéter, que tout allait bien se passer. Et Sara a été adorable. Elle m'a tenu la main en me disant qu'il était très mignon, qu'elle trouvait toute cette histoire très romantique, un peu comme Robin des Bois et Marianne, elle m'a vraiment remonté le moral. Et je lui ai dit de ne pas croire toutes les horribles choses que les gens disent de lui, à la barre des témoins.

— Et vous êtes donc allées à la prison, dis-je pour la faire avancer.

— Nous sommes allées à la prison, je t'ai déjà parlé des douves, des panneaux et de tout le reste.

— Oui.

— Eh bien, la pièce où ont lieu les visites se trouve au deuxième étage. Je n'ai jamais autant marché de ma vie, tu peux me croire, gloussa-t-elle. J'étais folle d'angoisse. C'est une pièce tout en longueur coupée en deux par une paroi de verre, on s'assoit d'un côté, le prisonnier est de l'autre et on parle dans des téléphones. C'est complètement crétin. Quand on sait qu'ils nous ont déjà tout enlevé, nos téléphones mobiles, nos couches, nos chapeaux... pour l'amour du ciel, pourquoi cette vitre ? Ils ne laissent même pas les gens se toucher. Tu ne trouves pas que c'est une punition franchement cruelle et bizarre ?

Je ne dis rien. C'est cette scène qui est une punition cruelle et bizarre, me dis-je.

— J'attends donc derrière la vitre. Il y avait deux ou trois personnes, qui étaient venues voir leurs maris ou je ne sais qui, peu importe, et tout le monde s'est arrêté de parler quand on a fait entrer Colin dans la pièce. Tu vois, c'est une vraie célébrité. Et il a un charme fou, tu sais.

Elle s'arrêta pour laisser ses paroles faire leur effet : je pris l'air impressionné qu'elle semblait attendre.

— Le garde l'a donc conduit à son siège, et pendant tout ce temps Colin ne m'a pas quittée des yeux, il avait son petit regard triste, et je l'ai trouvé tellement beau que j'ai cru fondre sur place, et puis il s'est assis, il a pris son téléphone, j'ai pris le mien, et on s'est mis à parler comme si on se connaissait depuis toujours. Il bégaie un petit peu, c'est adorable. Il m'a dit que mon soutien lui faisait beaucoup de bien, et qu'il aimait aller au tribunal tous les jours rien que parce qu'il savait qu'il allait me voir, et qu'il appréciait beaucoup que je croie en son innocence. Il est si poli, Kate. C'est un vrai gentleman. Et il a un super-sens de l'humour. Je suis sûre qu'il te plairait.

Je m'éclaircis la gorge pour me retenir de hurler. Je gardai mon regard fixé sur le sol.

— Il a tout voulu savoir sur moi. Ce que j'aime, ce que je fais. Oh ! et il m'a posé des questions sur toi !

Ma tête se redressa brusquement, comme si j'étais une marionnette dont on venait de tirer les ficelles.

— Quoi ?

— Il se souvenait de toi au tribunal, répondit-elle, aussitôt sur la défensive.

— Et que lui as-tu dit ?

— Que tu étais ma sœur, que tu étais thérapeute. Ça l'a fait rire, il a dit qu'il faudrait qu'il te voie un de ces jours.

Je frissonnai, j'étais glacée tout d'un coup.

— Et il a trouvé Sara ravissante.

— Seigneur !

— Il a dit que...

— Ce que ce monstre a pu dire ne m'intéresse pas, dis-je en revenant brusquement vers le seuil de la porte. Sara, viens ici tout de suite ! criai-je en direction de la silhouette que je distinguais dans la voiture.

— Ne te mets pas en colère en voyant ce qu'elle a fait, commença Jo Lynn. Je trouve ça extraordinaire.

— Qu'est-ce que tu trouves extraordinaire ? De quoi parles-tu maintenant ?

— Ce n'est pas moi qui en ai eu l'idée.

Si je n'avais pas su que c'était Sara sur le siège avant de la voiture, je ne l'aurais certainement jamais reconnue. La créature qui émergea de la Toyota rouge n'avait de ma fille que la taille et l'énorme poitrine. Ses longues boucles brunes avaient été coupées à hauteur des épaules et décolorées en blond cendré. Sa grande chemise indienne à fleurs et son jean bleu avaient été remplacés par un T-shirt blanc moulant et une minijupe à carreaux rouges et blancs.

— Ce sont mes vêtements, m'expliqua Jo Lynn, comme si c'était nécessaire. Ses trucs hippies, ça n'allait pas avec sa nouvelle coiffure.

On dirait une putain, pensai-je, muette de stupéfaction. Et je m'aperçus, au moment où Sara passait devant moi pour aller droit dans sa chambre, qu'en fait elle était le portrait de Jo Lynn.

# 12.

Nous avons essayé de ne pas trop faire d'histoires pour les cheveux de Sara, considérant que tout ce que nous pourrions dire de négatif la pousserait à aller encore plus loin, et que tout ce qui pourrait être positif serait mal interprété. Je me contentai d'un piteux : « Alors, comment on se sent en blonde ? » Larry marmonna qu'on avait tous besoin de changer de temps en temps. Ce fut à Michelle qu'il revint, comme d'habitude, d'énoncer l'évidence.

— Mon Dieu, qu'est-ce que t'as fait à tes cheveux ? s'écria-t-elle dès qu'elle vit sa sœur. C'est affreux !

En fait, ce n'était pas affreux. Il fallait juste prendre le temps de s'y habituer, et, au cours des semaines suivantes, nous avons tous essayé de notre mieux. Mais Sara ne fait jamais rien pour faciliter les choses, et elle se montra tour à tour distante, mauvaise, agressive et glaciale. Tout sauf repentante. Tout sauf désolée. Elle ne nous présenta aucune excuse pour notre nuit d'angoisse. Elle ne dit rien qui nous laissât espérer qu'elle ne recommencerait jamais. Pendant quelque temps, j'ai essayé de faire comme si c'était un personnage de roman, de passage dans notre monde pour y apporter un peu de cette fantaisie dont il manquait cruellement. Mais à la longue, ça devenait difficile de la trouver drôle. Il est à noter qu'elle avait fait un exposé sur sa journée au tribunal, comme Jo Lynn l'avait suggéré. Et naturellement, elle avait obtenu un A. Quelle belle sanction !

C'est à cette époque que Larry a commencé à s'éloigner du reste de la famille. Au début, il s'est contenté d'éviter Sara, partant du principe que, moins il aurait de contacts avec elle, moins il y aurait de frictions et moins ils risqueraient de se faire du mal. Donc, dans la mesure du possible, quand Sara était à la maison, Larry n'y était pas. Il travaillait de plus en plus et jouait plus fréquemment au golf. Évidemment, le résultat, c'était que Michelle et moi le voyions moins, nous aussi. Mais au cours de ces semaines qui précédèrent Thanksgiving, personne ne remarqua ce subtil détachement. J'étais très occupée. Les périodes de fête, contrairement à la croyance populaire, ne sont pas une époque de joie et de bonheur débridés. Les gens ne se montrent pas sous leur meilleur jour à ce moment-là. En fait, c'est plutôt le contraire. Mon carnet de rendez-vous était rempli jusqu'en janvier.

Je me faisais également du souci pour ma mère et ma sœur qui, je l'avais décidé, étaient cinglées, chacune dans son genre. Ma sœur continuait à s'exhiber en public au tribunal et en privé à la prison. Ma mère agrandissait la liste de ses doléances : non seulement elle était suivie par des hommes bizarres, mais ils venaient frapper à sa porte au beau milieu de la nuit ou lui chuchotaient des obscénités au téléphone. Ses voisines complotaient contre elle pour la faire expulser de sa résidence et elle était moins bien servie à table que les autres pensionnaires. Mme Winchell voulait la faire mourir de faim.

Elle se mit à m'appeler, au bureau comme à la maison, plus de quinze fois par jour. Elle était la première à téléphoner le matin et la dernière le soir. Il lui arrivait de hurler, pour me rappeler deux minutes plus tard, absolument charmante. Mais le plus souvent elle pleurait.

Je ne pouvais pas en vouloir à mon mari de refuser de s'occuper de ma mère ou de ma sœur. Elles n'étaient pas de sa famille, finalement. Chez lui, ils étaient tous calmes, agréables, ils ne nous causaient jamais le moindre tracas. Sa mère, veuve depuis une dizaine d'années, vivait en Caroline du Sud, à deux pâtés de maisons du frère aîné de Larry, et elle avait comme voisin un veuf charmant qu'elle fréquentait depuis cinq ans. Nous nous rendions mutuellement visite régulièrement et, à chaque fois, nous passions des moments très agréables. Non, ma famille était la seule à se montrer difficile et la situation s'aggravait. Si j'avais pu y échapper, je l'aurais fait. N'avais-je pas d'ailleurs déjà essayé ?

Et donc, au cours de ces semaines précédant Thanksgiving, Larry était rarement à la maison. Et, pernicieusement, cela ne me gênait pas, au contraire. Cela me faisait un souci de moins.

Bizarrement, Thanksgiving se déroula dans la tranquillité. Le fameux calme avant la tempête. Nous l'avons fêté à la maison, et tout le monde fit visiblement des efforts. Larry se montra un hôte attentif, il découpa habilement la dinde et fit la conversation à ma mère, qui se montra charmante, bavarde, ne laissant rien paraître de sa récente paranoïa. Jo Lynn portait une tenue tout à fait classique : une chemise en soie blanche sur un pantalon de crêpe noir. Et elle s'abstint de toute allusion à Colin Friendly et à son procès, qui était suspendu pour une semaine. Sara, dont les racines brunes commençaient à trancher violemment sur sa crinière blonde, m'aida à servir et s'occupa gentiment de sa grand-mère. « Qui est cette adorable jeune fille ? » me chuchota ma mère au cours de la soirée, et j'éclatai de rire, croyant qu'elle plaisantait, ne m'apercevant que plus tard qu'elle ne savait réellement plus qui c'était. À la fin de la soirée, Michelle déclara que c'était un succès. « Presque comme une famille normale », me dit-elle en me tendant la joue avant d'aller se coucher.

En ce qui concernait Robert, nous ne communiquions plus que par l'intermédiaire de nos répondeurs, sans jamais nous parler directement. Il appelait, j'étais en consultation. Je rappelais, il était en réunion. Il ne m'oubliait pas, me disait-il sur ma machine. Je réfléchissais à sa proposition, répondais-je sur la sienne.

Le lundi après Thanksgiving, je trouvai un message en arrivant à mon cabinet.

— Cette ineptie a assez duré, annonçait la voix de Robert. Viens mercredi midi à mon bureau. Je te ferai visiter nos locaux, je te présenterai à l'équipe, je te montrerai comment nous fonctionnons et ensuite je t'emmènerai déjeuner. Prépare tes idées.

Il avait terminé en laissant l'adresse de la station de radio et la façon de s'y rendre. Il ne me demandait même pas de rappeler pour confirmer. Sachant que je ne travaillais pas le mercredi, il en avait tout simplement déduit que je serais disponible. Que je puisse avoir d'autres projets ne l'avait même pas effleuré.

En fait, j'avais déjà promis à ma mère de l'emmener faire des courses. « Et si nous nous réservions une petite journée toutes les deux ? » lui avais-je dit après Thanksgiving, euphorique que la soirée se soit si bien passée. Nous pourrions commencer par faire quelques courses de Noël, et ensuite nous pourrions aller déjeuner, avais-je suggéré. Il était hors de question que je décommande maintenant parce que quelque chose de mieux se présentait. J'avais passé l'âge de ce genre d'enfantillage. Mais c'étaient les affaires, corrigeai-je mentalement, tendant déjà la main vers le téléphone.

— Nous pouvons quand même aller faire les courses le matin, dis-je à ma mère.

— Quelle bonne idée ! répondit-elle comme si c'était la première fois qu'elle en entendait parler.

Je passai la prendre à dix heures, le mercredi matin. Elle m'attendait dans le hall, debout derrière les portes d'entrée, jetant des regards furtifs par-dessus son épaule, serrant son sac contre elle d'un air inquiet. J'agitai la main. Elle sursauta, comme surprise de me voir, et se précipita dehors.

— Tu vas bien ? lui demandai-je tout en l'aidant à s'asseoir sur le siège du passager de ma Lexus blanche, remarquant qu'elle se penchait pour serrer son sac contre sa poitrine comme pour le protéger de voleurs éventuels.

— Maman ! insistai-je, tandis que je m'asseyais derrière le volant. Qu'est-ce qui ne va pas ? Tu ne te sens pas bien ?

— Il faut que je te montre quelque chose, dit-elle dans un murmure. Démarre.

Lentement, à contrecœur, je m'engageai sur Palm Beach Boulevard.

— Qu'est-ce que c'est ? Que veux-tu me montrer ? demandai-je.

— Je te le montrerai quand nous serons arrivées.

J'allais protester quand je m'aperçus qu'elle ne m'écoutait plus, toute son attention apparemment captivée par la route qui se déroulait devant elle. Je la regardai à la dérobée, cherchant des signes extérieurs de déséquilibre, mais ses cheveux gris étaient propres et bien coiffés, ses yeux marron étaient vifs et brillants, sa bouche fine était ourlée d'un sourire. Tout semblait normal. Seule son attitude, la façon dont elle protégeait son sac de son corps, paraissait bizarre. C'est alors que je remarquai ses mains.

— Qu'est-ce que tu as aux ongles ? demandai-je en regardant les bavures cramoisies sur ses ongles.

Elle baissa les yeux vers ses longs doigts un peu arthritiques et les tendit fièrement vers moi, comme surprise de ce qu'elle voyait.

— Ça te plaît ? La vendeuse de chez Sak's m'a dit que c'était du dernier chic.

Je passai le doigt sur le dessus d'un ongle. Le prétendu vernis se colla sur ma peau.

— Ce n'est pas du vernis, maman, lui dis-je en me demandant ce que la vendeuse avait bien pu lui refiler.

— Non ?

— C'est du rouge à lèvres, ajoutai-je en frottant les autres ongles. Tu t'es mis du rouge à lèvres sur les ongles.

Elle secoua la tête.

— Mais non, déclara-t-elle d'un ton catégorique. Tu te trompes complètement. Et tu as tout abîmé, ajouta-t-elle, les yeux pleins de larmes.

— Mais, maman...

Je me tus, continuant à conduire en silence, perplexe. Il était évident que quelque chose clochait chez ma mère. Pourtant elle avait été parfaite pendant le week-end, me rassurai-je aussitôt. Peut-être cela l'avait-il fatiguée ? Les personnes âgées ont du mal à sortir de leur train-train quotidien. Était-on réellement vieux à soixante-quinze ans ? Que lui arrivait-il ?

Ma mère me décocha un sourire radieux, puis elle ouvrit lentement la main, révélant un petit œuf blanc.

— As-tu jamais vu une chose pareille ? s'émerveilla-t-elle tandis que je sentais ma gorge se serrer.

Elle jeta un regard inquiet alentour comme si quelqu'un risquait de l'espionner derrière la fenêtre.

— Il y en avait sur la table du petit déjeuner, ce matin, continua-t-elle. Je n'en revenais pas ! Alors, pendant que personne ne me regardait, j'en ai pris un et l'ai caché dans mon sac pour te le montrer. Regarde cette forme parfaite. As-tu jamais vu une chose pareille ?

— C'est un œuf, maman, dis-je doucement, le fixant sans arriver à y croire. Tu ne le savais pas ?

— Un œuf ?

— Tu en manges tous les jours.

Ma mère me dévisagea pendant un long moment.

— Si, bien sûr, je le savais, dit-elle sans changer d'expression.

Elle remit l'œuf au fond de son sac.

— Maman, commençai-je sans savoir ce que j'allais dire, mais terrifiée par le silence.

— Que tu es jolie ! s'exclama-t-elle, comme si elle me voyait pour la première fois. C'est une robe neuve ? Quelle bonne idée d'aller faire les magasins !

Je lissai machinalement les plis de la robe à fleurs rouges et blanches que j'avais effectivement achetée récemment.

— J'ai un repas d'affaires, lui rappelai-je. Pour une éventuelle émission de radio. Tu te souviens, je t'en ai parlé ?

— Bien sûr que je m'en souviens, dit-elle. As-tu la liste des cadeaux de Michelle ?

C'est à ce moment-là que j'aurais dû comprendre que quelque chose n'allait pas chez elle. En y repensant, ça me paraît incroyable que je n'aie pas reconnu les symptômes évidents de la maladie d'Alzheimer. Si elle avait été la mère d'un de mes patients, sans doute l'aurais-je diagnostiquée bien plus tôt. J'en aurais au moins envisagé l'éventualité. Mais c'était de ma mère qu'il s'agissait, et elle n'avait que soixante-quinze ans. Et elle allait bien jusque-là. Elle n'avait pas l'habitude de voler des œufs sur la table du petit déjeuner, ni de se mettre du rouge à lèvres sur les ongles. Elle n'avait pas l'habitude d'accuser ses voisins de la harceler, ni de mettre du détergent dans ses plats. Non, elle allait bien. Peut-être était-elle distraite de temps en temps, mais cela arrivait à tout le monde, non ? Ce n'était pas comme si elle ne se souvenait plus de rien. N'avait-elle pas été parfaite pendant tout le week-end ? Ne venait-elle pas de parler de la fameuse liste de cadeaux de Michelle ?

— La voilà, dis-je en extirpant une feuille de mon sac en cuir noir.

— C'est une petite fille tellement drôle, dit ma mère, et je me mis à rire, sans bien savoir pourquoi.

D'habitude, la liste de Michelle me procure toujours un grand plaisir, elle comporte la description exacte de chaque article, son prix et les magasins où on peut le trouver, ainsi qu'un classement des objets dans l'ordre de ses préférences. Les articles surlignés de jaune sont qualifiés de « bien », ceux agrémentés d'un astérisque sont « très bien », et ceux marqués d'un astérisque et d'une flèche sont jugés « excellents ».

On sait toujours à quoi s'en tenir avec Michelle, me dis-je pleine de gratitude, serrant la liste comme si c'était une bouée de sauvetage.

Sara, cela va sans dire, refusait de faire la moindre liste.

La matinée se déroula assez bien. Ma mère avait repris un comportement normal. Nous avions réussi à repérer plusieurs articles de la liste de Michelle sans grande difficulté. J'éprouvais moins d'appréhension quant à mon prochain rendez-vous avec Robert. J'avais même quelques idées qui commençaient à poindre pour ce que j'appelais maintenant « mon émission de radio ». Le déjeuner de ce jour-là en prenait une certaine légitimité, me justifiai-je intérieurement, tout en traversant le parking avec ma mère pour aller dans une petite boutique de golf de l'autre côté du centre commercial.

Évidemment, je me berçais d'illusions pour Robert comme pour ma mère.

— Quelle est votre meilleure qualité de clubs ? demandai-je au play-boy qui vint me servir. Et, continuai-je intérieurement, ce n'est pas la culpabilité qui me pousse à acheter ce qu'il y a de mieux à mon mari.

Je suivis le jeune homme vers le fond du magasin.

— Eh bien, cela dépend de vos besoins, me dit-il tout en marchant. Mais il y a la nouvelle série de clubs Titans qui est fabuleuse.

Il sortit un long bois à large tête d'un sac et commença à me faire une description dithyrambique de ses qualités particulières, sa main caressant la surface lisse aussi amoureusement que si c'était le corps d'une femme.

— C'est l'alliage parfait du titane et du graphite. À mon avis, conclut-il en remettant le bois à sa place, pensant que je m'y connaissais, c'est ce qui se fait de mieux.

— Combien fait-il ? demandai-je. N'était-ce pas moi qui payais tout compte fait ?

— Voyons... commença-t-il en regardant autour de lui comme s'il n'avait pas déjà le prix en tête.

Ses yeux s'écarquillèrent brusquement, et il se figea, comme frappé par la foudre.

— Mon Dieu, attention ! hurla-t-il.

J'entendis le sifflement du bois fendant l'air avant même de le voir, il me passa à moins de dix centimètres de la tête. Plusieurs jeunes gens surgirent brusquement de je ne sais où, et renversèrent ma mère sur le sol, lui arrachant des mains le club qu'elle brandissait comme une batte de base-ball.

— Kate ! cria-t-elle, son visage délicat déformé par la terreur tandis que des mains étrangères la maîtrisaient. Au secours ! Au secours !

— Arrêtez ! hurlai-je. C'est ma mère.

La stupeur se peignit sur les visages des vendeurs tandis qu'ils la lâchaient à contrecœur.

— Tout va bien, dis-je, aussi perturbée qu'eux. Elle n'a pas voulu me faire de mal.

— Te faire du mal ? gémit ma mère en agitant la tête, comme si elle était attachée par des ficelles, ses hochements de tête faisant tressauter la peau ridée qui plissait sur son cou comme une chaussette trop large. De quoi parles-tu ? Je ne te ferai jamais de mal. Je voulais juste essayer cette batte. Souviens-toi, à l'école, j'étais une bonne frappeuse. La meilleure de l'équipe.

— Allons, tout va bien maintenant, rassurai-je la petite foule qui s'était assemblée autour de nous. Elle perd un peu la tête, c'est tout. Tu vas bien ? lui demandai-je.

— Tu sais bien que je ne te ferai jamais de mal, dit ma mère tandis que je la conduisais hors du magasin.

— Je sais, répondis-je.

Et ce ne fut que lorsque je m'assis derrière le volant que mes genoux arrêtèrent de s'entrechoquer. Et ce ne fut qu'une fois que je l'eus déposée chez elle que je pus respirer librement.

— Tu as l'air survoltée, me dit Robert en tendant la main pour me caresser la joue. Tu as eu des idées.

Je crus m'évanouir en sentant le contact de ses doigts sur ma peau. Je fermai les yeux, nous imaginant sur une plage de sable éblouissant, loin des mères, des filles, des maris et des épouses. Et des sœurs, me rappelai-je en me forçant à rouvrir les yeux, pour me convaincre que nous étions bien dans ses impressionnants bureaux, au cœur de Delray.

— Ma mère se prend pour Babe Ruth.

— Je ne sais pas ce que tu veux dire, mais je devine une histoire passionnante là-dessous, dit-il les yeux pétillants.

— C'est ton métier qui déteint. Tous les sujets sont bons pour un article, avec toi.

— Ah ! Ce n'est pas forcément intéressant. D'où me vient l'impression que tu dois être quelqu'un de passionnant ?

— Parce que tu ne m'as pas vue depuis trente ans, répondis-je sèchement. Parce que tu ne me connais pas.

— J'aimerais que ça change.

Pour la deuxième fois de la matinée, j'éprouvai de la difficulté à respirer. Je regardai son bureau, forçant mes yeux à enregistrer une foule de détails inintéressants : les murs bleu pâle, la moquette gris argent, épaisse, le dessus de son bureau en marbre noir, l'ordinateur à grand écran qui y trônait. Il y avait, devant son bureau, deux fauteuils crapaud recouverts d'un superbe daim gris bleu, et d'autres encore, en face d'un grand canapé installé à l'autre bout de la pièce rectangulaire. Nous étions en haut d'un immeuble de verre de douze étages, qui donnait à l'est sur l'océan. C'était la vue spectaculaire qui m'avait coupé le souffle, me dis-je, à deux doigts d'éclater de rire devant tant de mauvaise foi.

Une série de photographies décoraient le dessus de la console en chêne, placée derrière le bureau de Robert. Je m'approchai des clichés, considérant d'un air désinvolte l'heureuse famille qui me souriait : une petite femme brune, assez jolie sans être réellement belle, avec un air étonné qui trahissait soit la surprise, soit une opération esthétique. Quatre enfants, deux garçons, deux filles, grandissant au fil des cadres d'argent, traversant l'enfance et l'adolescence pour se muer en jeunes adultes.

— Tu as une famille superbe, lui dis-je, bien que, sans mes lunettes de lecture, les détails des visages m'aient quelque peu échappé.

— Merci. Et toi ? Tu as des photos de tes filles ?

Je plongeai la main dans mon sac, heureuse de cette diversion. Immédiatement me revint l'image de ma mère fouillant dans son sac pour en extirper fièrement sa découverte fabuleuse. Un œuf ! Elle n'avait pas tort en fin de compte, me surpris-je à penser. Il y avait quelque chose de merveilleux dans un œuf.

— À quoi penses-tu ? entendis-je Robert me demander, ses yeux plissés de sourire.

— Aux œufs, lui dis-je avant de me replonger prestement dans mes recherches.

— Aux œufs ? répéta-t-il en secouant la tête. Vous êtes une femme mystérieuse, Kate Latimer.

Je souris. J'avais toujours rêvé de l'être.

— Kate Sinclair, corrigeai-je d'une voix douce, espérant presque qu'il ne m'entendrait pas, trouvant enfin le petit carnet de cuir rouge qui contenait des photos de Sara et de Michelle et le tendant vers lui. Elles remontent au moins à l'année dernière. Michelle n'a pas beaucoup changé, elle est juste un peu plus mince encore.

— Elle est adorable.

J'étudiai la photo de ma fille cadette : son visage en forme de cœur et ses immenses yeux bleu marine, ses cheveux bruns sur les épaules et sa petite bouche un peu triste. De mes deux filles, Sara était la plus éblouissante, Michelle était d'une beauté plus conventionnelle.

— Et elle...

— C'est Sara. Elle a changé de coiffure. Ses cheveux sont plus courts. Et blonds.

— Et tu n'aimes pas.

Je remis le carnet rouge dans mon sac. Était-il si facile de lire dans mes pensées ?

— J'aime la coupe, précisai-je. Mais je ne raffole pas de la couleur.

— Pas de photos de ton mari ?

Un petit sourire coquin dansait dans ses yeux noisette.

Je m'approchai de la fenêtre et regardai l'océan, incapable de distinguer la limite entre le ciel et l'eau. Tout était d'un merveilleux ton de bleu.

— Non, répondis-je en me demandant ce que je faisais dans le bureau de Robert, me sentant subrepticement coupable. Je n'ai pas de photos de Larry.

L'interphone de son bureau se mit à sonner. Sa secrétaire l'informa qu'un certain M. Jack Peterson le demandait de New York. Robert s'excusa et prit l'appel. J'en profitai pour m'excuser à mon tour et aller aux toilettes.

Je me penchai vers le grand mur en miroir.

— Mais dans quel guêpier es-tu allée te fourrer ? demandai-je à mon reflet tout en me remettant un nuage de poudre sur les joues. Est-ce bien le moment ? Même s'il s'agit simplement d'un travail à la radio, es-tu bien sûre que c'est ça qu'il te faut ?

En vérité, tout ce que je voulais, c'était que ma vie retrouve un semblant de normalité. Je voulais que ma fille ait des cheveux bruns et un bon carnet de notes, que ma sœur ait un travail stable et pas de vie amoureuse, et que ma mère cesse de se comporter comme une extraterrestre.

J'avais tout de même réussi à la convaincre d'aller voir un médecin, me consolai-je en appliquant une nouvelle couche de rouge à lèvres, revoyant la pâte cramoisie étalée sur les ongles de ma mère. Elle avait commencé par refuser, disant qu'elle voyait déjà bien assez de médecins comme ça. Alors j'avais fait comme si c'était moi qui voulais consulter et avais besoin d'elle pour me soutenir moralement. « Bien sûr, ma chérie », avait-elle aussitôt accepté. Malheureusement, je n'avais obtenu de rendez-vous que dans deux mois.

Peut-être que d'ici là son problème, quel qu'il fût, se serait résolu tout seul, me dis-je. D'ici à deux mois, les cheveux de ma fille auraient retrouvé leurs racines brunes, Colin Friendly serait sur le chemin de la chaise électrique et ma mère serait rétablie.

Je ne pouvais pas deviner que la situation ne ferait qu'empirer.

Peut-être que je m'en doutais. C'est peut-être la raison pour laquelle je décidai d'empêcher Robert de me présenter aux gros bonnets de sa station, de ne pas aller déjeuner avec lui, et de ne plus aspirer à je ne sais quelle gloire radiophonique à la noix. Sur ce, je m'aspergeai le visage d'eau glacée, d'un geste purificateur particulièrement symbolique, je remis mon maquillage dans mon sac et sortis des toilettes.

Robert m'attendait devant les ascenseurs.

— Désolé de cette interruption, commença-t-il en me prenant par le coude pour me conduire vers le bureau du directeur de la station. Je suis impatient de te présenter.

Je me laissai conduire à travers le labyrinthe de bureaux qui couvraient le douzième étage, et serrai la main des différents directeurs et employés, visitai les studios d'enregistrement à l'étage inférieur, rencontrai les présentateurs et les producteurs, découvrant tout ceux qui travaillaient à l'antenne ou dans les coulisses. Je dois reconnaître que cette visite fut passionnante. J'adorais l'ambiance, les gens, leur jargon, toute cette agitation.

Mais j'aimais surtout le contact du bras de Robert contre mon coude tandis qu'il me guidait de l'un à l'autre, me conduisant d'une situation nouvelle à une autre, d'un nouveau visage à un autre. Ce n'était pas tant le contact en lui-même que ce qu'il représentait. La sensation d'être doucement guidée, de ne pas avoir à me prendre en main, le sentiment que c'était quelqu'un d'autre qui commandait, qui prenait les décisions, qui m'indiquait la route à suivre. Je n'étais plus responsable.

C'est ainsi que je me suis laissé séduire et, tandis que nous quittions la radio pour aller au restaurant, je continuai à me persuader que l'intérêt que Robert me portait était strictement professionnel, qu'il en était de même de mon intérêt pour lui, que, grâce à lui, j'allais pouvoir ajouter une corde à mon arc et élargir le champ de ma profession.

Bien sûr, c'était avant qu'on déjeune.

L'aveuglement, les beaux raisonnements et les grandes dénégations ne vous mènent jamais bien loin !

## 13.

— Alors, dis-moi donc quel est le secret d'un mariage réussi ?

Je dévisageai Robert Crowe, cherchant une trace d'ironie dans son regard noisette. Je n'en vis aucune. J'essayai de rire, mais l'intensité de son regard bloqua le rire dans ma gorge. Je levai une main tremblante vers mon visage, la reposai sur mes genoux, avant de me rabattre sur un morceau de pain, le troisième.

Il se pencha et posa sa main sur la mienne.

— Tu as l'air nerveuse.

Se moquait-il de moi ?

— Je ne sais pas si je dois te prendre au sérieux, répondis-je franchement.

— Et ça te rend nerveuse ?

— J'aime savoir à quoi m'en tenir.

— Je suis tout à fait sérieux, dit-il en retirant sa main.

J'étais plus troublée que jamais. Il y avait plus de vingt-cinq ans que je ne m'étais livrée à ce genre de conversation à double sens. Ce qui m'avait plu chez mon mari, c'est que j'avais toujours su à quoi m'en tenir dès le début. Je n'avais pas connu de longues nuits à attendre près du téléphone qu'il m'appelle. Ni de grandes émotions. Alors pourquoi n'était-ce pas avec mon mari que je flirtais dans ce ravissant petit restaurant de Delray Beach ?

— Le secret d'un mariage réussi, répétai-je, en essayant d'oublier combien Robert était beau dans son costume vert foncé. Il n'y a pas de secret. Tu le sais.

— Tu as été mariée presque un quart de siècle, me rappela-t-il.

— Mais toi, tu as été marié plus de vingt ans, lui rappelai-je à mon tour.

— Qui a dit que j'étais heureux ?

Je sentis ma bouche devenir brusquement sèche. Je regardai la salle de restaurant aux lumières tamisées, décorée dans des tons de bordeaux et de rose, en me demandant pourquoi nos plats mettaient si longtemps à arriver. Il y avait bien une demi-heure que nous étions assis à cette table. Nous avions déjà parlé de ma future émission. Ne serait-ce pas mieux de prévoir une heure quotidienne plutôt qu'une émission bihebdomadaire de deux heures ? Vaudrait-il mieux que je reçoive différents spécialistes ou que je fasse mon émission seule ? Faudrait-il se cantonner à un seul sujet par émission ou était-il préférable de traiter les sujets au fil des appels ? Et serait-ce possible de mener des psychothérapies sur les ondes ? Comment les rendre intéressantes ? Était-ce possible de concilier les deux ?

Nous n'avions encore rien décidé. Il était certain que nous avions encore beaucoup de choses à mettre au point. Cela allait nécessiter bien d'autres déjeuners comme celui-ci, c'était évident.

— Tu n'es pas heureux ? ne pus-je m'empêcher de lui demander.

— Je ne suis pas malheureux. Mon épouse est une femme charmante, elle m'a donné quatre beaux enfants et une brillante situation. Je lui dois beaucoup. Je m'en rends compte.

— Est-ce que tu l'aimes ?

Je sais que ma question pouvait paraître naïve, banale même. Mais en fait, c'était là le cœur du problème.

— Qu'est-ce que l'amour ?

Je secouai la tête.

— L'amour ne représente pas la même chose pour tout le monde. Je ne peux pas répondre à ta place.

— Je t'en prie. Vas-y.

Je souris, regrettant de ne pas pouvoir résister à son charme. Lève-toi, me dis-je. Sors de table et dis-lui que tu n'as pas faim, que cette émission est une mauvaise idée, que tu n'as aucune illusion sur cet intérêt soudain qu'il porte à tes dons de psychothérapeute, et que tu n'as pas plus l'intention de coucher avec lui maintenant qu'il y a trente ans. Vas-y, dis-le-lui. Mais je restai là, à me tortiller sur mon siège.

— Je peux seulement te donner ma propre définition de l'amour.

— Je t'en prie.

J'avalai ma salive.

— Je crois que l'amour est la combinaison de nombreux facteurs : le respect, la tolérance et l'acceptation de l'autre tel qu'il est. Plus, bien sûr, l'attirance physique, ajoutai-je tandis que, malgré moi, mon regard revenait chercher le sien.

— Et qu'arrive-t-il lorsqu'il y a respect, tolérance et acceptation de l'autre, mais que l'attirance physique a disparu ?

— Il faut alors se battre pour la retrouver, dis-je d'un ton presque réprobateur.

À mon grand soulagement, je vis arriver le serveur avec notre commande.

— Attention, dit ce dernier de manière prophétique. C'est très chaud.

Je me jetai sur mes pâtes aux fruits de mer comme si je n'avais pas mangé depuis des jours. Et me brûlai la langue et le palais. Mais, tant que j'aurais la bouche pleine, je ne pourrais pas m'attirer d'ennuis, me disais-je, sans même me laisser le temps de respirer entre deux bouchées. Ma langue s'engourdissait. La nourriture n'avait plus aucun goût. Mais je continuais de dévorer, sentant que Robert me regardait en souriant et qu'il était ravi de mon embarras.

— Tu veux dire que je devrais faire semblant ? demanda-t-il, après un long silence.

— Pourquoi pas ? Les femmes le font tout le temps.

— Tu parles d'expérience ?

— Je n'ai pas dit ça.

— Tu n'as pas dit le contraire non plus.

— Je n'ai pas dit qu'il fallait simuler quoi que ce soit, dis-je, la bouche en feu.

— Tant mieux, parce que ce n'est pas toujours faisable. D'un point de vue strictement physique, ajouta-t-il bien inutilement, tandis que je luttais pour ne pas l'imaginer nu devant moi. Le corps d'un homme ne réagit pas toujours comme il le voudrait, en dépit des meilleures intentions.

— Je crois qu'on ferait mieux de ne pas s'engager sur ce sujet.

Je sentais les pâtes me brûler l'estomac tel un bloc de métal en fusion.

— Sur quel sujet ?

— Je ne sais pas, dis-je, posant ma fourchette avant de le regarder droit dans les yeux. Pourquoi me parles-tu de ça ?

— Je pensais que tu pourrais m'aider, dit-il avec un petit sourire triste. La Méthode de psychiatrie McDonald. Rapide et facile. Plus de huit milliards de personnes déjà guéries.

— McThérapie, voilà un bon titre pour une émission de radio ! m'exclamai-je en riant.

Le silence tomba entre nous.

— Alors, comment fais-tu ? reprit-il d'une voix calme en buvant son vin à petites gorgées.

— Quoi ?

— Comment fais-tu pour que ta vie de couple reste... comment dire ?... stimulante ?

Je soupirai. Avec plus de force que je ne le voulais. J'avais compris que « stimulante » n'était qu'un euphémisme pour « excitante ».

— Est-ce que tu aimes ton mari ? insista-t-il.

— Oui, m'empressai-je de répondre.

— Vous avez trouvé le bon équilibre entre le respect, la tolérance et l'acceptation de l'autre ?

— Oui.

Je ne pouvais plus prononcer que des monosyllabes.

— Et vous éprouvez encore une attirance physique mutuelle.

— Mon mari est un très bel homme.

— Et ma femme est ravissante. Ce n'est pas ce que je te demandais.

— Oui, je trouve mon mari toujours attirant physiquement.

— Et tu lui plais aussi ?

Je réfléchis.

— Il le dit.

Mais quand l'avait-il dit la dernière fois ? me demandai-je.

— Vous faites toujours l'amour ?

Je pris mon verre d'eau, bus une longue gorgée, espérant presque que j'allais m'étrangler, qu'il faudrait m'évacuer du restaurant. Je regardai autour de moi, cherchant une diversion, n'importe laquelle, un serveur qui fasse tomber un plateau, un couple qui se mette à se disputer à une table à côté, une mère qui lève un club de golf pour assommer sa fille.

— Je ne crois pas que ça te concerne.

— Bien sûr que ça ne me regarde pas, approuva-t-il. Mais ça ne m'empêche pas de te le demander.

J'essayai de ne pas sourire, mais je sentis mes lèvres se retrousser malgré moi.

— Nous faisons toujours l'amour, répondis-je.

— Souvent ?
— Quoi ?
— Tu m'as bien entendu.
— Oui, j'ai entendu mais je n'ai pas l'intention de te répondre.
— Pas aussi souvent qu'autrefois, je parie.
— Ce n'est pas un pari bien risqué au bout de vingt-cinq années de mariage.
— Et tu es heureuse de cet état de choses ?
— Je ne suis pas malheureuse, répondis-je, reprenant les termes qu'il avait employés un peu plus tôt, mais était-ce la vérité ?
Il sourit.
Pourquoi fallait-il qu'il soit toujours aussi beau qu'autrefois ? Pourquoi n'était-il pas devenu obèse, chauve ou stupide ? Pourquoi fallait-il qu'il ait gardé cette allure d'athlète ? Une taille aussi mince, des épaules aussi carrées ? Pourquoi avait-il l'air si sacrément... « stimulant » ?
— Il y a plus de trois ans que nous n'avons pas fait l'amour, ma femme et moi, dit-il.
— Quoi ?
— Tu as bien entendu.
N'avions-nous pas déjà employé ces répliques ?
— Je ne sais pas très bien ce que tu attends comme réponse.
— Que me dirais-tu si j'étais un de tes patients ?
— Tu ne m'avais pas dit que tu prendrais rendez-vous si c'était d'un avis professionnel dont tu avais besoin ? demandai-je en essayant de porter la conversation sur un autre plan, un plan que je pourrais traiter en toute sécurité dans le cadre de mon cabinet.
— C'est ce je devrais faire, à ton avis ?
— Est-ce que tu en as besoin ? demandai-je en retour.
— C'est toi la psychothérapeute. À toi de me le dire.
— Je pense que si tu n'es pas satisfait de ta situation, c'est à toi de la changer.

— C'est ce que j'essaie de faire, répondit-il d'un ton provocateur.

Gênée, je croisai et décroisai mes jambes.

— Tu devrais en parler avec ta femme. Lui dire ce que tu éprouves.

— Tu ne crois pas que je l'ai déjà fait ?

— Je n'en sais rien.

— Ma femme prétend que cette partie de sa vie est dépassée. Elle a fait son devoir envers la postérité : croître et multiplier. Maintenant, tout ce qu'elle veut, c'est un peu de compagnie et de bonnes nuits de sommeil.

— C'est peut-être un problème physique. Certaines femmes éprouvent une baisse de leur désir sexuel au moment de la ménopause.

— Ça t'est arrivé ?

— Nous ne parlons pas de moi.

— Je préfère parler de toi.

— As-tu essayé de faire la cour à ta femme ? De l'emmener dîner ? insistai-je. (Ou déjeuner, pensai-je sans le dire.) Parfois, il suffit de quelques mots gentils. Essaie de lui dire simplement une chose gentille par jour. Tu verras, ta vie en sera transformée.

— J'étais fou de toi, dit-il, ignorant mon conseil, comme si je n'avais rien dit. J'allais me jeter sous une douche glacée après un rendez-vous avec toi.

— Tu allais te jeter sur Sandra Lyons, rétorquai-je, me souvenant combien j'avais souffert quand ma meilleure amie m'avait informée de ses activités extrascolaires. J'en ressentais encore un petit pincement au cœur.

Il parut surpris.

— Tu ne pensais pas que j'étais au courant, n'est-ce pas ?

— Tout le monde était au courant pour Sandra, répondit-il sans la moindre gêne, avant de boire une longue gorgée de vin. Elle allait avec tout le monde.

— Elle s'est tuée peu de temps après ton départ.

Le verre faillit lui échapper des mains.

— Quoi ?

Je partis d'un éclat de rire, un simple gloussement au début qui se termina par un fou rire irrépressible.

— Je suis désolée, dis-je, entre deux hoquets.

— Ça te fait rire !

— C'est une blague. Je suis désolée. Je n'ai pas pu m'en empêcher.

— C'est une blague ?

— Sandra Lyons ne s'est pas tuée, dis-je, essayant, en vain, de retrouver mon sérieux. Elle va bien. Enfin, elle allait très bien la dernière fois que je l'ai vue. Mais je ne sais pas, elle est peut-être morte maintenant.

Mon fou rire repartit de plus belle.

Il avait l'air horrifié.

— Pourquoi m'as-tu dit qu'elle s'était tuée ?

— Je ne sais pas, répondis-je, toujours en riant.

Mais ce n'était pas tout à fait vrai. J'avais voulu le déstabiliser. J'en avais assez d'être la seule à ne plus savoir où j'en étais.

Il secoua la tête.

— Tu es une femme vraiment très étrange, Kate Latimer.

Mon rire s'arrêta net.

— Sinclair, précisai-je, tout en songeant que nous étions revenus à la case départ.

— Sinclair, d'accord. Dis-moi, ton mari connaît ce petit côté de ta personnalité ?

— De quoi veux-tu parler ?

— Ce petit côté pervers, un peu sadique, que je trouve pour je ne sais quelle raison pernicieuse tout à fait délicieux.

J'essayai de rire, mais en vain.

— Je suis sûre qu'il en profite un peu trop à son goût.

Robert finit son vin et se resservit sans me quitter des yeux.

— Ton mari est le seul homme avec qui tu aies jamais couché, n'est-ce pas ?

Je me sentis brusquement mise à nu, comme s'il avait déboutonné le devant de ma robe, étalant tout ce que j'avais d'intime et de sacré. J'aurais dû le gifler. J'aurais dû, en tout cas, me lever et partir. Ou au moins lui dire d'aller se faire pendre, que ça suffisait comme ça.

— Qu'est-ce qui te fait dire ça ? m'entendis-je alors lui répondre.

— J'ai toujours su lire dans les gens.

— Ma mère dit que mon visage est un livre ouvert.

— Ta mère a raison.

— Et où est-il écrit que mon mari est le seul homme que j'ai connu ?

Robert se pencha au-dessus de la table et caressa mes lèvres de son index.

— Là, dit-il, tandis qu'un frisson me traversait des pieds à la tête, aussi fort qu'une décharge électrique. Tu n'aimerais pas savoir comment ce serait avec quelqu'un d'autre ?

Mon Dieu, me dis-je, je suis perdue ! Si je ne l'arrête pas tout de suite, je ne pourrai plus revenir en arrière.

— Non, mentis-je, tout en écartant mon siège de la table, juste assez pour me mettre hors de sa portée.

Il resta la main tendue, caressant d'un air absent l'espace entre nous. Je sentais encore son doigt sur mes lèvres. La sensation qu'éprouvent, dit-on, les gens récemment amputés d'un membre.

— Non, ça ne m'intéresse pas.

— Tu n'as jamais été tentée ?

— Je suis mariée.

— Est-ce important ?

— Pour moi, oui.

— Ton mari ne t'a jamais trompée ?

— Non.

— Tu as l'air bien sûre de toi.

— Tout à fait.

Et c'était la vérité. Pourtant je n'étais plus sûre de grand-chose, mais ça c'était une certitude : Larry ne m'avait jamais trompée. Et je n'en ai jamais douté de toute ma vie passée avec lui.

— C'est une conversation plutôt dangereuse, reconnus-je enfin.

— Qu'a-t-elle de dangereux ?

— Les propos que nous tenons.

— Nous ne faisons rien de mal.

— Si.

— Comment ?

— Nous posons les jalons, dis-je en pensant à Larry.

— Les jalons pour quoi ?

— Tu le sais très bien. Je t'en prie, ne fais pas l'innocent.

— Explique-toi.

— Je ne cherche pas une aventure, articulai-je péniblement, espérant paraître plus convaincue que je ne l'étais.

— Une aventure ? Tu crois que c'est ce qui m'intéresse.

— Est-ce que je me trompe ?

— Je n'ai jamais réussi à t'oublier, Kate, dit-il, m'enveloppant de sa voix, m'invitant à le suivre. Je te regarde et j'éprouve exactement les mêmes éblouissements que quand j'étais un adolescent boutonneux.

— Tu n'as jamais eu le moindre bouton.

— Tu es à côté de la question.

— Je fais de mon mieux.

— Je te veux, Kate. Je t'ai toujours désirée. Et je crois que tu as envie de moi, toi aussi.

— Il y a beaucoup de choses que je désire. Ce qui ne veut pas dire que je les aurai. Ce qui ne veut pas dire non plus que toutes ces choses soient bonnes pour moi.

— Comment peux-tu le savoir si tu n'essaies pas ?

— À quoi bon essayer ?

— Je ne sais pas, dit-il en me prenant les mains que je retirai aussitôt. Je sais simplement qu'il me manque quelque chose, et depuis très longtemps. Je croyais que je finirais par m'habituer. Je me disais que ma vie était bien remplie, que l'amour c'était bon pour les adolescents, enfin je me suis rabâché tous les trucs qu'on peut se raconter pour passer la nuit. Mais tout est parti en fumée le jour où je t'ai vue au tribunal. Tu étais là, toujours aussi belle que dans mon souvenir. Et, en plus, tu es drôle, intelligente et terriblement séduisante. C'était comme si j'avais retrouvé ma jeunesse, mais en mieux. Quand je te regarde, j'ai l'impression que tout peut arriver. J'avais oublié cette sensation. Et je ne veux plus la perdre. Je ne veux pas te perdre. Je te veux. Est-ce que c'est si mal ?

— Oh ! mon Dieu ! dis-je en essayant de cacher mon trouble. Quelle déclaration !

— Je pense sincèrement ce que je viens de te dire.

— Je ne sais pas quoi répondre.

— Tu n'as pas à répondre quoi que ce soit maintenant. Penses-y, c'est tout.

— Je vais avoir du mal à ne pas y penser.

Il sourit, puis il fronça les sourcils, puis il sourit à nouveau, tout en ramenant ses mains vers lui. Et soudain il se leva, les bras tendus, et je compris que nous n'étions plus seuls, que quelqu'un nous rejoignait.

— Qu'est-ce que tu fais là ? demanda Robert, paraissant ravi de cette interruption imprévue.

J'étais sidérée de la vitesse à laquelle il avait changé d'attitude. Je planais encore sur mon nuage.

— Comment as-tu su où me trouver ?

La voix qui lui répondit était douce et indubitablement féminine.

— J'ai appelé ton bureau. Ta secrétaire m'a dit que tu devais être ici. J'espère que je ne vous dérange pas.

Évidemment, je sus que c'était la femme de Robert avant même de me retourner.

— En fait, vous arrivez à point nommé. Nous venons de terminer, lui dis-je, me sentant prise de vertige tandis que Robert procédait aux présentations d'usage.

Brandi Crowe était une jolie femme qui devait avoir mon âge. Elle était plutôt petite, un mètre soixante environ, et très maquillée, surtout ses yeux qui étaient petits, gris, sans une seule ride. Elle avait cet air vaguement étonné que j'avais vu sur sa photographie. Je me surpris à examiner la naissance de ses cheveux à la recherche des traces d'une opération chirurgicale récente, mais sa chevelure, un tantinet trop foncée, un tantinet trop longue, camouflait le tout. Son tailleur Chanel était du même rose que la nappe.

— Tu arrives à temps pour le dessert, ajouta Robert, très à l'aise, en lui avançant un siège et en faisant signe au serveur.

— Eh bien, je vais prendre un café avec vous, si vous voulez bien, dit-elle en me souriant. Il y a des années que je ne prends plus de dessert. C'est injuste, vous ne trouvez pas ? Regardez Robert. Il mange tout ce qu'il veut et il ne prend pas un seul gramme. Moi, il suffit que je regarde un gâteau... (Sa voix se fit traînante.) C'est un nouveau costume ? demanda-t-elle à son mari.

Il secoua la tête, mais la légère rougeur qui empourpra ses joues me dit qu'il mentait. Tiens donc, il avait acheté un nouveau costume pour notre déjeuner, me dis-je en tirant sur les boutons de ma nouvelle robe à fleurs rouges et blanches.

— Vous travaillez à la radio ? me demanda Brandi Crowe tandis que le serveur débarrassait notre table et nous donnait les menus des desserts.

— Kate est psychothérapeute, expliqua Robert. Je voudrais qu'elle travaille pour nous.

Brandi Crowe le regarda sans comprendre.

— Ah bon ! Mais dans quel domaine ?

Nous commandâmes trois cafés et des tartes au citron, puis Robert lui exposa son projet dans les grandes lignes.

— Ça s'appellera McThérapie, annonça-t-il pour finir, et je ne pus m'empêcher de sourire.

— Ça me paraît une idée formidable, dit-elle avec enthousiasme. Vous pouvez être sûre que je l'écouterai.

— Enfin, ce n'est encore qu'un projet, dit Robert.

— Rien n'est encore décidé, ajoutai-je.

Robert détourna les yeux en souriant.

Un petit gloussement s'échappa des lèvres soigneusement maquillées de Brandi Crowe. Je remarquai alors combien sa lèvre supérieure était charnue, et me demandai si elle s'était fait faire des injections de collagène avant de m'interroger sur ce qui pouvait la faire rire.

— Quand mon mari veut quelque chose, rien ne peut l'arrêter, dit-elle en gloussant de plus belle, ce que je trouvai de plus en plus énervant. C'est comme si c'était fait.

Elle se pencha et caressa la main de son mari. Je sentis une décharge dans la mienne.

Je baissai le regard vers la nappe rose et restai ainsi jusqu'au moment où l'odeur du café frais me fit relever la tête. Le serveur posa une tranche de tarte au citron sous mon nez. La tarte déjà épaisse était recouverte d'une énorme couche de crème Chantilly.

— Vous êtes mince, disait Brandi Crowe. Vous pouvez manger ça. Moi, si j'en prenais, ça me tomberait directement sur les hanches. Je dois me battre comme un diable pour ne pas grossir.

— Vous êtes superbe, lui dis-je, et je le pensais.

En dépit de ce que nous serinent les médias, tout le monde n'est pas forcé de faire un mètre quatre-vingts et cinquante-cinq kilos. Aussitôt je pensai à Sara, en me demandant si elle était à l'école et ce qu'elle pouvait bien faire. Je pris alors conscience qu'elle ne pouvait pas faire pire que sa mère.

— Ça a l'air délicieux, dit Brandi en regardant le morceau de tarte de son mari. Laisse-moi te voler juste une petite bouchée.

— Et ton régime ?

— Tu as raison. Je me détesterai demain matin.

Elle se renfonça dans son siège et me regarda tandis que j'engloutissais mon dessert aussi rapidement que j'avais avalé mes pâtes aux fruits de mer. En quelques secondes, tout avait disparu. Brandi Crowe avait l'air un peu surprise.

— Et d'où vous est venue cette idée ? demanda-t-elle.

À voir son expression, je compris qu'elle commençait à mettre en doute mes capacités.

— En fait, je connais Kate depuis le lycée, dit Robert.

Je ne pus m'empêcher d'admirer son flegme. Il mangeait sa tarte en sirotant son café exactement comme si de rien n'était.

— Ah bon ? Tu veux dire à Pittsburgh ?

J'écoutai Robert raconter notre rencontre accidentelle au tribunal, observant les réactions de sa femme, cherchant des signes d'intimité entre eux, quelque chose qui me dise s'ils couchaient ensemble ou pas, des regards complices, des effleurements furtifs. Mais en dehors de la caresse sur la main de son mari, dont je sentais encore la décharge dans ma paume, rien ne les trahit. Couchaient-ils ensemble ? Allez savoir !

Mais quelle importance ? me demandai-je rageusement. J'avalai mon café d'une seule traite et me levai d'un bond.

— Je suis désolée, mais je dois m'en aller. Je dois retrouver mon mari, mentis-je en jetant un regard à ma montre pour plus de crédibilité.

— Nous pourrions peut-être dîner ensemble tous les quatre ? proposa la femme de Robert.

Je dus marmonner une réponse positive, car elle répondit qu'elle m'appellerait pour qu'on mette ça au point. Puis je sortis et allai acheter la série de clubs de golf la plus chère que je pus trouver.

# 14.

Dans les semaines qui suivirent, on vit Colin Friendly partout, à la télévision, à la une des journaux, sur la couverture des magazines régionaux aussi bien que nationaux. Le procès avançait et les gens se demandaient si Colin Friendly allait venir à la barre pour se défendre. Les rumeurs étaient aussi nombreuses que contradictoires. Selon le *Fort Lauderdale Sun-Sentinel*, il allait certainement témoigner ; selon le *Miami Herald*, jamais ses avocats ne le laisseraient faire une chose pareille. Le *Palm Beach Post* prenait fermement position entre les deux : Colin Friendly irait à la barre, mais ce à l'encontre de l'avis de ses avocats.

Une seule chose faisait l'unanimité : Colin Friendly serait jugé coupable. En fait, l'unique question que l'on se posait, c'était de savoir combien de temps il faudrait au jury pour arriver à ce verdict. Évidemment, ma sœur était toujours résolument convaincue, non seulement qu'il serait acquitté, mais qu'il était innocent.

— As-tu vu l'article dans le *Post* ce matin ? me demanda-t-elle au téléphone, la voix rauque et pleine de larmes. (Le procès était suspendu pour le déjeuner, et elle m'avait jointe entre deux patients.) Ils racontent n'importe quoi. Oui, la moitié de leurs informations sont incorrectes. Et ça me rend malade parce qu'ils peuvent tout se permettre, bien sûr, que veux-tu que Colin fasse, qu'il porte plainte contre eux ?

Je ne dis rien, sachant qu'elle n'attendait pas de réponse.

— Ils disent qu'il mesure un mètre quatre-vingt-cinq. Depuis quand ? C'est tout juste s'il fait un mètre quatre-vingts. Ils disent qu'il pèse quatre-vingt-dix kilos. Bon, peut-être qu'il les faisait avant son arrestation. Mais il a perdu plus de dix kilos dans cette horrible prison où la nourriture est abominable. Les journaux se complaisent à le représenter en grosse brute, alors ils ajoutent un centimètre par-ci, quelques kilos par-là, et bientôt il ressemblera à Hulk. Enfin, tu l'as vu, il n'a rien de patibulaire.

— Je ne crois pas que son poids ou sa taille aient tant d'importance, avançai-je.

— C'est de la désinformation délibérée. Et le pire, ajouta-t-elle, c'est que ce genre de reportage à la noix tend de plus en plus à passer pour du journalisme dans ce pays. Ils disent que sa mère s'appelait Ruth. Pas du tout. C'était Ruta. Au début, j'ai cru à une coquille, mais comme ils s'entêtent dans leur erreur, il est évident que c'est de la négligence. Ils disent qu'il vient d'un milieu pauvre, mais ses arrière-grands-parents étaient très riches. Ils ont tout perdu dans la Dépression, d'accord, mais ils auraient pu au moins en parler. Tu vois, ils se trompent même pour les faits les plus simples, alors comment peut-on croire ce qu'ils écrivent ? Comment peut-on les prendre au sérieux ?

— Je croyais que tu t'entendais bien avec les journalistes.

— Oh ! je t'en prie, tu leur dis un truc, ils impriment autre chose ! Ils n'arrêtent pas de se tromper dans les citations ou alors ils les énoncent hors de leur contexte. Ils n'ont qu'une idée en tête.

— Laquelle ?

— Voir Colin Friendly sur la chaise électrique. Mais ça n'arrivera pas. Tu verras. Il sera acquitté. Et, ce jour-là, je l'attendrai à la sortie.

— Je dois te quitter maintenant, lui dis-je, préférant ne pas entendre la litanie habituelle.

— La seule chose où ils ont raison, continua-t-elle comme si je n'avais rien dit, c'est qu'il a eu une enfance abominable. On ne peut pas s'empêcher de pleurer quand on lit ça. Quelle tristesse ! Ça ne t'a pas fait pleurer ?

— Je n'ai pas lu l'article, mentis-je.

C'était une erreur. Jo Lynn se sentait désormais obligée de me donner tous les détails que j'étais censée avoir manqués.

— Eh bien, sa mère était folle. Je veux dire réellement folle. Elle s'est fait jeter hors de chez elle à quinze ans, mettre enceinte à seize, et elle était déjà complètement alcoolique et droguée à la naissance de Colin. Elle se piquait devant lui, ramenait des hommes chez elle et s'envoyait en l'air sous les yeux de son fils. Et elle n'a jamais su avec certitude qui était son père.

« Quand il était encore tout petit, elle l'enfermait dans un placard chaque fois qu'elle sortait. Il lui arrivait de disparaître plusieurs jours de suite et Colin n'avait rien à manger. Et pour ses besoins naturels, eh bien, il n'avait qu'à faire dans son pantalon. N'est-ce pas lamentable ? Pas étonnant qu'il ait fait pipi au lit jusqu'à onze ans. Et, bien sûr, elle le punissait chaque fois qu'il mouillait son lit, elle lui faisait des trucs horribles, elle lui frottait le nez dedans, comme un chien. Et elle n'arrêtait pas de déménager. Colin n'a jamais pu se faire d'amis. Et il était très timide en plus. Et quand il a commencé à bégayer, sa mère s'est moquée de lui et l'a battu. Elle était franchement ignoble.

— Pas étonnant qu'il déteste les femmes, dis-je.

— Mais non, il ne déteste pas les femmes ! s'exclama Jo Lynn. Ce qui est plutôt étonnant quand on y réfléchit. Il les adore.

— Il les adore, répétai-je d'une voix blanche.

— Il a eu cette voisine adorable, Mme Rita Ketchum, qui a été extrêmement gentille avec lui. C'est elle qui lui a prouvé que la plupart des femmes n'étaient pas comme sa mère.

— Je croyais que tu m'avais dit qu'ils n'arrêtaient pas de déménager.

— C'était plus tard, pendant son adolescence, quand il a vécu tout seul à Brooksville.

— Je ne me souviens pas avoir vu son nom dans l'article.

— Tu as dit que tu ne l'avais pas lu.

— J'y ai jeté un coup d'œil.

— Tu as tout lu. Pourquoi ne pas l'avouer ?

— Et comment explique-t-il qu'il ait pu torturer des chatons quand il était petit ?

— Colin n'a jamais torturé quoi que ce soit. C'étaient d'autres enfants qui avaient martyrisé ces bêtes. Colin a seulement abrégé leurs souffrances.

— Et les incendies qu'il a allumés ?

— Des bêtises de gamin. Personne n'a été blessé.

Elle avait réponse à tout. C'était inutile de discuter. Pour je ne sais quelle raison, ma sœur avait décidé une fois pour toutes que Colin Friendly n'était qu'un pauvre jeune homme incompris, et aucune logique ni aucune preuve ne pourraient la convaincre du contraire.

— Va-t-il témoigner ? demandai-je.

— Il le voudrait, mais ses avocats trouvent que c'est une mauvaise idée. Pas parce qu'ils le croient coupable, précisa-t-elle. Mais parce qu'il bégaie quand il s'énerve. Et ses avocats ne veulent pas qu'il subisse l'épreuve du contre-interrogatoire.

— Ils ont certainement raison.

— Je trouve son bégaiement plutôt mignon. Et je pense que ça montrerait au jury combien il est vulnérable, que c'est un être humain, qu'il n'a rien du monstre qu'on n'arrête pas de leur décrire.

— Tu lui as donc conseillé de témoigner ?

— Je lui ai dit que je le soutiendrais quoi qu'il décide. Mais je crois que c'est très important pour lui que les gens comprennent.

— Qu'ils comprennent quoi ?

— Qu'il n'a pas tué ces femmes, répondit Jo Lynn d'une voix excédée. Qu'il était incapable de faire ces horribles choses dont on l'accuse.

— Quand le procès devrait-il se terminer ?

Je ne me sentais pas capable de supporter beaucoup de conversations comme celle-ci.

— D'ici à deux semaines. Le procureur devrait finir d'ici à demain, puis ce sera le tour de la défense. Si tout se déroule comme prévu, Colin sera sorti pour Noël.

— Et sinon ?

— Il sortira.

— Et ensuite ?

— Notre vie pourra enfin reprendre son cours.

— Cela me semble une très bonne idée.

— Viendras-tu avec moi au tribunal, mercredi prochain ?

— Pas question.

— Je t'en prie. Cela me ferait très plaisir.

— Pourquoi ? Tu sais bien que je ne partage pas la haute opinion que tu as de cet homme.

— Je veux être là pour entendre ce que Colin a à dire. Je pense sincèrement que si tu voulais bien l'écouter, oui, l'écouter réellement, comme tu le fais avec tes patients, eh bien, tu pourrais bien changer d'avis à son sujet.

— J'en doute.

— C'est vraiment très important pour moi, Kate.

— Mais pourquoi ?

Il y eut un second moment de silence.

— Parce que je l'aime.

— Oh ! je t'en prie...

— Si, Kate, je l'aime vraiment.

— Tu ne le connais même pas, pour l'amour du ciel.

— C'est faux. Ça fait presque deux mois que je passe mon temps dans cette salle d'audience. Je sais tout sur lui.

— Tu ne sais rien du tout.

— Je lui ai rendu visite chaque semaine.

— Tu lui parles à travers une paroi de verre.

— C'est vrai. Et il me parle. Et nous nous entendons très bien. Il dit que je le connais mieux que quiconque.

— C'est parce qu'il a tué toutes les autres ! m'écriai-je, hors de moi.

Nouveau silence encore plus long.

— C'est indigne de toi. J'aurais cru qu'avec ton expérience professionnelle tu montrerais un peu plus de compassion.

— Écoute, Jo Lynn, dis-je, tentant une nouvelle approche, tu es la seule qui compte pour moi dans cette histoire. Je ne veux pas qu'on te fasse de mal, une fois de plus.

Sa voix s'adoucit. Je pouvais presque sentir son soulagement à travers le téléphone.

— Mais personne ne me veut du mal. Il m'aime, Kate. Il dit que je suis la meilleure chose qui lui soit jamais arrivée.

— Ça, j'en suis sûre, lui répondis-je sincèrement.

— Tu sais ce qu'il m'a dit quand je suis allée le voir vendredi ?

Je secouai la tête sans rien dire.

— Il m'a dit que j'étais aussi mignonne que la première fraise au printemps.

Je souris malgré moi.

— Tu souris. Je le sais. N'est-ce pas le truc le plus gentil que tu aies jamais entendu ? Tiens, dis-moi, à quand remonte la dernière fois où Larry t'a dit quelque chose d'aussi tendre que ça ?

Il y a déjà un certain temps, pensai-je sans le dire. J'éprouvai un petit pincement au cœur en m'apercevant que mes pensées passaient de Larry à Robert.

— Alors, arrête de t'inquiéter pour moi. Tout ira bien. Si Colin et moi arrivons à traverser cette épreuve, nous pourrons survivre à tout. Je voudrais que tu sois heureuse pour nous, Kate. Et j'ai besoin de t'avoir près de moi. Tu ne pourrais pas venir juste une dernière fois ?

J'irai voir maman avec toi le week-end prochain. Marché conclu ?

Je fermai les yeux et passai une main sur mon front.

— D'accord, tu as gagné, dis-je dans un murmure.

— Merci, Kate. Tu ne le regretteras pas.

— À mercredi, répondis-je, sachant qu'elle se trompait.

Voici quelques faits intéressants concernant le palais de justice du comté de Palm Beach : avec plus de soixante-cinq mille mètres carrés de superficie, c'est la plus grande structure de ce type en Floride et l'une des plus grandes du pays. Il a été conçu par Michael A. Shiff & Cie et la société Hansen Lind Meyer, et construit par la société George Hyman. Le portique extérieur mesure seize mètres de haut et la cascade intérieure est de neuf mètres. Les toits arrondis qui coiffent le bâtiment ont été conçus pour donner la réplique aux deux tours jumelles du Breakers Resort Hotel qui se trouve à l'est, en plein centre de Palm Beach.

J'ai glané ces informations dans une brochure que j'ai prise au bureau d'information, dans le hall, en attendant le début de l'audience, le mercredi matin. J'ai ainsi appris que le palais de justice comprenait quarante-quatre salles d'audience, qu'il y en aurait jusqu'à soixante lorsque les deux derniers étages seraient aménagés. Et que toutes les salles étaient reliées à un studio d'enregistrement, et que toutes les audiences étaient ainsi enregistrées sur des bandes longue durée. Si un juge souhaitait revenir sur un témoignage lors d'une audience, il lui suffisait d'appeler le studio pour avoir un play-back. Stupéfiant, me dis-je en souriant à l'homme grisonnant qui se tenait derrière le bureau d'information. Il portait une veste rouge avec un blason qui proclamait « Huissier de Justice Volontaire ». Il me fit un clin d'œil. Je me sentis soudain très vieille.

Voici d'autres détails intéressants à noter : il y a actuellement trois mille sept cent quatre-vingts avocats inscrits au barreau du comté de Palm Beach, les cours du comté ont jugé un peu plus de trois cent onze mille affaires l'année dernière, dont les deux tiers concernaient la circulation. Il faut plus de cinq kilomètres d'étagères pour contenir les trois millions six cent mille dossiers. Il y a plus de quatre-vingt-dix kilomètres de câbles téléphoniques et soixante-cinq kilomètres de câbles informatiques. Il y a cinquante-six cellules pour les prisonniers qui passent en jugement.

D'après la brochure, les prisonniers pénètrent dans le bâtiment dans un fourgon carcéral qui vient se garer dans un emplacement spécial. Ils sont conduits aux salles d'audience à travers un labyrinthe de cellules et de portes de haute sécurité, et ils empruntent des ascenseurs et des couloirs qui leur sont réservés. Leurs gardiens sont équipés de détecteurs infrarouges qui déclenchent automatiquement une alarme et l'isolement de la zone si un gardien est abattu. Le système de surveillance comprend deux cent soixante-quatorze caméras vidéo, plus de deux cents détecteurs infrarouges, deux cents interphones et plus de trois cents fermetures de porte à carte magnétique.

Ce matin-là, on nous laissa entrer à huit heures dans le hall principal. Nous franchîmes les portes vitrées et le détecteur de métal avant de nous diriger vers les ascenseurs sur notre droite. Il y avait plus de monde que d'habitude, ce qui ne m'empêcha pas de reconnaître plusieurs visages déjà croisés lors de mes précédentes visites. Eric fournissait toujours à Jo Lynn son café matinal. D'après elle, il n'avait pas manqué une seule journée du procès. Ma sœur m'en montra d'autres qui venaient fidèlement tous les matins. Je me demandai ce que ces gens feraient une fois le procès terminé. Avaient-ils des familles, des emplois à retrouver ? Ou iraient-ils voir un nouveau tribunal, un nouveau condamné ? Par certains côtés, le procès était une sorte de drogue, m'aperçus-je en regardant, de l'autre côté du grand hall, l'endroit où les jurés potentiels attendaient de voir si leurs noms seraient appelés.

Ces groupies de la justice seraient-ils en manque quand tout serait terminé ? Et moi ? m'interrogeai-je, m'apercevant brusquement de la place que cette affaire avait prise dans ma vie.

On trouve une bibliothèque juridique très documentée à côté de la salle des jurés, en face de la cafétéria. Celle-ci est ouverte de huit heures à dix-sept heures et sent toujours l'eau de Javel. Il y a deux grands escalators de part et d'autre du hall. Il y a également des gardes et un détecteur de métal à l'entrée sur Quadrille Street. Je ne sais pas quand j'ai noté ces détails. Peut-être les ai-je enregistrés à mon insu en attendant l'ascenseur qui mène au onzième étage. Mais ce genre de précisions inutiles faisaient désormais partie de ma vie, et je n'étais pas près de les oublier, de la même manière que je saurais toujours que Brenda Marshall avait été l'épouse de William Holden.

— Ça t'arrive de t'inquiéter pour des bêtises ? me demanda Jo Lynn, alors que nous sortions de l'ascenseur et empruntions le long couloir qui menait à la salle d'audience.

— Quel genre de bêtises ?

— Des broutilles, des trucs sans importance.

— Comme quoi ?

— Je ne sais pas.

Le regard de Jo Lynn resta tourné vers les grandes baies vitrées tandis que nous avancions, les talons de ses sandales marron claquant sur le sol de marbre à carreaux noirs et blancs. Elle portait un pull blanc et une grande jupe de lin marron, boutonnée sur le devant mais seulement jusqu'à mi-cuisse. Ses jambes nues et bronzées apparaissaient brièvement à chaque pas.

— Explique-toi, insistai-je, ma curiosité éveillée ; Jo Lynn n'avait pas l'habitude de se livrer à tant d'introspection.

— Tu vas penser que je suis folle.

— Je le pense déjà.

Elle fit une grimace.

— Plutôt limite ton humour, me dit-elle, imitant à la perfection la voix de notre mère.

— Qu'est-ce qui t'inquiète ?

Nous franchîmes les doubles portes et entrâmes dans la petite antichambre qui précède la salle d'audience 11A.

— C'est comme ici, dit-elle, s'arrêtant net. Il fait tellement sombre. Il m'arrive de me demander comment ça serait s'il faisait toujours aussi sombre. Parfois, je ferme les yeux pour faire semblant d'être aveugle, comme quand on était petites, et je me demande ce qui se passerait si, rouvrant les yeux, je me retrouvais aveugle pour de bon ? Incapable de voir quoi que ce soit, prisonnière de l'obscurité ?

— Ce serait affreux de ne plus voir, l'approuvai-je, ne sachant pas très bien comment nous en étions arrivées à parler de ça.

Nous entrâmes dans la salle d'audience, immédiatement submergées de soleil. Jo Lynn se dirigea droit sur nos sièges, sans un regard pour la superbe vue.

— Qu'y a-t-il d'autre qui t'inquiète ? lui demandai-je en m'asseyant à côté d'elle.

— J'ai peur d'avoir un cancer.

— C'est une peur tout à fait légitime.

— Un cancer des ovaires, comme Gilda Radner.

— Il n'y a aucun cas de cancer des ovaires dans notre famille, la rassurai-je.

— Mais le cancer, c'est tellement sournois, tu ne trouves pas ? Prends Gilda Radner, c'est une grande vedette de la télévision, mariée à un grand acteur de cinéma, elle a tout, et un jour elle a une douleur dans le bas du ventre ou je ne sais quoi, elle va voir son médecin, il lui trouve un cancer des ovaires et quelques mois plus tard elle est morte. Ou alors prends ton amie de Pittsburgh, celle qui s'est tuée dans cet horrible accident de voiture. Elle est là, en train de conduire bien tranquillement, elle doit écouter la radio, peut-être même qu'elle chante, et tout d'un coup elle est morte. Ça me révolte, franchement.

— Ça nous rappelle que nous sommes mortels.

— Quoi ?

— Nous connaissons tous ce genre de frayeur à un moment ou à un autre.

— Pas toi, rétorqua-t-elle.

— Bien sûr que si.

Elle scruta mon regard, cherchant à voir si je me moquais d'elle.

— On a l'impression que rien ne peut t'ébranler.

— J'ai les mêmes angoisses que tout le monde. Je suis un être humain, non, tu ne crois pas ?

Elle s'agita d'un air gêné sur son siège.

— C'est que tu as toujours l'air si sûre de toi. Tu sais tout...

— Pas du tout.

— Mais si. Ou, du moins, tu en donnes l'impression. Kate Sinclair, la femme qui a tout et qui sait tout.

Je cherchai dans sa voix une trace d'amertume, mais non. Elle énonçait simplement ce qu'elle considérait comme une vérité.

— Mais c'est faux.

— Pas du tout. Kate, regarde les choses en face. Tu as tout réussi, c'est désespérant. Tu as une vie de rêve, un mari qui t'adore, deux gamines super, une situation géniale, une splendide maison, une garde-robe somptueuse.

Je contemplai d'un air coupable mon ensemble pantalon bleu marine de Donna Karan.

— Tu as tout. Pas étonnant que ce soit si dur pour Sara.

— Sara ? Mais que vient-elle faire là-dedans ?

— Pas facile de t'arriver à la cheville, Kate. C'est déjà très dur d'être ta sœur.

J'avais du mal à suivre notre conversation. N'était-ce pas de Jo Lynn dont il était question ? Comment en étions-nous arrivées à parler de moi ? Et qu'est-ce que Sara venait faire au milieu ?

— Qu'est-ce que tu veux dire par « c'est dur pour Sara » ? À quoi fais-tu allusion ?

— C'est dur d'être ta fille, étant donné tout ce que tu attends d'elle, étant donné qu'elle n'y arrivera jamais.

— Sara t'a dit ça ?

— Pas vraiment, mais nous avons beaucoup parlé. Je comprends ce qu'elle doit éprouver.

Je sentis une bouffée d'angoisse me serrer le cœur.

— Tout ce que j'attends de Sara, c'est qu'elle aille en cours et qu'elle soit relativement facile à vivre.

— Ce n'est pas vrai. Tu voudrais qu'elle te ressemble.

— Pas du tout.

— C'est ce qu'elle pense.

— Mais c'est faux. Je voudrais seulement qu'elle...

— Soit heureuse ? dit Jo Lynn reprenant la voix de notre mère. Non, ce que tu veux c'est, toi, être heureuse avec elle. Michelle te rend heureuse parce qu'elle est exactement comme toi. Elle a le même style que toi. Elle a les mêmes aspirations que toi. Mais Sara est différente, et tu devrais lui laisser mener sa vie comme elle l'entend.

— Pourquoi parlons-nous de Sara ?

Jo Lynn haussa les épaules et détourna les yeux.

La salle se remplissait. Il faisait de plus en plus chaud. Je déboutonnai ma veste et pris la brochure que j'avais ramassée au bureau d'information pour m'éventer.

— Alors, toi, qu'est-ce qui te tracasse ? demanda Jo Lynn comme si elle me défiait de lui prouver que j'étais un être humain.

— Je m'inquiète pour les enfants, répondis-je. Et pour notre mère.

— Elle nous enterrera tous, rétorqua Jo Lynn d'un air dédaigneux. En plus, quoi de plus normal. Parle-moi plutôt d'un truc stupide qui t'inquiète, un truc insensé.

— J'ai peur que les mots ne finissent par perdre leur sens, m'entendis-je répondre, surprise de formuler mes pensées à voix haute. Je lis un livre ou un journal et, tout d'un coup, j'ai l'impression que c'est écrit dans une langue étrangère, que les mots ne veulent plus rien dire.

— Voilà quelque chose d'insensé, dit Jo Lynn, visiblement satisfaite.

— Et j'ai peur de partir en morceaux, continuai-je, bien que je sente s'évanouir son intérêt et son attention s'envoler. Qu'à force de me donner aux autres, il ne me reste plus rien à la fin de la journée, qu'il ne reste plus rien de moi.

Que je me regarde un matin dans un miroir, continuai-je en silence, et qu'il n'y ait plus personne en face.

— Oh ! mon Dieu, le voilà ! dit Jo Lynn en se levant de son siège, agitant le bras vers le devant de la salle.

Comme pour un vampire, me dis-je, brusquement tirée de ma rêverie, dirigeant mon attention vers le vampire bien réel qui franchissait la porte à côté de l'estrade du juge, cet homme séduisant en costume bleu marine, assez semblable au mien, un homme dont le plus grand plaisir était de saigner à mort des femmes et des jeunes filles sans défense. Et cet homme souriait à ma sœur.

L'huissier réclama le silence dans la salle, et tout le monde se leva le temps que le juge prenne place.

— La défense est-elle prête à poursuivre l'audience ? demanda le juge Kellner.

Jake Armstrong se dressa et boutonna sa veste.

— Nous sommes prêts, Votre Honneur.

— Faites venir votre premier témoin.

Toute la salle retint son souffle en attendant de voir qui serait ce premier témoin.

L'avocat marqua une pause et prit une profonde inspiration.

— La défense appelle Colin Friendly à la barre.

# 15.

— Quel est votre nom ?

L'assassin présumé se pencha vers le mince micro noir fixé sur le devant de la barre.

— Colin Friendly, répondit-il d'une voix calme, son regard balayant la salle avant d'aller se poser sur le box des jurés.

— Et résidez-vous habituellement au 1500, 10e Rue, à Lantana, Floride ?

— Oui, maître. J'avais un appartement là-bas avant mon arrestation.

Sa voix était agréable, avec une intonation mélodieuse. Il parlait lentement, prononçant soigneusement chaque mot.

— Quelle est votre profession, monsieur Friendly ?

— Je travaillais pour une entreprise d'étanchéité.

— En quelle qualité ?

— J'étais contremaître.

— Et quels étaient vos horaires de travail ?

— Cela dépendait des jours. Habituellement de huit heures du matin à quatre heures de l'après-midi. Parfois plus tard.

— Cinq jours par semaine ?

— Il m'arrivait de travailler sept jours sur sept. Tout dépendait du travail qu'on avait à faire.

— Quel âge avez-vous, monsieur Friendly ?
— Trente-deux ans.
— Quelles études avez-vous faites ?
— Deux ans d'études supérieures.
— À quelle université ?
— À l'université d'État de Floride.
— Êtes-vous marié ?
— Pas encore, dit-il en souriant en direction de Jo Lynn.

Jo Lynn me pressa la main. Mon estomac se tordit sur lui-même.

— Monsieur Friendly, commença son avocat, êtes-vous bien conscient des accusations retenues contre vous ?
— Oui.
— Ces accusations sont-elles justifiées ?
— Non, maître.
— Avez-vous violé et assassiné Marie Postelwaite ?
— Non, maître.
— Avez-vous violé et assassiné Christine McDermott ?
— Non, maître.
— Avez-vous violé et assassiné Tammy Fisher ?
— Non, maître.
— Avez-vous violé et assassiné Cathy Doran ?
— Non, maître.
— Avez-vous violé et assassiné Janet McMillan ?
— Non, maître.

Je comptais inconsciemment les noms sur mes doigts, tandis que mon corps se paralysait progressivement.

— Avez-vous violé et assassiné Susan Arnold ?
— Non, maître.
— Avez-vous violé et assassiné Marilyn Greenwood ?
— Non, maître.
— Avez-vous violé et assassiné Marni Smith ?
— Non, maître.
— Avez-vous violé et assassiné Judy Renquist ?

— Non, maître.

Jo Lynn se pencha vers moi.

— Regarde ses yeux, chuchota-t-elle. On voit bien qu'il dit la vérité.

Je regardai ses yeux et n'y vis que le mal.

— Avez-vous violé et assassiné Tracey Secord ? continuait Jake Armstrong.

— Non, maître.

— Avez-vous violé et assassiné Barbara Weston ?

— Non, maître.

Je dévisageai les jurés. Le regard rivé sur l'accusé, ils ne perdaient pas un mot de la déchirante litanie de la défense. Se pouvait-il qu'un seul d'entre eux soit de l'avis de ma sœur ? Ils étaient peut-être même plusieurs. Colin Friendly pouvait-il avoir une chance d'être acquitté, avait-il une chance de quitter ce tribunal en homme libre ?

— Avez-vous violé et assassiné Wendy Sabatello ?

— Non, maître.

— Avez-vous violé et assassiné Maureen Elfer ? conclut-il en annonçant le nom de la dernière des treize victimes.

La même réponse automatique lui parvint.

— Non, maître.

Avez-vous violé et assassiné Amy Lokash ? ajoutai-je intérieurement. Lui avez-vous cassé le nez, l'avez-vous poignardée à plusieurs reprises, l'avez-vous laissée mourir dans un marais quelconque ? Saurons-nous jamais la vérité à son sujet ?

— Je suis incapable de faire du mal à qui que ce soit, répondit Colin Friendly, comme s'il s'adressait à moi.

— Merci, monsieur Friendly, dit son avocat. Je n'ai pas d'autres questions.

Jake Armstrong regagna son siège, déboutonna sa veste et hocha la tête en direction de Howard Eaves qui se levait et boutonnait la sienne.

— Vous êtes incapable de faire du mal à qui que ce soit, répéta Howard Eaves, avant même d'avoir quitté son siège.

— Oui, monsieur le procureur.

— Et votre mère ?

— Ma m-mère ? bégaya Colin Friendly.

— Oh ! regarde ce que cet horrible bonhomme vient de faire ! chuchota Jo Lynn. Il l'a perturbé. Tout va bien, mon bébé, tout va s'arranger, dit-elle comme pour rassurer l'accusé.

— Ne lui avez-vous pas cassé le nez, ne l'avez-vous pas envoyée à l'hôpital ?

— Objection, Votre Honneur, contrecarra l'avocat de la défense, en se levant à contrecœur. Cette question est hors de propos et préjudiciable à mon client.

Howard Eaves sourit et passa une main dans ses cheveux clairsemés.

— Colin Friendly a lui-même ouvert ce sujet en déclarant devant nous qu'il était incapable de faire du mal à qui que ce soit. L'accusation peut prouver le contraire. C'est une question de crédibilité, Votre Honneur.

— Objection refusée, déclara le juge Kellner.

— Avez-vous cassé le nez de votre mère et l'avez-vous envoyée à l'hôpital ?

Colin Friendly baissa la tête.

— C'était il y a très l-longtemps, maître. Je ne voulais pas lui faire de mal.

— Ne l'avez-vous pas battue au point qu'il a fallu l'hospitaliser une semaine ?

Ma sœur se tordit d'indignation sur son siège.

— Cette sorcière ! C'était tout ce qu'elle méritait après ce qu'elle avait fait à Colin.

Colin Friendly avait l'air embarrassé, honteux même.

— Je ne sais pas combien de temps elle est restée à l'hôpital. J'étais si mal après ce qui s'était passé que j'ai quitté l-la ville.

— Où est votre mère aujourd'hui, monsieur Friendly ?

— Je ne sais pas, monsieur le procureur.
— Est-ce vrai qu'elle a disparu depuis plus de six ans ?
— Je l'ignorais.
— Eh bien, je vais vous poser une question : quand l'avez-vous vue pour la dernière fois ?
Colin secoua la tête.
— Il y a très longtemps, dit-il d'une voix lente et mesurée.
— Six ans ?
— Peut-être.
— Avez-vous un rapport quelconque avec sa disparition ? Jake Armstrong bondit à nouveau sur ses pieds.
— Objection, Votre Honneur. Nous n'avons aucune preuve qui permette d'avancer qu'un malheur soit arrivé à la mère de M. Friendly, et il n'est pas jugé pour quoi que ce soit qui la concerne.
— Accordée.
— Bien fait ! dit ma sœur tandis que Jake Armstrong se rasseyait.
Howard Eaves ne se laissa pas démonter. Il se tourna vers le jury tout en continuant à poser ses questions à l'accusé.
— Dites-moi, monsieur Friendly, connaissiez-vous l'une des femmes assassinées ?
— Non, monsieur le procureur.
— Vous n'en avez jamais rencontré aucune ?
— Pas à ma connaissance. Je t-travaillais b-beaucoup, continua-t-il avant de déglutir, comme pour se débarrasser de son bégaiement. On ne croise pas beaucoup de femmes dans les travaux d'étanchéité.
Il lança en direction du jury l'un de ses petits sourires dont il avait le secret. Plusieurs jurés lui répondirent en souriant à leur tour.
— Et que pensez-vous des déclarations des témoins qui disent vous avoir vu près de certaines des victimes au moment approximatif de leur disparition ?
— Ils se t-trompent, monsieur le procureur.

— Vous n'êtes jamais allé à la soirée au 426, Lakeview Drive, à Boyton Beach ?

— Non, monsieur le procureur.

— Vous n'avez jamais parlé à une jeune femme du nom d'Angela Riegert ?

— Non, monsieur le procureur.

— Et pourtant elle vous a formellement reconnu.

— Elle d-doit m-me confondre avec quelqu'un d'autre.

— Vous n'avez pas quitté la soirée en compagnie de Wendy Sabatello ?

— Je ne suis jamais allé à cette soirée, monsieur le procureur, répondit Colin Friendly sans bégayer. Que serais-je allé y faire ? Je suis bien p-plus vieux que ces gamins.

— Et que faites-vous de Marcia Layton qui a témoigné vous avoir vu dans Flagler Park à plusieurs reprises ?

— C'est possible qu'elle m'ait vu, reconnut-il. Quand je travaillais, il m'arrivait d'aller déjeuner dans un jardin s'il y en avait un dans le coin.

— Avez-vous rencontré Marni Smith dans le parc ?

— Non, monsieur le procureur.

— Avez-vous demandé votre chemin à Janet McMillan ?

— Non, monsieur le procureur. J'ai passé ma vie en Floride. Je connais très bien la région.

— Donc, vous nous déclarez qu'à votre connaissance vous n'avez jamais eu le moindre contact avec aucune des femmes assassinées ?

— Aucun, monsieur le procureur.

— Et que tous les témoins qui vous ont formellement identifié se trompent, continua Howard Eaves d'un ton plus affirmatif qu'interrogatif.

— Oui, monsieur le procureur.

— C'est assez bizarre, non ? Que tant de personnes vous aient reconnu à tort.

— Beaucoup de gens me ressemblent, avança Colin Friendly.

— Vous trouvez ?

— Je n'ai rien de spécial.

— Malheureusement, vous avez raison, dit le procureur.

Jake Armstrong protesta énergiquement contre cette réflexion, et Howard Eaves retira son commentaire.

— Comment expliquez-vous que le sperme retrouvé sur le corps des victimes corresponde au vôtre à soixante-dix pour cent ?

Colin Friendly secoua la tête, un sourire cruel sur les lèvres.

— Soixante-dix pour cent, c'est un taux tout juste passable pour un examen.

— Mettriez-vous en doute les conclusions du médecin légiste ?

— S'il dit que c'est mon sperme, eh bien, il se trompe.

— Et les traces de morsures relevées sur plusieurs des victimes ? Comment expliquez-vous qu'elles ressemblent tant à l'empreinte qui a été prise de vos dents ?

— Une ressemblance n'est pas une preuve, dit Colin Friendly, sans la moindre trace de bégaiement.

Son sourire se transforma en rictus, et il lança un clin d'œil effronté à ma sœur avant de se renfoncer dans son siège, comme s'il venait de prendre l'avantage.

— Comment expliquez-vous la forte correspondance trouvée avec votre salive ?

— Ce n'est pas à moi de l'expliquer, monsieur le procureur.

— Mais vous avez peut-être une idée...

— Je dirais que quelqu'un s'est trompé, c'est évident.

— À mon avis, c'est vous qui vous trompez, monsieur Friendly.

— Et au mien, c'est vous qui vous trompez, monsieur le procureur.

Un murmure d'étonnement parcourut la salle d'audience.

— Vous vous croyez plus intelligent que moi, monsieur Friendly, n'est-ce pas ?

— Je n'y ai pas encore réellement réfléchi, monsieur le procureur.

— En fait, vous vous croyez plus intelligent que la moyenne des gens, n'ai-je pas raison ?

— La plupart des gens ne sont pas très malins, approuva Colin, qui commençait visiblement à bien s'amuser.

— Et c'est très drôle de les piéger, n'est-ce pas ?

— À vous de me le dire, monsieur le procureur. On dirait que c'est vous qui aimez bien piéger les autres.

— C'est grisant de se sentir le droit de vie et de mort sur les gens, n'est-ce pas, monsieur Friendly ?

— C'est vous qui avez ce genre de droit ici, monsieur le procureur, pas moi.

— Non. Ce droit repose entre les mains du jury.

— Il ne me reste plus qu'à espérer que la vérité comptera plus à leurs yeux qu'aux vôtres, déclara froidement Colin.

— Et quelle est la vérité ?

— Je ne suis pas coupable, monsieur le procureur.

Jo Lynn se pencha vers moi.

— Il est vraiment très poli, tu ne trouves pas ?

— Il est très poli, approuvai-je, trop assommée pour pouvoir dire autre chose.

Le procureur brandit une grande photographie en couleurs d'une des victimes sous les yeux de Colin Friendly.

— Ce n'est pas vous qui avez fait cela ?

Jake Armstrong bondit aussitôt sur ses pieds.

— Objection, Votre Honneur. Cette question est inutile. L'accusé y a déjà répondu.

— Objection repoussée.

— Votre Honneur, insista Jake Armstrong, pouvons-nous vous parler ?

Les deux adversaires s'approchèrent de l'estrade.

— Quelle plaie, ce procureur ! chuchota Jo Lynn. Il est prêt à tout pour le faire condamner.

Elle croisa, décroisa ses jambes, les recroisa, sa jupe s'écartant d'un côté, puis de l'autre, découvrant une cuisse, l'autre, puis la première à nouveau.

— Mais je ne pense pas que les jurés gobent tout ça. Regarde la femme qui est assise au milieu de la seconde rangée ; je crois qu'elle est de notre côté.

Je dévisageai la femme assise au milieu de la deuxième rangée. Elle était plus jeune que les autres membres du jury, elle devait avoir une trentaine d'années. Son teint pâle et sa vilaine coupe de cheveux ne faisaient rien pour mettre en valeur ses traits plus que quelconques. Je m'aperçus alors que je ne l'avais pas remarquée jusqu'à présent et me demandai si elle avait l'habitude de passer inaperçue. Était-elle du genre à se laisser charmer par un Colin Friendly ? Ce procès serait-il pour elle l'occasion de connaître les feux de la rampe, d'avoir son quart d'heure de célébrité lorsqu'elle attirerait l'attention de toute la nation en étant la seule à réclamer l'acquittement ? Arriverait-elle par sa seule obstination à faire repasser l'affaire en jugement ?

Je frissonnai, je n'avais pas envisagé que le jury puisse ne pas parvenir à une décision. L'angoisse m'étreignit le cœur. Pourquoi les conclusions du médecin légiste n'étaient-elles pas plus convaincantes ? « Une ressemblance n'est pas une preuve », avait dit Colin Friendly. Il suffisait d'un vote « non coupable ». Et alors que se passerait-il ? Il y aurait un nouveau procès ? Encore des mois d'angoisse pour les familles et les amis des victimes ? Encore des mois d'articles déprimants dans les journaux ? Et encore des mois pour Jo Lynn à hanter les salles d'audience et les parloirs de prison ? Je ne me sentais pas capable de subir cette nouvelle épreuve.

— Quelque chose ne va pas ? me demanda Jo Lynn, tout en scrutant la salle du regard.

— Il fait chaud ici.

— Non. Tu as chaud parce que ton petit copain est là, c'est tout.

— Quoi ! dis-je en pivotant sur mon siège.

Robert me sourit depuis sa place au fond de la salle.

Oh ! mon Dieu ! me dis-je, le front brusquement en sueur. Quand était-il arrivé ?

— Détends-toi, Kate. Personne ne va dévoiler ton petit secret.

— Je n'ai rien à cacher, sifflai-je entre mes dents serrées.

Jo Lynn sourit.

— Dis ça au juge, dit-elle.

— L'objection est repoussée, dit le juge à ce moment-là, renvoyant les avocats à leurs postes de combat. Le témoin peut répondre à la question.

— Vous n'êtes pas l'auteur de ceci ? reprit aussitôt Howard Eaves en tendant la photo en direction de l'accusé.

— Non, monsieur le procureur.

— Et ceci ? continua le procureur, en lui mettant une série de photos entre les mains. Ce n'est pas vous qui avez laissé ces traces de morsures sur les fesses de Christine McDermott ? Ce n'est pas vous qui avez tranché la gorge de Tammy Fisher ?

— Non, monsieur le procureur. Je n'y suis pour rien.

— Et pourtant, je remarque que cela ne vous gêne pas de regarder ces photographies.

— Objection, Votre Honneur, protesta Jake Armstrong.

— Accordée.

— Je ne p-pourrais jamais faire une chose pareille.

Colin regarda ma sœur droit dans les yeux.

— Il faut me croire, Jo Lynn.

— Je te crois, Colin, répondit Jo Lynn en se levant.

Tous les visages se tournèrent vers elle.

— Asseyez-vous, mademoiselle ! ordonna le juge, frappant de son marteau, tandis que tout le monde se mettait à chuchoter autour de nous.

— Je me moque de ce que les autres peuvent penser tant que tu croiras en moi, continua Colin.

Toute la salle pivota vers nous. Je retins mon souffle. Mon Dieu, me dis-je, faites que tout ceci ne soit qu'un mauvais rêve !

— Je t'aime, Jo Lynn ! cria Colin Friendly au-dessus du brouhaha général. Je veux t'épouser !

— Silence ! hurla le juge Kellner.

— Moi aussi je t'aime ! cria ma sœur. Tout ce que je souhaite c'est devenir ta femme.

La salle se déchaîna, des gens éclatèrent de rire, d'autres poussèrent de grands cris de surprise, tandis que certains journalistes se ruaient vers la porte. Tout le monde était debout.

— Asseyez-vous, ordonna le juge à ma sœur, ou je vous fais sortir pour outrage à magistrat.

— Non, je vous en prie, murmurai-je, l'estomac retourné.

Une seconde plus tard, je bousculai ma sœur et quittai la salle en courant.

— L'audience est suspendue pour une demi-heure, entendis-je le juge déclarer alors que j'atteignais l'obscurité de la petite antichambre.

— Kate, vite, par ici ! me cria une voix.

Un bras me tira vers le hall et m'entraîna vers la salle d'audience voisine qui était vide.

— Oh ! mon Dieu ! me lamentai-je, oppressée, le souffle coupé par l'indignation. Tu étais là ? Tu as vu ce qui s'est passé ?

— Oui, j'étais là, dit Robert.

— Tu as vu ce qu'ils ont fait ? Tu as entendu ce qu'ils ont dit ?

Il me prit dans ses bras.

— Kate, calme-toi.

— Elle a dit à ce monstre qu'elle voulait l'épouser. En pleine audience, ma sœur s'est levée pour crier devant tout le monde qu'elle est amoureuse d'un cinglé, et qu'elle veut l'épouser.

— Kate, tout va bien, ce n'est pas grave.

Je sanglotais.

— Pourquoi se conduit-elle ainsi, Robert ? Qu'est-ce qu'elle veut prouver ? Elle cherche à se faire remarquer, c'est ça ? Elle veut devenir la vedette de *Hard Copy* ? Elle veut faire la une du *National Enquirer* ? Qu'est-ce qui lui prend ?

Il me serra dans ses bras.

— Je ne sais pas quel problème elle a, mais ne prends pas les choses à cœur comme ça.

— Tu crois qu'elle va réellement épouser ce monstre ? Dis-moi, crois-tu que le jury puisse le déclarer non coupable, qu'il a une chance de s'en sortir ?

— Non, il n'a pas la moindre chance de s'en tirer.

— Je souhaite qu'il meure, pleurai-je. Je veux qu'il meure et qu'il disparaisse de notre vie.

— Chut ! dit doucement Robert, tandis que je cachais mon visage dans sa poitrine. Ne t'inquiète pas. Tout va bientôt s'arranger.

Il me tint serrée contre lui, tout en me caressant les cheveux, comme si j'étais une petite fille qui s'était écorché le genou et cherchait à se faire consoler. Je passai les bras autour de son cou, m'accrochant à lui comme à une bouée, comme s'il était le seul à pouvoir me garder à flot. Ses lèvres effleurèrent mes joues, il chassa mes larmes de ses baisers, m'assurant sans rien dire que tout finirait par s'arranger, qu'il était là pour faire en sorte qu'il ne m'arrive plus aucun mal.

Puis il m'embrassa, carrément, sur les lèvres, et je lui rendis son baiser avec une passion qui me stupéfia. Brusquement, nous étions à nouveau des gamins, nos vies ne faisaient que commencer et tout allait bien dans le monde.

Sauf que nous n'étions plus au lycée, que nous étions à mi-chemin de notre vie, et que mon univers se désintégrait allégrement autour de moi.

— Franchement, je n'ai pas besoin de ça, dis-je en m'écartant de Robert, essayant de comprendre ce qui était arrivé.

Mais tandis que je reprenais mes esprits et que je quittais la pièce pour regagner les ascenseurs, contournant la meute de journalistes qui se bousculaient dans le couloir en essayant d'attirer l'attention de ma sœur, je sentis qu'il était trop tard, qu'il y avait de fortes chances pour que mon univers n'ait plus jamais aucun sens.

## 16.

J'essayai de me noyer dans mon travail. Mais partout où je posais les yeux, je tombais sur ma sœur et son « fiancé », ainsi qu'elle l'appelait désormais à la télévision ou dans les interviews. Leurs photos me narguaient à la une de tous les journaux et magazines de la ville. Jo Lynn accorda un entretien à *Hard Copy* et fit deux apparitions dans *Inside Edition*, mais heureusement, lors de ces émissions, elle s'abstint de mentionner qu'elle avait une sœur. Nos noms de famille étant différents, elle avait gardé celui de son second mari parce qu'elle trouvait qu'il sonnait bien avec Jo Lynn, personne n'établit de rapport entre nous. Comme nous ne fréquentions pas les mêmes sphères, sa nouvelle notoriété ne me gêna ni sur le plan social, ni sur le plan professionnel. Ce qui ne m'empêchait pas d'être très embarrassée (je me plais à croire que c'était plus pour elle que pour moi, mais sincèrement, je n'en sais rien) et très inquiète pour sa santé mentale et son avenir.

Sara, naturellement, trouvait la situation très « cool ». Larry, comme d'habitude, ignora toute l'affaire. Michelle se contenta de demander : « Mais qu'est-ce qu'elle a ? » Quant à notre mère, elle semblait aveugle au tapage déchaîné autour de sa fille cadette. Elle ne fit jamais un seul commentaire sur les innombrables articles qui paraissaient dans les journaux, ni sur les interviews incessantes à la télévision. Quand je lui demandai si elle avait vu le portrait de Jo Lynn à la une du *Palm Beach Post*, elle me répondit seulement qu'il fallait que je lui en garde un exemplaire, et n'y fit plus jamais allusion par la suite. Mme Winchell fut la seule à manifester son inquiétude : elle craignait surtout que cette publicité ne finisse par éclabousser son établissement de Palm Beach Lakes, si l'on venait à savoir que la mère de Jo Lynn en était pensionnaire. Peut-être devrions-nous envisager de la mettre ailleurs ? Elle avait tort de s'inquiéter. Jo Lynn n'avait aucune intention de partager les feux de la rampe.

Robert me téléphonait pratiquement tous les jours, mais j'hésitais à le rappeler. Ma vie était déjà bien assez perturbée sans y ajouter une aventure extraconjugale. Mais je dois reconnaître que ses appels ne faisaient aucune allusion à ce qui s'était passé entre nous. Il demandait simplement si j'avais eu de nouvelles idées pour l'émission, et ne disait rien sur le baiser que nous avions échangé. En fait, j'avais eu une idée qui me paraissait assez bonne, mais j'avais de plus en plus peur de lui et des médias, et je n'étais plus du tout certaine de vouloir me lancer dans cette histoire. Et si j'avais mon émission, les journalistes finiraient bien par découvrir, un jour ou l'autre, que Jo Lynn était ma sœur. Je pouvais même parier qu'elle serait la première auditrice à m'appeler. « Ma sœur critique tout ce que je fais, l'entendais-je déjà hurler sur les ondes. Elle n'aime ni la façon dont je m'habille ni les hommes que je fréquente. Elle me croit incapable de prendre la moindre décision raisonnable sans son aide. Avec son métier, elle croit tout savoir. Elle me dit toujours ce que je dois faire et j'en ai par-dessus la tête. Que me conseillez-vous ? »

— Je suis désolée, que disiez-vous ?

Il était presque six heures du soir, et Ellie et Richard Lifeson, un jeune couple d'une trentaine d'années à peine, me dévisageaient pleins d'espoir, attendant visiblement de moi des paroles inspirées. Je m'aperçus que je n'avais pas la moindre idée de ce dont ils venaient de parler, et rejetai aussitôt la faute de ma distraction sur Jo Lynn. Mon esprit était de nouveau au tribunal, revivant la scène où l'assassin présumé avait proclamé son amour pour ma sœur à la face du monde. Qu'espérait-il prouver par ce coup d'éclat ? Que cherchait-il à obtenir ? De la sympathie ? De la compassion ? Quoi donc ? me demandai-je une fois de plus, tandis que Richard et Ellie Lifeson échangeaient un regard embarrassé.

— Je suis désolée, pourriez-vous répéter ce que vous venez de dire ?

— Elle me dit toujours ce que je dois faire, et j'en ai assez, répéta Richard Lifeson.

— Mais ce n'est pas vrai, protesta son épouse.

C'était un joli petit couple, bien mignon et bien comme il faut. Ils étaient mariés depuis trois ans, c'était leur premier mariage pour tous les deux, ils n'avaient pas d'enfants et envisageaient de divorcer. Je relus mes notes pour me remémorer leur cas, avant de jeter un coup d'œil furtif à ma montre pour estimer combien de temps j'avais perdu dans mes pensées.

— Tu plaisantes ! rétorqua Richard Lifeson. Raconte-lui ce qui s'est passé juste avant qu'on arrive.

— Et si c'était vous qui me le racontiez, suggérai-je en fixant son front large, sa mâchoire carrée, essayant désespérément de chasser Colin Friendly de mon bureau et de mes pensées.

— J'ai voulu acheter des chips, commença-t-il, et aussitôt elle m'a dit de prendre celles qui étaient allégées. Je n'aime pas les allégées, elles n'ont pas de goût, et je ne vois pas pourquoi elle se mêle de ça, elle n'en mange pas. Mais, évidemment, lesquelles a-t-il fallu que j'achète, pour finir ? Devinez ?

— Je ne t'ai jamais forcé à les acheter. C'était uniquement une suggestion.

— Sa Majesté ne fait pas de suggestions. Elle ordonne.

— Et voilà, il recommence. Il cherche tout le temps à m'écraser. Je ne peux rien lui dire sans qu'il me rembarre.

— Quoi ? demanda Richard Lifeson. Quand est-ce que je t'ai rembarrée ?

— Hier soir, par exemple, quand nous sommes allés voir le spectacle de danse classique de ma nièce, répondit Ellie Lifeson avant que j'aie pu intervenir. Après la représentation, il m'a demandé quelle partie j'avais préférée et je lui ai dit que c'était la danse des cygnes, et vous savez ce qu'il m'a répondu : « Ça prouve bien que tu n'y connais rien. » Et ça s'est terminé par une scène et, évidemment, nous nous sommes couchés fâchés et nous n'avons pas fait l'amour. Une fois de plus, ajouta-t-elle d'un ton plein de sous-entendus.

— Tu voudrais me forcer à faire l'amour, maintenant ? demanda Richard Lifeson.

— Bon, attendez, dis-je d'une voix calme. Nous nous trouvons devant plusieurs problèmes. Essayons de les étudier un par un. D'abord, en ce qui concerne l'épisode des chips, vous, Ellie, vous vouliez l'aider, et vous, Richard, vous avez pensé qu'elle voulait vous commander. Ce n'est qu'un problème d'interprétation. Les femmes croient toujours faire des suggestions et les hommes perçoivent cela comme des ordres.

— Je n'ai pas le droit de faire des suggestions ?

— Je sais que ce ne sera pas facile, Ellie, mais vous devriez essayer de vous retenir d'intervenir. Et vous, Richard, il faut apprendre à résister. Si vous ne voulez pas de chips allégées, vous n'avez qu'à le dire.

— Et déclencher une scène infernale ?

— De toute façon, vous finissez par l'avoir cette scène, lui dis-je. Peut-être pas au sujet des chips, mais toute la colère que vous réprimez finit bien par sortir d'une manière ou d'une autre.

— C'est elle qui est toujours en colère.

— Parce que tu n'arrêtes pas de me rabrouer.

— Essayez d'éviter les mots « jamais » et « toujours ». Ils sont négatifs et ne font qu'envenimer les choses. Et, Ellie, souvenez-vous que l'on ne peut vous écraser que si vous le voulez bien. Laissez-moi vous montrer comment votre conversation après le spectacle aurait pu se dérouler. Ellie, je vais jouer votre rôle, et vous, vous serez Richard. Dis-moi, Richard, commençai-je en m'adressant à Ellie, quelle danse as-tu préférée ?

Ellie se mit automatiquement à parler d'une voix grave, comme si elle était Richard.

— J'ai bien aimé le ballet moderne, à la fin. Et toi ?

— La danse des cygnes m'a beaucoup plu.

— Ça prouve bien que tu n'y connais rien, dit Ellie dans un souffle.

— Ça ne t'a pas plu ?

— J'ai trouvé ça affreux.

— C'est intéressant. J'ai bien aimé. Je pense que nous n'avons pas les mêmes goûts.

Ellie et Richard me dévisagèrent en silence.

— Vous voyez, dis-je. Personne ne se fait rembarrer, personne ne fait de scènes.

— Est-ce aussi simple que ça ? demanda Richard.

— Rien n'est facile, lui dis-je. Vous allez devoir changer complètement votre manière de communiquer et votre vocabulaire. Il vous faudra du temps pour apprendre et encore plus de temps pour y parvenir. Mais vous verrez, ça finira par devenir de moins en moins difficile.

Ils me jetèrent un regard sceptique.

— Croyez-moi.

À la maison, Larry et moi étions à couteaux tirés.

— Le professeur de Sara a appelé aujourd'hui, annonçai-je un soir à Larry, confortablement installé sur le canapé à regarder un match de hockey à la télévision, tandis que les filles étaient censées faire leurs devoirs dans leurs chambres.

— Qu'est-ce qu'elle a dit ?
— Qui t'a dit que son prof était une femme ?
— Désolé, je le croyais.
— Est-ce que tous les professeurs sont forcément des femmes ?
— Bien sûr que non. Alors qu'est-ce qu'il avait à dire ce professeur ?
— Elle a dit que Sara avait...
— Elle ? me coupa Larry. Son professeur est donc une femme ?
— Oui.
— Celle qui a appelé ?
— Oui. Quelle importance ?
— C'est toi qui avais l'air de trouver ça très important.
— Ça t'intéresse de savoir ce qu'elle a dit ou pas ?
— Oui, je l'ai déjà dit.
— Je ne m'en souviens pas.
— Peut-être que si tu avais fait un peu plus attention...
— Tu veux dire que je ne fais pas assez attention à toi ?
— Dis-moi simplement ce que le professeur de Sara avait à nous communiquer.
— Elle m'a dit que Sara avait un comportement très bizarre.
— Elle le remarque seulement maintenant ? demanda-t-il en souriant.
Je refusai de lui rendre son sourire.
— Plus bizarre que d'habitude.
— Comment ça ?
— Rien de bien précis.
— Voilà qui nous aide.
— Vas-tu enfin prendre cette conversation au sérieux ?
— Ça ne me paraît pas très inquiétant.
— Comme d'habitude.
— Qu'est-ce que tu veux dire ?

— Simplement que j'ai vraiment l'impression d'être le seul parent responsable dans cette maison.
— Excuse-moi. Tu ne voudrais pas préciser un peu ta pensée ?
— Ça veut dire que tu n'es jamais là.
— Je ne suis jamais là ?
— Tu es toujours au golf.
— Je suis toujours au golf ?
— Quand tu ne travailles pas, concédai-je.
— Ah bon, je travaille quand même ! Merci de l'avoir remarqué.
— Ça ne te fait rien que ta fille rate ses études ?
— Elle ne travaille pas bien ?
— Elle vient de rater ses deux derniers contrôles d'anglais.
— En as-tu parlé avec elle ?
— Pourquoi serait-ce moi qui lui en parlerais ?
— D'accord. Tu veux que je lui en parle ?
— Et qu'est-ce que tu vas lui dire ?
Il était déjà debout.
— Je ne sais pas encore. Je vais bien voir.
— Je crois qu'il vaudrait mieux ne pas la mettre sur la défensive.
— Ce n'était pas dans mes intentions.
— Dis-lui simplement que son professeur a appelé et qu'elle s'inquiète de son comportement de ces derniers jours.
— Si tu dois me dicter ce qu'il faut lui dire, pourquoi ne pas aller lui parler toi-même ?
— Parce que c'est toujours moi qui lui parle, et que je suis fatiguée d'être celle qui doit résoudre les problèmes des autres. Je fais ça toute la journée à mon cabinet et, quand je rentre à la maison, j'aimerais bien avoir quelqu'un sur qui m'appuyer pour partager les responsabilités. Est-ce trop demander ?
— C'est à croire, puisque tu ne veux pas me laisser faire.

— Je voulais simplement t'aider. Serais-tu susceptible au point de ne pas supporter quelques suggestions ?

— Et toi, es-tu prétentieuse au point de ne pouvoir imaginer que je n'ai nullement besoin de tes conseils ?

— Tu es vraiment odieux quand tu t'y mets, tu sais !

Il éteignit la télévision d'un geste sec et sortit de la salle de séjour.

— Où vas-tu ?

— Au lit.

— Je croyais qu'on était en train de discuter.

— La discussion est terminée.

— Pourquoi ? Parce que tu l'as décidé ?

— Exactement.

— Quelle preuve de maturité ! dis-je en le suivant dans notre chambre.

— Il faut bien que l'un d'entre nous se montre adulte.

— Ce qui veut dire ?

Il se pencha vers le lit et prit les coussins pour les jeter derrière lui.

— Je n'ai aucune envie de me battre avec toi, Kate, je n'en ai pas la force. Je suis fatigué. Tu as été sur mon dos toute la semaine.

— Moi ?

— Oui.

— Comment veux-tu que je sois sur ton dos alors que tu n'es jamais là.

— Je ne sais pas, mais tu y arrives.

Il jeta les derniers coussins par terre et l'un d'eux atterrit à mes pieds.

— Fais attention ! criai-je comme si j'avais été blessée.

Il me regarda, sidéré.

— Attention à quoi ?

— Tu as failli le flanquer sur moi.

— Qu'est-ce que tu racontes ?

Il retira le dessus-de-lit et commença à se déshabiller.

— Tu ne vas pas dormir, tout de même !

— Kate, j'ai eu une dure journée. Tu es visiblement à bout de nerfs, et je pense que Sara et moi n'y sommes pour rien.

— Oh ! vraiment ! Et depuis quand es-tu psychologue ?

— Arrêtons-nous avant de dire des choses que nous risquons de regretter.

— Je n'ai pas envie d'arrêter. Je veux savoir ce qui, à ton avis, me met les nerfs à bout.

— Je n'en sais rien. Ta sœur peut-être, ou ta mère, à moins qu'il ne s'agisse de quelque chose qui t'est arrivé à ton cabinet et que j'ignore.

— À moins que ce ne soit toi, rétorquai-je.

— C'est possible, concéda-t-il. Tu as probablement raison, c'est ma faute. Je veux bien. C'est toi qui marques un point. Tu as gagné. Je suis un homme abominable.

— Je n'ai jamais dit ça.

— Mais je suis sûr que tu allais le faire.

— Ne parle pas à ma place.

— Je préférerais te bâillonner.

— Quoi ! Des menaces ?

Ses joues s'embrasèrent de colère.

— Je suggère simplement qu'on la ferme tous les deux et qu'on essaie de dormir.

— Tu me dis de la fermer ?

— Je te demande de dormir.

— Je n'ai pas sommeil.

— Alors va te faire voir ! se mit-il à hurler en montant dans le lit.

Et il ne dit plus un mot. J'eus beau dire et beau faire, ne reculant devant rien pour le provoquer et le ramener dans la bataille, il refusa de tomber dans le piège. Au contraire, il se roula petit à petit sur lui-même, et finit par s'enfouir sous les couvertures comme dans un cocon. Plus j'essayais de le tirer de son refuge, plus il s'y enfonçait.

Je l'accusai d'être un mauvais mari, un mauvais père et un fils ingrat.

Il soupira et se tourna de l'autre côté.

Je lui reprochai de s'occuper plus de son golf que de sa famille.

Il se mit un oreiller sur la tête.

Je lui dis qu'il était égoïste, immature et méchant.

Il tira le dessus-de-lit sur lui.

Je lui dis que c'était un passif agressif.

Il fit semblant de dormir.

Je lui dis d'aller au diable.

Il se mit à ronfler.

Alors je quittai la pièce, folle de rage, et nous ne nous adressâmes plus la parole pendant trois jours.

Le fait qu'il eût raison n'arrangeait rien. Le problème ne venait pas de lui. Peut-être qu'effectivement j'aurais souhaité qu'il passe plus de temps à la maison, le week-end, mais franchement je ne lui en voulais pas de jouer au golf. Par contre, j'étais peut-être un peu jalouse. Lui, il avait un endroit où aller, un refuge contre cette folie qui nous gagnait. Moi, je ne pouvais m'abriter nulle part. La profession que j'exerçais, loin de m'être une aide, ne faisait qu'augmenter mon désarroi. J'avais tant de mal à garder mon calme au cabinet que je ne me maîtrisais plus du tout à la maison. Larry était mon souffre-douleur et, pendant quelque temps, il parut le supporter, mais la patience des gens a des limites.

Ce que j'aurais voulu, c'est que Larry me prenne dans ses bras, comme Robert l'avait fait ce fameux matin au tribunal, et qu'il me dise que tout allait s'arranger : Sara terminerait ses études secondaires et rentrerait à l'université, ma mère redeviendrait celle que j'avais connue et aimée toute ma vie, ma sœur disparaîtrait de la une des journaux et retrouverait ses esprits, Colin Friendly mourrait et notre vie pourrait enfin reprendre son cours normal. Était-ce trop demander ?

Mais même lorsque Larry fit exactement ce que j'attendais, cela se révéla insuffisant.

— Tout va s'arranger, me dit-il un soir, alors que je pleurais doucement contre son épaule.

Le procès s'était terminé l'après-midi même. Alors qu'on s'attendait à un verdict rapide du jury, il y avait déjà presque cinq heures qu'il délibérait. Les journalistes commençaient à dire que si le verdict n'était pas rendu dans l'heure qui venait la séance serait suspendue pour le week-end.

— Mais qu'est-ce qui peut leur prendre si longtemps ? demandai-je.

— Je pense qu'ils ont voulu revoir toutes les preuves et que, lundi, à cette heure, tout sera terminé, dit Larry, sachant que c'était cela que je souhaitais entendre. Colin Friendly sera condamné à mort, et ta sœur reprendra une vie normale. Enfin, normale pour elle, ajouta-t-il en riant, et je me mis à rire de bon cœur.

Et nous nous sommes embrassés, tendrement au début, puis de plus en plus passionnément.

Je m'aperçus alors qu'il y avait plusieurs semaines que nous n'avions pas fait l'amour. En fait, la dernière fois qu'un homme m'avait embrassée ainsi, ce n'était pas Larry, mais Robert.

— Oh ! mon Dieu ! laissai-je échapper, prise de remords.

Évidemment, Larry prit cette exclamation pour un élan de passion, et me suggéra aussitôt d'aller dans notre chambre. On était vendredi soir et les filles étaient sorties toutes les deux.

— Tu crois que c'est une bonne idée ? demandai-je entre deux baisers, tandis qu'il m'entraînait jusqu'à notre lit.

— La meilleure qui me soit venue depuis des semaines, dit-il en envoyant valdinguer les quatorze coussins d'un seul geste de la main.

— Et si les enfants rentraient ?

— Impossible.
— On ne sait jamais.
— Je vais fermer la porte.
Une seconde plus tard, ses lèvres se posaient sur les miennes, tandis que ses mains glissaient sur mes seins et déboutonnaient mon chemisier.
— Tu m'as manqué, dit-il en laissant tomber sur la moquette le vêtement qu'il venait de me retirer.
— Tu m'as manqué, toi aussi, lui dis-je, tandis que ses doigts se glissaient sous la bride de mon soutien-gorge. Tu me chatouilles, ajoutai-je un peu irritée, sans savoir pourquoi.
Ses doigts se débattaient avec la fermeture de mon soutien-gorge.
— Laisse-moi faire.
— Non, attends, je vais y arriver. J'ai un peu perdu l'habitude, c'est tout.
Il lutta encore quelques secondes, et je finis par perdre patience et dégrafai moi-même le crochet récalcitrant.
— Je voulais le faire, dit-il.
— Arrête de pleurnicher, commençai-je à dire, mais il couvrit ma bouche de baisers et me renversa sur le lit.
Ses lèvres glissèrent vers mes seins, et il prit goulûment le bout d'un téton dans sa bouche. J'avais toujours aimé cela, mais là, ça m'ennuyait. Tandis que Larry passait d'un sein à l'autre, je sentais la colère monter en moi.
— Tu me chatouilles, répétai-je, me tortillant pour échapper à ses caresses.
Il se souleva et défit la fermeture Éclair de mon pantalon gris qu'il fit glisser de mes hanches avec aisance.
— Fais attention, lui dis-je sèchement, tandis qu'il le jetait négligemment derrière lui pour reposer aussitôt la main sur mon slip en dentelle, refermant les lèvres sur le bout de mon sein.
Je ne ressentais rien, pas la moindre excitation. Juste une irritation croissante. J'essayai de fantasmer : j'étais une jeune esclave vendue aux enchères. J'étais entourée

d'une douzaine d'hommes qui soulevaient ma jupe pour inspecter la marchandise, m'exposant à leurs regards avides...

Ce fut l'échec. J'essayai autre chose. J'étais une lycéenne et j'avais eu une note éliminatoire dans une matière. Que pouvais-je faire ? demandai-je au professeur. J'avais déjà dit à mes parents que j'étais reçue partout. Je n'avais qu'à venir le retrouver après les cours, en bas et en porte-jarretelles... me disait-il.

Je secouai la tête et écartai Larry de ma poitrine. Rien ne marchait.

Larry fit glisser mon slip et enfouit son visage entre mes cuisses. J'espérai que cela allait me débloquer, mais je ne ressentis que de la frustration.

— Tu me fais mal, lui dis-je au bout de quelques instants.

— Détends-toi. Tu es complètement crispée.

— Je suis crispée parce que tu me fais mal.

— Mais comment ?

— Tu m'écrases.

Il se souleva et changea de position.

— Et là ? C'est mieux ?

— Tu n'es pas au bon endroit, lui dis-je d'un ton sec.

— Montre-moi.

— Je n'ai pas envie.

Il se souleva sur les coudes.

— Qu'est-ce qui ne va pas, ma chérie ?

— Tu n'es pas au bon endroit, répétai-je d'une voix butée, sachant que j'étais parfaitement injuste, et qu'il aurait beau faire, rien ne me plairait. Laisse tomber. Ça ne marchera pas.

— Attends, insista-t-il.

— Non, dis-je d'une voix forte, resserrant les jambes, le regard tourné vers la fenêtre.

Je n'avais pas besoin de voir son visage pour deviner sa tristesse.

Le téléphone se mit à sonner.

— Ne réponds pas, supplia Larry d'une voix douce.

Je décrochai, ravie de cette interruption, et portai le combiné à mon oreille.

— Allô, dis-je, tandis que Larry me tournait le dos.

— Kate, oh ! mon Dieu, Kate !

C'était Jo Lynn. Elle sanglotait.

— Qu'y a-t-il ? Qu'est-ce qui t'arrive ?

— Les jurés sont ressortis. Ils viennent juste d'annoncer leur verdict.

Je retins ma respiration. Pleurait-elle de soulagement ou de chagrin ?

— Je n'arrive pas à le croire, Kate. Ils l'ont déclaré coupable. Coupable !

Je fermai les yeux. Dieu soit loué ! soupirai-je intérieurement.

— Comment te sens-tu ? demandai-je à ma sœur tandis que Larry se glissait hors du lit.

— Je ne peux pas le croire, répéta-t-elle. Comment ont-ils pu lui faire ça alors qu'il est innocent ? C'est tellement injuste !

— Tu veux venir ici ?

Larry quitta la chambre.

Je devinai qu'elle secouait la tête.

— Non. Je ne sais pas quoi faire.

— Je crois que tu devrais rentrer chez toi et aller te mettre au lit...

— Ils l'ont déclaré coupable, sanglota-t-elle sans m'écouter. Il est toute ma vie. Oh ! Kate, qu'est-ce que je vais faire maintenant ?

# 17.

Deux jours avant Noël, ma mère disparut.

J'étais en pleine dispute avec Sara lorsque le téléphone sonna.

— Tu peux répondre ? demandai-je.

Nous étions dans la salle de séjour et j'étais à genoux, au pied du grand sapin de Noël lourdement décoré, à disposer les derniers cadeaux.

Sara resta plantée au milieu de la pièce, campée sur ses jambes interminables, les poings sur ses hanches d'une minceur incroyable. Elle portait un caleçon noir en stretch, un débardeur rouge aussi court que moulant, et des boots noires avec des talons de dix centimètres qui accentuaient encore sa taille démesurée. Ses cheveux avaient jauni sous le soleil tel du parchemin, et les racines brunes encadraient son visage comme un serre-tête. Dire qu'elle était impressionnante serait un euphémisme. Elle était terrifiante.

— Le répondeur va prendre l'appel, me dit-elle sans faire un geste. Pourquoi refuses-tu de me donner de l'argent ?

— Parce que ça ne me dit rien de payer mes propres cadeaux de Noël, une fois de plus, répondis-je franchement, tandis que le téléphone, heureusement, arrêtait de sonner. Je pense que tu es assez grande maintenant pour payer de ta poche les cadeaux que tu fais aux autres.

— Avec quel argent ?

— Celui que tu es censée économiser. On ne peut pas dire que Noël arrive à l'improviste. Tu aurais pu anticiper. Michelle fait des économies depuis des mois, elle.

Au moment où ces mots sortaient de ma bouche, je sus que je commettais une erreur

— Vas-y, compare-moi à Michelle, c'est ça ! cria Sara en levant les bras au ciel, en signe de colère et d'impuissance à la fois.

— Je ne voulais pas te comparer à elle.

— Tu n'arrêtes pas de le faire. C'est une petite sainte, elle ne fait jamais rien de mal. Une sainte nitouche, oui !

— Sara ! Arrête tout de suite ! Laisse ta sœur en dehors de tout ça.

— C'est toi qui as commencé à en parler.

— Oui, et je le regrette.

— Alors personne ne va recevoir de cadeau de moi cette année, tout ça parce que je n'ai pas d'argent, reprit-elle.

Je haussai les épaules.

— C'est bien dommage.

— Ouais, ça a vraiment l'air de te désoler !

Le téléphone se remit à sonner.

— Tu as décidé de me mettre dans une situation embarrassante, continua Sara, adoptant une nouvelle approche. Juste parce que je ne suis pas aussi organisée que Michelle, parce que je suis différente de vous tous, alors tu me punis.

Dieu me vienne en aide, me dis-je, tout en me relevant pour aller décrocher le téléphone situé sur le comptoir qui sépare la cuisine du séjour.

— Allô.

— Madame Sinclair ?

— Oui.

— Dieu soit loué ! Je vous ai appelée il y a quelques minutes et j'ai eu votre répondeur.

— Madame Winchell ? demandai-je, mettant un visage sur la voix angoissée que j'avais au bout du fil. Que se passe-t-il ? Est-il arrivé quelque chose à ma mère ?

Il y eut un silence alarmant.

— Elle n'est donc pas avec vous ?

— Si j'étais Michelle, je suis sûre que tu me donnerais de l'argent, fulmina Sara qui se mit à marcher de long en large devant le comptoir.

— Qu'est-ce que ça signifie ? demandai-je à Mme Winchell.

— Ça signifie que si j'étais Michelle il n'y aurait pas de problème, répondit Sara.

— Nous ne savons pas où est votre mère, répondit Mme Winchell.

— Que voulez-vous dire ? Vous ne savez pas où est ma mère ? Et toi, arrête ! hurlai-je à ma fille qui se figea sur place.

— Je vous demande pardon ? dit Mme Winchell d'un ton penaud.

— Arrête de me crier après, riposta Sara.

— Je vous en prie, madame Winchell, dites-moi ce qui s'est passé.

Mme Winchell s'éclaircit la voix, attendit et se racla la gorge une nouvelle fois.

— Votre mère n'est pas descendue au petit déjeuner ce matin. Nous sommes alors montés chez elle, et nous avons découvert qu'elle n'y était pas et qu'elle n'avait pas dormi dans son lit. J'espérais qu'elle était chez vous, avec les fêtes de Noël et tout ça, et que vous aviez oublié de me prévenir...

— Elle n'est pas là, dis-je en jetant un regard désespéré autour de moi, comme si ma mère pouvait être cachée derrière l'énorme palmier en pot dans le coin de la pièce.

— Y aurait-il une chance qu'elle soit chez votre sœur ?

— Non, répondis-je tout en me promettant de le vérifier néanmoins. Avez-vous fouillé l'immeuble ?

— Qui a disparu ? demanda Sara. C'est mamie ?

— Nous sommes en train de chercher.

— J'arrive tout de suite.

— Je suis sûre que nous allons la retrouver, affirma Mme Winchell, bien que le tremblement dans sa voix dise le contraire. Si elle s'est égarée, elle ne doit pas être bien loin.

Si elle a marché toute la nuit, elle peut se trouver à mi-chemin de la Géorgie maintenant, me dis-je, tout en composant nerveusement le numéro de ma sœur, m'imaginant ma mère déambulant au beau milieu de l'autoroute, tombant d'un pont dans le canal entre les deux côtes, ou se noyant tout habillée dans l'océan.

— Jo Lynn, est-ce que maman est chez toi ? demandai-je dès que j'entendis le son de sa voix.

— Tu plaisantes ? me répondit-elle.

— Elle a disparu. Je passe te prendre d'ici à cinq minutes.

Et, raccrochant sans lui laisser le temps de protester, j'attrapai mon sac au vol et me précipitai vers la porte.

— Je viens avec toi, dit Sara, courant sur mes talons.

Je la laissai faire. Pour être sincère, j'étais contente qu'elle vienne avec moi.

— L'avez-vous retrouvée ? demandai-je en faisant irruption dans le bureau de Mme Winchell, suivie de ma sœur et de ma fille.

Nous devions faire un sacré tableau toutes les trois : mon amazone de fille toute blonde avec des racines noires, des talons de dix centimètres et son cent vingt de tour de poitrine, ma sœur, tout aussi bien pourvue, les cheveux en bataille, avec sa minirobe blanche au ras des fesses, et moi, sans maquillage, en jean, le visage ravagé, toutes trois penchées sur la pauvre petite Mme Winchell qui ne put s'empêcher de reculer en nous voyant arriver.

— Pas encore, dit-elle, son visage sombre creusé d'inquiétude, mais je suis sûre qu'on va bientôt la retrouver.

— Comment pouvez-vous dire ça alors que vous n'avez pas la moindre idée de l'endroit où elle peut être ? dit Jo Lynn.

— Avez-vous prévenu la police ? m'enquis-je.

— Bien sûr. Ils sont prévenus. Mais jusqu'à présent, ils n'ont pas encore trouvé...

— ... de corps, dit Jo Lynn.

— Qui que ce soit qui corresponde à sa description, corrigea Mme Winchell.

— La moitié de la Floride correspond à sa description, lança ma sœur.

— Et en attendant, qu'avez-vous fait ? intervins-je.

— Nous avons fouillé, en vain, toutes les parties communes, les cuisines et le garage. Le personnel est en train d'inspecter les étages.

— Je ne comprends pas. Comment une chose pareille a-t-elle pu arriver ?

Je savais que cette question était futile, mais je n'avais pu m'empêcher de la poser.

— C'est difficile de savoir où sont les gens vingt-quatre heures sur vingt-quatre. Nous ne sommes pas un hôpital. Ici, ce n'est qu'une maison de retraite assurant une assistance médicalisée, me rappela Mme Winchell. Nos résidents sont libres d'aller et venir comme bon leur semble. Nous prenons de leurs nouvelles tous les matins, bien entendu. Si quelqu'un ne se présente pas au petit déjeuner sans nous avoir prévenus, eh bien... Mais je suis sûre que nous allons la retrouver.

— On n'arrive jamais à se débarrasser de la mauvaise graine, dit Jo Lynn, baissant à peine la voix.

Je faillis sourire. En dépit des circonstances, c'était bon de voir ma sœur sortir de sa prostration et de la retrouver toujours aussi caustique. Notre mère a toujours su tirer le meilleur de Jo Lynn, pensai-je, tout en me demandant où elle avait bien pu aller.

On ne la retrouva que deux heures plus tard.

Un employé la découvrit derrière la centrale de climatisation, au sous-sol. Elle avait réussi, je ne sais comment, à se glisser entre l'appareil et le mur, ce qui représentait un exploit, vu le peu d'espace. Et il fallut une bonne demi-heure à trois employés pour l'en extirper. Quand on la ramena enfin au bureau de Mme Winchell, elle était toute contusionnée et larmoyante, et le devant de sa robe était sale et déchiré.

— C'est mon tour d'aller me cacher ? demanda Jo Lynn en la voyant arriver.

Je me précipitai vers ma mère et la pris dans mes bras pour la serrer tendrement contre moi.

— Comment te sens-tu ?

— Bonjour, ma chérie. Qu'est-ce que tu fais là ? dit-elle.

— Qu'est-ce qui s'est passé, mamie ? questionna Sara en posant gentiment la main sur le bras de sa grand-mère. Pourquoi es-tu allée te cacher derrière la centrale de climatisation ?

— On me poursuivait, lui expliqua ma mère en faisant un clin d'œil. Mais je les ai semés.

— Tu as passé la nuit là-bas ?

— Je ne sais pas, répondit-elle en se frictionnant les bras. Peut-être. Je me sens un peu ankylosée.

— Vous devez avoir faim, dit Mme Winchell. Je vais vous faire porter un petit déjeuner dans votre chambre et, bien sûr, nous allons faire un brin de toilette et le médecin viendra vous examiner.

— Qui te poursuivait ? demanda Sara.

— Je ne sais pas.

Ma mère caressa d'une main tremblante les cheveux de Sara.

— Vous êtes ravissante, vous savez. Vous êtes nouvelle ici ?

Je vis le visage de Sara se décomposer, elle écarquilla les yeux.

— Tu ne me reconnais pas, mamie ? murmura-t-elle d'une toute petite voix. C'est moi, Sara, ta petite-fille.

— Sara ?

— J'ai changé la couleur de mes cheveux, expliqua Sara.

— Ah, c'est ça ! dit ma mère en souriant. Je crois que j'aimerais bien m'allonger maintenant. Ça ne vous ennuie pas ? Je me sens très fatiguée.

— Bien sûr que non, lui dis-je. Repose-toi un peu. Nous repasserons plus tard.

— C'est à cause de ma couleur de cheveux, dit Sara, tandis que nous traversions le parking pour rejoindre ma voiture. C'est pour ça qu'elle ne m'a pas reconnue. Ça vient de mes cheveux.

— Il serait temps de refaire tes racines, dit ma sœur.

— Maman ne veut pas me donner d'argent.

J'ouvris la porte. Nous montâmes, Sara à côté de moi, Jo Lynn à l'arrière. À peine étions-nous assises que Jo Lynn brandissait cinq billets de vingt dollars sous le nez de Sara.

— Tiens. C'est mon cadeau de Noël avec un jour d'avance.

— Waouh ! C'est vraiment génial.

— C'est très gentil, dis-je, décidée à ne pas me fâcher devant cette générosité inattendue.

— Notre mère est saine et sauve, ironisa-t-elle en se renfonçant dans son siège. Tout est pour le mieux dans le meilleur des mondes.

— Qui pouvait la poursuivre à ton avis ?

— Sa conscience, dit Jo Lynn.

— Sa conscience ? répéta Sara.

— Qu'est-ce que tu essaies encore d'insinuer ? demandai-je.

— Simplement que j'ai faim, dit Jo Lynn. J'ai envie d'aller déjeuner, c'est tout. Et c'est moi qui vous invite.

— Je n'ai pas le temps, commençai-je.

— Il faut prendre le temps de manger, déclara Jo Lynn. Quel exemple vas-tu donner à ta fille ? Tu veux qu'elle devienne une de ces anorexiques décharnées ?

Je pensai qu'il n'y avait guère de chances que ça arrive, mais j'acceptai néanmoins de m'arrêter pour déjeuner.

— On va aller au centre commercial, continua Jo Lynn tandis que je m'engageais sur la I-95. Comme ça nous pourrons manger, Sara ira chez le coiffeur, et nous ferons nos achats de Noël de dernière minute.

— Pas moi, dit Sara. Maman ne veut pas me donner d'argent pour acheter les cadeaux.

— Méchante maman ! dit Jo Lynn, et elle éclata de rire. Ne t'inquiète pas, ma chérie, j'ai plein d'argent. Tu pourras acheter tout ce que tu voudras.

— Et d'où vient cette fortune soudaine ? demandai-je. Tu as trouvé du travail ?

Jo Lynn laissa échapper un rire qui ressemblait à un grognement.

— Ça ne te regarde pas.

Décidant qu'elle avait probablement raison, je préférai ne pas insister. Mais Sara n'avait pas les mêmes scrupules.

— Où as-tu trouvé cet argent ? s'enquit-elle.

Jo Lynn n'attendait que ça. Elle se redressa, cala ses coudes sur le dossier de la banquette avant et posa son menton sur ses mains.

— J'ai promis l'exclusivité à l'*Enquirer*. Ils m'ont payé la moitié d'avance.

— L'exclusivité de quoi ? demanda Sara, alors que je cherchais désespérément à me boucher les oreilles pour ne pas entendre la suite.

Je sentis le sourire de Jo Lynn me brûler la nuque.

— L'exclusivité de mon mariage.

— Qu'est-ce qui pourrait te convaincre que l'homme que tu tiens tant à épouser est un dangereux criminel ?

demandai-je à Jo Lynn dès que Sara fut partie chez le coiffeur.

Nous étions assises à la terrasse d'un restaurant, au deuxième étage de Gardens Mall. Jo Lynn pignochait une tarte aux pommes, j'en étais à mon quatrième café.

— Rien de ce que tu diras ne pourra me convaincre, alors tu peux économiser ta salive.

— Tu ne comprends donc pas que ce type n'a qu'une idée, te tuer ?

— Tu ne comprends donc pas que je n'apprécie guère ce genre de commentaire ?

— Et je n'apprécie guère que tu sapes mon autorité.

— Quelle autorité as-tu en ce qui concerne Colin ?

— Je ne parle pas de Colin mais de Sara !

— Holà ! Attends une minute.

Jo Lynn fit un grand geste de la main, agitant ses ongles écarlates sous mon nez.

— À quel moment avons-nous changé de sujet de conversation ?

— J'ai dit à Sara qu'elle n'aurait pas un sou pour acheter ses cadeaux de Noël...

— Comment peux-tu faire une chose pareille ? me coupa Jo Lynn.

— Le problème n'est pas là.

— Le problème, c'est qu'il s'agit de mon argent, dit Jo Lynn. Et si je veux donner de l'argent à ma nièce pour qu'elle ne soit pas dans une situation embarrassante le matin de Noël, je le ferai. Arrête de jouer les rabat-joie. Elle va certainement t'acheter un truc fabuleux.

— Je n'en ai pas besoin.

— Oh, si ! Il y a bien des choses dont tu aurais besoin, en ce moment.

— Une famille saine d'esprit me ferait très plaisir.

Jo Lynn avala un morceau de tarte.

— Au fait, qu'est-ce qui arrive à notre vieille mère, à ton avis ?

— Je n'en sais rien.

— Quel est ton diagnostic ?

Elle avait prononcé « diagnostic » comme s'il s'agissait d'un mot obscène. Je fermai les yeux, pris une profonde inspiration et relâchai l'air lentement. Lorsque je rouvris les yeux, je remarquai un groupe d'adolescents qui gloussaient en nous regardant.

— Ce ne serait pas la maladie d'Alzheimer, par hasard ? demanda Jo Lynn.

C'était une possibilité que j'avais délibérément repoussée, et un terme que, même aujourd'hui, j'ai du mal à accepter dans mon vocabulaire.

— Elle en a tous les symptômes, continua Jo Lynn. Elle ne sait plus où elle en est. Elle est paranoïaque. Elle perd la mémoire.

— Cela ne veut pas forcément dire...

— Tu as déclaré toi-même qu'elle perdait la tête le jour où on a retrouvé la lessive dans son frigo.

— Oui, mais...

— Elle n'a pas reconnu Sara.

— C'est à cause de ses cheveux.

— Non.

— Je sais, dus-je admettre.

— Alors, tu crois que c'est la maladie d'Alzheimer ?

— Il y a de fortes chances.

— Merde ! s'exclama Jo Lynn en repoussant son assiette d'un geste rageur. C'est pas possible ! Ça me rend folle !

J'étais surprise de la brutalité de la réaction de Jo Lynn. Je ne m'attendais pas à ce que les problèmes de santé de notre mère la touchent autant.

— Ça ne sert à rien de te mettre dans cet état, lui dis-je. Si c'est la maladie d'Alzheimer, eh bien, malheureusement, nous n'y pouvons rien. Il ne nous reste plus qu'à lui assurer une vie aussi confortable que possible.

— Pourquoi ferais-je cela ?

Là, je n'y comprenais plus rien.

— Tu ne veux pas qu'elle soit bien ?

— Je veux qu'elle ait exactement ce qu'elle mérite.
— Que veux-tu dire ?
— Pourquoi n'a-t-elle pas eu un cancer comme tout le monde ?
— Jo Lynn !
— Un peu de souffrance, ça forge le caractère. C'est ce qu'on dit, non ?
— Tu aurais voulu qu'elle souffre ?
— Pourquoi pas ? Qu'est-ce qu'elle a de spécial pour s'en tirer à si bon compte ?
— C'est notre mère.
— Et alors, qu'est-ce que ça signifie ? Que je suis censée oublier et pardonner ? Que le passé est enterré ? Elle ne s'en souvient plus, alors autant que je fasse comme si de rien n'était ? C'est ça que tu veux dire ?
— De quoi veux-tu qu'elle se souvienne ? Je ne comprends pas.
— Tu ne peux pas comprendre, évidemment. Tu n'as jamais rien compris, dit Jo Lynn en secouant la tête, les yeux pleins de larmes.
— J'aimerais bien essayer, dis-je, et je le pensais sincèrement.
Jo Lynn se leva d'un coup.
— À quoi bon ? Tu l'as dit toi-même. On ne peut rien y changer.
— C'est faux. On peut changer des choses.
— Le passé ?
— Non. Non, pas le passé.
Jo Lynn hocha la tête, un rictus amer sur les lèvres.
— Alors elle s'en tire bien.
— Mais de quoi parles-tu, à la fin ?
— Pardon, mademoiselle, dit une voix à côté de nous.
Nous nous tournâmes d'un même mouvement, et nous vîmes un garçon d'une quinzaine d'années, vêtu d'un jean qui devait avoir au moins quatre tailles de trop et d'une casquette de base-ball qu'il portait devant derrière, profondément enfoncée sur sa tête.

— Vous êtes Jo Lynn Baker ?

— Oui.

Jo Lynn essuya ses larmes du revers de la main et se força à sourire.

Le gamin se retourna vers ses copains.

— C'est elle ! leur cria-t-il, tout excité. J'vous l'avais dit. Vous voulez bien me donner un autographe ? demanda-t-il en prenant sur notre table une serviette en papier qu'il poussa vers elle. J'ai rien pour écrire.

Jo Lynn fouilla dans son sac à la recherche d'un stylo, puis elle gribouilla sa signature sur la serviette chiffonnée.

— Passe un bon Noël, lui lança-t-elle avec un large sourire qui n'avait plus rien de forcé. Qu'est-ce que c'est gentil, non ?

— Que voulais-tu insinuer ? Pourquoi dis-tu qu'elle s'en tire bien ?

Jo Lynn se frayait déjà un chemin entre les tables en direction des escalators.

— Oh ! laisse tomber ! s'exclama-t-elle par-dessus son épaule. Tout le monde a oublié.

Il était presque minuit quand je me suis couchée, et il me fallut des heures pour m'endormir, les événements de la journée résonnaient dans ma tête comme la sonnerie d'un réveil détraqué. J'avais fini par sombrer dans une inconscience miséricordieuse, lorsque je sentis une chose douce et agréable comme un carré de soie me passer sur le visage. Je tendis une main paresseuse pour l'écarter, les yeux toujours clos. Quelques instants plus tard, cela recommença, mais cette fois ça ressemblait à un tapotement sur ma peau, comme des gouttes tombant d'un robinet qui fuit. Mes doigts palpèrent l'air devant mon visage sans rien rencontrer. Je me tournai sur le côté, refusant de me réveiller. Je sentis un chatouillement dans mon cou. Je donnai une tape pour le chasser, et le contact de mes doigts sur ma peau me réveilla en sursaut.

À contrecœur, j'ouvris les yeux, m'assis dans mon lit et scrutai l'obscurité autour de moi sans rien voir. « Génial », marmonnai-je en regardant Larry, roulé dans les draps comme dans un cocon. Il ne m'avait plus touchée depuis notre dernier échec lamentable. Je savais qu'il attendait que je fasse le premier pas, que ce soit moi qui le prenne dans mes bras, moi qui l'entraîne dans des ébats passionnés, mais je n'arrivais pas à trouver l'enthousiasme nécessaire. Je me laissai retomber contre mon oreiller, poussai un long soupir et refermai les yeux.

Presque aussitôt quelque chose passa devant mes paupières closes. Une araignée ? me demandai-je en secouant la tête pour la chasser. Peut-être un moustique, me dis-je, tandis que je me forçais à rouvrir les yeux, une fois de plus.

Il était penché sur moi et me souriait dans l'obscurité, un couteau dansant dans la main qu'il agitait autour de mon visage. J'ouvris la bouche pour hurler, mais il me fit non de la tête et le cri s'étrangla dans ma gorge.

— J'ai pensé qu'il était temps de faire plus ample connaissance, me dit Colin Friendly. Vu que je vais faire bientôt partie de la famille...

— Comment êtes-vous sorti de prison ? m'entendis-je demander, stupéfaite de pouvoir parler.

Un sourire s'étala sur son visage à la peau blême presque translucide.

— Vous ne croyiez tout de même pas que leur attirail de caméras vidéo et de détecteurs infrarouges allait suffire à me retenir loin de vous ?

— Je ne comprends pas. Que voulez-vous de moi ?

Il appuya le couteau sous la pointe de mon menton.

— Je vous ai apporté un petit cadeau de Noël.

Il me saisit la main et la plaqua sur le devant de son pantalon.

— Non ! hurlai-je, lui arrachant ma main tandis qu'il montait dans le lit.

Je jetai un regard désespéré vers Larry. Que lui était-il arrivé ? Pourquoi ne se réveillait-il pas ?

— Il ne peut plus rien pour vous, déclara Colin Friendly, ses yeux bleus transperçant l'obscurité, aussi mortels que le couteau qu'il tenait à la main.

— Que voulez-vous dire ?

— Regardez, m'intima Colin Friendly, arrachant de sa main libre le drap qui recouvrait mon mari endormi.

Je vis alors les yeux écarquillés de Larry, ses lèvres entrouvertes, et sa gorge labourée d'un profond sillon rouge.

— Non ! hurlai-je tandis que Colin Friendly s'allongeait sur moi. Non !

Je me redressai d'un bond dans mon lit, mes cris résonnant contre les murs. Par miracle, Larry continuait à dormir.

— C'était un rêve, murmurai-je, ahurie, les mains sur mon cœur, comme pour calmer ses battements affolés. Ça paraissait si réel.

Larry se mit à bouger, il grommela entre ses dents mais il refusa de se réveiller.

— Je vais voir les filles, dis-je à l'obscurité, et je descendis du lit.

La maison était sombre et calme. Je me dirigeai vers les chambres des filles, sachant que j'étais idiote, mais j'avais besoin de les voir profondément endormies dans leurs lits. Tu ne pourras pas les protéger éternellement, pensai-je, scrutant le visage de Michelle dans les ténèbres, avant d'embrasser son front tiède. Tout en dormant, elle leva une main pour chasser mon baiser. Comme je l'avais fait quelques minutes avant, dans mon cauchemar, me dis-je en frissonnant, tandis que je poussais la porte de Sara, m'approchais de son lit et me penchais pour lui caresser la joue.

Il me fallut un moment pour comprendre que le lit de Sara était vide.

— Sara ? criai-je, en allant vérifier qu'elle n'était pas dans sa salle de bains. Sara ?

J'allumai le plafonnier. Son lit n'était pas défait.

Je traversai la salle de séjour en courant pour regagner notre chambre et réveiller Larry, lorsque je vis une petite lueur venant du patio ; je crus entendre des voix. Je stoppai net et tendis l'oreille.

— Sara ?

Je partis en courant vers la porte vitrée coulissante, au fond de la salle de séjour, l'ouvris et sortis.

Sara, toujours vêtue des vêtements qu'elle portait la veille, était assise dans une des deux chaises longues, tenant négligemment une cigarette allumée entre ses doigts. Elle me toisa du regard, me défiant presque de protester.

— Qu'est-ce que tu fais dehors ? demandai-je.

— À ton avis ?

— Je ne comprends pas. Il est tard. Et tu n'es pas censée fumer à la maison.

— Oh ! lâche-lui un peu les baskets ! dit ma sœur en se soulevant de l'autre chaise longue.

— Jo Lynn ! Qu'est-ce que tu fais là ?

— Tu n'as pas entendu les nouvelles ?

Je secouai la tête, trop abasourdie pour parler.

— L'une des jurés du procès de Colin Friendly a avoué qu'elle avait une liaison avec l'un des plaignants. Cela a entraîné un non-lieu. Colin est libre.

— Quoi !

— Tu as bien entendu. Il sera libéré demain matin. Je suis venue fêter ça, ajouta-t-elle en levant une coupe de champagne. Ça ne t'ennuie pas, je me suis servie toute seule ?

Je revins en titubant à l'intérieur.

— Non, c'est impossible. Impossible.

Je courus vers ma chambre.

— Larry, réveille-toi ! Il est arrivé une chose terrible ! criai-je en écartant la couverture pour le tirer par l'épaule. Larry, je t'en prie, réveille-toi ! Colin Friendly est libre. Il sortira de prison demain matin.

Le corps de Larry s'agita. Il poussa un profond soupir, écarta la couverture et s'assit.

— Mon Dieu, mais tu es aussi mignonne que la première fraise au printemps, me dit Colin Friendly, tendant la main vers ma gorge.

Je me mis à hurler. Enfin je crus le faire. Mais mon cri dut rester silencieux, car Larry continuait de dormir. Il était allongé près de moi, plongé dans un sommeil profond, alors que j'étais assise à côté de lui, pantelante, la respiration douloureuse même, trempée de sueur, mon esprit essayant désespérément de faire la distinction entre mes cauchemars de la nuit et ceux de ma vie quotidienne.

— Larry, tu es réveillé ? chuchotai-je, ayant bien besoin qu'il me prenne dans ses bras pour me rassurer.

Mais il ne m'entendit pas, ou alors il préféra faire semblant de dormir. Je me laissai retomber sur mon oreiller trempé, aussi froide et solitaire que si je reposais dans ma tombe, et attendis le matin.

# 18.

— Dis-moi encore qui sont ces gens et pourquoi nous allons dîner avec eux, demanda Larry en entrant dans le grand parking devant Prezzo's, un restaurant italien branché, situé au coin de PGA Boulevard et de Prosperity Farms.

Le parking était plein et on ne voyait aucune place aux alentours du restaurant. Nous avancions lentement, fouillant du regard chaque rangée à la recherche d'un emplacement libre. Il tombait une pluie fine.

— Robert et Brandi Crowe, lui rappelai-je. Je le connais de Pittsburgh.

— C'est vrai, approuva Larry, mais son ton manquait de conviction. Et tu es tombée sur lui, par hasard, au tribunal.

— C'est ça. Tiens, il y en a une là-bas, dis-je en montrant une voiture qui reculait, en face de la librairie Barnes et Noble, dans un angle du parking.

— Et quelle est la raison de ce dîner ?

— Doit-il y avoir une raison ?

Larry gara la voiture dans l'espace qui venait de se libérer et coupa le moteur. La pluie était plus forte. Nous n'avions pas pris de parapluie.

— J'aurais dû te déposer devant le restaurant, dit Larry.

— C'est trop tard maintenant.

— Je peux t'y reconduire, dit-il en redémarrant.

— Ne sois pas bête. Ce ne sont pas trois gouttes de pluie qui vont me faire peur.

— Si tu insistes.

— J'insiste.

C'était assez typique de nos conversations ces derniers temps. Nous faisions preuve d'une politesse excessive et forcée en toute occasion. Nous marchions sur des œufs. Ne disant que le minimum pour nous faire comprendre, de peur qu'un mot de trop ne risque d'entraîner un malentendu.

— Nous devrions peut-être attendre quelques minutes, proposa-t-il.

— Tu as raison.

Je regardai la pluie tomber. Elle allait bientôt s'arrêter, décidai-je. En Floride, les averses sont souvent aussi violentes que brèves. Comme une histoire d'amour condamnée d'avance, me dis-je en pensant à Robert, curieuse de savoir si lui et sa femme étaient, eux aussi, coincés dans leur voiture, à attendre une éclaircie pour échapper à cette intimité forcée et à leur vie commune.

Il n'y a rien de plus triste qu'un mariage malheureux, me dis-je pour me demander aussitôt depuis quand je considérais mon mariage comme malheureux. Je jetai un coup d'œil à mon mari, espérant surprendre l'ombre d'un sourire sur son visage, un signe quelconque qui me rassure, une bribe d'espoir pour notre avenir, mais la tête posée contre l'appui-tête il garda les yeux fermés.

Nous avions déjà traversé des passages difficiles. Les mois qui avaient suivi la naissance de Sara, quand elle avait des coliques et qu'elle nous tenait éveillés toutes les nuits (et que nous étions trop fatigués et trop préoccupés pour faire l'amour). Les mois précédant notre déménagement pour Palm Beach, quand nous essayions de convaincre nos familles et nous-mêmes du bien-fondé de notre décision (et que nous étions trop fatigués et trop préoccupés pour faire l'amour). Les semaines qui avaient suivi l'arrivée de ma mère puis celle de ma sœur, quand nous nous épuisions à les installer (et que nous étions trop fatigués et trop préoccupés pour faire l'amour).

S'agissait-il d'une réaction en chaîne ? Et était-ce parce que nous étions fatigués et préoccupés que nous ne faisions plus l'amour, ou était-ce parce que nous ne faisions plus l'amour que nous étions fatigués et préoccupés ? Est-ce que tout se résumait, en fait, à une question de sexe ? Même passé un certain âge ?

Rien ne change finalement, me disais-je. Nous restons fidèles à nous-mêmes. Notre passé nous poursuit, notre naturel revient au galop, comme une maladie chronique. Inutile de regarder par-dessus notre épaule. Le passé est droit devant nous, à installer des barrages pour boucher la route qui aurait pu nous conduire vers un avenir heureux.

Mes pensées me ramenèrent trente ans en arrière. Dans une autre voiture garée sous la pluie. Mais, cette fois, au bord d'une route de campagne déserte, et non dans un parking bondé. Robert et moi, assis à l'avant de la Buick noire de son père, ses lèvres sur les miennes, sa langue dans ma bouche, ses mains remontant vers ma poitrine.

— Laisse-toi faire, me chuchotait-il, insistant d'une voix de plus en plus pressante. Laisse-toi faire.

Et j'avais bien failli. J'en avais été très près. Pourquoi pas ? avais-je crié intérieurement à ma conscience. Robert, c'était le garçon dont toutes les filles raffolaient, et c'était moi qu'il voulait. Je connaissais les bruits qui couraient sur Sandra Lyons, celle qu'il allait rejoindre, de temps en temps, après m'avoir raccompagnée chez moi. Est-ce que je le poussais dans ses bras ? Est-ce que je risquais de le perdre ? Toutes mes amies avaient sauté le pas. Qu'y avait-il de mal à ça ?

Retenant ma respiration, j'avais laissé sa main s'aventurer plus loin. C'était si bon. J'étais mûre.

— Laisse-toi faire, avait-il dit encore.

Et soudain il y avait eu cet affreux martèlement contre la fenêtre. Une lampe de poche braquée sur nos visages, deux étrangers scrutant l'intérieur de la voiture. Nous nous étions rajustés précipitamment, essayant de retrouver nos esprits. Nous avons tous entendu ces histoires plus ou moins vraies de jeunes amoureux attaqués pendant leurs ébats. Par des voleurs, des tueurs, ou des monstres avec des crochets à la place des bras. Était-ce notre tour ?

— Tout va bien ? m'avait demandé le policier tandis que Robert baissait sa vitre.

J'avais hoché la tête, trop effrayée pour parler.

— Voulez-vous qu'on vous raccompagne chez vous, mademoiselle ?

J'avais secoué la tête.

— L'endroit n'est pas bien choisi, avait dit l'autre policier à Robert.

— Non, avait reconnu Robert.

— Je ramènerais cette jeune fille chez elle tout de suite, si j'étais vous.

— Je la raccompagne immédiatement.

— Conduisez prudemment, avait lancé le policier en flanquant une grande claque sur le toit de la voiture, nous donnant ainsi congé.

— Qu'est-ce que tu en penses ? me demanda alors Larry, me ramenant brutalement au présent.

— Pardon ?

— La pluie n'a pas l'air de vouloir s'arrêter.

Je regardai la pluie battante, tout en sentant mon cœur qui battait la chamade. Il avait raison. L'averse ne faiblissait pas. Je regardai ma montre. Il était huit heures dix.

— Tu crois qu'on y va en courant ?

— Attendons encore un peu, répondis-je.

Que faisions-nous ici, d'ailleurs ? « L'endroit n'est pas bien choisi. » Comment avais-je pu accepter de dîner avec mon futur amant et son épouse ? Mais m'avait-on laissé le choix ? « Votre jour sera le mien », m'avait dit

Brandi au téléphone, la semaine précédente. Que pouvais-je faire ? Et depuis quand considérais-je Robert comme mon futur amant ?

Cela avait dû me prendre à peu près au moment où j'avais décidé que mon mariage était malheureux, me dis-je, comprenant que c'était la conclusion logique de mes réflexions. La dernière fois que j'avais failli aller trop loin avec Robert, la police était intervenue. Cette fois-ci, je doutais fort qu'une quelconque cavalerie vienne à ma rescousse.

Larry redémarra.

— Je vais te déposer devant.

— On va perdre notre place.

— Peut-être qu'on en trouvera une plus près.

Ce qui fut le cas. Juste devant le restaurant.

— Répète-moi le nom de ces gens, dit Larry au moment où nous poussions la lourde porte vitrée de Prezzo's, en secouant la pluie de nos cheveux.

— Robert et Brandi Crowe, répondis-je en scrutant la salle bruyante et pleine à craquer.

— Tu la connais depuis le lycée.

— C'est lui que je connaissais, criai-je au-dessus du brouhaha, et, au même moment, j'aperçus Robert, assis à l'angle d'un box, à l'autre bout de la salle.

Il se leva aussitôt en nous faisant de grands signes.

Nous commençâmes à nous frayer un chemin à travers la foule qui s'agglutinait au bar. C'était déjà, en temps normal, le centre d'attraction de la pièce brillamment éclairée, mais ce soir-là, il disparaissait littéralement derrière une cohue de gens bronzés, bien habillés, cherchant tous à se faire entendre, à se faire remarquer. Il y avait, entre autres, trois blondes vêtues de robes moulantes en camaïeu de rouge, une brune en pull vert émeraude, et une rousse avec un décolleté vertigineux et des cuissardes blanches. Les hommes portaient de coûteuses chaînes en or sous des chemises de soie de tons divers, et des pantalons noirs, comme s'ils étaient tous étudiants de la même école chic.

— Avez-vous un permis pour porter un sourire pareil ? dit une voix mâle au milieu de la cohue, mais je continuai sans me retourner, consciente que ce n'était pas à moi que cela s'adressait.

Robert nous attendait, la main tendue. Derrière lui, un énorme poster rouge représentait des pâtes amoureusement enroulées autour d'une fourchette.

— Vous devez être Larry. Je suis ravi de faire votre connaissance. Kate ne tarit pas d'éloges sur vous, cria-t-il pour surmonter le bruit.

Larry lui serra la main.

— J'ai cru comprendre que vous vous connaissiez depuis le lycée, dit-il en souriant.

— Effectivement.

Nous nous sommes glissés, Larry et moi, sur la banquette tapissée d'un tissu à fines rayures vertes et beiges, en face de Robert et de sa femme.

— Larry, voici Brandi, mon épouse.

— Je suis charmé de faire votre connaissance, dit Larry.

— Enchantée, dit Brandi. Quel déferlement ! ajouta-t-elle en se tournant vers moi.

Pendant un instant, je crus qu'elle faisait allusion à la foule, puis je compris qu'elle parlait du temps, et je passai une main dans mes cheveux pour en faire tomber les dernières gouttes de pluie.

— Nous avons attendu un moment dans la voiture en espérant que ça allait se calmer.

— Je crois que c'est parti pour la nuit, dit Brandi.

Voilà qu'on parlait du temps, me dis-je en évitant le regard de Robert, me forçant à concentrer toute mon attention sur sa femme. Elle avait troqué son tailleur jaune de Valentino pour un Chanel rose, mais elle avait toujours les yeux lourdement soulignés de bleu. Visiblement, elle aimait ça. Ses cheveux noirs étaient retenus en arrière par un serre-tête noir à perles. Elle voulait paraître dix ans de moins et, résultat, elle en faisait dix de plus. C'est triste, songeai-je, espérant que je ne commettais pas la même erreur.

— Tu es ravissante, me dit Robert, comme lisant dans mes pensées, et je disparus derrière le menu, le remerciant sans oser lever la tête.

J'avais déjà observé sa tenue en détail, son pantalon marron, sa chemise ocre, ses cheveux qui tombaient en bataille sur son front et son sourire éblouissant. *Dites-moi, vous avez un permis pour porter un sourire pareil ?*

Je m'aperçus au même instant que je n'avais pas la moindre idée de la façon dont mon mari était habillé, et jetai un regard coupable dans sa direction. Larry portait une vieille chemise verte à fleurs que j'aimais beaucoup, mais qui commençait à faire un peu passée, usée même. Ses cheveux me semblèrent plus clairsemés que d'habitude et son front rouge pelait légèrement : il avait beaucoup joué au golf et n'avait pas mis assez de crème. Mais c'était tout de même un bel homme. J'aurais aimé qu'il me regarde et qu'il me sourie, qu'il me montre d'un signe qu'il était de mon côté, qu'il ne me laisserait jamais faire de folie.

Mais était-il responsable de mes bêtises ?

J'aurais dû lui dire combien il était beau avant qu'on parte de la maison. Dites une chose gentille par jour à votre femme (ou à votre mari), conseillais-je toujours à mes patients. Votre vie en sera transformée.

— Le noir te va très bien, continua Robert.

Je marmonnai un remerciement tandis que le serveur arrivait pour prendre notre commande de boissons.

— Quel spectacle, n'est-ce pas ? dit Brandi Crowe en indiquant le bar. Vous venez de rater quelque chose. Un jeune homme est arrivé avec une petite fille qui devait avoir dans les trois ans, je l'ai entendu dire qu'il était son oncle, et deux filles se sont mises à pousser des ah ! et des oh ! et à se battre pour s'occuper d'elle...

— C'était à qui démontrerait ses qualités maternelles, railla Robert.

— Et vous ne me croirez jamais, il a réussi à obtenir le numéro de téléphone des deux filles, puis il leur a laissé la petite sous prétexte d'aller aux toilettes, alors qu'en fait il en a profité pour aller en draguer une troisième. C'était stupéfiant.

— Une excellente démonstration, reconnut Robert.

— La petite ne doit même pas être sa nièce, rit Brandi. Il doit l'emprunter à une voisine pour aller courir les filles.

— C'est un truc dont j'aurais bien été capable, dit Robert.

— À mon avis, ce n'était pas nécessaire, m'entendis-je dire, et je m'en serais mordu la langue.

Brandi se pencha pour caresser la main de son mari, et son geste déclencha en moi le même trouble que la première fois que je l'avais vu, quelques semaines plus tôt.

— Oui, j'avais cru comprendre que mon mari était un sacré séducteur à cette époque. Vous allez tout me raconter.

— J'ai bien peur de ne pas avoir connu votre mari suffisamment, mentis-je, me doutant que Robert n'avait pas dû parler à sa femme de nos relations de cette époque.

— Pourtant, vous aviez dû lui faire une sacrée impression pour qu'il se souvienne de vous trente ans après.

— C'est moi qui l'ai reconnu, lui dis-je.

— C'est incroyable que vous vous soyez retrouvés comme ça, par hasard, au tribunal, dit Brandi.

— Au fait, notre ami va écoper de la chaise électrique. Qu'est-ce que tu en penses ? demanda Robert, changeant habilement de sujet.

— Rien ne pouvait me faire plus plaisir, répondis-je du fond du cœur.

— Comment ta sœur l'a-t-elle pris ?

— Comme on pouvait s'y attendre.
— Votre sœur ? s'étonna Brandi.
— Jo Lynn Baker, répondis-je, pensant que cette réponse serait suffisante.
Elle l'était.
— Oh ! mon Dieu ! murmura-t-elle, avant de lancer un regard de reproche à son mari. Tu ne me l'avais pas dit.
Le serveur revint avec nos boissons et la liste des spécialités du jour, et la conversation dériva à nouveau sur le temps, la rubrique des sports et les joies de la vie en Floride. Je redressai la tête, feignant de m'intéresser à la conversation, y apportant même ma contribution, mais mon esprit était ailleurs. Il était reparti vers le petit studio en désordre de Jo Lynn, où j'avais passé la majeure partie de la matinée à l'écouter pousser des cris hystériques contre un système judiciaire inique au point de condamner un homme à mort pour des crimes qu'il n'avait pas commis.
— Comment ont-ils pu faire une chose pareille ? n'avait-elle cessé de sangloter, le visage bouffi et barbouillé du mascara de la veille.
Elle n'avait pas arrêté de pleurer depuis qu'elle avait entendu la sentence et que le juge avait, de but en blanc, déféré Colin Friendly à la prison d'État de Floride, à Starke, pour y attendre son exécution.
— D'ailleurs, ses avocats prévoient de faire appel.
Je l'avais serrée contre moi, la laissant pleurer sans rien dire. Je n'étais pas allée la voir pour pavoiser. Colin Friendly avait été reconnu coupable et condamné à mort, et ma sœur, certainement la seule personne au monde qui ne s'y attendait pas, se lamentait. Pourquoi s'était-elle mise dans cette position, comment pouvait-elle aimer un tel homme, pourquoi agissait-elle toujours aussi follement, tout cela n'avait plus d'importance. Loin des yeux, loin du cœur, prétend le dicton, et ma sœur n'était pas d'une grande persévérance. Elle pleurerait pour lui, elle

irait peut-être même lui rendre visite à Starke, une fois ou deux, mais tôt ou tard elle finirait par se lasser de la longue route, de la longue attente, la vie normale lui manquerait. Elle finirait par accepter l'inévitable, sa vie reprendrait son cours, et elle oublierait l'homme condamné à mort.

Nos existences étaient désormais à l'abri de Colin Friendly, me rassurai-je, avant de ramener mon attention à la conversation autour de notre table.

— Je trouve le nom de nos rues tout à fait surprenant, disait Robert. Military Trail, Worth Avenue, Gun Club Road.

— Prosperity Farms, ajoutai-je.

— Par exemple, dit Robert.

— Je ne vois pas ce que ça a d'étonnant, dit Brandi Crowe. Military Trail et Gun Club Road portent ces noms-là parce que la garnison et le stand de tir devaient se trouver à cet emplacement autrefois. Quant à Worth Avenue, elle doit porter le nom d'une célébrité de l'époque, sans rapport avec les magasins de luxe qui y sont installés aujourd'hui. Et ce côté de Palm Beach était une région agricole avec de nombreuses fermes, et la plus grosse devait s'appeler...

— ... Prosperity Farms, termina Robert en hochant la tête. Tu as raison. Cela n'a rien d'étonnant, finalement.

Brandi Crowe glissa un bras autour du cou de son mari et éclata de rire. Je serrai les poings.

— Au cas où vous ne vous en seriez pas aperçus, mon mari est un grand romantique, dit-elle en retirant son bras. (Je me détendis aussitôt.) Alors, quelle impression ça fait de savoir que sa femme va devenir une grande vedette de la radio ? demanda-t-elle à Larry.

— Une vedette de la radio ? répéta Larry.

— Elle ne vous a rien dit ?

— Je ne crois pas, dit Larry en se tournant vers moi, quêtant une explication.

— Eh bien, rien n'est encore décidé, bafouillai-je.

— Je croyais que vous aviez tout mis au point, dit Brandi à son mari.

— J'ai fait une proposition à votre épouse, dit Robert. Je pense qu'elle attendait que tout soit écrit noir sur blanc avant de vous l'annoncer.

— Une proposition de quelle nature ?

— Pour une émission où elle répondrait aux questions des auditeurs, expliqua Brandi Crowe.

— Ma femme est psychothérapeute.

— Justement, dit Robert. Elle leur donnera des conseils.

— Comme dans *Frasier* ?

— Nous n'avons pas encore décidé de la présentation, dit Robert.

— Et à ce sujet j'ai eu une idée qui me paraît excellente, dis-je en souriant largement, pour la première fois de la soirée.

— Et quelle est-elle ? demanda Robert en affichant un sourire presque aussi large que le mien.

— Une émission bihebdomadaire de deux heures alternant chansons d'amour et conseils aux cœurs en détresse.

Je parlais très vite, l'excitation faisait vibrer ma voix. J'étais surprise de découvrir combien cette idée m'emballait, et comme j'avais hâte de me lancer dans quelque chose de nouveau.

— Nous pourrions choisir chaque semaine un nouveau sujet, préparer des chansons appropriées et les alterner avec les appels des auditeurs demandant mes conseils. La musique pourra servir à illustrer un point, à le souligner. La chanson pourrait aussi être une réponse en elle-même. La liste des sujets est infinie, l'alcoolisme, la solitude, le mariage, l'adultère...

Je m'arrêtai net et toussai au creux de ma main.

— Qu'en pensez-vous ?

Larry haussa les épaules.

— C'est original.

Brandi sourit.
— C'est intéressant.
— C'est génial, dit Robert.
— Quand trouveras-tu le temps de faire ça ? lança Larry d'un ton qui doucha notre enthousiasme tel un verre d'eau glacée.
— Eh bien, il est évident qu'il nous faudra voir ça avec l'emploi du temps de Kate, commença Robert.
— Tu n'as jamais rien fait de ce genre, dit Larry.
— Justement. C'est un défi pour moi.
— Tu ne trouves pas que tu as déjà assez de défis, dans ta vie, en ce moment ? dit Larry.
Je me tus. Qu'est-ce qui lui prenait ? Depuis quand se plaisait-il à jouer les rabat-joie ?
— Des idées comme celle-ci demandent des mois de mise au point, dit Robert. Nous n'en sommes qu'au tout début. Et nous n'avons même pas encore parlé du contrat.
— Dois-je prendre un agent ? plaisantai-je.
Un peu limite ton humour, aurait dit ma mère.
Brandi éclata de rire et passa, une fois de plus, son bras autour des épaules de son mari.
— J'ai l'impression que tu vas avoir du fil à retordre avec celle-là.

— Ne couche pas avec ce type, me dit Larry d'une voix calme et mesurée, maîtrisant sa colère.
— Quoi ? De quoi parles-tu ?
— À toi de me le dire, dit Larry tandis que nous montions en voiture.
La pluie s'était calmée, mais il persistait encore une petite bruine.
— Je ne vois pas de quoi tu veux parler.
— Est-ce que tu couches avec lui ?
— Quoi ?
— Tu m'as bien entendu.
— Tu plaisantes !

— En ai-je l'air ?
— Tu crois que je couche avec Robert Crowe ?
— C'est vrai ou pas ?
— Non, bien sûr que non. Comment peux-tu imaginer une chose pareille ?
— À toi de me le dire.
— Mais je n'ai rien à dire.
— C'est juste un ancien copain de classe ?
— Oui.
— Sur qui tu es tombée, par hasard, au tribunal ?
— Oui.
— Et qui a la chance de posséder une station de radio ?
— Le père de sa femme...
— Et qui te propose une émission rien que pour toi ? continua-t-il sans s'intéresser à mes explications. Comme ça ? De but en blanc ?
— Plus ou moins, concédai-je.
— Et quoi d'autre encore ?
— Quoi ?
— Pourquoi te propose-t-il une émission ? Tu n'as aucune expérience. Il ne t'a pas vue depuis trente ans. Qu'est-ce qu'il cherche réellement, Kate ?
— Je trouve tes soupçons très désobligeants, dis-je, parvenant à paraître réellement indignée.
— Je ne suis pas idiot.
— Alors arrête de faire l'imbécile.

Ma voix tremblait, mais je ne savais pas si c'était de culpabilité ou d'indignation. Était-ce si facile de lire dans mes pensées ? Et envisager une liaison était-ce aussi grave que d'en avoir une ? Peut-être méritais-je d'aller rejoindre Colin Friendly à la prison de Starke.

Larry démarra et nous partîmes en direction de la maison sans dire un mot. Je mis la radio, essayant de ne plus penser à rien, de tout oublier dans la musique.

— Voici un vieux tube, entendis-je ma voix crachoter sur les ondes. *Only you* par les Platters. Chers auditeurs, nous attendons vos appels. Et vos questions.

# 19.

C'est à cette époque que je me mis à faire deux rêves qui revinrent m'assaillir régulièrement. Ils étaient très différents l'un de l'autre, mais tout aussi bouleversants.

Dans le premier scénario, je suis à plat ventre, sur la moquette de ma chambre, les mains attachées dans le dos, ma sœur est à cheval sur le creux de mes reins et caracole comme si j'étais un poney, tandis qu'un étranger, sans visage, fouille mes tiroirs et en extirpe un flot ininterrompu de slips et de soutiens-gorge qu'il jette derrière lui.

Dans le second rêve, je marche, seule, le long d'un trottoir ensoleillé, d'un pas plein d'entrain, comme si j'étais plus légère que l'air. J'arrive d'ailleurs à me convaincre qu'il suffirait d'un rien pour que je puisse réellement voler. Et voilà que je commence à battre des bras, le corps penché à quarante-cinq degrés, le menton tendu en avant, fendant l'air, mon cou et mes épaules dans l'alignement, comme si j'allais décoller d'un tremplin. Et, soudain, mes pieds quittent effectivement le sol, je flotte dans les airs, à trente ou quarante centimètres du trottoir, et je bats des bras de plus en plus furieusement, essayant de prendre de la hauteur, d'accroître ma vitesse pour m'envoler dans le ciel. J'y suis presque. « Je vous en prie », me mets-je à pleurer, en sentant le sol se rapprocher sous mes pieds, mais mon vol est avorté et je n'ai plus aucune force.

Ce n'est pas difficile de comprendre la signification de ces rêves : le sentiment de ne plus être maîtresse de ma vie, les forces extérieures qui me terrassent, mon désir de m'évader, d'échapper aux contraintes de ma vie, les allusions détournées à Larry et à Robert, l'allusion moins détournée à ma sœur. Mes rêves sont faciles à deviner, eux aussi, dirait-on.

Ils faisaient partie de ma vie, me visitant chaque nuit à tour de rôle, passant parfois l'un après l'autre, comme dans ces vieux cinémas qui donnaient deux films par séance. Ils interrompaient mon sommeil, me réveillant vers trois heures du matin, et ne me lâchaient plus jusqu'à l'heure du lever. Je sortais de ces rêves ruisselante de transpiration, la peau entre mes seins luisant de sueur, les draps contre moi froids et mouillés. Je ne savais plus ce que c'était qu'une bonne nuit de sommeil.

Il est à noter que c'est, bizarrement, à cette époque que Larry et moi avons recommencé à faire l'amour. Je m'étais réveillée une nuit en sueur et hors d'haleine d'avoir essayé de voler, et je le vis assis à côté de moi. Mon agitation l'avait réveillé, me dit-il. Comme je m'excusais, il me répondit que ce n'était pas grave. Je lui souris, reconnaissante, et lui dis que je l'aimais. Il me prit alors dans ses bras, me dit qu'il m'aimait lui aussi et qu'il était désolé de sa part de responsabilité dans notre brouille ; je m'excusai moi aussi du rôle que j'avais joué. Et nous fîmes l'amour. Et c'était bon, familier et rassurant. J'espérais que cela allait mettre un terme à mes rêves, mais il n'en fut rien.

Notre subconscient, visiblement, n'est pas aussi facile à berner que notre conscient. En fait, ce n'était pas une relation agréable, familière et rassurante que je désirais. J'avais envie de connaître des rapports sexuels déchaînés, nouveaux et excitants. Une de ces passions qui vous transportent, qui vous font croire que tout est possible, une de ces passions qui peuvent vous sauver la vie. Ou la détruire.

C'était Robert que je voulais.

*Ne couche pas avec ce type*, entendais-je Larry me dire, alors que, tous les jours, je couchais avec lui par la pensée. Robert était partout autour de moi, sa voix dans mon oreille, me disant ce que je devais dire, ses yeux derrière les miens, me montrant où regarder, ses mains sur mes seins, dictant les battements de mon cœur. Je faisais l'amour avec mon mari, mais c'était Robert qui dormait en moi toutes les nuits, qui guidait mes mains lorsque je me douchais le matin, et si j'essayais de me frotter énergiquement pour me débarrasser de lui, ce qui m'arrivait très rarement, il refusait de me lâcher, se collant à mon corps, comme du savon qu'on ne parvient pas à rincer.

Quant à Robert lui-même, heureusement, il n'était pas en ville. Il était parti à un congrès des médias à Las Vegas, et devait se rendre ensuite, à contrecœur, à je ne sais quelle croisière organisée par une des œuvres de charité patronnées par sa femme. Il serait absent trois semaines, m'avait-il dit au téléphone avant de s'en aller. Il m'appellerait dès son retour. Et, d'ici là, j'aurais retrouvé mes esprits, me plaisais-je à espérer.

J'en attendais autant de la part de Jo Lynn qui, au mois de janvier, se rendit à Starke toutes les semaines. Elle partait en voiture le vendredi, descendait à un motel non loin du pénitencier, passait les six heures imparties avec son « fiancé » le samedi, avant de refaire les cinq heures de route dans l'autre sens. Elle ne cessait de critiquer la prison d'État. Quel mal pouvait-il y avoir à laisser les détenus recevoir des visites le samedi et le dimanche ? demandait-elle avec indignation. Pourquoi forçait-on les visiteurs à choisir entre les deux jours ? Et, question punition cruelle et bizarre, savions-nous que l'État de Floride ne permettait pas les visites conjugales ? Ce qui n'allait pas l'empêcher de poursuivre ses projets de mariage, précisa-t-elle.

C'est probablement cette obstination aveugle et bornée qui m'a poussée à l'action, bien que je ne sache pas ce que j'allais faire ni à quoi j'espérais aboutir. Un après-midi, je pris le téléphone, composai le 411 et attendis que la voix enregistrée me réponde.

— Southern Bell, m'annonça la voix enjouée. Quelle ville demandez-vous ?

— Brooksville, m'entendis-je répondre.

— Quel nom ?

— Ketchum, répondis-je, épelant le nom de la voisine de Colin Friendly, celle qui avait voulu l'aider, celle qui lui aurait appris que les femmes n'étaient pas toutes comme sa mère. Rita Ketchum.

Pourquoi voulais-je lui parler ? À quoi cela allait-il m'avancer ?

Quelques secondes plus tard, une voix humaine prit le relais du message enregistré.

— Je ne vois aucune Rita Ketchum, me dit la préposée d'une voix beaucoup moins chaleureuse que l'enregistrement qu'elle avait remplacé. Connaissez-vous l'adresse ?

— Non, mais est-ce que Brooksville est très grand ? Il ne doit pas y avoir beaucoup de Ketchum.

— J'ai un Thomas Ketchum sur Clifford Road.

— Parfait, lui dis-je.

La voix enregistrée revint afin de me donner le numéro de téléphone et me proposa de le composer directement pour un montant dérisoire. J'acceptai, n'osant faire confiance à mes doigts.

Le téléphone sonna une fois, deux fois. Si c'était le bon numéro, qu'allais-je dire à Rita Ketchum ? « Bonjour, j'ai cru comprendre que vous avez enseigné à Colin Friendly tout ce qu'il sait sur l'amour ? »

On décrocha à la quatrième sonnerie.

— Allô, dit une voix de jeune femme, les pleurs d'un bébé dans le fond.

— Vous êtes Rita Ketchum ?

— Qui est à l'appareil ? demanda-t-elle sur un ton brusquement réservé.

— Je m'appelle Kate Sinclair. Je vous appelle de Palm Beach. Je voudrais parler à Rita Ketchum.

En dehors du bébé qui continuait à pleurer, ce fut le silence.

— Allô ? Vous êtes toujours là ?

— Ma belle-mère n'est pas là. Puis-je me permettre de vous demander pourquoi vous voulez lui parler ?

— Je voudrais lui poser quelques questions, lui dis-je, de plus en plus embarrassée.

— Vous êtes de la police ?

— Non, non.

— Quelle sorte de questions voulez-vous lui poser ?

— Je préférerais en parler directement avec Mme Ketchum.

— J'ai bien peur que ce soit impossible.

— Pourquoi ?

— Parce qu'il y a presque douze ans que personne ne l'a vue et que nous sommes sans nouvelles d'elle.

Dans le fond, le bébé se mit à hurler.

— Elle a disparu ?

— Cela fera douze ans en mai. Écoutez, je suis obligée de vous quitter. Si vous voulez rappeler dans la soirée, vous pourrez parler à mon mari.

— Merci, répondis-je, trop abasourdie pour dire autre chose. C'est inutile.

— Qu'est-ce que tu racontes ? s'écria Jo Lynn quelques minutes plus tard au téléphone. Une bonne femme s'est enfuie de chez elle et tu voudrais que Colin y soit pour quelque chose ?

— Pour l'amour du ciel, Jo Lynn, qu'est-ce qu'il faut faire pour que tu comprennes ? demandai-je, hors de moi. Bien sûr qu'il y est pour quelque chose.

— Colin n'aurait jamais pu faire de mal à Mme Ketchum. Il l'aimait.

— Cet homme est incapable d'aimer. Il ne fait aucune distinction entre les sentiments, entre les gens. S'il a pu tuer la seule femme qui ait voulu l'aider, qu'est-ce qui te fait croire qu'il agira différemment avec toi ?

Pour toute réponse, elle raccrocha. Je laissai tomber mon visage entre mes mains et fondis en larmes.

Le 5 février, je conduisis ma mère chez le médecin comme prévu. Le cabinet du Dr Caffery, situé sur Brazilian Avenue, dans le centre de Palm Beach, était composé d'une série de petites salles d'examen qui donnaient sur une grande pièce. L'ensemble était décoré dans divers tons de rose. Comme des entrailles, songeai-je tout en guidant ma mère vers la réception.

— Bonjour, je suis Kate Sinclair, annonçai-je. Voici ma mère, Helen Latimer.

— Bonjour, ma chérie, dit ma mère à la réceptionniste qui devait avoir dans les vingt-cinq ans, avec des cheveux noirs coupés court et une demi-douzaine d'anneaux et de clous en or plantés dans chaque oreille. Sa plaque indiquait qu'elle s'appelait Becky Solokoff.

— Nous avons rendez-vous, précisai-je.

— Êtes-vous déjà venues ? demanda Becky.

— Non, c'est notre première visite.

— Vous allez devoir remplir tous ces formulaires, dit-elle en poussant plusieurs feuilles sur son bureau de bois blond. Vous devriez vous asseoir. Le docteur a pris un peu de retard sur son emploi du temps.

Je pris les formulaires et guidai ma mère vers une rangée de sièges rose vif disposés le long d'un mur rose pâle. Il y avait déjà plusieurs femmes qui attendaient, l'une d'entre elles leva les yeux de son magazine et nous adressa un petit sourire las, laissant entendre que le médecin était vraiment en retard.

— Tu veux une revue, maman ?

Sans attendre sa réponse, je pris deux ou trois journaux sur la table basse située au centre de la pièce et les posai sur ses genoux.

Ma mère croisa aussitôt ses mains sur eux, comme un presse-papiers, ne faisant aucun geste pour les ouvrir. Je la regardai quelques instants, et en conclus qu'elle avait l'air en pleine forme. Elle avait le teint frais, ses yeux sombres étaient brillants, ses cheveux gris bien coiffés. Elle semblait d'humeur charmante. On ne complotait pas dans son dos, elle n'était pas suivie, tout allait « délicieusement bien », m'avait-elle annoncé pendant notre trajet, avant de sombrer dans le silence, n'en sortant que pour me demander comment allaient les filles, une question qu'elle me réitéra au moins cinq fois.

— Maman, tu ne veux pas lire un magazine ? demandai-je en prenant sous ses mains le dernier numéro de *Elle*, pour l'ouvrir à une page couverte d'un étonnant assortiment de seins de toutes formes et de toutes tailles.

— Eh ben, dis donc ! avons-nous alors laissé échapper à l'unisson.

Je passai aussitôt à une nouvelle page. Encore des seins. Plus ou moins découverts, certains nus, carrément. Et d'autres encore, au fil des pages : un sein par-ci, un sein par-là, des seins partout, fredonnai-je intérieurement, en feuilletant rapidement le magazine. En quantité apparemment infinie.

C'est ce que porte la femme élégante, me dis-je en reportant mon attention sur les formulaires que la réceptionniste m'avait remis, commençant à remplir les cases. Nom, adresse, numéro de téléphone, lieu et date de naissance.

— Maman, en quelle année es-tu née ? lui demandai-je sans réfléchir, le regrettant aussitôt : elle avait du mal à se souvenir de ce qu'elle avait pris au petit déjeuner, comment pourrait-elle se rappeler l'année de sa naissance ?

— Le 18 mai 1921, me répondit-elle sans hésiter.

Je me sentis étrangement contente qu'elle s'en souvienne. Elle n'était peut-être pas si atteinte, en fin de compte, me dis-je, alors que je savais pertinemment que les personnes souffrant de la maladie d'Alzheimer n'ont souvent aucun mal à se remémorer des détails infimes très anciens. C'était leur mémoire des événements récents qui les abandonnait. Je tentai une autre question, en me disant qu'on accordait beaucoup trop d'importance à la mémoire récente.

— Es-tu allergique à certains médicaments ?

— Non, mais je suis allergique au sparadrap.

— Au sparadrap ?

Elle se pencha vers moi, comme pour me dévoiler une chose hautement confidentielle.

— Nous nous en sommes aperçus seulement quand j'ai eu ma césarienne pour Jo Lynn, dit-elle en riant. Les médecins m'avaient mis du sparadrap sur le ventre pour maintenir les points de suture et, bien sûr, personne ne s'en est inquiété jusqu'au jour où j'ai commencé à avoir d'horribles démangeaisons et qu'ils ont enlevé les pansements pour s'apercevoir que j'avais l'estomac couvert de rougeurs. Oh ! c'était terrible ! J'ai cru mourir tellement ça me démangeait. Et les médecins n'ont pas pu faire grand-chose, à part me tartiner de cortisone. Il a fallu des mois avant que ces rougeurs disparaissent. Entre mon énorme cicatrice et mes rougeurs, j'étais affreuse. Ça ne plaisait pas du tout à ton père.

Il y avait des mois que ma mère n'avait parlé autant, et je ne pus m'empêcher de sourire, en dépit de l'allusion à mon beau-père.

— Tu penses souvent à lui ? m'entendis-je demander.

— J'y pense tout le temps, me répondit-elle, ce qui me surprit sans que je sache pourquoi.

Elle avait été mariée treize ans à cet homme, elle en avait eu un enfant, il l'avait régulièrement rouée de coups, pourquoi lui accordait-elle encore la moindre pensée ? Mais, moi, n'avais-je pas gardé le souvenir de Robert toutes ces années ?

— Il était tellement beau, continua-t-elle. Il était grand, il avait de l'allure et était très drôle. Tu as hérité de son sens de l'humour, Kate.

C'est alors que je compris qu'elle parlait de mon père et non de celui de Jo Lynn.

— Parle-moi de lui, dis-je, moins pour juger de sa mémoire que mue par le désir soudain d'entendre parler de lui, comme une petite fille impatiente d'avoir des nouvelles de son beau et courageux papa, parti se battre dans de lointaines contrées.

— Nous nous sommes rencontrés à la fin de la deuxième guerre, me dit-elle, reprenant une histoire que j'avais maintes fois entendue. Mon père lui a donné un emploi dans son usine textile, et Martin est devenu contremaître. Il était tellement intelligent et ambitieux qu'il l'aurait été même s'il n'avait pas épousé la fille du patron. (Son regard se voila brusquement.) Mais mon père a perdu son affaire, mes parents ont dû vendre leur maison et ma mère ne lui a jamais pardonné. Tu te souviens de ta grand-mère ?

L'image d'une vieille femme lourdement bâtie aux cheveux filasse et aux fortes chevilles se dessina à mon esprit. Je n'avais que cinq ans à sa mort.

— Vaguement.

— C'était une femme très forte, ta grand-mère. Le gris n'existait pas dans son monde. C'était noir ou blanc. C'était bien ou mal. Et comme on fait son lit on se couche.

— Cela n'a pas dû être facile pour toi, entendis-je répondre la psychothérapeute en moi.

— On a appris. Si on fait une bêtise, il faut en accepter les conséquences. On ne peut pas faire sa valise et prendre la fuite.

— C'est pour ça que tu es restée avec mon beau-père même quand il s'est mis à te battre ?

Certes, ma question était un peu trop simpliste, mais je n'avais pu m'empêcher de la poser.

— Ton père ne m'a jamais touchée.

— Mon beau-père, répétai-je.

— Ton père était un homme merveilleux. Il était contremaître à l'usine textile de mon père et, lorsque papa a perdu son affaire, ton père est allé travailler chez General Motors le jour, et il a suivi des cours de droit le soir. Il avait toujours voulu être avocat. N'est-ce pas étonnant ? Nous n'avons jamais eu de juriste dans la famille. Malheureusement, il est mort avant d'avoir fini ses études.

Elle sourit d'un air triste à la réceptionniste.

— Cela ne devrait plus être long, nous dit automatiquement Becky Solokoff.

— Nous finissions de dîner, continua ma mère tandis que je revoyais la scène en esprit. Tu étais dans ta chambre, tu te préparais à te coucher. Ton père et moi étions encore à table, nous mangions tranquillement notre dessert. C'était si rare, vois-tu, que nous passions toute une soirée ensemble, alors nous prenions notre temps, on parlait et on riait. Ton père s'est levé pour se servir un verre de lait et, brusquement, il m'a dit qu'il sentait venir une sacrée migraine. Il a dit exactement : « Je sens que je vais avoir une sacrée migraine. » Je m'en souviens, car ce n'était pas son genre d'employer un mot comme « sacré ». Et j'étais sur le point de lui dire de prendre de l'aspirine, bien qu'il n'aime pas les médicaments, mais je n'en ai pas eu le temps. Il s'est levé, a fait deux pas et s'est écroulé.

Je ne dis rien, la regardant cligner les paupières comme si elle regardait de vieilles actualités.

— Tu sais ce que j'ai fait ? J'ai éclaté de rire ! dit-elle sans attendre de réponse.

— Tu as ri ?

— J'ai cru que c'était une farce. Même après avoir appelé l'ambulance, même pendant son transport à l'hôpital, j'attendais qu'il rouvre les yeux. Mais en vain. Le médecin m'a dit après qu'il était mort avant même de toucher le sol.

Je me penchai vers elle pour la serrer contre moi, et je sentis alors ses os sous le coton de sa robe bleue. Depuis quand était-elle si frêle ? me demandai-je, tandis que son corps s'abandonnait à mon étreinte. Et combien de temps avant que ces souvenirs, encore si vivaces, finissent par s'estomper et disparaître ?

*Et le passé sera enterré ?* s'était exclamée Jo Lynn, dans la galerie marchande, la veille de Noël. *Elle ne s'en souvient plus, alors autant que je fasse comme si rien ne s'était passé ! C'est ça que tu veux dire ?*

Mais que s'était-il passé ?

*Alors elle s'en tire à bon compte.*

Mais de quoi ? me demandai-je. La question n'avait cessé de me hanter depuis cet après-midi-là.

— Maman, commençai-je.

— Oui, ma chérie.

— Est-ce que je peux te demander quelque chose ?

— Tout ce que tu veux, ma chérie.

J'hésitai, ne sachant comment formuler ma question, décidant finalement que l'approche la plus directe serait la meilleure.

— Que s'est-il passé entre Jo Lynn et toi ?

— Il est arrivé quelque chose à Jo Lynn ?

— Non, elle va bien.

— Oh ! tu m'as fait peur !

— Qu'est-ce qui s'est passé entre vous autrefois ?

— Je ne comprends pas.

Ma mère jeta des regards nerveux autour d'elle, visiblement angoissée.

— Vous ne vous êtes jamais très bien entendues toutes les deux, essayai-je encore.

— C'était une petite fille tellement têtue. On ne pouvait jamais rien lui dire.

— Parle-moi d'elle.

— Mieux vaut ne pas me lancer sur ce sujet, dit ma mère en éclatant de rire, la peur disparaissant de ses yeux aussi vite qu'elle était apparue.

— Elle est née par césarienne, continuai-je néanmoins.

— C'est vrai, dit ma mère d'un air songeur. Ce fut terrible après sa naissance parce que j'ai fait une allergie au sparadrap.

— Et elle était têtue et tu ne pouvais jamais rien lui dire...

— Elle savait ce qu'elle voulait, ça, c'est sûr. Je n'arrivais pas à lui faire mettre de robe. Je voulais lui faire porter toutes les jolies choses que tu aimais, mais elle les déchirait, elle n'en voulait pas. Non, elle ne voulait porter que des pantalons. Qu'est-ce qu'elle était difficile ! Rien à voir avec toi. Tu étais si gentille. Tu aimais tes petites robes, pas notre Joanna Linda. Non, il fallait que ce soit elle qui porte le pantalon dans notre famille. C'est ce que ton père n'arrêtait pas de dire, ajouta-t-elle en riant.

— Mon beau-père, précisai-je.

— Jo Lynn trouvait toujours grâce à ses yeux. Il lui pardonnait tout. Il se mettait en quatre pour satisfaire le moindre de ses caprices. Il l'a pourrie. Il prenait toujours sa défense dans les discussions. Et quand je l'ai quitté, elle ne s'en est jamais remise, dit-elle en secouant la tête. Je sais qu'elle me tient pour responsable de sa mort.

— Il est mort d'un cancer du pancréas. Elle sait bien que tu n'y es pour rien.

— Tout est toujours ma faute avec elle.

Je tournai les yeux vers la réceptionniste, puis vers les deux femmes assises en face de nous.

— Que te reproche-t-elle d'autre ? demandai-je.

Ma mère sourit sans rien dire et ramena son regard sur les poitrines nues étalées sur les pages de *Elle*.

— Eh ben, dis donc ! s'écria-t-elle.

— Elle t'a dit ça ? hurla Jo Lynn au téléphone plus tard dans l'après-midi.

— Elle dit que tu l'accuses de sa mort.

— Ça ne m'étonne pas d'elle.

— C'est vrai ?

— Il est mort d'un cancer.
— Là n'est pas la question.
— C'est sans intérêt. Cette conversation ne mène à rien, de toute façon. Qu'a dit le médecin ?
— Pas grand-chose. Elle va passer toute une série d'examens. Il semblerait que l'on identifie la maladie d'Alzheimer surtout par élimination.
— Quel genre de tests ?
— Électrocardiogramme, scanner, IRM, mammographie.
— Une mammographie ? En quel honneur ?
— Le Dr Caffery pense qu'il faut faire un check-up complet. Elle veut que j'en passe une moi aussi.
— Toi ? Pourquoi ? Tu ne vas pas bien ?
— Elle se demande si je ne serais pas en préménopause, avouai-je.
— Quoi ?
— Cela n'a rien de grave, mentis-je.
— Bon, alors, est-ce que tu viens à Starke, avec moi, ce week-end ?
La question semblait bien anodine présentée ainsi, comme si nous en parlions depuis quelque temps et que nous mettions les derniers détails au point.
— Tu plaisantes, répondis-je.
— Je pensais que ça pourrait être intéressant pour toi.
— Pas question.
Il y eut un silence embarrassé.
— Par contre, tu pourrais peut-être me rendre un service, dis-je, me surprenant moi-même.
Elle attendit sans rien dire. Je la sentis presque se raidir.
— Tu pourrais demander à ton petit copain ce qu'il a fait de Rita Ketchum ?
Il y eut un nouveau silence, vibrant de colère contenue cette fois-ci.
— Tu sais quoi ? dit Jo Lynn d'un ton glacial et tranchant comme des éclats de verre. Si tu as des questions à poser à mon fiancé, va donc l'interroger toi-même.

# 20.

Cela explique peut-être ce que je faisais, assise à côté de ma sœur qui roulait à toute allure au volant de sa vieille Toyota rouge, sur le Florida Turnpike, en direction de la prison de Starke, le vendredi soir suivant.

— Tu ne crois pas que tu devrais ralentir un peu ? demandai-je en me tortillant sur mon siège, les yeux scrutant l'obscurité à la recherche de policiers embusqués sur le bord de l'autoroute. Je crois savoir que cette route est très surveillée.

— On ne m'a jamais arrêtée, me répondit Jo Lynn d'un ton assuré comme si elle était invincible. Et puis je ne roule pas si vite que ça.

— Tu fais presque du cent trente.

— Tu trouves ça vite ?

— Je pense que tu devrais ralentir.

— Je pense que tu devrais te détendre. C'est moi qui conduis, non ?

Elle lâcha le volant, fit craquer ses phalanges et s'étira.

— Repose les mains sur le volant.

— Je t'en prie, calme-toi. Tu me rends tellement nerveuse que je vais finir par avoir un accident.

— Écoute, ça va faire trois heures que tu conduis, tentai-je encore, en voyant l'aiguille du compteur qui continuait à grimper inexorablement. Tu pourrais me passer le volant, non ?

Elle haussa les épaules.

— Pourquoi pas. Je te le laisserai quand on s'arrêtera pour prendre de l'essence.

Je regardai par le pare-brise la série de panneaux qui se détachaient sur le ciel d'un bleu d'encre, et qui jalonnaient régulièrement la route plate qui s'étalait devant nous. La plupart annonçaient l'approche de Disney World, situé à l'entrée de Kissimmee, à trente-deux kilomètres à l'ouest d'Orlando.

— Tu veux y aller ? demanda Jo Lynn.

— Où donc ?

— À Disney World. On pourrait y passer dimanche.

Je secouai la tête de surprise. Le pénitencier un jour, Disney World le lendemain.

— À moins qu'on n'aille aux Studios Universal. J'ai toujours rêvé d'y aller et ça doit être dans le coin.

— Ça ne me dit rien.

— Et Bush Gardens ? Il paraît que c'est magnifique.

— Nous y sommes allés il y a cinq ans, lui rappelai-je. Tu te souviens ? Tu as fait cette descente en radeau avec les enfants où vous vous êtes tous retrouvés trempés.

— Les rapides du Congo ! s'exclama Jo Lynn. Je m'en souviens. C'est là qu'il y avait tous ces animaux. C'était génial. Si on y allait ?

Elle tourna la tête vers moi et me lança un regard suppliant.

— Garde les yeux sur la route, s'il te plaît.

— Quel trouble-fête ! dit-elle en ramenant son regard sur l'autoroute qui s'étirait interminablement devant nous. Et si on visitait une de ces fermes d'alligators ? Tu sais, celles où il arrive qu'un enfant tombe du pont et se fasse dévorer.

— Tu plaisantes.

— Bien sûr que non. J'adore ce genre de truc.

— Je ne peux pas.
Je vis l'enthousiasme disparaître de son visage, comme un liquide qui se vide d'une paille.
— J'ai promis à Larry de rentrer demain soir.
À vrai dire, je ne lui avais rien promis du tout. En fait, il m'avait plutôt poussée à attendre jusqu'au dimanche pour faire le long trajet de retour. Mais je savais que je n'arriverais jamais à supporter ma sœur aussi longtemps.
— Quel rabat-joie ! dit Jo Lynn avec une moue boudeuse.
— Je suis là, c'est déjà ça !
Elle se mit à ricaner.
— Colin n'a pas la moindre idée de ce qui a pu arriver à Mme Ketchum. Tu verras.
Et Amy Lokash ? demandai-je intérieurement. Et qu'en est-il des dizaines de femmes qui ont disparu après avoir croisé son chemin ?
— Et où se trouve cette prison exactement ?
— Les uns disent que c'est à Raiford, d'autres prétendent que c'est à Starke, expliqua Jo Lynn. C'est entre Gainesville et Jacksonville, dans le comté de Bradford. Nous serons au motel dans deux heures environ.
— Je ne pense pas être déjà allée dans le comté de Bradford.
— Eh bien, c'est l'un des plus petits comtés de l'État, annonça Jo Lynn avec l'assurance d'un guide. Les premiers habitants étaient des fermiers de Caroline du Sud et de Géorgie. On y vit surtout de cultures maraîchères, du tabac, du bois d'abattage et de l'élevage. Les grosses industries privées travaillent surtout dans le textile, les produits dérivés du bois et le sable minéral. La population compte vingt-trois mille âmes, dont quatre mille vivent à Starke, le siège du comté. Raiford est encore plus petit.
— Mon Dieu ! Où as-tu appris tout ça ?
— Tu es impressionnée ?
— Oui.

— Le serais-tu encore si je te disais que je viens de tout inventer ?

— Tu as tout inventé ?

— Non, mais j'aurais bien aimé, finalement, marmonna-t-elle. En fait, c'est le gérant du motel où nous allons qui m'a fourni tous ces renseignements.

— Qu'est-ce que tu sais d'autre ?

— Sur cette région ?

Je hochai la tête, bien plus fascinée par ma sœur que par les informations qu'elle débitait.

— Eh bien, Starke est à quarante kilomètres de l'aéroport le plus proche, qui se trouve à Gainesville, et il y a trois universités dans un rayon de quatre-vingts kilomètres autour du comté, ainsi que trois centres universitaires de premier cycle et deux écoles techniques.

— Sans oublier le pénitencier d'État, ajoutai-je.

— En fait, il y a cinq prisons entre Starke et Raiford, continua-t-elle en prenant un ton blasé. Il y a la centrale de Floride du Nord, pour les prisonniers nouvellement arrivés du Nord, celle de Floride du Centre, celle de Floride du Sud, ainsi que le pénitencier, qui est juste en face de la prison d'État de Floride, de l'autre côté du fleuve. Colin y sera probablement transféré dès qu'il y aura de la place.

— Je croyais qu'il était au quartier des condamnés à mort.

Même de profil, je pus voir l'éclair dans le regard de Jo Lynn.

— Les deux ont un quartier de condamnés à mort, dit-elle lentement entre ses dents crispées. Mais les exécutions n'ont lieu qu'à la prison d'État de Floride. Si Colin devait être exécuté, ce dont je doute fort, il devrait être à nouveau transféré là-bas.

— Où en est son appel ?

La cour suprême de Floride, qui revoyait toutes les condamnations à mort, avait déjà confirmé la sentence de Colin.

— Ses avocats ont fait appel devant la cour suprême des États-Unis.

— Et s'ils refusent d'entendre sa cause ?

— Il y aura alors une audience devant le gouverneur et son cabinet. Si cette audience est refusée et si l'arrêt de mort est signé par le gouverneur, nous adresserons une seconde pétition à la cour suprême de Floride en stipulant qu'il y a de nouvelles preuves versées au dossier.

— Même s'il n'y en a pas ?

— Si cette pétition est rejetée, poursuivit Jo Lynn, ignorant ma question et continuant comme un message enregistré, les avocats de Colin iront alors devant la cour de première instance en faisant valoir que l'accusé n'a pas été jugé équitablement et qu'il devrait l'être à nouveau. S'ils échouent, nous retournerons devant la cour suprême de Floride, une troisième fois, pour requérir un sursis à l'exécution.

— Et si ça ne marche pas ?

— Ne sois pas si optimiste ! rétorqua Jo Lynn qui se redressa et resserra les mains sur le volant. Si ça ne marche pas, nous irons devant la cour fédérale de grande instance, où nous dirons que l'accusé mérite un sursis à exécution ou que la condamnation est injuste. Si cette cour refuse d'intervenir, nous irons alors devant la onzième cour d'appel des États-Unis, à Atlanta, en demandant que l'on arrête l'exécution. Et en cas d'échec, continua-t-elle d'une voix adoucie, il y a le dernier appel devant la cour suprême des États-Unis. Si nous échouons, Colin passera à la chaise électrique. Tu veux que je t'en parle ? me demanda-t-elle sans me laisser le temps de répondre.

« La Floride utilise la chaise électrique depuis 1924. Auparavant, c'était le plus souvent la pendaison. Entre 1924 et 1964, époque pendant laquelle les exécutions furent parfois suspendues, en raison de batailles judiciaires sur leur constitutionnalité, la Floride a fait électrocuter cent quatre-vingt-seize personnes. La plus vieille avait cinquante-neuf ans, la plus jeune seize. Deux tiers étaient des Noirs. Les exécutions ont repris régulièrement en septembre 1977, et aujourd'hui il y a trois cent quarante prisonniers au quartier des condamnés à mort.

« Le bourreau, un citoyen du secteur privé dont l'identité n'est jamais dévoilée, est choisi parmi un certain nombre de volontaires. Il porte un masque lorsqu'il appuie sur le bouton, et il touche la somme royale de cent cinquante dollars par exécution.

« Quant à la chambre de la mort en elle-même, elle est assez sommaire. C'est une pièce de trois mètres sur quatre, meublée uniquement d'un fauteuil en chêne massif fixé sur un tapis de caoutchouc. La chaise est alimentée par un générateur diesel qui délivre vingt ampères sous trois mille volts, mais je ne comprends pas très bien à quoi ça correspond. Enfin, peu importe, car un transformateur, derrière la chaise, transforme ces trois mille volts et vingt ampères en quarante mille watts, ce qui suffit à faire monter la température du corps de la personne assise sur la chaise à cent cinquante degrés.

— Mon Dieu !

— Une fois sur la chaise, le condamné fait face à une paroi de verre derrière laquelle se trouve une petite pièce qui contient vingt-deux sièges, dont douze sont occupés par des témoins officiels choisis par le gouverneur, et le reste par des journalistes. Juste avant l'exécution, le prisonnier est conduit à une salle, dite de préparation, où on lui rase la tête et la jambe droite pour les connexions électriques, exactement comme dans les films. Ce qu'on ne voit pas, c'est qu'on lui mouille la tête avec de l'eau salée pour assurer un bon contact. Bien sûr, quand il est sur la chaise, sa tête est recouverte d'un capuchon en caoutchouc. Il paraît que l'on passe un élastique autour du pénis du condamné et qu'on lui met du coton dans l'anus. Oh ! J'ai oublié de mentionner que derrière la vieille Sparky, ainsi que l'on surnomme affectueusement la chaise, il y a deux téléphones, l'un pour l'établissement, l'autre pour le gouverneur au cas où il changerait d'avis au dernier moment.

— Incroyable, dis-je en essayant de chasser de mon esprit les images très précises qui s'y dessinaient.

— Moins de quatre minutes après son entrée dans la chambre de la mort, le prisonnier est grillé. Son corps est alors glissé dans un sac sombre, prêt à être enterré. Une chose est sûre, on est efficace en Floride.

— Je n'arrive pas à y croire.

— Je n'ai rien inventé.

— Ce n'est pas ce que je voulais dire.

— C'est quoi alors ?

— C'est toi qui me sidères.

— Qu'est-ce que tu veux dire ?

— Ça veut dire que je te trouve stupéfiante. Je n'arrive pas à croire que tu saches tout ça.

Jo Lynn haussa les épaules.

— J'ai fait un peu de lecture, c'est tout. Je sais lire, tu sais.

— Mais tu te souviens absolument de tout. C'est ça qui est incroyable.

— Pourquoi ? J'ai une mémoire photographique. Ça n'a rien d'extraordinaire. Et puis c'est normal que ça m'intéresse, non ?

— Tu n'as jamais pensé reprendre des études, pour devenir avocate ? dis-je en même temps que l'idée me venait à l'esprit.

— Tu plaisantes ?

— Non, je suis sérieuse, répondis-je, de plus en plus séduite par mon idée. Je crois que tu ferais une avocate exceptionnelle. Tu es géniale. Tu peux mémoriser toutes sortes de faits et de chiffres. Et Dieu sait si tu es douée pour argumenter. Je pense que tu n'aurais aucun mal à convaincre un jury.

— Je me suis fait renvoyer de l'université, tu t'en souviens ?

— Parce que tu ne fichais rien. Tu pourrais y retourner et passer ton diplôme.

— Les diplômes ne sont pas tout.

— Non, bien sûr, approuvai-je aussitôt. Mais tu es faite pour ça. Tu aurais dû t'entendre. Sérieusement, tu étais excellente. Je parie que tu ferais un tabac. Tu pourrais reprendre tes études, passer tes diplômes de droit, et ensuite défendre Colin toi-même. Si quelqu'un peut lui éviter la chaise électrique, c'est bien toi.

Ma sœur, l'avocate, me dis-je. Mon beau-frère, le tueur en série.

Un petit sourire se dessina sur les lèvres de Jo Lynn.

— Je me verrais bien en avocate.

— Tu serais géniale.

Elle prit une profonde inspiration, garda le sourire quelques instants, puis redevint brusquement sérieuse.

— Non, laissa-t-elle tomber, c'est trop tard.

— Non, protestai-je, tout en sachant que ça l'était. Nous allons nous renseigner quand nous rentrerons à la maison pour savoir ce qu'il faut que tu fasses et combien ça peut coûter. Larry et moi pourrions te prêter l'argent. Tu nous rembourseras dès que tu feras fortune.

Ma sœur, faire fortune ? Je m'aventurais vraiment au royaume de l'imaginaire, me dis-je intérieurement.

— Je suis sûre que maman me donnera l'argent, déclara Jo Lynn.

Je retins mon souffle. Elle m'avait fait promettre de ne pas parler de notre mère de tout le voyage et j'avais acquiescé à contrecœur. Et maintenant, c'était elle qui mettait le sujet sur le tapis. Me tendait-elle la perche ?

— Je pense qu'elle en sera ravie.

— Elle me doit bien ça. Oh ! super, voilà une station-service !

Elle se rabattit aussitôt pour prendre la sortie suivante. La station, brillamment éclairée, abritait des pompes à essence et un Burger King.

— Si tu allais nous chercher à manger pendant que je m'occupe du plein, dit Jo Lynn, tandis que nous ouvrions les portes pour descendre de la voiture.

— Oh ! ça fait du bien ! soupirai-je en m'étirant.

— Espèce d'abruti ! cria une voix féminine, et un instant je crus que c'était Jo Lynn qui s'en prenait à moi.

Mais en regardant de l'autre côté de la voiture en direction de Jo Lynn, je vis que son attention était fixée sur un jeune couple, debout près d'une voiture arrêtée devant la pompe à côté, une Firebird bleue aussi abîmée que les bras de la fille.

Celle-ci devait avoir seize ans au grand maximum, et son petit copain ne devait être guère plus âgé. Ils avaient tous les deux le teint pâle, les cheveux blonds et ils étaient d'une maigreur à faire peur, mais le garçon avait des bras musclés avec des veines qui ressortaient comme s'il faisait de l'haltérophilie. Il avait le visage rouge de colère, les poings crispés sur ses hanches.

— Qui tu as traité d'abruti ? fulmina-t-il.

— À ton avis ? le défia la fille, peut-être enhardie parce qu'elle savait que nous la regardions.

— J'veux pas entendre ce genre de conneries dans ta bouche, dit le garçon en ouvrant sa portière. Monte dans la bagnole. On se casse.

— Non.

— Tu veux que j'te laisse là ? C'est ça qu'tu veux ? Je vais le faire, tu sais. Je vais me casser et te planter là.

Je me demandais si je pouvais faire ou dire quelque chose qui puisse arranger les choses, lorsque ma sœur arriva derrière moi et me glissa à l'oreille :

— Reste en dehors de ça.

— Nous devrions peut-être appeler la police.

— Nous ferions mieux de nous mêler de nos affaires, répliqua-t-elle en ramenant mon attention vers le Burger King. Je prendrai un cheeseburger, une grande part de frites et un grand Coca.

J'allai aux toilettes et, en m'aspergeant le visage d'eau fraîche, je contemplai dans le miroir mes traits tirés et remarquai les poches sous les yeux.

— Je deviens une vieille bique, marmonnai-je.

Il y avait la queue au Burger King et il me fallut attendre presque dix minutes avant d'être servie.

— Qu'est-ce qui t'a retenue ? me demanda Jo Lynn lorsque je lui tendis son cheeseburger, ses frites et son Coca.

Elle s'installa sur le siège du passager et je fis le tour de la voiture pour aller me mettre au volant. Il me sembla voir les mèches de cheveux blond filasse sur le siège arrière, mais mon subconscient refusa de l'enregistrer jusqu'à ce que je sois à mi-chemin de la sortie.

— Où est ton repas ? demanda Jo Lynn en déballant le sien.

— Je n'ai rien pris.

— Tu en veux ?

Je secouai la tête.

— Je n'ai pas faim.

— Ce n'est pas à toi que je m'adressais, dit-elle, et je poussai un cri lorsqu'une main maigre se tendit depuis le siège arrière.

Me retournant d'un bond, je vis la fille aux bras couverts de bleus qui me regardait, ses yeux vert pâle écarquillés de peur.

— Pour l'amour du ciel, regarde où tu vas, me gronda Jo Lynn avec un petit sourire malicieux. Tu veux nous tuer ?

J'agrippai le volant de toutes mes forces, plus pour me retenir d'étrangler ma sœur que par souci de sécurité. Ne m'avait-elle pas dit, quelques instants plus tôt, de me mêler de mes affaires ? Pourquoi était-elle allée inviter cette étrangère dans notre voiture ? Ne savait-elle pas combien c'était dangereux de prendre des autostoppeurs ?

— C'est Patsy, dit ma sœur en guise de présentations. Patsy, voici Kate, ma sœur.

— Bonjour, Kate, dit la fille, qui mordit à pleines dents dans le hamburger de ma sœur, but une bonne rasade de Coca, avant de lui rendre le tout. Merci de me prendre en stop.

— Où doit-on te conduire exactement ? réussis-je à demander, ne pouvant retenir une grimace lorsque je vis ma sœur aspirer à la paille avec laquelle la jeune inconnue venait de boire.

— N'importe où, grommela Patsy d'une voix sourde. Ça n'a pas d'importance.

— Le petit copain de Patsy est parti sans elle, expliqua Jo Lynn.

— Quel salaud ! dit Patsy.

— Où habites-tu ? demandai-je.

Elle haussa les épaules.

— J'sais pas. Nulle part, en fait.

Cette réponse était tout sauf satisfaisante.

— D'où viens-tu ?

— De Fort Worth.

— De Fort Worth au Texas ?

— Ça fait un bon bout de chemin, dit ma sœur. On peut lui décerner une médaille.

— Comment es-tu venue jusqu'ici ? demandai-je en essayant de reprendre une voix normale.

— Par la route, répondit-elle d'une voix blasée.

Patsy se pencha et prit des frites dans le paquet que ma sœur lui tendait par-dessus son épaule.

Je regardai dans le rétroviseur, tandis que Patsy se laissait retomber au fond de son siège et enfournait les frites. Puis elle frotta ses bras couverts de bleus et ferma ses yeux lourdement soulignés de crayon noir.

— Avec ton petit ami ? demandai-je en dépit du regard que m'avait lancé ma sœur pour me dire de me taire.

— Ouais, quel abruti ce mec !

— Et tes parents ?

— Kate, ça ne te regarde pas, intervint Jo Lynn.

— Ils savent où tu es ?

— Ils s'en fichent.

— Tu es sûre ?

Patsy se mit à rire, mais d'un rire creux, douloureux presque.

— Je n'ai pas revu mon père depuis toute petite, et ma mère a un nouveau copain et un nouveau bébé. Elle n'a même pas dû remarquer que j'étais partie.

— Depuis combien de temps l'as-tu quittée ?

— Deux semaines.

Je pensai immédiatement à Amy Lokash, et revis sa mère, Donna, brisée par les larmes, le jour de sa première visite à mon cabinet.

— Tu l'as appelée ? Elle sait que tu vas bien ?

Je n'avais pas besoin de regarder Patsy pour voir l'expression de méfiance, de solitude et d'orgueil blessé qui devait se peindre sur ses traits délicats.

— J'l'ai pas appelée.

Ne crois-tu pas que tu devrais le faire ? avais-je envie de crier, mais je me retins sachant que cela ne servirait qu'à la mettre sur la défensive.

— Tu veux le faire ? proposai-je à la place.

Patsy ne dit rien pendant quelques secondes.

— J'sais pas.

Elle appuya sa joue contre la vitre.

— Qu'est-ce qui t'empêche de prendre un téléphone et d'appeler chez toi pour dire à ta mère que tu vas bien ?

— Pour quoi faire ? Elle va se mettre à me gueuler après, et elle va me dire qu'elle avait raison pour Tyler depuis le début.

— C'est ça qui t'arrête ?

— J'veux plus entendre ça.

— Elle avait raison pour Tyler ?

— Oui, dit-elle dans un souffle.

— Alors, tu vas laisser Tyler faire la loi ou quoi ? demandai-je après une courte pause.

— Tyler, c'est le salaud, c'est ça ? s'enquit Jo Lynn, et je la remerciai d'un sourire pour cette aide subtile.

— Peut-être que je vais l'appeler, dit Patsy en se penchant pour reprendre des frites. J'vais réfléchir.

— Tu l'appelles juste pour qu'elle sache que tu vas bien, continuai-je en pensant encore à Donna Lokash, me disant que Patsy aurait pu être sa fille, priant pour qu'Amy ait commis la même folie, et qu'elle soit, elle aussi, en train de parcourir le pays en auto-stop, sans se douter de la peine et de l'angoisse qu'elle causait.

Et qu'elle soit vivante.

Je luttai contre les larmes qui me montèrent soudain aux yeux en découvrant combien nos enfants pouvaient nous devenir étrangers. E.T., téléphone maison, me dis-je.

Nous ne dîmes plus rien pendant quelques minutes. Jo Lynn buvait à grand bruit la fin de son Coca, passant de temps en temps la canette à l'arrière, ainsi que ce qui restait des frites et du hamburger. La voiture était imprégnée de cette odeur d'huile qui s'était infiltrée dans les sièges comme de l'eau dans la terre et qui resta longtemps après la disparition de la dernière miette, me rappelant que je n'avais rien pris depuis le déjeuner et que j'aurais peut-être mieux fait de manger quand l'occasion s'en présentait. Nous n'arriverions pas au motel avant minuit.

— Hé ! dit brusquement Patsy, la main tendue vers un panneau sur le bord de la route. Disney World, c'est la prochaine sortie.

— Nous n'allons pas à Disney World, précisai-je.

— Ben, où vous allez ?

Il ne lui était pas venu à l'esprit qu'il puisse y avoir d'autres possibilités.

— Nous allons à Starke.

— Starke ? Où est-ce ?

— Dans le comté de Bradford, entre Gainesville et Jacksonville, précisa ma sœur.

— Je ne veux pas aller à Starke, dit Patsy d'un ton qui me rappela Sara. Je veux aller à Disney World. C'est là qu'on allait, Tyler et moi, quand on s'est disputés.

— Pourquoi ne viendrais-tu pas plutôt avec nous ? suggérai-je. Tu pourras appeler ta mère du motel...

— J'veux aller à Disney World, insista Patsy. C'est pour ça que je suis venue en Floride. Vous n'avez qu'à vous garer sur le côté pour me laisser descendre. Je pourrai faire le reste en auto-stop.

— Tu ne sais donc pas combien c'est dangereux de faire de l'auto-stop ?

Je me tus. Était-ce bien utile de discuter avec elle, d'essayer de lui faire entendre raison, de la faire changer d'avis ? Je mis mon clignotant et ralentis pour m'arrêter sur le bas-côté.

— Je ne crois pas que ce soit une bonne idée, dit brusquement Jo Lynn. Il y a des tas de cinglés dans le coin qui n'attendent que l'occasion de ramasser une fille toute seule.

Jo Lynn était-elle consciente de l'ironie de ses paroles ? Rien ne le prouvait.

— Tout ira bien, insista Patsy avec l'arrogance de la jeunesse. Merci pour la balade, le repas et tout le reste, dit-elle en ouvrant la portière et en descendant. J'appellerai ma mère dès que j'aurai fait les Pirates des Caraïbes.

— Bonne idée, dis-je en regardant Patsy dans le rétroviseur tandis qu'elle levait le pouce en l'air.

Et je repartis avant de voir quelqu'un s'arrêter pour la prendre.

— Comment as-tu pu la laisser faire une chose pareille ? me demanda ma sœur, hors d'elle, jouant le rôle de mère outragée qui était normalement le mien. Comment as-tu osé la laisser quitter la voiture comme ça ?

— Qu'est-ce que tu voulais faire ? La retenir contre son gré ? Je crois que ça s'appelle du kidnapping.

— Elle est mineure, bon sang ! Comment as-tu pu faire ça ? Tu n'as donc pas peur de ce qui peut lui arriver ?

Je pensai à Amy Lokash, à Sara, à Michelle, à ma mère, et même à Jo Lynn. Toutes les femmes de ma vie passèrent rapidement devant mes yeux, comme les dernières images de quelqu'un qui se noie.

— On ne peut pas sauver tout le monde, répondis-je.

# 21.

Le lendemain matin, nous avions quitté le motel pour la prison à huit heures trente précises. Les horaires de visite étaient entre neuf heures et quinze heures, et Jo Lynn était bien décidée à ne pas manquer une seule minute de ces six heures. La prison n'était qu'à dix-huit kilomètres à l'ouest de Starke sur la nationale 16, mais elle m'avait prévenue qu'il nous faudrait vingt minutes pour passer tous les contrôles de sécurité, ce qui nous obligeait à partir du motel à huit heures trente dernier délai.

Lorsque Jo Lynn me réveilla à sept heures trente ce matin-là, elle était déjà douchée, vêtue de la minijupe blanche et du débardeur qui étaient devenus son uniforme, maquillée, sa chevelure luxuriante tombant sur ses épaules. Je traversai d'un pas chancelant la chambre à la décoration criarde, avec ses épais rideaux rouges et ses dessus-de-lit violets, surprise d'avoir aussi bien dormi. Pour la première fois depuis des mois, j'avais fait une nuit complète, sans cauchemars ni excursion intempestive à la salle de bains. La longue route depuis Palm Beach m'avait-elle épuisée, mentalement et physiquement ? Ou avais-je peur d'ouvrir les yeux devant la journée qui m'attendait ? Je me glissai sous la douche et laissai le jet chaud et bienfaisant m'envelopper.

— Dépêche-toi, me lança Jo Lynn, un peu plus tard, tandis que je remontais la fermeture Éclair de mon pantalon bleu marine. C'est ça que tu vas mettre ? dit-elle en me regardant sortir un chemisier orange de mon sac de voyage.

Et elle éclata de rire.

— Qu'est-ce que tu lui reproches ?

— Rien, c'est parfait dit-elle, en gloussant de plus belle, tandis que je boutonnais mon chemisier.

Je me coiffai en vitesse, et j'allais me mettre un peu de blush et de rouge à lèvres lorsque je décidai que ce n'était pas la peine. Jo Lynn était pressée, et en plus je ne cherchais à impressionner personne.

— Nous nous arrêterons en route pour prendre le petit déjeuner, dit-elle en ramassant la glacière bourrée de fromages et des sandwichs au poulet et à la salade qu'elle avait faits elle-même, parce que c'était le plat préféré de Colin, et elle me poussa dehors.

Nous étions arrivées de nuit, ce qui expliquait sans doute que je n'aie pas remarqué combien le paysage avait changé depuis que nous avions quitté le Florida Turnpike pour prendre la route 301. Je m'aperçus alors seulement qu'au centre de la Floride profonde les cultures maraîchères et les pins squelettiques remplaçaient les orangeraies et les palmeraies majestueuses de la côte sud-ouest.

— Je n'imaginais pas que cette région était si pauvre, dis-je, tandis que nous approchions de la prison, Jo Lynn au volant.

— Ça ressemble au fin fond de la Géorgie, acquiesça Jo Lynn, et je me demandai quand elle avait pu voir le fin fond de la Géorgie.

— Qu'est-ce qu'il fait chaud ! m'exclamai-je en essayant de trouver une station de radio qui émette autre chose que les dernières informations agricoles.

L'air fétide me collait à la peau. J'entendis un rugissement et tournai la tête, m'attendant presque à voir un raz de marée fondre sur nous, lorsque j'aperçus un énorme semi-remorque qui arrivait derrière nous et qui nous doubla, rasant dangereusement notre voiture.

Jo Lynn leva les yeux et fit un signe de la main au conducteur et à son passager, qui étaient tous les deux littéralement pendus à la fenêtre pour mieux voir les cuisses nues de ma sœur.

— J'aime bien leur montrer mes jambes, me confia-t-elle tandis qu'ils disparaissaient.

— Tu crois que c'est une bonne idée ? demandai-je sans attendre, ni vouloir d'ailleurs, de réponse.

La route déboucha sur une large plaine. Du bétail paissait le long de la route, certaines bêtes étaient debout, d'autres couchées.

— Il va peut-être bien pleuvoir, déclara Jo Lynn.

Je regardai le ciel bleu sans nuages, et les miroitements de l'air chaud qui montait du bitume.

— Tu crois ?

— Si les vaches sont toutes debout, ça veut dire qu'il va faire beau. Si elles sont toutes couchées, ça veut dire qu'il va pleuvoir. Si certaines sont couchées et d'autres debout, ça veut dire que le temps est variable.

— C'est encore le directeur du motel qui t'a appris ça ?

— Non, c'est papa.

J'essayai de ne pas paraître surprise par cette intrusion soudaine de mon beau-père dans la conversation.

— Il lui arrivait de m'emmener faire un tour, en voiture, à la campagne, et quand on voyait les vaches dans les prés, exactement comme maintenant, il disait que si les vaches étaient debout il allait faire beau et que si elles étaient couchées, bref, tu connais la suite. Tiens, au fait, ces vaches appartiennent à la prison.

— Et eux, là-bas, ce sont des prisonniers ? demandai-je en apercevant brusquement des hommes qui travaillaient par petits groupes, le long de la route, surveillés par des gardes en uniforme qui portaient des lunettes de soleil et des fusils.

— Nous ne sommes pas au pays du magicien d'Oz, dit Jo Lynn en gloussant de mon embarras.

Et, soudain, la prison apparut devant nous. En fait, il y en avait deux, une de chaque côté de la rivière, ambitieusement baptisée New River, qui séparait les comtés d'Union et de Bradford. Le pénitencier était situé sur la droite, la prison d'État de Floride sur la gauche. Tous deux étaient signalés par de grands panneaux sur des doubles clôtures surmontées de fil de fer barbelé acéré, mais ils se différenciaient par leur couleur ; le pénitencier se composait d'une série de blocs de béton d'un beige indéfinissable, la prison d'État était d'un abominable vert pastel.

Jo Lynn gara la voiture sur le parking indiqué, coupa le moteur et jeta ses clés dans son sac.

— Nous sommes arrivées, déclara-t-elle solennellement, en ouvrant sa porte d'un grand geste. Tout le monde descend !

Je la suivis vers la porte principale. Nous marchions d'un bon pas pour fuir l'attaque des moustiques, sentant peser sur nous le regard des gardiens qui, l'arme à la main, nous observaient depuis leur tour de guet, au-dessus de nos têtes. À notre approche, la porte s'ouvrit et nous entrâmes. Elle se referma aussitôt derrière nous, et je sentis mon estomac se serrer instantanément. Une autre porte s'ouvrit dans un grincement mécanique, nous entraînant plus avant. Nous pénétrons en enfer, me dis-je, tandis que la seconde porte se refermait derrière nous et que je suivais ma sœur le long de l'allée de béton qui conduisait aux doubles portes de la prison proprement dite.

Je ne me souviens pas d'avoir poussé ces portes, ni du moment où j'en ai franchi le large seuil. Je me rappelle seulement notre arrivée dans la petite salle d'attente et le gros employé qui se tenait dans un minuscule box de verre, devant un écran de contrôle couvert de voyants, et qui sourit à Jo Lynn lorsqu'elle se dirigea vers lui d'un pas décidé.

— Salut, Tom, lui dit-elle très à l'aise.
— Salut, Jo Lynn, comment va ?
— Très bien, Tom. Je te présente Kate, ma sœur.
— Salut, toi, dit Tom.
— Salut, toi, répondis-je, stupéfaite de découvrir qu'il y avait des gens qui parlaient vraiment ainsi et de m'entendre m'exprimer de cette manière.
— Tu connais la routine, continua-t-il à l'intention de Jo Lynn.
— Bien sûr, répondit-elle en lui tendant son sac et la glacière.
Tom passa dix minutes à inspecter tout ce que nous avions dans nos sacs. Il commença par la glacière, allant jusqu'à déballer les fromages et à les ouvrir, ainsi que les sandwichs au poulet, pour voir ce qu'il y avait à l'intérieur. Puis il s'intéressa à nos sacs. Il scruta nos permis de conduire comme s'il enregistrait le moindre détail, nous regardant attentivement pour nous comparer à nos photographies, même pour ma sœur qu'il avait pourtant bien reconnue.
— C'est comme ça toutes les semaines, me chuchota Jo Lynn au milieu d'un vacarme de portes qui s'ouvraient et se refermaient.
— Ravi de t'avoir revue, dit Tom à ma sœur en nous conduisant vers la troisième porte blindée et le détecteur de métal. J'ai été enchanté de faire ta connaissance, ajouta-t-il à mon intention.
Nous dûmes nous séparer de nos chaussures, de nos ceintures, de nos clés, de nos lunettes de soleil, de nos stylos et de toute la monnaie que nous pouvions posséder, et, une fois que nous eûmes passé le détecteur de métal, un garde nous fit franchir encore une porte dans un fracas de métal et nous le suivîmes dans un long couloir beige jaunâtre au lino brillant.
— Les prisonniers cirent le sol tous les jours, me confia Jo Lynn.

Quelques marches, encore une porte contrôlée par un garde dans un box de verre, et nous nous retrouvâmes brusquement au cœur de la prison, à l'intersection de quatre couloirs baptisée la Grand-Place, avec sur notre droite, derrière des barreaux qui allaient du sol au plafond, celui qui menait aux cellules des prisonniers.

— C'est là-bas que se trouve la chaise électrique, dit Jo Lynn en m'indiquant une porte fermée tout au bout du grand couloir, derrière les barreaux.

Nous croisâmes quelques prisonniers qui partaient travailler à la blanchisserie de la prison, vêtus de bleus de travail et de chemises fournis par la prison.

— Par ici, dit Jo Lynn, tandis que nous suivions un nouveau garde qui nous entraîna par le couloir principal vers ce qui était baptisé « la salle des visites ».

Mon nez fut assailli par de nombreuses odeurs de cuisine, si intimement mêlées que mon odorat ne put en isoler aucune.

— Les cuisines et le réfectoire se trouvent dans cette aile, m'expliqua Jo Lynn. En fait, la salle des visites est dans l'ancien réfectoire. Tu verras, on dirait une cafétéria de fac.

Elle avait raison. La grande salle, quelconque, contenait une trentaine ou une quarantaine de tables en inox et des chaises. La seule différence avec une cafétéria normale, c'était que les tables et les chaises étaient boulonnées au sol.

— Tu vois le distributeur d'eau froide, là-bas ? me demanda Jo Lynn en m'indiquant le gros appareil dans un coin de la pièce.

Je hochai la tête.

— Regarde-le bien, me conseilla-t-elle.

— Pourquoi ? Est-ce qu'il fait quelque chose de spécial ?

— Attends que les prisonniers arrivent. Tu comprendras.

Elle regarda sa montre et fit un geste vers sa gauche.

— Ils vont les amener d'une minute à l'autre. Je vais aux toilettes, m'annonça-t-elle sans transition. Elle posa la glacière sur une table et partit d'un pas rapide vers les toilettes.

Je regardai autour de moi, en faisant semblant d'étudier les lieux, mais toute mon attention était concentrée, en réalité, sur les autres visiteurs qui attendaient l'arrivée de leurs amis ou de leurs chers et tendres. Nous étions une douzaine environ, deux tiers de femmes pour un tiers d'hommes, plus de Noirs que de Blancs, dans les mêmes proportions. Toutes les femmes jeunes portaient des robes, mais aucune n'avait une tenue aussi provocante que celle de ma sœur. Une vieille femme noire, vêtue de noir de la tête aux pieds, au point qu'il était difficile de distinguer où finissait la peau et où commençait l'étoffe, pleurait doucement contre l'épaule de son mari. Une autre femme, aux lèvres percées d'une série d'anneaux en or et aux bras couverts de tatouages bleus, faisait les cent pas devant la table à côté.

— Ça va ? demandai-je à ma sœur lorsqu'elle revint, le visage un peu rouge.

— Bien sûr.

— Tu es partie si vite que j'ai cru que tu avais un malaise.

Elle écarta mon inquiétude d'un petit geste sec du poignet.

— Je suis juste allée chercher quelque chose.

— Ah bon ?

Elle se glissa sur une chaise, s'appuya des deux coudes sur la table et me fit signe de m'asseoir en face d'elle.

— J'ai apporté un petit cadeau à Colin, dit-elle entre ses dents, tout en surveillant du coin de l'œil le garde, près de la porte.

— Un cadeau ?

— Chut ! Parle moins fort.

— Quel genre de cadeau ?

Des images de revolvers cachés dans des soutiens-gorge et de couteaux dissimulés dans d'énormes pâtisseries dansèrent devant mes yeux, mais c'était absurde, évidemment. Nous avions passé deux détecteurs de métal, et il n'y avait que du fromage et des sandwiches au poulet dans la glacière de Jo Lynn. Et je n'avais remarqué aucun cadeau lorsque Tom avait fouillé son sac.

— Quel genre de cadeau ? demandai-je à nouveau.

Elle glissa une main dans son sac en paille et en sortit quelque chose, en prenant bien soin de ne pas se faire voir du garde. Après s'être assurée que personne ne la regardait, elle ouvrit la main, me montrant un long tube qui contenait une demi-douzaine de cigarettes roulées à la main.

— De la marijuana ?

— Chut ! Tu n'es pas forcée de crier, dit-elle en remettant aussitôt le tube dans son sac.

— Mais tu es complètement folle d'apporter ça ici !

— Tu veux bien parler moins fort et arrêter de te comporter comme une gamine ? Tout le monde le fait.

Je jetai un regard inquiet autour de moi, vers la Noire qui pleurait sur l'épaule de son mari et la fille aux anneaux et aux tatouages qui faisait toujours les cent pas.

— Mais comment as-tu réussi à faire passer ça sous le nez des gardes ? Tom a fouillé nos sacs de fond en comble.

— Je me le suis mis dans la chatte, dit-elle en gloussant. Et ferme la bouche, tu vas gober des mouches.

— Dans le vagin ?

— Dans le vagin, répéta-t-elle, la bouche plissée de dédain. Mon Dieu, Kate ! Qui peut bien employer encore des mots comme vagin, à part toi ?

— Je ne te crois pas.

— Tu serais surprise de savoir tout ce qu'on peut y mettre.

— Mais comment Colin peut-il les rapporter à sa cellule ?

— Crois-moi, il vaut mieux que tu l'ignores.

— Je crois que je vais vomir.

— Tu vomiras plus tard. Les voilà. Fais bien attention au distributeur d'eau fraîche.

Mon regard alla rapidement de la porte au distributeur d'eau pour revenir à la porte où arrivaient une dizaine de prisonniers, escortés de plusieurs gardes, grands, costauds, vaguement menaçants. Les condamnés étaient tous vêtus du même uniforme carcéral à une seule exception : Colin Friendly. Comme moi, il portait un pantalon bleu et un haut orange. Je comprenais maintenant pourquoi Jo Lynn avait éclaté de rire devant ma tenue. Les T-shirts orange étaient l'apanage des condamnés à mort.

Mes doigts remontèrent machinalement vers l'encolure de mon chemisier, tandis que je regardais ma sœur bondir de son siège et courir se pendre au cou du tueur en série qui laissa descendre ses mains dans son dos pour lui peloter les fesses, ses doigts accrochant l'ourlet de sa jupe ultracourte, exposant un bref instant une fesse galbée... et nue. Je compris à cet instant que Jo Lynn, lorsqu'elle s'était débarrassée de sa marchandise de contrebande, en avait également profité pour retirer son slip. Mon Dieu, marmonnai-je, tandis qu'ils interrompaient leurs effusions pour venir vers moi.

Colin me sembla plus grand qu'il ne m'avait paru au tribunal, et aussi plus mince et nettement plus vigoureux. Il devait faire de la musculation, me dis-je en me levant avec effort, les mains résolument plaquées le long du corps, me demandant comment j'allais réagir s'il me tendait la main pour me saluer.

Il n'en fit rien.

— Colin, commença Jo Lynn, pendue à son bras. Je suis ravie de te présenter Kate, ma sœur. Kate, voici Colin, l'amour de ma vie.

— Je suis enchanté de faire votre connaissance, Kate, dit-il très à l'aise. Votre sœur n'arrête pas de parler de vous.

Ou un truc du genre. Franchement, je ne me rappelle plus très bien ce qui s'est dit ce matin-là, au cours des heures passées ensemble dans cette salle des visites. Tout se mélange dans ma mémoire. Je me souviens juste de quelques bribes de notre conversation, un mot bien senti par-ci, une phrase terrifiante par-là, sans plus savoir à quel sujet ces paroles ont été prononcées, ni à quel moment.

— On ne dirait pas que vous êtes sœurs, dit Colin, tandis que nous nous asseyons, Colin à côté de Jo Lynn, main dans la main, malgré le règlement interdisant tout contact.

Les prisonniers n'avaient droit qu'aux embrassades de l'arrivée et du départ, rien entre les deux, mais les trois gardiens présents regardaient ailleurs le plus souvent, laissant s'accomplir toutes sortes d'infractions que j'essayai vaillamment d'ignorer.

— Nous ne sommes pas du même père, lui dis-je.

— Jo Lynn m'a expliqué.

— Tu ne trouves pas qu'il est tout bonnement adorable ? gloussa Jo Lynn en se trémoussant comme une gamine.

Elle se pencha vers lui, son sein effleurant son bras, et écarta une mèche brune qui tombait sur le front de Colin.

Il éclata de rire avec elle.

— Tu es la plus adorable créature que j'aie jamais vue, c'est certain, dit-il sans la moindre gêne, comme si je n'étais pas là, comme s'ils étaient seuls dans la pièce. Tu ne peux pas imaginer ce qu'ils sont jaloux de moi, au quartier des condamnés à mort, de savoir qu'une femme aussi belle et sexy m'attend tous les samedis.

— J'ai mis tes sous-vêtements préférés, roucoula-t-elle, et ma respiration se bloqua lorsque je le vis glisser la main sous la jupe courte, tandis que le sourire gagnait ses yeux d'un bleu glacial.

— J'espère que vous prenez bien soin de votre petite sœur en attendant que je sorte de là, dit-il à mon intention, sans tourner les yeux vers moi.

Je ne répondis rien, me forçant à ne pas le regarder, et je m'aperçus qu'on s'adonnait au même tripotage aux autres tables.

— Faites bien attention qu'elle mange correctement, qu'elle fasse de l'exercice et qu'elle dorme suffisamment.

— Mais ne t'inquiète pas pour ça, protesta Jo Lynn. Tu as déjà bien assez à faire avec tous les tarés qui sont ici.

Il éclata de rire.

— Ouais, on a vraiment de tout. Des sodomisateurs, des pédérastes, des nécrophiles, des tantouses. On a même des mecs qui boivent leur urine et qui bouffent leur merde. Y'en a un qui se l'étale sur lui. Ça, c'est franchement dégueulasse. Celui-là, je l'évite, vous pouvez me croire.

— Colin est dans l'aile R, maintenant, dit Jo Lynn en jetant un bref coup d'œil dans ma direction, mais quand il est arrivé, on l'avait mis dans l'aile Q, là où l'on enferme tous les cinglés. Ses avocats l'ont fait sortir de là vite fait bien fait.

— C'est effrayant comme endroit, opina Colin, tandis que sa main disparaissait un peu plus sous la jupe. Ici, on me fout la paix.

— Colin leur laisse croire qu'il est coupable, expliqua ma sœur.

— Cela me paraît très judicieux, marmonnai-je.

— L'un des avantages du quartier des condamnés à mort, c'est que nous avons des cellules individuelles.

— Vous avez de la chance, dis-je.

Il tourna lentement la tête vers moi, et son regard me transperça, telle une aiguille épinglant un papillon.

— Votre sœur m'avait prévenu que vous aviez un humour assez corrosif. Je vois ce qu'elle voulait dire.

Je ne dis rien, surprise et affligée que ma sœur ait pu lui faire ce genre de confidence à mon sujet.

— Vous ne m'aimez pas, n'est-ce pas ? me demanda-t-il un peu plus tard, et je mis un moment à comprendre qu'il parlait sérieusement.

— Ça vous surprend ?

— Ça me déçoit.

— Vous avez été reconnu coupable de meurtres, lui rappelai-je.

— Il est innocent, dit Jo Lynn.

— Je suis innocent, répéta-t-il, le regard pétillant.

Je hochai la tête sans rien dire.

— Je t'ai apporté un cadeau, annonça Jo Lynn d'une voix chantonnante, un peu plus tard, alors que nous mangions nos sandwichs.

Elle fit un signe de tête en direction de son sac.

— Moi aussi, j'ai quelque chose pour toi, dit Colin en plongeant la main dans la poche de son pantalon.

Jo Lynn poussa des cris de joie en le voyant sortir une poignée de lettres.

— Oh ! génial ! Des lettres de fans ! s'exclama-t-elle en se précipitant sur la première. « Cher Colin, lut-elle à haute voix, tu es le plus bel homme que j'aie jamais vu avec tes yeux saphir et ton visage de dieu grec. » Tiens, « visage », c'est un de tes mots, Kate, rit-elle. Tu ne trouves pas ça génial ? continua-t-elle en ouvrant la suivante. « Cher Colin, ne désespère pas. Si tu accueilles Jésus dans ton cœur, Dieu te pardonnera tes péchés et tes crimes. » Quelle andouille, cette bonne femme ! déclara Jo Lynn. Colin n'a commis aucun crime.

Elle ouvrit une nouvelle lettre et la lut en silence.

— Eh ben, celle-là, je crois que c'est la meilleure ! Écoute ça, Kate. Je parie que tu vas te reconnaître dans celle-ci. « Cher Colin, j'ai cinquante ans, des cheveux bruns, des yeux noisette et mes amis me disent que je suis encore très bien physiquement. (Elle me jeta un regard entendu.) Je sais que je suis mariée à un homme qui m'adore, mais, pour être franche, le seul homme que je désire, c'est toi. Je pense à toi jour et nuit. J'ai envie de te donner le sein, de te bercer dans mes bras et de t'apporter tout l'amour que ta mère t'a refusé. » Qu'est-ce que t'en penses, Kate ?

— Je pense que c'est d'un bébé dont elle a envie, pas d'un homme, répondis-je, l'embarras me rosissant les joues à l'instar du blush que je n'avais pas mis.

Jo Lynn rendit les lettres à Colin.

— Merci de me les avoir montrées, mon chou.

— Tu sais bien que je ne peux rien te cacher, dit Colin.

— Tout ce que je te demande, c'est de ne répondre à aucune de ces cinglées, l'avertit Jo Lynn.

— Tu n'as rien à redouter de moi, ma puce. Tu le sais bien.

— Je sais seulement que je t'aime.

— Je t'aime deux fois plus.

— Regarde ! s'écria tout à coup Jo Lynn en m'indiquant, d'un signe du menton, le distributeur d'eau, à l'autre bout de la pièce.

Je vis un prisonnier se glisser derrière avec sa femme, tandis qu'un autre couple se mettait devant eux, peut-être pour les bloquer ou pour les cacher, à moins que ce ne fût pour attendre leur tour, tout simplement. Au bout de quelques secondes, le distributeur se mit à trembler, tandis que l'eau qu'il contenait se balançait d'un côté à l'autre comme les vagues d'une mer agitée.

— Que se passera-t-il s'ils se font prendre ? demandai-je.

— Tu t'inquiètes trop des conséquences, dit Jo Lynn. Et puis c'est la faute de l'État, ils n'ont qu'à autoriser les visites conjugales.

— Un homme est un homme, quoi ! dit Colin en pinçant la cuisse de ma sœur.

— Vous n'êtes pas...

Je n'allai pas plus loin, préférant, tout compte fait, ne pas savoir.

— ... allés boire un verre d'eau ? continua Jo Lynn pour me taquiner. Non. Pas encore.

— Nous nous réservons pour notre nuit de noces, dit Colin, et ils éclatèrent de rire tous les deux.

Je bondis sur mes pieds, sans bien savoir ce que j'allais faire. Un des gardes se tourna vers moi avec un regard inquisiteur. Je souris et fis semblant de m'étirer avant de me rasseoir.

— Et vous avez fixé une date ?

— Toujours pas. Il y a encore un tas de choses à régler. Les tests sanguins et des conneries du genre. Mais c'est pour bientôt, assura Jo Lynn.

— Un truc aussi simple que le mariage, ils arrivent à en faire toute une histoire, dit Colin en secouant la tête d'un air désabusé. Au fait, tu as demandé à ta sœur ?

— Quoi ?

— D'être ma dame d'honneur, dit Jo Lynn en me lançant un regard plein d'espoir.

J'avalai ma salive avec difficulté et détournai les yeux, luttant contre mes larmes. Elle devait plaisanter, me dis-je, sachant pertinemment qu'il n'en était rien.

— Je ne crois pas que ce serait une bonne idée.

— Prenez le temps d'y réfléchir, me conseilla Colin en plongeant son regard dans le mien. Nous aimerions beaucoup pouvoir compter sur vous.

— Moi, j'aimerais beaucoup savoir ce qui est arrivé à Amy Lokash, rétorquai-je, choquant non seulement ma sœur et son prétendu fiancé, mais moi aussi par la même occasion. J'avais eu l'intention de l'interroger au sujet de Rita Ketchum et non pas sur Amy, mais mon subconscient en avait apparemment décidé autrement.

— Amy L-lokash ? bégaya Colin, pour la première fois de la journée.

Jo Lynn leva les yeux au ciel d'un air écœuré.

— Qu'est-ce que tu cherches à prouver, Kate ? Et qui diable est cette Amy Lokash ?

— Une fille de dix-sept ans qui a disparu l'an dernier. Je pensais que vous sauriez peut-être quelque chose à son sujet.

— C'est ridicule, protesta ma sœur, furieuse. Colin, tu n'as pas à répondre à ses questions idiotes.

Et Jo Lynn bondit de son siège et se dirigea vers les toilettes en tirant sur le bas de sa jupe.

— Avez-vous jamais vu une fille aussi extra ? s'extasia Colin, la suivant du regard jusqu'à ce qu'elle disparaisse.

— Pourquoi ne lui fichez-vous pas la paix ?

— Dites : « s'il vous plaît. »

— Quoi ?

Peut-être avais-je mal entendu.

Il se tourna vers moi.

— Vous m'avez bien entendu. Dites : « s'il vous plaît. » (Un rictus se dessina au coin de ses lèvres.) Vous pouvez même ajouter : « Je vous en supplie. »

Je ne dis rien.

— Si vous voulez que je laisse votre sœur tranquille, il faut faire quelque chose pour moi. Dites : « Je vous en supplie. » Allez, dites-le.

— Allez vous faire foutre !

Il éclata de rire et passa la langue sur sa lèvre supérieure.

— Peut-être bientôt.

Je sentis mon sang se glacer dans mes veines, tandis que me revint le souvenir de mes anciens cauchemars. Mon cœur s'emballa, ses coups désordonnés résonnaient dans ma tête, aussi forts et envahissants qu'un semi-remorque, si bruyants que c'est à peine si j'entendis le son de ma propre voix.

— C'est juste un jeu, pour vous, n'est-ce pas ?

— Je n'aime pas jouer. C'est pour de bon.

— Avez-vous tué Amy Lokash ? demandai-je en faisant un réel effort pour retrouver mon calme.

Colin Friendly se pencha vers moi et posa ses coudes sur la table.

— Une fille mignonne, avec des fossettes et une petite barrette en plastique rouge dans les cheveux ?

Je me retins au rebord de la table dont le contact me parut glacé.

Oh ! mon Dieu ! Je pensai à Donna Lokash, me demandant si j'aurais le courage de lui annoncer la vérité sur ce qui était arrivé à sa fille.

— C'était encore un bébé, pour l'amour du ciel ! Comment avez-vous pu lui faire du mal ?

— Eh bien, vous savez ce qu'on dit, répondit Colin d'une voix traînante. Il n'y a pas d'âge pour mourir.

Il s'arrêta le temps de laisser cette dernière abjection faire son effet.

— Vous connaissez John Prince Park ?

Je secouai la tête, trop abasourdie pour pouvoir faire autre chose.

— Un très joli parc. Juste à l'est de Congress, entre la route de Lake Worth et celle de Lantana. Vous devriez y aller, un de ces quatre. Il y a des barbecues et des tables pour pique-niquer, une piste cyclable et même un terrain de jeux. Un bel endroit, vraiment. Avec une vue superbe du lac Osborne. Vous connaissez le lac Osborne ?

— Non.

— Comme c'est dommage ! C'est un lac assez grand, tout en longueur. Avec deux ou trois petits ponts. C'est superbe. Il y a plein de gens qui pêchent du bord. On peut aussi louer des bateaux. Vous devriez le faire, Kate. Prenez un bateau et allez jusqu'au milieu du lac, là où il est le plus profond.

— Qu'est-ce que vous voulez dire ?

— Ça plaira à vos filles, ajouta-t-il avec un large sourire. Vous en avez une de l'âge d'Amy, non ? Une très jolie fille, si je ne me trompe.

Je retins ma respiration.

— Et une autre un peu plus jeune. Michelle, n'est-ce pas ? Peut-être qu'un jour vous, moi, Sara et Michelle nous pourrions aller tous ensemble y passer un bon moment. Je ne me suis encore jamais fait de partie mère-fille.

— Salaud !

— C'est ce qu'on dit.

— J'espère que vous allez rôtir en enfer.

Il sourit.

— Cela veut-il dire que vous ne viendrez pas au mariage ?

Je ne sais plus très bien ce que j'ai répondu, ni même d'ailleurs si j'ai dit quoi que ce soit. Je n'avais qu'une envie, me jeter sur lui, le frapper pour écraser son horrible rictus, le battre à mort. Je m'enfuis de la pièce, aussi désarmée que ses autres victimes, et regagnai le parking en sanglotant, les insectes bourdonnant autour de mon visage, les mouettes criant au-dessus de ma tête tandis qu'une pluie fine se mettait à tomber. Le temps que Jo Lynn arrive, juste après trois heures, j'étais trempée, mon chemisier orange collé à la peau, les cheveux plaqués sur la tête comme des algues.

— Les vaches avaient raison, dit ma sœur en déverrouillant sa portière.

Aucune de nous n'ouvrit la bouche de tout le long trajet de retour.

# 22.

Quatre jours plus tard, je me trouvais au bord du lac Osborne, à regarder la police qui draguait le fond depuis des petits bateaux à coque plate. Une équipe de plongeurs, en combinaison, avait opéré toute la matinée.

— Qu'est-ce qu'ils cherchent ? me demanda une jeune femme qui venait d'arriver.

— Je ne sais pas, répondis-je avec honnêteté.

Amy Lokash avait disparu depuis plus d'un an, et, si elle avait passé tout ce temps-là au fond du lac, que pouvait-on espérer retrouver ?

À moins que Colin Friendly n'ait lesté le corps ou ne l'ait coulé dans le béton, la dépouille d'Amy aurait dû remonter à la surface au bout de quelques jours. Mais on n'avait découvert aucun corps, m'avait aussitôt assuré la police quand je leur avais rapporté ma conversation avec le tueur.

— Il s'est moqué de vous, m'avait dit l'un des officiers.

Mais ils avaient néanmoins décidé de fouiller l'endroit.

En général, les spectateurs sont tenus à l'écart de ce genre de recherches, mais John Prince Park est un parc immense aux nombreuses voies d'accès. C'était impossible de boucler toute la zone. Et ce n'était pas nécessaire, en fait. On était en février, en milieu de semaine. Il y avait peu de monde : une jeune maman poussant son bambin sur une balançoire et qui n'avait d'yeux que pour lui. Deux hommes qui se promenaient bras dessus, bras dessous, et qui partirent dès qu'ils aperçurent la police. Un homme qui buvait une bouteille cachée dans un sac, déjà trop ivre pour s'inquiéter d'être vu ou pas. Quelques joggeurs qui s'arrêtèrent juste le temps de demander ce qui se passait.

Je ne savais pas très bien ce que je faisais là. J'espérais peut-être qu'on trouverait une preuve concrète que je pourrais montrer à ma sœur avant qu'il ne soit trop tard. Ou qui permette à Donna Lokash de savoir enfin à quoi s'en tenir. À moins que je n'aie décidé de retarder certaines obligations familiales : c'était en effet ce jour-là que je devais passer prendre ma mère pour aller faire nos mammographies.

Vers midi, les plongeurs revinrent à la surface en secouant la tête, bredouilles. La police plia bagage : on n'avait rien remonté en dehors d'un vieux pneu et de quelques chaussures dépareillées. Colin Friendly avait peut-être tué Amy Lokash, mais il n'avait pas jeté son corps dans le lac Osborne. La police avait raison, il s'était fichu de moi.

Une heure plus tard, nue jusqu'à la taille, je regardais d'un œil indifférent la manipulatrice radio m'écraser le sein droit puis le gauche, comme des crêpes, entre deux plaques glacées. Un sourire pour la photo, me dis-je en entendant le bourdonnement de l'énorme appareil à rayons X.

— Très bien. C'est fini, me dit la jeune femme en me libérant le sein tandis que je me remettais à respirer. Retournez vous asseoir en salle d'attente, mais ne vous rhabillez pas avant que j'aie vérifié que les radios sont bonnes.

Je renfilai les manches de la blouse de l'hôpital qui me pendait autour de la taille et regagnai la salle d'attente où ma mère était assise en compagnie de quatre autres femmes, toutes vêtues comme moi, attendant leur tour d'être radiographiées ou la permission de se rhabiller.

— Comment te sens-tu, maman ? demandai-je en me glissant sur le siège à côté d'elle.

J'appuyai ma tête contre le mur et respirai profondément.

Elle me sourit gentiment, le regard dans le vague, tourné vers le poster de Matisse, accroché au mur, en face de nous.

— Délicieusement bien.

Je laissai échapper un long soupir.

— Tu as déjà passé des mammographies, dis-je d'un ton plus affirmatif qu'interrogatif.

— Bien sûr.

— N'hésite pas à prévenir la manipulatrice si elle te fait mal.

— Bien sûr, ma chérie.

— Enfin, ce n'est pas vraiment douloureux.

— Bien sûr que non.

Voilà à quoi se limitaient les conversations avec ma mère à cette époque. Mais c'était déjà plus que nos échanges avec ma sœur depuis notre retour de Raiford. J'avais essayé de lui raconter ce qui s'était passé pendant son absence de la pièce, répétant soigneusement tout ce que Colin avait dit, mais elle l'avait aussitôt farouchement défendu comme je m'y attendais. C'était moi qui l'avais provoqué, et je me complaisais à interpréter de travers tout ce qu'il disait. Je lui avais répondu qu'elle était folle, elle m'avait dit que j'étais jalouse. Nous ne nous étions plus parlé depuis.

La manipulatrice revint, un bloc-notes à la main. Elle était grande et mince, et, avec ses longs cheveux raides et roux attachés en queue de cheval, elle semblait à peine plus âgée que Sara. Je m'aperçus alors que je ne l'avais pas vraiment regardée pendant l'examen. Pour moi, elle se limitait à une paire de mains, tout comme pour elle, sans aucun doute, je ne devais représenter qu'une paire de seins. C'était si facile, me dis-je, d'isoler les éléments d'un ensemble.

— Madame Latimer ?

Son regard balaya la pièce, petite et sans fenêtres, mais pas désagréable pour autant. Ma mère, le regard toujours perdu dans le vide, ne dit rien.

— Madame Latimer ? répéta la jeune femme.

— Maman, dis-je en lui tapotant le bras. On t'appelle.

— Bien sûr.

Ma mère bondit sur ses pieds et resta plantée là.

— Suivez-moi, je vous prie, lui dit la manipulatrice avant de se tourner vers moi. Vous pouvez vous rhabiller, madame Sinclair.

— Les résultats sont négatifs ? demandai-je d'une voix inquiète.

— Votre médecin verra cela avec vous, dit-elle comme je m'y attendais. Mais les radios sont réussies. Je n'ai pas à les refaire.

Dieu merci, me dis-je en regardant ma mère suivre l'employée.

— Je t'attends ici, maman.

— D'accord.

Je remis mon pull en coton blanc et mon pantalon gris, et, après m'être recoiffée et passé un peu de rouge sur les lèvres, je retournai m'asseoir en salle d'attente. Je fermai les yeux. Aussitôt m'apparut le sourire ironique de Colin Friendly. Je rouvris les yeux et, saisissant le premier *Cosmopolitan* qui me tomba sous la main, j'essayai désespérément de me concentrer sur le mannequin de la couverture. Sur un fond bleu roi, elle portait un déshabillé du même ton. Elle avait de longs cheveux bruns, un regard sombre et sensuel, et un décolleté profond et généreux.

Je me souvins alors du jour où j'avais retrouvé Sara debout toute nue devant le miroir de la salle de bains en train de contempler sa poitrine. Elle devait avoir une dizaine d'années.

— Quand je serai grande, m'avait-elle demandé d'un ton sérieux, est-ce que j'aurai une grosse poitrine ou des petits seins comme les tiens ?

Je lui répondis qu'elle avait de fortes chances de me ressembler. Mais ce n'était pas la première fois que je me trompais au sujet de ma fille, dont on prétend aujourd'hui que ses seins arrivent dans la pièce cinq minutes avant elle. Je dis parfois en riant que si j'avais eu une grosse poitrine j'aurais pu diriger le monde. « Un peu limite ton humour », aurait commenté ma mère, et elle aurait eu raison.

Ma mère revint en salle d'attente et entreprit aussitôt de retirer sa blouse d'hôpital devant les autres patientes, médusées. Celles-ci détournèrent les yeux, faisant semblant de tousser, de lire ou d'être ailleurs.

— Maman, attends, dis-je en me précipitant vers elle pour lui faire renfiler sa blouse. La manipulatrice ne t'a pas demandé d'attendre qu'elle vérifie que tes radios sont bonnes ?

Ma mère sourit.

— Oui, je crois.

— Alors, asseyons-nous quelques instants, dis-je en la conduisant vers une rangée de sièges tapissés de bleu marine. Comment ça s'est passé ?

— Ça ne m'a pas beaucoup plu, déclara-t-elle, et j'éclatai de rire.

— Ça t'a fait mal ?

— Ça ne m'a pas beaucoup plu, répéta-t-elle, et j'éclatai de rire à nouveau parce qu'elle semblait l'attendre.

— Ça ne m'a pas beaucoup plu, répéta-t-elle une troisième fois.

Et le silence s'installa entre nous jusqu'à ce que la manipulatrice revienne dire à ma mère que ses radios étaient réussies et qu'elle pouvait se rhabiller.

— Tu peux te rhabiller, maman, répétai-je en voyant qu'elle ne réagissait pas.

Elle se mit aussitôt à retirer sa blouse.

— Pas ici, maman. Dans le vestiaire.

— Bien sûr, ma chérie.

Je la conduisis vers le petit vestiaire, l'estomac contracté, comme si j'avais avalé quelque chose d'indigeste qui me pesait sur le ventre et refusait d'aller plus loin. Je savais ce qui arrivait. J'avais lu pas mal de choses sur la maladie d'Alzheimer, et je savais pertinemment à quoi je devais m'attendre. En bref, ma mère allait devenir un peu mon enfant. Elle régressait, perdant peu à peu ses aptitudes, se débarrassant de son identité comme un serpent se débarrasse de sa mue. Bientôt, il ne resterait plus rien de la femme qu'elle avait été. Elle ne saurait plus rien, ni lire, ni écrire, ni parler. Ses enfants deviendraient des étrangers pour elle, comme elle serait une étrangère pour elle-même. Un jour, son cerveau oublierait tout simplement de lui dire de respirer, et elle mourrait. Il ne nous resterait plus qu'à rassembler les morceaux d'elle-même qu'elle aurait éparpillés, et les remettre ensemble, pour la reconstituer à nouveau, au moins dans nos mémoires.

À cette époque, j'avais l'impression que la santé de ma mère s'était détériorée brutalement, mais en y repensant nous avions eu des signes avant-coureurs depuis des années. Elle était souvent plongée dans ses pensées, parfois perdue même, sa conversation était toujours enjouée mais très superficielle. Elle négligeait certaines choses, déformait les mots, les oubliait même.

Mais n'est-ce pas notre lot à tous ? me disais-je, sans y faire sérieusement attention. Et si quand on lui parlait on avait parfois l'impression de s'adresser à la fille qui faisait la météo, était-ce si grave ? Le temps, la nourriture, la constipation, tous ces sujets devaient être de première importance dans les maisons de retraite. Elle avait eu assez de tumulte dans sa vie, essayais-je de relativiser. Si ça lui plaisait de parler du temps pendant des heures, elle en avait bien le droit.

Et, bien sûr, il y avait tous les moments où elle était rationnelle, pleine d'esprit et apparemment normale, quand son ancienne personnalité se manifestait par éclairs pour nous rappeler qu'elle n'avait pas totalement disparu, qu'une partie d'elle s'accrochait encore et luttait pour survivre. Un morceau d'elle par-ci, un autre par-là. Elle me les jetait comme des miettes à un oiseau affamé. Peut-être, à l'instar d'Hansel et Gretel, essayait-elle de laisser un chemin pour qu'on retrouve la trace de ce qu'elle avait été autrefois.

— Tu es prête ? demandai-je quelques minutes plus tard, en frappant à la porte du vestiaire.

N'obtenant aucune réponse, je frappai à nouveau et poussai doucement la porte. Ma mère était assise au milieu du minuscule box, entièrement nue, les bras croisés frileusement sur sa poitrine affaissée, les côtes saillantes, la chair marbrée, les veines apparentes sur sa peau d'un blanc laiteux.

— J'ai froid, me dit-elle, me regardant comme si c'était ma faute.

— Oh ! mon Dieu, maman, laisse-moi t'aider !

J'entrai dans le box et, après avoir refermé la porte derrière moi, ramassai ses vêtements épars sur le sol.

— Qu'est-ce que tu fais ? demanda-t-elle d'une voix inquiète, au bord de la panique.

— Je cherche tes sous-vêtements.

— Qu'est-ce que tu me fais ? demanda-t-elle encore.

— Chut ! maman. Tout va bien. J'essaie seulement de t'aider.

— Où sont mes habits ? cria-t-elle, tournant sur elle-même dans la cabine minuscule, me bousculant contre le mur.

— Ils sont là, maman, devant toi. Calme-toi. Voilà ton slip, dis-je en lui tendant une culotte rose d'une taille imposante.

Elle la regarda comme si c'était un objet inconnu.

— Il suffit de l'enfiler, dis-je en l'aidant à passer un pied puis l'autre dans le slip avant de le remonter jusqu'à ses hanches.

Il me fallut encore cinq minutes pour arriver à lui mettre son soutien-gorge, et autant pour lui passer sa robe ivoire. Lorsque nous réussîmes enfin à émerger de la cabine, j'étais en sueur et hors d'haleine.

— Tu te sens bien, ma chérie ? s'enquit ma mère tandis que nous sortions de l'immeuble. Tu as l'air un peu énervée.

Je me mis à rire. Que pouvais-je faire d'autre ?

— Tu as l'air un peu énervée, répéta-t-elle, puis elle attendit que j'éclate de rire à nouveau, et j'obtempérai, toute gaieté disparue : un nouveau morceau s'était envolé.

— Jo Lynn m'a appelée hier soir, me dit-elle tandis que je la reconduisais chez elle.

J'essayai de ne pas paraître trop surprise. Le temps était un concept de plus en plus aléatoire pour ma mère. Hier soir pouvait signifier n'importe quand, hier soir, la semaine dernière, et même l'année passée.

— Ah bon ?

— Elle m'a dit qu'elle se mariait la semaine prochaine.

— Elle a dit ça ? m'exclamai-je, cette fois bien incapable de cacher ma surprise. Ou mon désarroi.

— Je croyais qu'elle était déjà mariée.

— Elle a divorcé.

— Oui, bien sûr, elle a divorcé. Comment pourrais-je l'avoir oublié ?

— Jo Lynn s'est mariée trois fois, lui rappelai-je. C'est difficile de suivre.

— Oui, bien sûr.

— Elle t'a dit qu'elle se mariait la semaine prochaine ?

— Je crois qu'elle a dit ça. Avec Daniel Baker. Un garçon charmant.

Mes épaules s'affaissèrent. Mes doigts se crispèrent sur le volant.

— Dan Baker était son deuxième mari, maman.
— Elle l'épouse à nouveau ?
— Tu es sûre qu'elle t'a dit qu'elle se mariait la semaine prochaine ? insistai-je.
— Eh bien, en fait, je ne sais plus très bien. Je croyais, mais maintenant je ne sais plus. Qu'est-ce qui est arrivé avec Daniel ?
— Ils ont divorcé.
— Divorcé ? Pourquoi ? C'était un garçon tellement charmant.
— Il la battait, maman.
— Il la battait ?
— Oui, maman.
Ses yeux se remplirent de larmes.
— Et nous l'avons laissé faire ?
— Nous n'avions pas tellement le choix. Nous lui disions de le quitter. Elle ne voulait rien savoir.
— Je ne m'en souviens pas, dit ma mère en écrasant son poing sur ses genoux d'un geste rageur. Pourquoi est-ce que je ne me m'en souviens pas ? demanda-t-elle d'une voix aiguë, haut perchée. Qu'est-ce qui m'arrive ?
J'avalai ma salive, ne sachant que répondre. Le Dr Caffery lui avait parlé des différentes maladies pouvant expliquer ses troubles, dont la maladie d'Alzheimer, mais ma mère avait apparemment oublié cette conversation. Était-il bien utile de revenir là-dessus ?
— Nous ne sommes pas sûrs, maman, lui dis-je. C'est la raison pour laquelle tu fais tous ces examens. C'est peut-être physique, un blocage quelque part, comme une tumeur qu'on pourra enlever, à moins que ce ne soient de simples pertes de mémoire. Ça arrive en vieillissant. Ce n'est pas forcément la maladie d'Alzheimer, conclus-je, plus à mon intention qu'à la sienne. Je sais combien tout cela doit être éprouvant pour toi, mais nous allons finir par trouver la cause de tes problèmes, et j'espère que nous pourrons y faire quelque chose. Tu connais la médecine. Ça évolue si vite qu'on arrive à vous guérir avant même de savoir ce que vous avez.

Ma mère sourit et je lui caressai la main pour la rassurer. Elle ferma les yeux et s'assoupit, et je fis le reste du trajet en la seule compagnie de mes pensées. Ma mère allait guérir, me disais-je. C'était un mauvais passage, on allait la soigner, il n'y avait rien d'irréversible. On allait bien finir par trouver quelque chose sur une de ces radios, un petit truc complètement bénin, et ma mère redeviendrait comme avant, les pièces se remettraient sagement en place.

Une fois garée sur le parking de la résidence de Palm Beach Lakes, je coupai le contact et me tournai vers ma mère pour la réveiller doucement. Elle ouvrit les yeux et me sourit d'un air radieux.

— Jo Lynn m'a appelée hier soir. Elle se marie la semaine prochaine.

— Détends-toi, me dit Larry, tandis que je faisais les cent pas devant le comptoir de la cuisine.

— Je t'en prie, cesse de me dire de me détendre.

— Je suis sûr que Mme Winchell va revenir sur sa décision.

— Je suis sûre que non.

— Kate, arrête d'arpenter la pièce. Asseyons-nous et parlons-en.

— Qu'est-ce qu'il y a à dire ? demandai-je en me laissant tomber sur le canapé du séjour pour me relever aussitôt et me remettre à marcher de long en large, devant la télé, cette fois-ci. Tu ne l'as pas vue. Tu ne l'as pas entendue. Elle a été catégorique. Elle a dit qu'elle avait une responsabilité vis-à-vis des autres pensionnaires, que l'immeuble aurait pu être entièrement détruit par le feu.

— Elle exagère.

— Ce n'est pas ce qu'elle croit. D'après elle, si le vieux M. Emerson n'avait pas senti l'odeur de brûlé qui venait de l'appartement de ma mère, on n'aurait pas vu la casserole qui flambait sur la cuisinière et tout l'immeuble aurait pu s'envoler en fumée.

— Ça peut arriver à tout le monde d'oublier une casserole sur le feu, riposta Larry, reprenant les propos que j'avais tenus à Mme Winchell.

— La maison de retraite de Palm Beach Lakes est un établissement médicalisé, pas une clinique, dis-je, reprenant les termes de Mme Winchell mot pour mot. Elle n'est pas équipée pour s'occuper de pensionnaires atteints de la maladie d'Alzheimer.

— Mamie a la maladie d'Alzheimer ? demanda Sara qui venait d'entrer dans la cuisine, chargée d'une pile de vieux journaux qu'elle laissa tomber dans la poubelle sous l'évier.

— Nous n'en sommes pas encore certains, dit Larry.

— Qu'est-ce que tu fais ? demandai-je.

— Je range ma chambre.

— Tu ranges ta chambre ?

— C'est la pagaille. Je n'ai pas un seul endroit pour travailler.

— Tu travailles ?

— On a un contrôle important dans deux semaines.

— Tu prépares un contrôle ?

— Je me suis dit que je pouvais toujours essayer, répondit Sara en souriant. Est-ce que mamie va guérir ?

— Je l'espère. En attendant, il ne me reste plus qu'à lui trouver un nouveau logement.

À ma grande surprise, Sara s'avança vers moi et me prit tendrement dans ses bras.

— Tout va s'arranger, maman, m'assura-t-elle, comme j'avais rassuré ma mère un peu plus tôt.

Je la serrai contre moi, heureuse de sentir sa peau contre la mienne, et enfouis mon visage au creux de son épaule. Depuis combien de temps ne m'avait-elle pas permis de la tenir comme ça ? me demandai-je, réalisant combien cela m'avait manqué.

— Je t'aime, lui chuchotai-je.

— Je t'aime aussi, dit-elle.

Et, pendant quelques instants, tout parut s'arranger.

# 23.

Le mercredi matin me trouva à paresser devant ma deuxième tasse de café avec la ferme intention de passer la journée à ne m'occuper que de moi : un massage mérité et attendu à dix heures, un soin du visage à onze heures et demie, suivi d'un rendez-vous chez le coiffeur, la manucure et la pédicure. Cela me fit penser à ma mère qui se mettait du rouge à lèvres sur les ongles, mais je la chassai aussitôt de mon esprit. Le mercredi m'était réservé, c'était mon oasis dans le désert, mon jour pour me détendre et reprendre des forces. J'avais l'impression qu'il y avait une éternité que ça ne m'était pas arrivé.

Le téléphone sonna.

J'hésitai à répondre, faillis ne pas le faire et m'y résolus finalement à la troisième sonnerie.

— Allô, dis-je en croisant les doigts, priant que ce ne soit pas la masseuse qui annule son rendez-vous.

— Je voulais juste vous dire combien cela m'a fait plaisir de vous voir l'autre jour, me dit une voix d'homme.

— Qui est à l'appareil ? dis-je, tandis que les muscles de mon dos se contractaient douloureusement : je savais déjà qui c'était.

— Comment ça s'est passé au lac Osborne ? demanda Colin Friendly.

Je ne dis rien, mon regard se tourna instinctivement vers les fenêtres et la porte coulissante.

— Et comment vont mes adorables futures nièces ?

Je raccrochai violemment le combiné, les mains tremblantes.

— Que le diable t'emporte, Colin Friendly ! Laisse mes filles en dehors de toutes tes saloperies.

Je me mis à tourner autour de la pièce, en cercles de plus en plus petits, jusqu'au moment où je me sentis chanceler, les jambes molles.

— Ne te laisse pas atteindre par lui, dis-je à voix haute en tombant dans un fauteuil, atterrée par cette nouvelle emprise que je lui découvrais sur moi. Pas question que je te laisse me tourmenter, ajoutai-je en tendant la main vers le téléphone pour appeler les autorités pénitentiaires à Starke lorsque l'appareil se mit à nouveau à sonner.

Je le regardai sans bouger. Lentement, je le soulevai de son socle, l'amenai précautionneusement contre mon oreille, rassemblant mon courage, m'attendant au bégaiement que je ne connaissais que trop bien.

— Allô ? dit une voix féminine. Allô ?

— Allô, répondis-je. Madame Winchell ?

— C'est vous, madame Sinclair ?

Un bref instant, j'eus envie de lui répondre que j'étais la femme de ménage, que Mme Sinclair était sortie et qu'elle ne rentrerait pas avant la fin de la journée.

— Que puis-je faire pour vous ? me résolus-je enfin à demander.

— Je voulais simplement savoir si vous aviez réussi à trouver une nouvelle place pour votre mère, commença-t-elle sans autre préambule.

Je l'informai poliment que je m'étais renseignée auprès de plusieurs établissements de standing des environs pour personnes âgées, mais qu'il n'y avait aucune place disponible pour le moment. D'une voix compatissante et ferme à la fois, Mme Winchell me conseilla d'étendre mes recherches et me recommanda plusieurs maisons que je n'avais pas encore essayées, une à Boca, une autre à Delray. Pour Boca, lui dis-je aussitôt, c'était impossible. C'était bien trop loin. J'allais réfléchir pour Delray.

— Faites-le, je vous en prie, dit-elle.

Elle s'abstint d'ajouter « le plus tôt possible ». Mais le ton de sa voix le dit pour elle.

Je me servis une nouvelle tasse de café et la bus lentement, refusant de penser à Mme Winchell ou à Colin Friendly, puis je fis mon lit, arrangeant longuement les quatorze coussins, essayant différentes dispositions pour en revenir finalement à l'alignement initial. Et ce fut seulement quand je n'eus plus ni café à boire ni coussins à arranger que je me décidai à appeler la maison de retraite de Delray, et qu'à ma grande déception j'obtins un rendez-vous immédiat. Tant pis pour ma journée, me dis-je en annulant tous mes rendez-vous à contrecœur. Pourquoi fallait-il toujours que ça tombe sur moi ? Pourquoi Jo Lynn ne prenait-elle aucune responsabilité, au moins en ce qui concernait notre mère ? Qu'avait-elle de mieux à faire de son temps ? Si elle pouvait se permettre de passer entre dix et douze heures sur la route tous les week-ends, elle devait bien pouvoir trouver une petite demi-heure pour aller à Delray visiter une maison de retraite. Et elle pourrait dire aussi à son dingue de fiancé de nous foutre la paix, à mes filles et à moi. Du coup, je décidai d'appeler Jo Lynn, bien que je ne lui aie plus parlé depuis notre malheureuse excursion au pénitencier d'État.

— Ton fiancé m'a appelée ce matin, lui dis-je en guise de bonjour.

— Oui, je sais.

— Tu es au courant ?

— Il m'a dit qu'il voulait t'appeler pour le malentendu qu'il y avait entre...

— Un malentendu ? répétai-je sans en croire mes oreilles.

— Je lui ai dit qu'il perdrait son temps.

— Si jamais il me rappelle, je me plaindrai auprès du directeur, et on lui supprimera son autorisation de téléphoner, l'avertis-je, découvrant combien il était facile de menacer ceux qui étaient en position vulnérable.

— Merci de ton appel, dit Jo Lynn d'un ton glacial.

— Je n'ai pas terminé.

Elle attendit. Je l'imaginais très bien levant les yeux au ciel d'un air dégoûté.

— Mme Winchell dit que maman ne peut plus rester à Palm Beach Lakes.

— Et alors ?

— Alors nous devons la loger ailleurs.

Silence.

— J'ai pris un rendez-vous dans une maison de retraite à Delray. Ça s'appelle l'Atrium.

— Parfait.

— C'est à onze heures ce matin. J'ai pensé que tu pourrais y aller.

— Impossible.

— Je me disais que tu pourrais avoir envie de voir l'endroit où maman irait peut-être s'installer, insistai-je.

— Elle peut aller au diable, en ce qui me concerne.

— Jo Lynn !

— Et toi aussi.

Et elle raccrocha.

— Jo Lynn...

Une fois de plus, je reposai brutalement le combiné, au point qu'il rebondit et tomba dans le vide, retenu brusquement dans sa chute par son fil blanc, à quelques millimètres du tapis, comme un de ces fous qui font du saut à l'élastique.

— Mais qu'est-ce qu'elle peut bien avoir dans la tête ? lançai-je en ramassant le combiné pour le reposer sur son socle, avant de me laisser tomber sur mon lit, le regard tourné vers le cocotier derrière la fenêtre. Pourquoi n'ai-je pas droit à une sœur normale ? m'écriai-je, folle de rage.

Je bouillais encore intérieurement en roulant vers Delray. Je bouillais et je fonçais. Ce qui me valut de me faire arrêter par un policier qui me colla une contravention.

— Avez-vous une idée de la vitesse à laquelle vous rouliez ? me demanda-t-il.

Pas assez vite, me dis-je.

Mme Sullivan était une femme d'une soixantaine d'années au visage lunaire et à la voix chaleureuse. Elle avait des cheveux bruns, des yeux marron et des jambes en baguettes de tambour, alors que le reste de sa silhouette était assez robuste. Elle me fit visiter les jardins qui étaient parfaitement entretenus et joliment aménagés, puis le bâtiment lui-même, une construction relativement récente, basse et blanche, d'inspiration plutôt méditerranéenne. Cela ne ressemblait pas du tout à une maison de retraite, tentai-je de me persuader, refusant de remarquer la légère odeur de médicament qui flottait dans le hall, ignorant les gémissements qui provenaient de derrière les portes fermées de certaines chambres, faisant semblant de ne pas voir les regards creux et les mâchoires pendantes des pensionnaires alignés dans leurs fauteuils roulants le long des murs.

— Bonjour, monsieur Perpich, lança gaiement Mme Sullivan, qui ne reçut aucune réponse du vieil homme édenté, au corps recroquevillé comme le tronc d'un vieil arbre noueux mort depuis longtemps.

Comment pourrais-je abandonner ma mère dans un endroit pareil ? me demandai-je en courant vers ma voiture.

— Ne sois pas stupide, me dis-je à voix haute, en fouillant mon sac à la recherche de mes clés. Cet endroit est parfait. Il est tout à fait convenable, bien mieux que tout ce que tu as visité à Palm Beach. Qu'est-ce que je dis à mes patients qui se trouvent dans la même situation ? Il faut penser à vous. Votre mère sera plus heureuse là-bas.

Elle aura du monde pour s'occuper d'elle. Vous n'aurez plus à craindre qu'elle ne tombe dans l'escalier ou qu'elle ne mange pas assez. Vous pourrez profiter de la vie.

Bien sûr. Facile à dire.

Comment pourrais-je profiter de la vie en laissant celle qui m'a donné le jour se morfondre dans un endroit pareil ? Comment pourrais-je l'abandonner à ces murs froids et stériles, la laisser assise des heures d'affilée dans ces fauteuils roulants, le regard perdu dans le vide, prise entre un passé où elle ne se retrouve plus et un avenir sans espoir pour elle ? Elle pourrait vivoter des années ainsi, à deux pas de la mort. Je ne pouvais pas non plus mettre ma propre vie en sourdine éternellement. Mais c'était ma mère et je l'aimais, en dépit de tous les petits morceaux d'elle qui s'en allaient. Je n'étais pas encore prête à l'abandonner.

Mais elle ne pouvait plus rester là où elle était. Si je n'étais pas prête à la mettre dans une maison de retraite pour personnes dépendantes, il ne me restait plus qu'une solution.

— Que dirais-tu si ma mère venait habiter un moment avec nous ? répétai-je en me regardant dans le rétroviseur, voyant déjà les yeux de mon mari s'écarquiller d'inquiétude. Ce serait provisoire. Quelques semaines, quelques mois au maximum. Pas plus, je te le promets.

— Mais tu n'es pas là de la journée. Qui va s'occuper d'elle pendant que tu travailles ?

— Nous pourrions prendre quelqu'un. Je t'en prie, fais-le pour moi !

Je savais qu'il accepterait. Quelles que soient ses réticences, je savais que Larry ferait tout pour me rendre heureuse. Alors, qu'allais-je décider ? ne cessai-je de me répéter tout en errant sans but dans les rues de Delray.

C'est alors que l'immeuble de douze étages qui abritait la station WKEY surgit brusquement devant moi, tel un mirage dans le désert. Était-ce vers lui que je me dirigeais depuis le début ?

— Quelle agréable surprise ! dit Robert en refermant la porte de son bureau derrière moi.

Je pivotai sur moi-même et tombai dans ses bras, son visage brusquement flou, tandis que ses lèvres se soudaient aux miennes et que mon corps se collait au sien avec une ardeur qui me surprit.

Comment cela a-t-il pu m'arriver ? m'entendis-je demander, mais les mots ne sortirent jamais de mes lèvres tandis que mon corps chancelant se serrait encore plus contre le sien.

Il s'écarta légèrement, m'entraînant avec lui comme un aimant.

— Pourquoi ne m'as-tu pas prévenu de ta visite ?

— Je l'ignorais moi-même.

— J'ai un déjeuner d'affaires dans quelques minutes.

— Je ne peux pas rester.

Il embrassa le coin de mes lèvres, le bout de mon nez.

— Je me serais libéré.

— La prochaine fois.

— Quand ?

— Quoi ?

— Quand la prochaine fois ?

Il m'embrassa le front, la joue, le cou.

— Quand ? répéta-t-il.

— Je ne sais pas. Ma vie est tellement compliquée en ce moment.

— Ça te réussit. Je te trouve terriblement excitante.

— Tu me rends folle, tu le sais, lui dis-je.

Et il se remit à m'embrasser, sur les lèvres cette fois, nos bouches ouvertes, sa langue s'enroulant autour de la mienne, et soudain je me retrouvais à dix-sept ans, et il m'écrasait contre le mur de notre lycée, son genou cherchant à écarter mes jambes tandis que sa main se glissait sous mon chemisier.

— Non, je ne peux pas, dis-je en le repoussant, me cognant la tête contre la fenêtre de son bureau du douzième étage, ramenée brutalement dans le présent. Tu as un déjeuner d'affaires, bredouillai-je en essayant de retrouver mon souffle, remettant mon chemisier dans ma jupe. Et je dois absolument m'en aller.

— Nous avons quelques minutes, dit-il en me plaquant contre la vitre. Dis-moi ce que tu veux, chuchota-t-il.

— Je ne sais pas.

— Je crois que si.

— Alors, dis-moi.

Il me donna un de ces longs baisers qui vous laissent sans force.

— Non, dis-moi, toi. Dis-moi ce qui te ferait plaisir.

— J'aime que tu m'embrasses, réussis-je à dire.

— Et quoi encore ? Dis-moi ce que tu aimerais d'autre, ajouta-t-il, tandis que sa langue se faisait plus pressante.

— Je ne sais pas.

— Dis-moi quand nous pourrons nous retrouver.

— Je ne sais pas.

— Que dirais-tu de la semaine prochaine ? Je pourrais me libérer le mercredi. On pourrait se retrouver et passer la journée à faire l'amour.

— Je ne peux pas mercredi prochain.

— Mais si, tu peux.

— Non. J'ai un rendez-vous chez le médecin.

— Annule-le.

— C'est impossible. J'ai déjà eu bien du mal à convaincre ma mère de m'y accompagner.

Ses lèvres étouffèrent la fin de ma phrase.

— Quand alors ?

— Je ne sais pas.

Il s'écarta brusquement de moi. Cela me fit, un bref instant, le même effet que pendant ma mammographie, comme si on m'arrachait la peau.

Robert rajusta sa cravate et me sourit d'un petit air triste.

— Nous ne sommes plus des enfants, Kate. Ce petit jeu a assez duré entre nous.

— Ce n'est pas un jeu pour moi, lui dis-je, souffrant de ne plus le sentir contre moi.

— Qu'est-ce que tu veux faire ?

— Ça va un peu trop vite pour moi.

— Ça fait trente ans, me rappela-t-il, et je souris. Écoute, dit-il en allant s'asseoir sur son bureau, je ne veux pas te pousser à faire quoi que ce soit contre ta volonté...

— Je ne sais pas ce que je veux, l'interrompis-je.

— Je crois que si.

L'interphone sur son bureau se mit à bourdonner. Robert se pencha pour l'allumer.

— Oui ?

La voix de sa secrétaire retentit dans la pièce, ricochant sur les murs.

— Melanie Rogers est arrivée.

— Faites-la entrer, dit-il, pas le moins du monde embarrassé, son regard rivé sur le mien. À toi de faire le prochain pas, Kate.

La porte de son bureau s'ouvrit : une superbe rousse à la bouche pulpeuse entra.

— Bonjour, Melanie, dit-il, lui embrassant la joue comme il avait embrassé la mienne quelques secondes plus tôt.

Je levai une main vers mon visage et, caressant l'endroit où ses lèvres m'avaient effleurée, je sentis ma peau brûlante.

— Je suis désolée d'être en retard, dit-elle d'une voix d'une douceur ensorcelante.

— Ne t'excuse pas. C'est très bien tombé. Laisse-moi te présenter une vieille amie. Melanie Rogers, voici Kate Sinclair. Nous nous connaissons depuis un sacré bout de temps.

Je ne me souviens plus de la réponse de Melanie. Je me souviens seulement d'avoir remarqué qu'elle avait des yeux d'un vert comme je n'en avais jamais vu et de m'être demandé pourquoi elle allait déjeuner avec Robert.

Je marmonnai quelque chose comme « Je ne voudrais pas vous retarder » et me dirigeai vers la porte.

— J'espère avoir bientôt de tes nouvelles, dit Robert tandis que je sortais dans le hall.

Et la porte de son bureau se referma derrière moi.

Ma mère arriva chez nous le vendredi suivant.

Elle s'était encore querellée avec le pauvre M. Emerson. Elle lui avait pris sa canne pour lui taper sur la tête et elle l'avait littéralement étendu sur le carreau. La famille de M. Emerson ainsi que Mme Winchell avaient exigé le départ de ma mère de la résidence de Palm Beach Lakes. La famille de M. Emerson avait même menacé d'entamer des poursuites si elle ne partait pas immédiatement.

Nous n'avions pas le choix. Elle n'avait nulle part où aller en dehors de chez nous.

— Elle n'a qu'à prendre ma chambre pour le week-end, proposa Sara, qui avait décidé d'aller réviser son contrôle d'histoire chez une amie de lycée.

Elle m'avait même fourni son nom et son numéro de téléphone sans que j'aie à lui demander quoi que ce soit et, qui plus est, elle m'avait donné la permission d'appeler la mère de son amie pour vérifier que tout se passait bien.

— Combien de temps crois-tu que cela va durer ? s'émerveilla Larry.

— C'est toujours bon à prendre.

Ma mère était visiblement perturbée par tous ces changements. Elle n'arrêtait pas de demander à quelle heure elle allait rentrer chez elle. Je lui dis qu'elle allait passer quelque temps chez nous.

— C'est parfait, ma chérie, me dit-elle, et cinq minutes après elle me demandait à nouveau si ce n'était pas l'heure qu'elle rentre chez elle.

— Elle va nous rendre fous, chuchota Larry en posant sa nouvelle série de clubs de golf près de la porte d'entrée.
— Qui est-ce ? demanda ma mère en le suivant du regard.
— C'est Larry, maman. Mon mari.
— Où va-t-il ?
— Nulle part, maman, répondit-il. Je prépare seulement mes affaires pour demain.
— Bonne idée, répondit-elle, alors que l'expression vide de son regard indiquait qu'elle n'avait pas la moindre idée de ce dont il était question. Est-ce l'heure de rentrer ?
Je la mis au lit, dans la chambre de Sara, vers dix heures, et elle s'endormit presque instantanément.
— Fais de beaux rêves, lui dis-je comme je ne manquais jamais de le dire à Sara.
— Tu crois qu'elle va bien dormir ? me demanda Larry tandis que je me glissais dans le lit à côté de lui.
— Je l'espère.
— As-tu appelé Mme Sperling ?
— J'ai appelé juste pour m'assurer que Sara n'allait pas les déranger et elle m'a dit qu'elle se faisait une joie de la recevoir.
— Tu es sûre d'avoir fait le bon numéro ?
Éclatant de rire, je me calai au creux de son épaule et m'endormis. À trois heures et demie, je fus réveillée par ma mère qui errait dans la maison. Je la reconduisis au lit de Sara et retournai me coucher. Cette opération se répéta toutes les heures et, à six heures et demie, je décidai qu'il valait mieux m'habiller. Larry partit faire son golf à sept heures. Ma mère demanda qui était cet homme charmant et où il allait.
Lorsque Michelle se leva, elle proposa d'emmener ma mère faire un tour et elles partirent de la maison, main dans la main. Je fis mon lit avant de passer dans la chambre de Sara où je ramassai les couvertures que ma

mère avait fait tomber par terre et refis son lit. Sara avait fait un sacré rangement. On pouvait même voir le sol ! m'émerveillai-je en ramassant la robe de chambre de ma mère pour aller la pendre dans le placard.

Je faillis ne pas voir les livres. Ils étaient cachés derrière des vêtements, tout au fond, et j'allais refermer la porte au moment où ils attirèrent mon regard. Je ne sais pas ce qui m'a poussée à regarder de plus près. Peut-être étais-je surprise de voir des livres dans ce placard. À moins que je ne fusse particulièrement soupçonneuse dès qu'il s'agissait de Sara. En tout cas, je les pris et les ouvris pour confirmer ce que je savais déjà : c'était le livre d'histoire et l'atlas mondial. Sara n'en avait-elle pas besoin pour préparer son contrôle ?

Je me rendis à la cuisine pour appeler immédiatement les Sperling. La ligne était occupée. Je raccrochai et réessayai plus tard. Toujours occupée, tout comme cinq minutes plus tard, quand je tentai ma chance une nouvelle fois. Tu es sotte, me dis-je. Son amie a les mêmes livres. Elles n'ont pas besoin d'en avoir deux exemplaires. Mais, bien que je trouve des raisons de me rassurer, mes doigts continuaient de composer le numéro des Sperling.

— Bon sang ! jurai-je avant d'abandonner en entendant la porte d'entrée s'ouvrir et se refermer.

— Quelque chose ne va pas ? demanda Michelle depuis l'entrée.

— Je dois m'absenter quelques minutes, lui dis-je en retournant prendre les livres de Sara dans sa chambre.

Si elle n'en avait pas besoin, tant pis. Cela n'aurait aucune importance, me dis-je, avant de demander à Michelle de surveiller ma mère, assurant cette dernière que je revenais tout de suite.

Tu es idiote, continuai-je à me répéter tandis que je roulais vers la maison des Sperling. Ce n'est pas comme le jour où tu as trouvé les paquets de cigarettes vides. Ni celui où tu as trouvé les bouteilles de bière. Cela n'a rien à voir. Sara n'a aucune raison de te mentir. Elle a tourné la page. Et si tel n'était pas le cas ? Tu as parlé à Mme Sperling. Elle attendait Sara. Elle se réjouissait de la recevoir. Tu t'en souviens ?

Les Sperling habitaient dans une résidence privée et gardée d'Admiral Cove, sur PGA Boulevard. Je m'arrêtai au portail d'entrée et donnai mon nom au gardien au visage renfrogné qui se tenait devant la barrière. Il consulta son bloc-notes.

— Je regrette, mais votre nom n'est pas sur la liste.

— Les Sperling ne m'attendent pas. Mais ma fille est chez eux pour le week-end et elle a oublié ses livres, dis-je en montrant les manuels, sur le siège, à côté de moi.

— Juste une minute, s'il vous plaît.

Le garde rentra dans sa cabine et prit le téléphone.

— Je regrette, mais la ligne est occupée. Si vous voulez bien garer votre voiture sur le côté, je réessaierai dans quelques minutes.

Je garai ma voiture à l'endroit indiqué et attendis en me demandant qui pouvait être au téléphone aussi longtemps et si on raccrocherait un jour. Une minute passa, puis cinq, puis dix.

Tu te conduis comme une idiote. Rentre chez toi, me disais-je. Sara n'a pas besoin de ses livres, c'est évident. Qu'est-ce que tu veux prouver ? Elle va encore penser que tu la surveilles, et cela va l'irriter au plus haut point. C'est ce que tu veux ? Alors que tout a l'air de s'arranger ? Et que c'est un plaisir de la recevoir ? répétai-je, trouvant une satisfaction perverse à prononcer ces mots à voix haute. C'est complètement stupide. Je regardai le garde et vis qu'il parlait au téléphone. Et si elle n'est pas là, tiens-tu réellement à le savoir ?

Non, décidai-je, m'apprêtant à faire signe au garde que j'allais partir lorsqu'il posa l'appareil et ressortit de sa cabine.

— Mme Sperling dit que votre fille n'est pas chez elle, m'annonça-t-il en arrivant près de ma voiture.

— Je ne comprends pas, me dit au téléphone Mme Sperling, quelques secondes plus tard, dans la cabine du gardien. Peu après son arrivée, Sara a reçu un coup de fil. Elle m'a dit que c'était vous qui veniez de l'appeler, qu'il y avait un problème avec sa grand-mère et que vous aviez besoin d'elle à la maison. Elle a ajouté que vous deviez la retrouver au portail.

J'écoutais en silence, trop abasourdie pour pouvoir parler.

— Je suis vraiment désolée, continua Mme Sperling. Vous ne pensez pas qu'il lui est arrivé quelque chose ?

— Je suis sûre qu'elle va très bien, dis-je d'une voix blanche.

— Avez-vous une idée de l'endroit où elle peut se trouver ?

— Je sais exactement où elle se trouve, dis-je après avoir rendu le combiné au gardien qui attendait, la main tendue. Elle est à un mariage, précisai-je, une fois remontée dans ma voiture, en regardant mes yeux sans vie dans le rétroviseur.

# 24.

La scène se déroule comme dans un cauchemar, par bribes, les images se fondant entre elles, sans lien entre les événements, sans ordre. Je vois ma sœur, vêtue d'une robe de mariée courte mais étonnamment traditionnelle, avec un voile qui lui tombe sur les épaules couvrant, sans le cacher, son sourire radieux. Je vois Colin Friendly vêtu du pantalon bleu et du T-shirt orange des condamnés à mort, riant, ma sœur à son bras, mais regardant derrière elle la ravissante jeune fille qui les suit. La jeune fille porte une superposition de vêtements noirs et blancs, un peu comme ses cheveux dont les racines noires s'allongent sous les boucles blondes. Ses grands yeux verts sont écarquillés de curiosité. Un sourire incertain flotte sur ses lèvres.

Des gros plans sur des parties de corps : des yeux, des bouches, des seins, des mains, des poings, des dents.

Des hommes en tenue de prisonnier debout de part et d'autre de l'aumônier de la prison qui tient la Bible d'une main ferme.

D'autres gros plans : des tables et des chaises en acier inoxydable boulonnées au sol couvert de linoléum. Un assortiment de jambes, des talons aiguilles blancs et des Doc Martens noires, des mocassins marron, des tennis éculées de prisonnier.

Je regarde, impuissante, l'aumônier qui ouvre la bouche pour prendre la parole.

— Acceptez-vous de prendre cette femme... ?

*Mais n'y a-t-il personne pour arrêter tout ceci ?*

— Acceptez-vous de prendre cet homme... ?

*Cours. Maintenant, pendant qu'il est encore temps.*

— Si quelqu'un connaît une raison d'empêcher cette union...

*Sont-ils tous devenus fous ? Pourquoi suis-je la seule à m'y opposer ?*

— Qu'il parle maintenant ou qu'il se taise à jamais.

Je hurle. Pourquoi n'y a-t-il personne qui m'entende ?

Il m'entend. Colin m'entend.

Des poings crispés le long du pantalon de prisonnier. Des yeux bleus et perçants plissés de haine.

De longs doigts manucurés, des ongles vernis en rose chewing-gum qui se tendent dans l'espace. Les poings se décrispent, glissent une alliance sur le quatrième doigt de la main tendue. La main se montre fièrement à l'assistance.

Effets sonores : des ah ! des oh ! des rires. Quelqu'un entonne une chanson. *Elle descend de la montagne.*

— Et maintenant, en vertu des pouvoirs qui me sont conférés par l'État de Floride...

*Non. Arrête. Il est encore temps de fuir.*

— Je vous déclare mari et femme.

Une horloge égrène bruyamment les secondes sur le mur derrière moi. Elle n'a pas de cadran.

— Colin, vous pouvez embrasser votre épouse.

Des lèvres qui se soudent, des corps qui vacillent l'un contre l'autre.

Regain de rires, d'exclamations et de félicitations de toutes parts.

— Hourra ! s'écrie Colin tandis que Jo Lynn attire Sara contre elle en riant.

— Je pense que nous voilà parents maintenant, dit Colin à Sara, en lui faisant signe d'approcher.

— Oui, je pense, dit Sara.

— Des bras costauds l'entourent et je presse mes mains sur mes tempes, essayant de chasser ces images de ma tête.

Évidemment, je ne sais pas exactement ce qui s'est passé cet après-midi puisque je n'étais pas présente, et que je n'ai jamais demandé de détails. Je sais seulement que le mariage a eu lieu, que ma sœur a épousé l'homme de ses rêves et de mes cauchemars, que ma fille était demoiselle d'honneur, que ce furent des prisonniers qui jouèrent le rôle de témoins, que l'un d'entre eux chanta une chanson, que tout fut parfaitement légal, et que ma sœur se retrouva légalement mariée, une fois de plus.

Les journaux parlèrent en long et en large du mariage. Un portrait de Jo Lynn en robe de mariée honora la une de l'*Enquirer*. Une autre photo, à l'intérieur, la montrait tendant fièrement la main pour qu'on admire son alliance, achetée et payée par elle. « Dès que Colin sortira, la citait-on, il m'offrira une alliance en diamants. Nous sommes mariés pour l'éternité. »

Jusqu'à ce que la mort nous sépare.

Heureusement, les journalistes n'avaient pas eu le droit d'entrer dans la prison, et il n'y avait donc aucune photo de Sara. La presse avait néanmoins mentionné que la nièce de Jo Lynn avait été sa demoiselle d'honneur, un détail qui prouvait, d'après les journalistes, le soutien de la famille.

— C'était un mariage comme je les adore, babillait ma sœur. Intime et beau. Il y avait tant d'amour autour de nous.

Le journal donnait alors une rapide description des trois précédents mariages de Jo Lynn, avec même une interview d'Andrew MacInnes, son premier mari, qui reconnaissait que Jo Lynn avait toujours eu un petit côté dingue et casse-cou, et que ce n'était pas facile de vivre avec elle. Il évitait de préciser que sa façon de mater sa nature dingue et casse-cou consistait à la battre jusqu'à ce qu'elle perde connaissance.

L'histoire d'amour entre Jo Lynn et Colin fut remaniée et rééditée, mettant en exergue la fidélité constante de Jo Lynn, son soutien obstiné et sa foi inébranlable en l'innocence de Colin. Si l'on avait ignoré qu'il avait été condamné pour avoir torturé et tué treize innocentes victimes et qu'il était soupçonné de la disparition de dizaines d'autres, on aurait juré lire un *Roméo et Juliette* des temps modernes, avec ce couple d'amoureux maudits contre qui tout se liguait pour les séparer.

Non pas que le passé de Colin fût ignoré pour autant. Plusieurs pages étaient consacrées à la description en détail de ses horribles forfaits. Sous une photo de profil de Jo Lynn, on énonçait sans ambages que Colin avait la manie de casser le nez de ses victimes, manie qui, selon les psychologues qui avaient témoigné à son procès, venait de son enfance, quand sa mère lui frottait le nez dans ses excréments. Les mêmes psychologues spéculaient ensuite sur les raisons qui avaient pu pousser Colin à épouser ma sœur et ma sœur à épouser Colin. La stabilité, l'image de soi, l'amitié, citaient-ils pour Colin. La publicité, la solitude, la maladie de la persécution, avançaient-ils pour Jo Lynn. Ils donnaient des avis très différents sur l'avenir de ce mariage. « Il a autant de chances de durer qu'un autre », avait déclaré l'un d'entre eux.

Le samedi après-midi où je découvris que Sara n'était pas chez les Sperling, j'appelai la prison, espérant que je pourrais empêcher le mariage d'avoir lieu. Mais il était déjà terminé. Ma sœur avait quitté les lieux, Colin avait regagné sa cellule.

Je restai debout toute la nuit à attendre que Sara rentre à la maison, alors que je savais pertinemment qu'elle ne reviendrait pas avant le lendemain. N'était-elle pas chez les Sperling pour préparer son contrôle ? Il n'était pas prévu qu'elle rentre avant le dimanche soir.

— Viens te coucher, me cria Larry à plusieurs reprises. Tu n'as déjà pas dormi la nuit dernière. Tu as besoin de sommeil.

— Je ne peux pas dormir.

— Essaie quand même.

— Elle va peut-être rentrer.

— Tu sais bien que non.

— Mais si.

— Et que vas-tu lui dire si elle arrive ?

— Je n'en sais rien.

Ça, au moins, c'était la vérité. Je n'avais pas la moindre idée de ce que j'allais dire à ma fille aînée. Était-il nécessaire de lui rappeler, une fois de plus, que les mensonges tuent la confiance, et que, en dehors du fait que je l'aimerais toujours, à chaque mensonge, je l'aimais un peu moins ? Cela lui était-il égal qu'on ait de plus en plus de mal à la croire ?

Était-il utile de lui demander pourquoi elle avait fait ça, pourquoi elle avait délibérément enfreint notre interdiction de se mêler des histoires de ma sœur et de Colin ? Le dernier épisode ne lui avait donc rien appris, à part mentir plus intelligemment ?

Je frissonnai en m'apercevant qu'elle m'avait conditionnée pendant des semaines : elle avait rangé sa chambre, m'avait aidée dans la maison, elle faisait ses devoirs, bref, elle était même devenue agréable à vivre. Je me souvenais de cette bouffée de tendresse que j'avais éprouvée quand elle m'avait serrée dans ses bras pour me réconforter. Je m'étais enivrée pendant des jours de cette sensation. J'ai retrouvé ma petite fille, me disais-je.

Mais ce n'était qu'une ruse. Une façon de m'endormir, de dissiper mes soupçons pour me faire baisser mes défenses. Bien sûr que tu peux aller passer le week-end chez ton amie. Je sais que tu prépares ce contrôle avec beaucoup de sérieux. Je sais que tu veux bien faire. Fais attention à toi, ma chérie. Ne travaille pas trop.

J'entendis un froissement de pyjama et vis Michelle qui venait vers moi, les yeux pleins de sommeil.

— Tout va bien ? me demanda-t-elle.

— Oui, ma chérie. C'est juste que je n'arrive pas à dormir.

— C'est mamie qui t'inquiète ?

— Un petit peu.

— Je viens d'aller la voir. Elle dort à poings fermés.

— Merci, ma puce.

— Sa couverture était tombée, je l'ai remise sur elle.

— Tu es un amour.

Elle s'assit sur le canapé à côté de moi et se serra contre moi.

— Je crois que je sais ce que je ferai plus tard, dit-elle comme si c'était tout à fait normal de parler de ça à trois heures du matin.

— Ah bon ? Et c'est quoi ?

— Je voudrais être écrivain.

— Écrivain ? Dans quel genre de littérature ?

— J'aimerais écrire des romans. Et des pièces de théâtre, aussi, peut-être.

— C'est une très bonne idée. Je suis sûre que tu feras un excellent écrivain.

— Tu le crois réellement ? Pourquoi ?

— Parce que tu es sensible, observatrice et belle.

— On n'a pas besoin d'être beau pour être écrivain, marmonna-t-elle.

— C'est ton âme qui est belle.

— Évidemment, je veux faire des études d'abord, me rassura-t-elle.

— Je pense que c'est une excellente décision.

— Je pense aller à Brown, ou même à Yale. Tu crois que je suis assez intelligente pour entrer dans une université de la Ivy League ?

— Ce sont eux qui auront de la chance de t'avoir.

J'écartai de petites mèches de cheveux de son visage et plantai un baiser sur son front. Mon regard revint se fixer sur la porte d'entrée. Comment pouvais-je avoir deux filles aussi différentes ? Comment deux enfants, élevées dans la même famille par les mêmes parents, de la même manière, pouvaient-elles être aussi dissemblables ?

C'était ainsi depuis le début, me dis-je en y réfléchissant. Sara avait été un bébé difficile, exigeant une attention constante. Michelle avait été le bébé le plus facile au monde, elle était tout simplement heureuse d'être là. Sara réclamait ses repas sans relâche. Michelle attendait patiemment que ce soit prêt. Sara n'avait jamais fait le moindre effort pour être propre, elle avait fait pipi dans sa culotte pratiquement jusqu'à sept ans. Michelle était propre à treize mois. Alors, qu'y avait-il de nouveau ? Rien n'avait changé, finalement !

— Tu penses à Sara, n'est-ce pas ? dit Michelle.

Je fermai les yeux et hochai la tête. Même dans le noir, on pouvait lire dans mes pensées.

— Je suis désolée, ma chérie.

— Ne t'inquiète pas pour elle, maman. Elle va bien.

— Certainement, dis-je en lui tapotant la main.

— Elle n'est pas chez Robin, n'est-ce pas ?

— Non.

— J'en étais sûre.

— Pourquoi ? Elle t'a dit où elle allait ?

Michelle secoua la tête de droite à gauche.

— Non, elle m'a juste demandé si elle pouvait prendre mon haut noir et blanc, tu sais celui avec le pull assorti.

— Pourquoi t'aurait-elle emprunté ton haut ? Il est bien trop petit pour elle.

— Elle aime bien les trucs serrés.

— Qu'est-ce que tu lui as répondu ?

— Non. Je lui ai dit qu'elle n'en avait pas besoin pour aller réviser.

— Et qu'a-t-elle dit ?

— Que je n'étais qu'une salope.

— Quoi ?

— T'en fais pas. J'ai l'habitude.

— L'habitude de quoi ?

— Elle n'arrête pas de me traiter de salope. Et ça encore, c'est rien.

J'étais horrifiée.

— Pourquoi ne m'as-tu jamais rien dit ?

— Parce qu'il faut bien que j'apprenne à me défendre toute seule. N'est-ce pas ce que tu m'aurais répondu ? Qu'au fond ma sœur m'aime bien, que je suis une fille intelligente, et que c'est à moi de régler ça avec elle ?

Je souris tristement. C'était exactement ce que je lui aurais dit. Mais c'était avant que ma fille fasse une fugue pour jouer les demoiselles d'honneur au mariage de ma sœur avec un tueur en série. Maintenant, je n'étais plus si sûre de moi.

— Je suis désolée, ma puce. Tu ne mérites pas ça. Elle n'a pas le droit de te traiter de tous les noms.

— Elle n'avait pas le droit de prendre mon haut avec le pull assorti, mais elle l'a fait quand même.

— Elle l'a pris quand même ?

— Je les ai cherchés partout. Ils ne sont plus là. Et trois de mes cassettes ont disparu.

— Tes cassettes ?

— Nine-inch Nails, Alannis Morissette et Mariah Carey.

— Mon Dieu !

— Elle les rapportera. Évidemment, mes cassettes seront fichues et mes vêtements seront complètement déformés et ils pueront la cigarette.

— Je t'en achèterai d'autres.

— Je n'en veux pas d'autres. Je veux seulement qu'elle arrête de prendre mes affaires.

— Je vais lui parler.

— Ça servira à rien.

— Peut-être que si.

— Est-ce que ça a jamais servi à quoi que ce soit ?

— Alors que faire ? demandai-je au bout d'un moment.

— On pourrait mettre une serrure sur mon placard ?

Je dévisageai ma fille cadette à travers la pénombre, surprise de son sens pratique inné.

— Oui, c'est possible.

— Parfait.

— Tu sais que tu es une sacrée petite maligne ?

Michelle sourit.

— Je peux te dire un truc vraiment horrible ?

Je retins mon souffle.

— Horrible à quel point ?

— Très horrible.

— Sur Sara ?

— Sur moi.

J'éprouvai un curieux mélange d'effroi et de soulagement à la fois. Qu'est-ce que Michelle pouvait avoir de si affreux à me raconter sur elle ? Et si c'était si épouvantable que ça, tenais-je réellement à l'entendre ? Maintenant ?

— De quoi s'agit-il ?

Pendant un instant, elle resta silencieuse, comme si elle hésitait à continuer.

— Tu n'es pas forcée de me le dire.

— Il m'arrive de la détester, avoua-t-elle alors.

— Qui ?

— Sara, précisa Michelle. Parfois, je la déteste.

C'est tout ! me dis-je, soulagée. C'était cela qu'elle trouvait si terrible ?

— Tu détestes ta sœur ?

— Ça m'arrive. Tu me trouves horrible ?

— Je te trouve plutôt normale.

— C'est normal de haïr sa sœur ?

— C'est normal d'en vouloir à quelqu'un qui vous vole vos affaires et vous traite de tous les noms.

— C'est plus fort que ça. Parfois, je la déteste vraiment très, très fort.

— Ça m'arrive à moi aussi.

Michelle me passa les bras autour de la taille et me serra contre elle. Je me souviens que je songeai alors, au moment où je lui embrassais le dessus de la tête, que nous ressemblions à deux compagnons d'armes blessés.

— Je peux te dire autre chose ? demanda-t-elle d'une voix enrouée.

— Tu peux tout me dire.

— Tu te souviens quand j'étais en cours élémentaire ?

— Oui, dis-je en hochant la tête.

— Et que M. Fisher m'avait donné le cocon de papillon à garder pendant les vacances de Noël ?

— Je m'en souviens.

Michelle avait rapporté à la maison un bocal de verre qui contenait un cocon de papillon collé sur un petit bâton. Tous les jours, elle surveillait jalousement le bocal, guettant des signes de croissance, aussi attentive qu'une mère avec son nouveau-né.

— Je crois qu'il y a quelque chose qui cloche, avait-elle déclaré un jour. Le cocon devrait être un peu plus haut.

— Tu ferais mieux de le laisser tranquille, lui avait conseillé Sara.

— Non, il n'est pas assez haut.

Et Michelle avait plongé la main dans le bocal pour déplacer le cocon.

— Voilà, c'est mieux.

Lorsque Michelle avait fièrement rapporté le bocal au maître, il lui avait dit que le cocon avait été dérangé, et que le papillon était mort à l'intérieur.

— Ce sont des choses qui arrivent, lui avait-il dit. Tu n'y es pour rien.

— C'était ma faute, me dit Michelle en pleurant. C'est moi qui ai déplacé le cocon et fait mourir le papillon. Sara avait raison.

— Oh ! ma chérie !

— Elle m'avait dit de le laisser tranquille. J'aurais dû l'écouter.

— Et tu t'en es voulu toutes ces années ?

— Je n'ai jamais dit à M. Fisher que c'était moi qui l'avais déplacé.

Je la berçai contre moi, comme quand elle était petite, plus pour mon réconfort que pour le sien.

— Ce serait merveilleux si on pouvait revenir en arrière pour changer le cours des choses, corriger nos erreurs, faire que tout soit bien.

— Mais on ne peut pas, renifla Michelle.

— Non. Si on le pouvait, on passerait notre vie à réécrire le passé et nous n'aurions plus de temps à consacrer au présent.

— Quelles choses aimerais-tu réécrire ?

— Oh ! C'est une bien grosse question à cette heure de la nuit. Et puis on ne peut que se faire du mal en se posant ce genre d'interrogation. Nous commettons tous des erreurs. Le truc, c'est de faire du mieux qu'on peut.

— Je trouve que tu t'en sors pas trop mal.

— Merci, ma chérie. Est-ce que je t'ai dit que, quand je serai grande, j'aimerais bien te ressembler ?

Elle éclata de rire à travers ses larmes, renifla un bon coup et se serra encore plus fort contre moi.

Nous entendîmes un bruit de pas et nous tournâmes d'un même élan. Ma mère émergea de l'ombre, vêtue de sa chemise de nuit en flanelle blanche, la lueur du clair de lune dansant sur son visage.

— Bonjour, ma chérie, dit-elle en s'asseyant à côté de moi. C'est l'heure de se lever ?

— Il est trois heures du matin, mamie, dit Michelle.

— Je sais.

— Nous devrions toutes être au lit.

— Où est ton père ? demanda ma mère en regardant autour d'elle.

— Il dort, répondit Michelle.

— Où est ton père ? répéta-t-elle, et je compris alors que c'était à moi qu'elle s'adressait.

— Il est mort, lui rappelai-je d'une voix douce.

— Oui, dit-elle en hochant la tête. Je m'en souviens. Nous étions en train de dîner, un soir, nous finissions notre dessert et il s'est levé pour aller chercher un verre de lait. Il a dit qu'il avait un sacré mal de tête. Ce sont exactement ses mots : un sacré mal de tête. Je m'en souviens parce qu'il ne disait jamais de gros mots.

— Sacré, ce n'est pas un gros mot, dit Michelle.

— Ah bon ?

— Non. Plus maintenant.

— Mais ça l'était, à cette époque, lui dit ma mère avec une assurance qui me surprit.

Trois générations de femmes s'enfermèrent dans le silence, le passé, le présent et l'avenir, réunies dans l'obscurité précédant l'aube. Je me souviens d'avoir songé que je ne m'étais jamais sentie impuissante à ce point.

Et je me mis à prier. Que Dieu me donne la sérénité d'accepter les choses que je ne peux pas changer, la force de changer celles qui peuvent l'être, et la sagesse de savoir les distinguer les unes des autres.

# 25.

Inutile de dire que je ne pus fermer l'œil de la nuit. Lorsque Larry se réveilla à huit heures, le lendemain matin, il me trouva encore assise sur le canapé du séjour, les yeux ouverts, regardant la porte d'entrée sans la voir. J'étais seule. Je me souvenais vaguement que Michelle avait remis ma mère au lit au milieu de la nuit, puis qu'elle était venue m'embrasser sur le front avant de regagner sa chambre. C'était à peu près tout ce que je me rappelais. Mon esprit était miséricordieusement vide.

Les heures s'étaient écoulées. Le ciel était passé du noir au gris puis au bleu sans que je m'en aperçoive. Je n'avais plus qu'à faire face à cette nouvelle journée.

— Es-tu restée debout toute la nuit, bille de clown ? me demanda Larry en s'asseyant à côté de moi.

Il poussa les coussins du canapé pour se faire de la place, sa robe de chambre en éponge m'effleura le bras. Je me détournai de lui, essayant de fuir le son de sa voix, sa sollicitude me pesant sur le ventre, comme un enfant qu'on ne désire pas.

— Sara va bien. Tu peux être sûre que ça ne l'a pas empêchée de dormir, elle.

— Je le sais.

— Pourquoi n'irais-tu pas te mettre au lit une heure ou deux ? Tu aurais peut-être la surprise de dormir un peu.

— Je n'aime pas les surprises, répondis-je d'un ton buté, éludant délibérément son conseil.

— Tu sais très bien ce que je veux dire.

Je hochai la tête mais ne fis nullement mine de bouger.

— Comment peux-tu envisager d'affronter Sara alors que tu n'as pas dormi depuis deux jours ?

— Ça ira.

— As-tu décidé de l'attitude que tu allais avoir vis-à-vis d'elle ?

— À part lui crier après ?

Il sourit.

— Ça fait du bien de crier.

Je souris à mon tour.

— J'ai ma petite idée à ce sujet, continua-t-il. Ça t'intéresse de la connaître ?

— On ne pourrait pas en parler plus tard ?

— Peux-tu me promettre de ne rien faire avant que je rentre ?

— Où vas-tu ?

— J'ai un golf, tu t'en souviens ? Mon départ du tee est à neuf heures vingt et une.

— Vingt et une ?

— Les départs ont lieu toutes les sept minutes.

Je hochai la tête d'un air intéressé, alors qu'en vérité je m'en fichais complètement. Mais c'était plus facile, et bien moins dangereux, de parler de golf que de notre fille aînée.

— Je ne suis pas forcé d'y aller.

— Pourquoi n'irais-tu pas ?

— Si tu préfères que je reste à la maison...

— Non. Pourquoi ?

— Si tu as besoin de compagnie. Si tu ne veux pas rester seule.

— Je ne suis pas seule.

— Si tu as besoin de ma compagnie, précisa Larry.

Je me tournai vers lui et essayai de sourire.

— Je vais bien. Vas-y. Va faire ton golf.

Il se leva, se balança d'un pied sur l'autre, son corps trahissant son état d'esprit.

— Je serai de retour vers deux heures. On pourrait aller au cinéma.

— On verra.

Il s'excusa et monta s'habiller. Je me rendis dans la cuisine pour faire un café. Une heure plus tard, j'en avais bu quatre tasses. Larry était parti au golf. J'allai voir ma mère et Michelle et, à mon grand soulagement, vis qu'elles dormaient toutes les deux à poings fermés. Larry avait peut-être raison, me dis-je en me glissant à mon tour sous les draps que je remontai sous mon menton. Quelques heures de sommeil pourraient suffire, si ce n'est à me rendre confiance en l'avenir, du moins à me donner le courage de l'affronter.

Mais les quatre tasses de café firent leur effet, et il me fut impossible de m'endormir. Au bout d'une demi-heure que je passai à me tourner dans tous les sens, j'avais compté suffisamment de moutons pour repeupler les troupeaux des deux côtés de l'Atlantique. Je finis par abandonner et décidai d'aller prendre une douche, dont j'émergeai, vingt minutes plus tard, nettement plus mouillée mais pas plus avancée pour autant.

Larry rentra juste après deux heures, avec un cent quatre décevant. Il me trouva assise à peu près dans la position où il m'avait laissée.

— Je sais que tu as bougé parce que tu t'es changée, remarqua-t-il avec un petit sourire triste. Tu as regardé le journal ?

— Le journal ?

— Pour voir ce qu'on donne au cinéma.

— Je ne peux pas y aller.

— Pourquoi ?

— Qu'est-ce que je vais faire de ma mère et de Michelle ?

— On les emmène.

— Et Sara ?

— Elle n'est pas invitée. Allez, viens. On va se faire un film, ensuite on ira manger des frajitas au Chili's. Tu sais que Michelle adore le Chili's.

— Et si Sara rentre pendant qu'on est partis ?

— Eh bien, ce sera elle qui nous attendra, pour une fois.

— Je ne crois pas que ce soit une bonne idée.

— Qu'est-ce qui n'est pas une bonne idée ? demanda Michelle en entrant dans la pièce.

Elle se laissa tomber sur le canapé, ses longs bras maigres pendant entre ses longues jambes maigres.

— Je pensais qu'on pourrait aller au cinéma vers quatre heures et qu'ensuite on pourrait manger quelque part.

— Au Chili's ? demanda Michelle d'une voix perçante, tout excitée.

— Et une frajita ! lança Larry. Eh bien, regarde donc dans le journal ce qu'on donne et va en parler à ta grand-mère pour savoir ce que vous voulez aller voir.

Michelle bondit aussitôt sur ses pieds.

— Mamie ! cria-t-elle en direction de la chambre de Sara. On va au cinéma.

— Je ne peux pas venir, dis-je à Larry.

— Bien sûr que si.

— Bon, alors, disons plutôt que je ne veux pas venir.

— Tu veux rester ici à ruminer jusqu'à ce que Sara rentre à la maison ?

— J'ai besoin de réfléchir.

— Tu viens de passer vingt-quatre heures à réfléchir. Es-tu plus avancée pour autant ?

— La question n'est pas là.

— Où est-elle alors ?

— Aller au cinéma ne fait pas vraiment partie de ma liste de priorités pour l'instant.

— Tu devrais peut-être reconsidérer tes priorités.

— Quoi ?

— Tu as très bien entendu.

— Notre fille se moque de nous, nous défie, disparaît pendant un week-end et tu voudrais que j'aille au cinéma au lieu d'attendre ici son retour ? C'est ça tes priorités ?

— Nous aurons tout le temps d'affronter Sara plus tard. Pour le moment, tu me parais tellement tendue...

— Je ne suis pas tendue. Je t'en prie, ne viens pas me dire que je suis tendue. Tu n'as pas la moindre idée de ce que j'éprouve.

— Dis-le-moi.

Il s'assit à côté de moi. Je bondis aussitôt sur mes pieds.

— Je suis hors de moi ! m'écriai-je, crachant littéralement les mots. Je suis hors de moi, furieuse et blessée.

Je me mis à faire les cent pas entre les deux canapés, rongée par l'anxiété.

— Je lui faisais confiance, bon sang ! Je la croyais ! Je tombe dans tous ses panneaux. Elle m'a eue, une fois de plus ! Quoi ? Suis-je stupide à ce point ? Il suffit qu'elle me sourie pour que je gobe tout ce qu'elle me raconte.

— Tu es sa mère, dit simplement Larry.

— Je suis idiote. Et elle, ce n'est qu'une sale menteuse.

— Et tu trouves que tu es dans l'état d'esprit qu'il faut pour affronter ta fille ?

— Tu préférerais qu'on ne s'occupe pas d'elle, c'est ça ?

— Je n'ai pas voulu dire ça.

— Qu'est-ce que tu as voulu dire ?

— Simplement que tu avais besoin de prendre l'air. Tu es restée ici à ressasser toute la journée. Ça te ferait du bien de sortir quelques heures, de te changer les idées. Tu n'obtiendras rien avec Sara tant que tu seras en colère.

— Et ensuite ? Après le cinéma et les frajitas. Qu'est-ce qu'on fait ?

— On rentre à la maison. Avec un peu de chance, Sara sera revenue. Nous écouterons ce qu'elle a à nous dire...

— De nouveaux mensonges.

— Puis nous déciderons, calmement, de ce que nous allons faire.

— Quoi, par exemple ?

Il y eut une minute de silence. L'angoisse s'enroula autour de mon cœur comme un serpent s'apprêtant à étouffer sa proie.

— Je pense qu'il faut que Sara comprenne la gravité de ce qu'elle a fait, commença Larry, et que ce genre de comportement n'est plus tolérable.

Je secouai la tête. N'étions-nous pas déjà passés par là ? Sara savait fort bien ce qu'elle faisait. C'était à nous de revoir notre seuil de tolérance.

— Je pense que nous devrions tout lui supprimer jusqu'à la fin de l'année scolaire : son argent de poche et toutes ses activités extra-scolaires. Elle ne quittera la maison que pour aller en cours, c'est aussi simple que ça.

— Tu crois vraiment qu'elle va l'accepter ?

— Sinon, il ne lui restera plus qu'à aller habiter ailleurs.

Cette déclaration brutale me coupa le souffle.

— Quoi ?

Larry se leva, vint vers moi et posa les mains sur mes bras pour me forcer à le regarder droit dans les yeux.

— Quelle autre solution avons-nous, finalement ?

— Tu proposes de mettre notre fille à la porte de chez nous ?

— Je propose de lui laisser le choix. Ou elle décide de vivre selon les règles de cette maison, ou elle décide d'aller vivre ailleurs. C'est aussi simple que ça.

— Arrête de dire ça, ripostai-je en le repoussant pour me remettre à arpenter la pièce. Rien n'est simple quand il s'agit de Sara.

— Alors, faisons au moins un effort pour que ce soit moins compliqué en ce qui nous concerne. (Il leva les yeux vers le plafond, puis les reposa sur moi.) Qui commande ici, Kate ? Qui décide des limites ? Tu es thérapeute. Tu sais très bien que c'est exactement le conseil que tu donnerais à un patient.

— C'est de notre fille de dix-sept ans que nous parlons. Tu viens de dire que nous n'avions plus qu'à la jeter dehors ?

Je m'imaginai Sara, recroquevillée près d'un feu au coin d'une rue déserte. Les flammes s'étirèrent vers moi et me brûlèrent les poumons.

— Je n'ai jamais dit cela.

— Tu sais ce qu'elle fera si nous la fichons dehors ? Elle ira vivre avec Jo Lynn. Voilà ce qu'elle fera. Mon Dieu, qu'est-ce qu'il fait chaud ici ! dis-je en tirant sur le col de mon pull en coton.

— Tu dis que Jo Lynn va venir vivre avec nous ? demanda ma mère en entrant d'un pas vif dans la pièce, Michelle sur ses talons.

— Oh ! mon Dieu ! marmonnai-je entre mes dents.

— Nous avons choisi un film, annonça Michelle. Il commence à trois heures et demie.

— Je ne crois pas que je puisse supporter cela très longtemps, commençai-je d'une voix rauque.

— Maman, qu'est-ce qui t'arrive ?

— Rien du tout ! rétorquai-je, submergée par une bouffée de chaleur. C'est cette putain de chaleur !

Et, sur ces mots, je fis passer mon pull par-dessus ma tête et le jetai rageusement sur le sol. Puis je me mis à le piétiner et, pour finir, l'envoyai valdinguer d'un coup de pied à travers la pièce. Je relevai alors les yeux et vis mon mari, ma mère et ma fille qui me regardaient comme si j'étais complètement folle.

— Il fait effectivement un peu chaud, dit ma mère.

— Maman ! protesta Michelle, les yeux écarquillés d'effroi. Tu as entendu ce que tu viens de dire !

— Tu sais, dit Larry, visiblement perturbé par cet éclat, je crois que nous ferions mieux de nous en aller et de laisser ta mère respirer.

— Oh ! c'est le bouquet ! Les rats quittent le navire.

Larry leva les mains, puis les laissa retomber, inertes.

— Je croyais que c'était ce que tu souhaitais.

— Il y a des rats ? demanda ma mère en scrutant le sol d'un regard inquiet.

— Évidemment, tu ne trouves rien de mieux à faire, dis-je en toisant mon mari.

— De quoi parles-tu ?

— Quand la situation devient trop pénible, rien de tel que d'aller au golf. Ou au cinéma.

Larry se tourna vers ma mère et Michelle.

— Michelle, ma chérie, nous avons encore un peu de temps avant de partir. Pourquoi n'emmènerais-tu pas ta grand-mère faire une petite promenade ?

Les yeux de Michelle allaient de moi à son père et de son père à moi, comme dans un match de tennis.

— Viens, mamie, dit-elle enfin, entraînant sa grand-mère vers la porte d'entrée.

— Nous n'allons plus au cinéma ? demanda ma mère au moment où la porte se refermait derrière elle.

— Tu as quelque chose à me dire ? demanda Larry après leur départ.

Je ramassai mon pull et m'en servis pour essuyer la sueur entre mes seins.

— Tu es sûr que tu as le temps ? Il ne faudrait pas te mettre en retard pour le film.

— Si tu as quelque chose à me dire, dis-le.

— C'est tellement facile pour toi.

— Quoi donc ?

— De partir, comme ça.

— Il s'agit seulement d'un film, Kate. On n'est pas forcés de tout dramatiser.

— Non, je reconnais que notre fille est moins importante que le golf...

— Bon, on arrête tout de suite.

— Tu viens juste de me dire de ne pas hésiter si j'avais quelque chose à dire.

— J'ai changé d'avis.

— Trop tard.

— Ce le sera si tu n'arrêtes pas tout de suite.

— Quoi ! Tu me menaces ? Si je ne me conforme pas aux règles de la maison, tu vas me mettre à la porte, moi aussi ?

— Kate, c'est de la folie. Écoute ce que tu dis.

— Non, toi, tu écoutes. Depuis quelques mois, tout s'écroule autour de moi. Et toi, qu'est-ce que tu fais ? Tu vas au golf.

— Tu es injuste.

— Peut-être, mais c'est vrai. Je dois supporter ma mère, ma sœur, les enfants, et ces foutues bouffées de chaleur, et, pendant ce temps-là, tu te fais de plus en plus rare. Oh ! tu dis ce qu'il faut quand il faut, mais tu n'es jamais là quand j'ai besoin de toi !

— Je suis là, maintenant.

— Juste le temps de prendre une douche et de changer de tenue, avant de repartir au cinéma et au Chili's.

— Qu'est-ce que tu attends de moi, Kate ? Que veux-tu que je fasse ? Dis-le moi, parce que, honnêtement, je ne sais plus. J'ai l'impression que, quoi que je dise ou fasse, ce sera mal. Je marche sur des œufs. Je n'ose plus ouvrir la bouche de peur de dire ce qu'il ne faut pas. Je n'ose plus te toucher, de peur de poser la main là où il ne faut pas, de peur de te mettre en colère. Tu dis que je ne suis jamais là. Tu as probablement raison. Peut-être que ma façon d'affronter tout ce qui nous arrive, c'est de prendre mes distances. Est-ce bien utile de foncer tête baissée sur tous les problèmes ?

— Je ne sais pas, reconnus-je en serrant frileusement mon pull contre moi, trouvant soudain glacé le contact de l'air conditionné sur ma peau nue. Je n'ai plus aucune certitude.

— Tu sais bien que je n'ai jamais envisagé de mettre Sara à la porte, continua doucement Larry.

— Je sais.

— C'est juste que je voudrais avoir un peu la paix. Dieu sait s'il y a longtemps qu'elle ne nous a pas donné la moindre satisfaction.

— Elle n'est pas là pour ça.

— Ça ne devait pas faire partie de ses attributions, j'imagine, approuva tristement Larry. Allez, viens avec nous au cinéma, Kate. Je t'en prie. Cela nous fera du bien.

— Je ne peux pas, m'entendis-je répondre, les joues ruisselantes de larmes. C'est plus fort que moi. Mais allez-y. Franchement. Ça ne m'ennuie pas. Allez-y.

Je le plantai là au milieu de la pièce pour aller me passer le visage sous l'eau. Puis je renfilai mon pull. Je regardai mon reflet dans la glace au-dessus du lavabo, examinant les rides sous mes yeux, qui ressemblaient au tracé des fleuves sur les cartes, léger mais indélébile. Je restai ainsi jusqu'à ce que j'entende la porte d'entrée s'ouvrir et se refermer. Lorsque je revins dans la salle de séjour, quelques instants plus tard, Larry était parti. J'étais seule. Je repris ma place sur le canapé pour attendre le retour de Sara.

Elle franchit le seuil de la maison à six heures trois exactement, son vieux sac à dos de cuir jeté négligemment sur l'épaule. Elle portait le jean serré et le pull moulant qu'elle avait en partant l'avant-veille, et ses cheveux en différents tons de blond lui pendaient dans la figure.

— Oh ! bonjour ! dit-elle, stoppée net dans son élan en me voyant, une rougeur gagnant ses joues pâles. Tu m'as fait peur. Je ne t'avais pas vue. Qu'est-ce que tu fais dans l'obscurité ?

— Je t'attendais, répondis-je avec une voix d'un calme aussi étonnant qu'inquiétant.

Elle regarda lentement autour d'elle.

— Tout va bien ? Et mamie... ?

— Elle va bien.

— Parfait.

Elle partit en direction de sa chambre.

— Tu as rapporté les pulls de Michelle ?

— Quoi ?

— Et ses cassettes ?

— Je n'ai aucune cassette à elle, et pourquoi aurais-je pris ses pulls ? Ils ne me vont pas.

Sara avait réussi à manifester juste ce qu'il fallait d'indignation. Une fraction de seconde, je crus que Michelle s'était trompée.

— Alors, ça ne t'ennuie pas de me montrer ce que tu as dans ton sac ?

— Il n'en est pas question. Si je te dis que je n'ai rien à Michelle, c'est que je n'ai rien. Quoi ! Tu ne me crois pas ?

— Apparemment non.

Elle secoua la tête, comme si mes soupçons étaient invraisemblables, comme si c'était moi qui étais en dessous de tout.

Oh ! elle est très forte ! songeai-je en me levant. Elle est vraiment très forte.

— Il n'y a que des livres dans mon sac, protesta-t-elle.

— Des livres d'histoire ?

— J'ai un contrôle très important demain. Tu t'en souviens ?

— Oh ! je m'en souviens parfaitement !

— Et j'ai encore une ou deux choses à réviser, alors si tu veux bien m'excuser...

— Tu ne crois pas que tu as assez travaillé ? Tu y as passé tout le week-end, ajoutai-je d'une voix douce, conciliante.

— Je voudrais simplement tout relire une dernière fois, déclara-t-elle en riant d'un petit air modeste, pour plus d'authenticité, et elle fit quelques pas vers sa chambre.

— Quand arrêteras-tu de me mentir, Sara ?

Ma question l'arrêta net. Elle arqua le dos, comme un chat qui se sent menacé.

— Je n'ai pas les foutus pulls de Michelle ni ses cassettes de nul, répondit-elle en me tournant toujours le dos, articulant avec précaution, comme si chaque mot lui coûtait un effort.

— Et tu as passé tout le week-end chez les Sperling à réviser ton contrôle.

— Tu le sais bien. Tu as parlé à Mme Sperling.

— Oui, en effet. Plusieurs fois, même.

Sara se retourna lentement vers moi. Quand elle s'immobilisa, je vis que ses yeux continuaient de bouger, essayant d'analyser cette dernière information, pour échafauder un nouveau plan de défense.

— Quand lui as-tu parlé ?

— Hier après-midi.

— Pour me surveiller ?

Je me mis à rire. Son indignation était réellement sidérante.

— Arrête de te moquer de moi !

— Arrête de me mentir.

— Je ne t'ai pas menti. Je suis bien allée chez les Sperling.

— Oui, mais tu n'y es pas restée très longtemps, n'est-ce pas ?

Un silence, très court.

— Je ne pouvais pas. J'ai eu un imprévu.

— Oui, je sais, compatis-je. Ta grand-mère. On avait besoin de toi à la maison.

Sara leva les yeux au ciel, puis elle regarda autour d'elle, à la recherche d'un alibi convenable.

— J'ai eu un imprévu, répéta-t-elle. Un truc grave.

— Ça devait l'être. Et si tu m'en parlais ?

Sara porta son poids d'un pied sur l'autre.

— Je ne peux pas.

— Pourquoi ?

— Je ne peux pas trahir un secret.

Je faillis éclater de rire, une fois de plus, mais heureusement je réussis à me retenir.

— Tu peux trahir ma confiance, mais tu ne peux pas trahir un secret ?

— Je ne voulais pas trahir ta confiance.

— Tu t'en fiches complètement.

— Bien sûr que non.

— Où es-tu allée ?

Sara baissa les yeux, puis elle releva lentement le visage vers moi. Malgré la pénombre, je vis des larmes briller dans ses yeux. Elle est malheureuse, me dis-je, mourant d'envie de la prendre dans mes bras. Mais je me forçai à rester de marbre.

— J'ai une amie qui a de gros ennuis, commença-t-elle, et aussitôt mon désir de la consoler s'évapora, remplacé par une rage qui me fit serrer les poings.

Encore des mensonges, me dis-je, folle de fureur.

— Elle fréquente un garçon qui ne plaît pas à ses parents, et ils veulent qu'elle rompe avec lui. Elle voudrait bien, mais elle a peur d'être enceinte.

Un silence. Une déglutition. De nouvelles larmes qui pointent.

— Elle avait vraiment besoin d'en parler à quelqu'un. Qu'est-ce que je pouvais faire, maman ? C'était bouleversant. Elle était au bord du suicide. Je pense qu'elle m'a appelée parce qu'elle sait que tu es psychothérapeute, elle s'est peut-être dit qu'un peu de ton savoir avait pu déteindre sur moi, que je pourrais l'aider.

Je restai bouche bée devant la façon dont son cerveau fonctionnait, et la vitesse à laquelle il concoctait ces histoires compliquées, devant l'aisance avec laquelle elle m'impliquait dans ses scénarios, allant même jusqu'à me flatter pour que je me sente une petite part de responsabilité. Après tout, si je n'avais pas été thérapeute, rien de tout cela ne serait arrivé. Sans ma profession, mon expérience et ma sagesse, Sara n'aurait jamais été mise dans ce pétrin, elle n'aurait pas eu à s'éclipser de chez les Sperling, ni à me mentir.

— Et tu as pu l'aider ? demandai-je, poursuivant la comédie.

— Je crois, sourit-elle, relâchant sa méfiance. En tout cas, je suis désolée de t'avoir menti. Mais j'ai quand même pu réviser un peu. Je crois que j'ai de bonnes chances de réussir mon contrôle.

— Tu as révisé ? Sans aucun livre ?

— Qu'est-ce que tu veux dire, sans livres ? J'avais mes livres, dit-elle en tapotant son sac à dos pour le confirmer.

— Tes livres sont dans ton placard, dis-je, fatiguée de toute cette comédie.

— Quoi ?

— Tes livres, ils sont dans le placard. Tu veux que j'aille les chercher ?

— Non, ce n'est pas la peine, dit Sara d'une voix cassante. Qui t'a permis d'aller dans ma chambre ?

— Ta grand-mère s'est installée dans ta chambre..., commençai-je, mais elle ne me laissa pas terminer.

— Qu'est-ce que tu es allée fouiller dans mon placard ?

— Je n'ai pas fouillé.

— Mon Dieu, maman, comment veux-tu que je te respecte quand tu ne montres aucun respect envers moi ?

— Je te respecte infiniment.

— Comment ? En allant fouiller ma chambre ? En furetant dans mes affaires ?

— Je n'ai ni fouillé ta chambre, ni fureté dans tes affaires.

— Qu'est-ce que tu faisais dans mon placard ?

— Il n'est pas question de moi, lui rappelai-je, essayant de reprendre le contrôle de la conversation.

— Je n'ai pas quitté la maison depuis cinq minutes que tu es déjà dans ma chambre, à tout retourner, et que tu appelles les Sperling pour me surveiller. Tu appelles ça de la confiance ? Tu appelles ça être honnête ? Tu n'es qu'une hypocrite.

— Attention ! l'avertis-je.

— Qu'attends-tu de moi ? me demanda-t-elle comme Larry me l'avait demandé un peu plus tôt. Je t'ai dit la vérité. Je me taisais parce que je ne voulais pas trahir un secret, mais maintenant je t'ai tout dit.

— Tu ne m'as rien dit du tout.

— J'étais chez mon amie.

— C'est la même qui collectionne les paquets de cigarettes vides ?

— Quoi ? De quoi tu parles ? demanda-t-elle, l'inquiétude adoucissant les plis durs autour de sa bouche et de ses yeux. Maman, ça ne va pas ?

— Je sais où tu étais, Sara, dis-je d'une voix si pleine de colère, d'humiliation et de déception qu'elle en tremblait. Je sais que tu n'as jamais été avec une amie enceinte et suicidaire. Je sais que tu étais avec ma sœur. Je sais que tu es allée à son foutu mariage.

La pièce se retrouva brusquement plongée dans le silence. Si j'attendais des larmes, des excuses et des supplications, c'était raté. Sara me dévisagea sans cacher son mépris.

— Si tu savais depuis le début où j'étais, dit-elle d'une voix ferme et grave, tout sauf contrite, alors à quoi rime cette comédie ? Qui donc est la menteuse, madame la psy ?

— Je t'interdis de me parler sur ce ton.

— Alors arrête tes petits jeux stupides.

La rage me paralysa la langue. J'aurais dû écouter Larry, aller avec lui au cinéma, et ne m'occuper de Sara qu'après notre retour à la maison, avec Larry à mes côtés. J'étais trop fatiguée pour l'affronter seule. Sara était une adversaire bien trop vicieuse. Larry avait raison sur toute la ligne.

— Je vais dans ma chambre, dit Sara.

— Tu dors dans le bureau, lui dis-je à notre surprise à toutes les deux.

— Quoi ?

— Mamie est installée dans ta chambre. Je ne crois pas que ce soit très prudent de la changer. Elle est déjà bien assez perturbée.

Ce qui était d'ailleurs la vérité, même si l'idée m'en venait seulement.

— Parfait, dit Sara.

Et elle partit vers le bureau.

— Et pendant que tu y es, continuai-je, incapable de m'arrêter en dépit de toutes mes bonnes résolutions et de toute mon expérience professionnelle, réfléchis un peu pour savoir si tu souhaites vraiment faire encore partie de cette famille.

— Quoi ? (À l'expression de Sara, je vis qu'elle pensait que j'avais perdu la tête.) Mais c'est quoi ce délire maintenant ?

— À partir de maintenant, tu es punie de tout.

— Quoi ?

— Tu m'as comprise. Tu n'auras plus la moindre faveur.

— C'est à un chien qu'on donne des faveurs. Les gens, eux, ont des droits.

Nous avons des droits, nous aussi, avait dit Larry.

— Plus d'argent de poche, continuai-je, attisée par ses protestations. Plus de sorties le week-end. Et jusqu'à la fin de l'année scolaire, quand tu n'as pas cours, tu restes à la maison, dis-je, répétant les paroles de Larry.

— Va te faire foutre !

Je me vis littéralement fondre sur Sara, les pieds touchant à peine le sol. Je tombai dessus à bras raccourcis, martelant de mes poings sa nuque, son cou, son dos, tout ce que je pouvais atteindre. Sara hurlait, essayait de se dégager, de se protéger de mes coups. Nous criions et pleurions toutes les deux, mais rien ne semblait pouvoir m'arrêter.

— Arrête, maman ! Arrête !

Je me reculai, muette d'horreur, et dévisageai Sara qui me regardait, stupéfaite, le visage en larmes.

— Sara, je suis désolée, commençai-je.

— Sale garce ! me dit-elle.

Sans réfléchir, je la giflai à toute volée, si fort que la paume de la main me brûla et que le bruit résonna dans toute la maison. Je vis le torrent de larmes rageuses balayer les années sur le visage de Sara. L'adolescente redevint l'enfant, puis le bébé tenu au sein. Mon bébé, me dis-je, tandis qu'elle se déployait de toute sa taille d'amazone pour me gifler à son tour.

Stupéfaite, je regardai ma fille aînée, la joue, les entrailles en feu.

— Si jamais tu me frappes encore, lui dis-je lentement, d'une voix étonnamment calme, je te jette dehors.

— C'est toi qui m'as frappée la première, protesta-t-elle.

— Si jamais je te frappe une autre fois, répondis-je du tac au tac, je te fiche dehors.

— Quoi ? Ce n'est pas juste !

— Peut-être, mais ici c'est chez moi.

— Tu es folle ! se mit-elle à hurler. Tu sais quoi ? Tu es complètement folle !

C'est à ce moment-là que Larry revint avec ma mère et Michelle.

— Elle est folle ! se mit à hurler Sara tandis que Michelle berçait ma mère dans ses bras dans le hall d'entrée. Je vais appeler la police. Je vais prévenir l'assistante sociale.

— Que s'est-il passé ? demanda Michelle, abandonnant provisoirement ma mère pour venir à mon aide, fusillant sa sœur du regard.

— Tiens, voilà miss Perfection, entonna Sara.

Larry réussit, je ne sais comment, à renvoyer chacune dans sa chambre, tel un arbitre repoussant les combattants dans leurs coins pour rétablir l'ordre sur le ring. Il calma ma mère, rassura Michelle, soigna les bleus invisibles de Sara, s'assura que tout le monde respirait normalement. Enfin, la maison retrouva son calme, les lumières s'éteignirent peu à peu.

— Est-ce que ça va ? me demanda Larry, un peu plus tard, en se glissant dans le lit à côté de moi.

J'étais allongée sur le côté, le regard perdu sur le halo de la lune qui brillait derrière les rideaux de la chambre.

— Non.

C'était aussi simple que ça.

# 26.

— Arrête de t'en vouloir, me répéta souvent Larry dans les jours qui suivirent.

Mais, évidemment, je me sentais coupable. Comment aurait-il pu en être autrement ? J'avais frappé ma fille, non pas une fois, mais plusieurs. Je l'avais frappée à coups de poing dans le dos, et je l'avais giflée. Comment en étais-je arrivée là ?

— Elle t'a provoquée. Elle a tout fait pour t'y pousser, disait Larry.

Et c'était vrai. J'avais été provoquée. Elle avait tout fait pour en arriver là.

Mais cela ne justifiait pas mon attitude pour autant.

— Tu lui as montré qu'il ne faut pas pousser les gens trop loin, dit Larry.

— Tout ce que je lui ai prouvé, c'est que je ne sais pas me contrôler.

— Arrête de te faire du mal, Kate.

— C'est moi l'adulte dans cette histoire.

— Elle a dix-sept ans et mesure un mètre quatre-vingts.

— Je suis sa mère.

— On ne traite pas sa mère de sale garce.

— Je l'ai frappée.

— Elle t'a frappée aussi.

Bizarrement, de tout ce qui avait été dit ou fait ce soir-là, que Sara m'ait frappée était ce qui m'ennuyait le moins. Peut-être parce que j'ai toujours pensé que, si l'on frappait quelqu'un, il fallait s'attendre à être frappé en retour.

Ma mère ne nous avait jamais frappées.

Un torrent de souvenirs, jusque-là réprimés, se déversa sur moi. J'entendis la porte de mon enfance s'ouvrir, vis mon beau-père entrer. *Bonjour mon chéri*, lui dit ma mère. *Tu rentres tard.*

— *C'est un reproche ?*

— *Bien sûr que non. C'est juste que je m'inquiétais. Le dîner est prêt depuis une heure.*

— *L'heure du dîner, c'est quand j'arrive.*

— *Il est sur la table.*

— *C'est froid.*

— *Je vais le réchauffer.*

— *Tu sais bien que j'ai horreur de ça. Je m'éreinte pas au boulot pour qu'on me serve des trucs réchauffés.*

— *Ne t'énerve pas. Je vais te faire autre chose.*

— *Tu crois que je vais passer la nuit à attendre ?*

— *Ce ne sera pas long.*

— *Tu crois pas que je pourrais avoir un repas convenable quand j'arrive ?*

— *Bien sûr que si. Je fais de mon mieux pour que tu sois content.*

— *Alors pourquoi n'y a-t-il rien de bon ce soir ?*

— *C'est que... c'est parce que tu es en retard.*

— *Tu veux dire que c'est ma faute ?*

— *Bien sûr que non. Ça peut arriver. Je comprends.*

— *Tu comprends rien du tout.*

— *Je suis désolée, Mike. Ce n'est pas ce que je voulais dire.*

— *T'es toujours désolée. C'est jamais ce que tu voulais dire. Le problème avec toi, c'est que tu réfléchis jamais. Pourquoi t'es comme ça ?*

— *Je t'en prie, Mike, calme-toi. Tu vas faire peur aux enfants.*

— *Qu'elles aillent se faire foutre !*

— *Je t'en prie, surveille ton langage.*

— *Mon langage ? Ah, c'est donc ça ! Ton premier mari, que le diable emporte le cher disparu, ne jurait jamais, n'est-ce pas ? Eh bien, qu'est-ce que tu vas faire ? Me laver la bouche au savon noir ? C'est ça que tu vas faire ?*

— *Je t'en prie, Mike !*

— *Tu sais ce qu'on va faire ? Je viens d'avoir une sacrément bonne idée. Voilà. C'est moi qui vais te passer la bouche au savon noir, et comme ça, la prochaine fois que tu voudras faire la maligne avec ton mari, t'y réfléchiras à deux fois.*

— *Non, je t'en prie, ne fais pas ça !*

— *Qu'est-ce qui t'arrive ? T'aimes pas le goût ? Je parie pourtant que c'est meilleur que la merde que tu voulais me servir ce soir, pauvre conne.*

Je fermai les yeux, essayant de ne pas voir les bleus autour de la bouche de ma mère, le lendemain matin, ni les marques rouges sur ses bras et son cou, ni la vilaine égratignure sur son menton.

— *Qu'est-ce que tu as fait à ma mère ?* avais-je demandé après une autre dispute du même genre.

— *Chut, Kate !* me mit-elle en garde. *Ce n'est rien.*

— *Que veux-tu dire ? J'ai jamais touché un seul cheveu de ta mère. Quel mensonge es-tu encore allée raconter aux enfants, Helen ?*

— *Je ne lui ai rien dit. Ce n'est rien, Kate. Je me suis juste pris les pieds dans le tapis et je suis tombée sur l'angle de la porte.*

— *Qu'est-ce que tu peux être maladroite !* dit mon beau-père.

— *Ce n'est pas elle qui est maladroite*, lui dis-je. *C'est toi.*

Je n'ai toujours pas oublié la claque qu'il m'a flanquée. Jamais je ne ferai une chose pareille, m'étais-je juré à ce moment-là. Jamais je ne frapperai mes enfants.

— Je ne vaux pas mieux que lui, dis-je à Larry.

— Arrête de te fustiger avec cette histoire.

Quel intéressant choix de mots ! me dis-je.

— Mais je suis thérapeute, bon sang !

— Tu es une thérapeute, pas une sainte. Kate, t'est-il déjà arrivé ce genre de choses ? Non. Juste cette fois. On t'a provoquée et tu ne t'es plus contrôlée.

— *Il n'est pas toujours comme ça*, entendais-je encore ma mère gémir d'une voix larmoyante. *Il lui arrive d'être gentil, drôle et attentionné. Ça le prend seulement quand il est fatigué. Ou quand je le provoque et qu'il ne se contrôle plus.*

— Tu ne me feras jamais gober ça, lui répondis-je comme je l'avais répondu à ma mère.

La violence était-elle contagieuse ? Se la transmettait-on d'une génération à l'autre, comme une maladie héréditaire ? N'y avait-il aucune manière d'y échapper ?

J'annulai mes rendez-vous des deux jours suivants, et ne sortis pratiquement pas de mon lit. Sara m'ignora complètement. Elle allait en cours, revenait à la maison, restait dans le bureau jusqu'au dîner, mangeait en silence puis regagnait le bureau dès la fin du repas. J'étais la femme invisible, un rôle qui m'était dans un certain sens assez familier, mais avec une sérieuse variante cette fois-ci, car cette invisibilité m'était délibérément imposée.

— Est-ce que je pourrais te parler ? demandai-je à Sara, quelques soirs plus tard, depuis le seuil du bureau.

— Non.

Elle ouvrit un livre et fit semblant de lire.

— Je pense qu'il serait bon qu'on parle de ce qui s'est passé.

— Tu m'as frappée, voilà tout.

— Je ne t'ai pas frappée, commençai-je avant de me raviser. Je suis tellement désolée.

— Je ne veux pas en parler.

— Laisse-la, me dit doucement Larry, qui venait d'arriver derrière moi et qui m'entraîna hors du bureau. Tu n'as à t'excuser de rien.

— Elle te reparlera dès qu'elle aura besoin de quelque chose, dit Michelle.

— Est-ce l'heure de rentrer ? demanda ma mère.

— Je te cherche un nouvel endroit agréable à vivre, maman, lui dis-je, prenant brusquement conscience qu'il fallait que je m'occupe sérieusement de son avenir : il était de plus en plus évident qu'elle ne pouvait pas rester ici. Mais d'abord, nous avons rendez-vous avec le médecin, demain, tu t'en souviens ?

Évidemment, elle ne s'en souvenait pas. Elle oubliait tout d'une minute sur l'autre. Et elle ne comprit pas pourquoi je la réveillai si tôt le lendemain matin, ni où nous allions, tandis que je descendais la Dixie Highway en direction du cabinet du Dr Wong.

— Comment te sens-tu ? lui demandai-je.

— Délicieusement bien. Où allons-nous ?

— Chez la gynécologue. Juste pour un examen de routine.

— C'est parfait, ma chérie.

Tout ne fut pas si parfait que ça. Ce fut ce matin-là que le Dr Wong s'aperçut que j'avais deux polypes et qu'elle me les retira.

— Je suis sûre qu'il n'y a pas de quoi s'inquiéter, mais je dois les envoyer au labo, juste au cas où, dit la gynécologue tandis que je me redressais péniblement. Appelez donc mon cabinet dans deux semaines. Nous aurons les résultats.

Je hochai la tête, et ouvris la porte donnant sur la salle d'attente pour découvrir ma mère devant le journal du matin avec, en première page, la photo de Jo Lynn exhibant fièrement l'alliance qu'elle avait achetée de ses deniers. Brusquement prise de nausée, je me pliai en deux de douleur.

— Je vais vous donner des comprimés pour les spasmes, dit le Dr Wong. Et pas de relations sexuelles pendant une semaine, précisa-t-elle en me raccompagnant à la porte.

Pas de problème, me dis-je en pensant à Robert, tandis que ma mère et moi regagnions lentement le parking. Je dus lutter contre l'envie soudaine qui s'empara de moi de me rouler dans la position du fœtus au milieu du trottoir gris et chaud. Heureusement que Robert et moi n'avions pas fait de projets pour cet après-midi, me dis-je, prise d'une envie de rire.

— Comment te sens-tu, maman ? demandai-je en attachant sa ceinture de sécurité.

— Délicieusement bien. Et toi, ma chérie ?

— J'ai connu mieux.

Elle sourit.

— C'est bien, ma chérie.

Je rentrai à la maison et installai ma mère devant la télévision, dans le séjour, avant de me traîner jusqu'à mon lit. Il ne me fallut que quelques secondes pour m'endormir. Des rêves de Sara se mirent aussitôt à tourner dans ma tête comme des avions en attente de l'autorisation d'atterrir. Heureusement, je ne me souviens plus des détails, mais je me rappelle néanmoins une dispute épouvantable entre Sara et moi, nous finissions par nous battre et Sara me donnait un coup de poing dans le bas-ventre. Je me réveillai en sursaut, prise de terribles douleurs. Je courus jusqu'aux toilettes et regardai, hébétée, le sang goutter dans la cuvette. Charmant, me dis-je en avalant un nouveau comprimé, et je retournai me coucher.

Le téléphone sonna. C'était Larry.

— Comment ça s'est passé ? demanda-t-il et je lui racontai.

— Mais pourquoi ne m'as-tu pas appelé ? Je serais allé te chercher.

— Ce n'était pas nécessaire.

— Tu n'es pas obligée de toujours tout faire toute seule, Kate.

— Pas de relations sexuelles pendant une semaine, ajoutai-je.

Il soupira. Qu'est-ce que ça change ? disait ce soupir.

— Je vais essayer de rentrer de bonne heure.

— Ce n'est pas la peine.

— Arrête de me repousser, Kate.

— Je ne te repousse pas.

Mais il avait raison. Je raccrochai, m'appuyai contre l'oreiller et repartis dans mes rêves érotiques avec Robert. Nous étions dans une des chambres récemment rénovées de l'hôtel Breakers, une pièce ensoleillée qui donnait sur l'océan, avec les vagues qui venaient lécher nos fenêtres tandis que nous nous embrassions en nous caressant très tendrement. Mon fantasme n'alla pas plus loin, peut-être à cause de mes douleurs, ou peut-être parce que Sara voulait absolument entrer dans notre chambre. Elle finissait par expulser Robert de mon lit et l'exilait dans une des vieilles chambres sur le devant de l'hôtel. Ses cris couvraient le bruit apaisant de l'océan.

Je revécus ma scène avec Sara, revoyant en détail tout ce qui s'était passé, les cris, les injures, les gifles. Je repassai encore cette scène mais avec un script différent. Dans la nouvelle version, je gardais mon sang-froid, refusant de tomber dans le piège, et je restais parfaitement maîtresse de moi. Devant chaque nouvelle provocation de Sara, je m'effaçais. Je lui expliquais calmement que nous savions où elle était allée et lui exposais en détail les conséquences de ses mensonges. Sara finissait par comprendre qu'elle avait eu tort de se conduire ainsi et reconnaissait ses erreurs. Nous tombions dans les bras l'une de l'autre en fondant en larmes.

Quel beau rêve !

À trois heures de l'après-midi, on sonna à la porte d'entrée. Je m'extirpai de mon lit et allai répondre, pensant que c'était Larry, tout en me demandant pourquoi il ne se servait pas de sa clé. Mais ce n'était pas lui. C'était Jo Lynn. Pitié ! faites que ce soit encore un rêve ! suppliai-je intérieurement, tout en notant son costume pantalon bleu marine classique et ses cheveux attachés en arrière.

— J'ai dû me déguiser, m'expliqua-t-elle, interprétant mon regard. Les journalistes me rendent folle.

— Tiens donc ! laissai-je échapper pour le regretter aussitôt : je n'avais rien à lui dire et que venait-elle faire ici ?

— Tu as une mine affreuse, me dit-elle en passant devant moi avant que j'aie pu l'arrêter. Tu es malade ou quoi ?

— J'ai subi une petite intervention imprévue ce matin, répondis-je.

Mais qu'est-ce qui me prenait ? Je ne pourrais donc jamais me taire ?

— Une intervention ? De quel genre ?

— Oh ! rien de grave !

— Berk ! dit-elle, sans aucune envie de connaître les détails.

— Qu'est-ce que tu viens faire ici, Jo Lynn ?

— Oh ! tu es furieuse ! Je le devine à ta voix.

— Quelle perspicacité !

— Quelle ironie ! Allez, Kate. Tu ne vas pas me dire que tu n'étais pas prévenue. Ça faisait des mois que je te parlais de mes projets de mariage.

— Comment as-tu pu faire une chose pareille ?

— J'aime Colin. Je suis sûre qu'il est innocent.

— Je ne parle pas de ton crétin de mari ! criai-je. Je parle de ma fille.

Il y eut un silence.

— Colin n'est pas un crétin, dit Jo Lynn.

J'émis un grognement.

— Alors, mon nouveau nom te plaît ? Jo Lynn Friendly. Je trouve que ça sonne bien, pas toi ?

Je ne dis rien.

— Quoi... tu ne veux plus me parler ?
— Je préférerais.
— Oh ! arrête de jouer les constipées, Kate ! Il me fallait une dame d'honneur, tu n'as pas voulu. J'ai demandé à Sara et elle a gentiment accepté. C'était un événement heureux, pour l'amour du ciel, un mariage !
— Un mariage derrière des barreaux, tout de même.
— Ne dramatise pas tout.
— Tu as agi délibérément à l'encontre de ma volonté.
— Tu ne vas pas en faire une montagne.
Je pris une profonde inspiration. Ce n'était vraiment pas le moment de me disputer avec ma sœur.
— Qu'est-ce que tu viens faire ici, Jo Lynn ? demandai-je à nouveau.
— Je cherche notre mère.
Je jetai un œil vers le séjour. Notre mère était assise exactement dans la position où je l'avais laissée, quelques heures plus tôt. Elle n'avait pas bougé, même en entendant la voix de Jo Lynn.
— Maman ? dis-je en me précipitant vers elle.
À la télévision, un jeune couple de roman-feuilleton, incroyablement séduisant, débattait du remariage imminent de leur père. On aurait pu croire que ma mère les regardait, avec ses mains croisées sur ses genoux, ses pieds bien calés sur le sol. Elle avait les yeux ouverts, la bouche entrouverte et un mince filet de salive coulait le long de son menton.
— Elle est morte ? demanda Jo Lynn, en s'inclinant par-dessus mon épaule tandis que je me penchais sur notre mère.
— Maman ?
Je lui touchai l'épaule en retenant mon souffle. Ses yeux papillotèrent et se fermèrent. L'air retenu dans mes poumons s'échappa dans un soupir de soulagement. J'essuyai doucement la salive sur son menton et, en reculant, je me retrouvai dans les bras de Jo Lynn. Je m'écartai d'elle précipitamment.

— Elle dort.
— Elle dort les yeux ouverts ?
— Elle somnole plus ou moins.
— Ça fait peur.
Je pris la télécommande pour éteindre le poste.
— Attends, s'écria Jo Lynn. C'est Reese et Antonia. Leur père est sur le point de réépouser sa seconde femme. Ils la détestent parce que c'est une ancienne strip-teaseuse qui a tenté autrefois de les tuer en mettant le feu à leur maison. Mais elle est très bien maintenant. Elle a repris ses études et elle est devenue psychiatre. Il te reste du café ?
J'éteignis la télé.
— Non.
— Alors va en faire, dit Jo Lynn en se laissant tomber sur l'une des chaises en rotin du coin-repas. Je suis sûre que tu meurs d'envie d'en boire.
Elle avait raison. Je partis à la cuisine le préparer.
— C'est fou ce qui arrive dans ces feuilletons, dit Jo Lynn sans la moindre trace d'ironie. Au fait, quel est le pronostic pour elle ? demanda-t-elle, avec un signe de tête en direction de notre mère.
— Jusqu'à présent, les médecins n'ont rien trouvé d'anormal sur le plan physique, dis-je, trop fatiguée pour mettre fin à cette visite. Comment as-tu appris qu'elle était ici ?
— J'ai appelé son appartement et on m'a dit que son numéro n'était plus en service. Alors j'ai contacté Mme Winchell.
— Et d'où te vient cet intérêt soudain pour elle ?
— Je n'ai pas le droit de m'y intéresser ?
Je haussai les épaules et regardai le café goutter dans la cafetière.
— Alors, tu ne veux pas savoir comment c'était derrière le distributeur d'eau ? demanda Jo Lynn en se tortillant sur son siège.
— Non.

— Allez, tu meurs de curiosité.
— Non, c'est toi qui meurs d'envie de me raconter. C'est différent.
— C'était merveilleux. Enfin, peut-être pas fabuleux du point de vue technique, parce que c'était plutôt exigu là-bas derrière, et on n'avait pas beaucoup de temps, mais c'était encore plus excitant finalement. Sais-tu que, dans des circonstances normales, Colin doit être un amant fabuleux ?
Mais pourquoi le café mettait-il si longtemps à passer ? me demandai-je, les yeux écarquillés.
— Tu ne crois pas qu'on devrait la réveiller ? continua Jo Lynn.
— Pour quoi faire ?
— Je voudrais lui parler.
— De quoi ?
— Me faut-il ta permission pour parler à notre mère ?
— Bien sûr que non. C'est juste que tout ce qu'on lui raconte entre par une oreille et ressort par l'autre.
— C'est pas sûr.
— Si. Je suis bien placée pour le savoir, moi qui passe mon temps avec elle, moi qui lui parle.
— Peut-être que ce que tu lui dis n'est pas très intéressant.
Je secouai la tête en soupirant. Elle avait sans doute raison.
— Je peux te demander de quoi tu veux lui parler ?
Jo Lynn pinça les lèvres et tordit la bouche comme si elle pesait le pour et le contre avant de me mettre dans la confidence.
— Je pense que je peux te le dire puisque c'est toi qui en as eu l'idée la première.
— Quelle idée ?
— Pour les études de droit.
— Quoi ?
— J'ai beaucoup réfléchi à ce que tu m'as dit, et je trouve que ce n'est pas si absurde, tout compte fait.

— Tu es sérieuse ?

— Tu vois que je t'écoute. De temps en temps.

— Et tu as décidé de reprendre tes études ? continuai-je, abasourdie.

Non, cette conversation ne pouvait pas être réelle. Je devais être à nouveau dans mon lit, les draps relevés sur le menton, le ventre tordu de douleur et de protestation contre cette ablation sauvage de ses rejets internes. Samedi, ma sœur épousait un tueur en série. Aujourd'hui, elle s'inscrivait en fac de droit. Les rêves avaient cédé la place aux hallucinations. J'étais aussi cinglée que le reste de ma famille.

— Je pense que tu as raison, finalement. La seule façon dont je puisse réellement aider Colin, c'est en le sortant de cet horrible endroit.

— Ce ne sera pas facile.

— Je sais. D'abord, il faut que je passe mon diplôme.

— Il faut t'inscrire, pour commencer.

— Je sais ! répéta-t-elle d'une voix impatiente. Mais je suis décidée, et tu me connais quand je veux quelque chose.

— Cela veut dire au moins cinq ans d'études.

— Je n'ai rien de mieux à faire, non ? Qu'est-ce qui t'arrive ? C'est toi qui en as parlé la première et qui m'as convaincue que c'était une excellente idée.

— Mais c'est une excellente idée.

— Moi qui croyais que tu allais sauter de joie.

— Mais je suis ravie. C'est juste que...

— Tu m'en veux encore pour Sara.

— J'ai juste un peu de mal à te suivre.

— Ça fait partie de mon charme, dit Jo Lynn en se retournant vers notre mère. Tu crois qu'elle va marcher ?

Je pris deux tasses dans le placard et les remplis de café fumant.

— Pour quoi ?

— Pour mes études.

Je lui tendis sa tasse et trempai prudemment les lèvres dans la mienne, la vapeur m'obligeant à fermer les yeux.

— Quoi ? Tu crois qu'elle va refuser de me les payer.

Je rouvris les yeux.

— Je ne suis pas sûre qu'elle en ait les moyens.

Jo Lynn bondit sur ses pieds, s'éclaboussa la main de café brûlant mais parut ne rien remarquer.

— Que veux-tu dire ? Voyons, elle a de l'argent.

— Elle a dépensé presque tout ce qu'elle avait, tentai-je de lui expliquer. Et les frais médicaux vont manger le reste.

— L'emmerdeuse ! Elle n'aurait pas pu mourir tout simplement !

— Jo Lynn !

Elle se mit à tourner dans la pièce.

— Oh ! épargne-moi ton indignation vertueuse ! Tu ne vas pas me dire que tu n'as pas eu la même idée.

Sur le point de protester, je me retins. C'est vrai que j'avais songé plus d'une fois, au cours des dernières semaines, que sa mort aurait été une fin plus douce pour nous tous.

— Et toi et Larry ?

— Quoi ?

— Tu m'avais dit que vous pourriez m'en prêter, que je pourrais vous rembourser quand je ferais fortune. Tu ne le pensais pas ?

J'hésitai. Elle attaqua.

— Tu n'en pensais pas un mot, hein, c'est ça ? C'était juste un de ces trucs que tu dis pour te donner bonne conscience, sans avoir la moindre intention de le faire.

— C'est faux.

— Alors tu vas me prêter cet argent ou pas ?

— Attends une seconde, tentai-je de la calmer. Tu ne crois pas que nous allons un peu vite ? Qu'y a-t-il de si urgent ?

— Pourquoi attendre ? Je voudrais faire avancer les choses.

— C'est peut-être un peu rapide comme décision. Tu es sûre d'avoir bien réfléchi ?

— Je ne vois pas où est le problème. C'est toi qui m'as donné cette idée de faire des études de droit. Je ne fais que te prendre au mot. Moi qui croyais que tu allais sauter de joie en voyant que j'allais enfin faire quelque chose de ma vie et devenir quelqu'un. À moins que ce ne soit justement de là que vienne le problème ? Tu es tellement habituée à jouer la grande sœur qui sait tout que tu n'as peut-être aucune envie que je réussisse.

J'avalai la fin de ma tasse et sentis ma gorge se serrer. Depuis quand était-il question de moi ?

— Écoute. Tu me prends tout à fait à l'improviste, et tu choisis assez mal ton moment pour me demander un service. Laisse-moi quelques jours pour réfléchir. J'en parlerai avec Larry quand je jugerai le moment opportun.

— Tu te fiches de moi ? Ce ne sera jamais le bon moment !

Et elle fonça vers la porte d'entrée en levant les bras au ciel d'un air révolté.

— Je ne comprends pas. Mais quoi, qu'est-ce que tu attends de moi ?

Et, avant que j'aie pu dire ou faire quoi que ce soit, elle me claqua la porte au nez.

# 27.

— Je crois que je vais aller en Caroline du Sud, la semaine prochaine, dit Larry alors que nous étions couchés côte à côte, les mains croisées sur le ventre, sans nous toucher, les yeux fixés au plafond sur le ventilateur qui tournait doucement.

— Pour voir ta mère.

— Oui, et aussi pour jouer au golf. Mon frère a appelé pour m'inviter quelques jours. En fait, il voulait nous inviter tous les deux.

— Je ne peux pas y aller.

— Je lui ai dit que tu ne pourrais sans doute pas.

— Ce n'est pas le moment. Il y a trop de problèmes actuellement.

— C'est ce que je lui ai dit.

Je sentis la déception dans sa voix et feignis de l'ignorer.

— Mais vas-y, toi. Il y a longtemps que tu n'as pas vu ta famille. Ta mère sera ravie.

— Je crois que je vais y aller, dit-il, après un silence.

— Ça te fera du bien. As-tu réfléchi à la demande de Jo Lynn ?

— Non.

— Tu vas le faire ?

— Non.

— Tu ne crois pas que c'est peut-être dommage ?

— Non.

Je pris une profonde inspiration et laissai l'air s'échapper lentement, plus bruyamment que nécessaire.

— Écoute, Kate. Après le coup qu'elle nous a fait, je ne voudrais même pas lui donner l'heure, à ta sœur, alors elle peut courir pour l'argent. Tu te rends compte de la somme que ça représente ?

— Il s'agirait seulement d'un prêt, pas d'un don.

— Bien sûr. Comme si elle allait faire cinq ans d'études ! Comme si j'allais revoir cet argent un jour !

— Je sais qu'on prendrait un gros risque et, au début, j'ai trouvé que ce serait ridicule, moi aussi. Mais, en y réfléchissant, je me suis dit que ce n'était pas si insensé que ça, qu'elle réussirait peut-être, cette fois-ci. Et puis c'est moi qui lui ai donné cette idée et qui l'ai convaincue qu'elle pouvait le faire.

— Cela ne te rend pas responsable de ta sœur pour autant. Tu n'es pas sa gardienne.

— Je me dis que c'est sans doute sa dernière chance.

— Si elle veut vraiment faire des études de droit, qu'elle se trouve du boulot pour les payer. Il y a un tas de gens qui travaillent ainsi pour financer leurs études.

— Je sais mais...

— Écoute, Kate, je sais que c'est ta sœur, et que tu voudrais l'aider, et je ne veux pas t'en empêcher. Si tu veux et si tu peux l'aider de ton côté, je ne dirai rien, mais ne me demande pas de participer. Je n'en ai ni l'envie ni les moyens.

— Parfait.

— Tu sais ce qui me sidère ?

Il n'attendit même pas ma réponse.

— C'est la vitesse à laquelle elle arrive à te retourner. À un moment, tu es folle de rage contre elle et, cinq minutes plus tard, tu es prête à aller lui décrocher la lune.

— C'est ma sœur.

— Elle est folle. Elle l'a toujours été. La différence c'est que maintenant, c'est une folle dangereuse.

— Dangereuse ?

— Oui. Les femmes qui flirtent avec des tueurs manquent de jugeote. Celles qui se marient avec eux sont cinglées. Et celles qui entraînent leur nièce adolescente dans leur délire sont dangereuses.

— Je pensais simplement que c'était peut-être une façon de l'aider...

— Il n'en existe aucune. Tu ne peux rien pour elle, dit-il en se redressant pour se tourner vers moi. Kate, tu sais aussi bien que moi qu'on ne peut pas tirer d'affaire des gens comme Jo Lynn. Eux, par contre, peuvent te faire couler avec eux.

Il se pencha pour m'embrasser. Je me retournai de l'autre côté, face à la fenêtre.

— Eh bien, la semaine prochaine, tu ne m'auras plus dans les pattes, dit-il d'une voix triste, en se rallongeant. Tu auras quelques jours pour réfléchir à ce que tu veux faire.

Il ne dit pas à quel sujet. C'était inutile. Nous comprenions tous deux ce qu'il voulait dire.

Le lendemain, je pris mon téléphone pour appeler Robert et lui parler des intentions de Larry. Nous décidâmes de nous retrouver le samedi suivant. Au Breakers. Dans une chambre avec vue sur l'océan.

La lettre arriva juste après le départ de Larry pour l'aéroport. Je la regardai quelques secondes sans l'ouvrir, intriguée par l'écriture inconnue, et l'absence d'adresse d'expéditeur. Je la portai à la cuisine et me coupai le doigt en l'ouvrant. Une petite goutte de sang tomba sur la feuille.

*Eh bien, je suppose que c'est officiel, désormais, ma chère Katie, nous sommes de la même famille.*

Mes yeux bondirent jusqu'au bas de la page blanche, tandis que mon cœur s'emballait et que je me mettais à trembler comme une feuille.

— Non ! m'écriai-je, en reprenant la lettre au début.

*Eh bien, je suppose que c'est officiel, désormais, nous sommes de la même famille*, lus-je à nouveau, en me forçant à continuer. *Cette idée me plaît beaucoup, je dois le dire. Enfin, je voulais surtout que vous sachiez combien j'ai regretté que vous ne puissiez venir au mariage, et il faut que vous sachiez que Sara a été vraiment parfaite. Votre fille aînée est vraiment unique. Elle est aussi fraîche que la première fraise au printemps.*

Mes yeux s'emplirent de larmes rageuses. Je les balayai du revers de la main et repris ma lecture.

*Je sais que vous ne me portez pas vraiment dans votre cœur, ma petite Katie, mais je vous porte dans le mien. Un jour, j'espère pouvoir vous le prouver. En attendant, sachez que je ne vous oublie pas. Affectueusement, Colin.*

— Non ! Non ! Non ! Non ! me mis-je à crier de plus en plus rageusement, en déchirant la lettre en autant de morceaux que le permettaient mes doigts tremblants, regardant les bouts de papier tomber sur le carrelage comme des confetti.

Je compris brusquement que c'était une erreur, et me précipitai à quatre pattes pour reconstituer la lettre. J'abandonnai quelques secondes plus tard, effondrée.

— Génial, marmonnai-je. Vraiment génial. Ça, c'est malin.

Je pris une profonde inspiration. Ma preuve était détruite. Je ne pouvais plus appeler la police, maintenant. Alors j'ai appelé ma sœur, à la place.

— Tu lui as donné notre adresse ? hurlai-je dès que j'entendis sa voix.

— Il m'a dit qu'il voulait essayer une dernière fois de s'excuser, m'expliqua Jo Lynn.

Je lui lus la lettre.

— Je trouve que c'est trop gentil, dit-elle. Qu'est-ce qui te prend, Kate ? Il a fait un réel effort. Tu ne veux vraiment pas lui laisser une chance ?

Je raccrochai, plus résignée que surprise. Elle me rappela aussitôt.

— Es-tu décidée, oui ou non, à me prêter l'argent pour mes études de droit ? demanda-t-elle tandis que je secouais la tête, muette de stupéfaction.

— Je n'en ai pas encore parlé à Larry, mentis-je.

— Pourquoi ?

Je n'arrivais pas à croire qu'on puisse réellement avoir cette conversation.

— Il est parti quelques jours. Il revient lundi prochain. Je lui en parlerai à ce moment-là.

— Lundi, ce sera trop tard.

— Trop tard ? Pourquoi ?

Cette fois, ce fut elle qui raccrocha.

— Allez comprendre, dis-je à voix haute.

Je jetai un coup d'œil à ma montre, et m'aperçus qu'il était grand temps que je parte au cabinet si je ne voulais pas être en retard pour ma nouvelle patiente, Mme Black, prévue à une heure. J'avais annulé mes rendez-vous de la matinée pour pouvoir conduire Larry à l'aéroport, mais il avait dit que ce n'était pas la peine, qu'il avait déjà retenu un taxi. Je me dirigeai vers la porte et aperçus les clubs que je lui avais offerts à Noël, appuyés contre le mur, comme un reproche silencieux. Il avait emporté les vieux en Caroline.

— J'aurai plus de chance avec ceux-là, m'avait-il expliqué.

Et il était parti sans m'embrasser.

Pouvais-je lui en vouloir ? J'étais odieuse avec lui depuis des mois, je m'étais complètement repliée sur moi-même, je le tenais toujours à distance. « Tu auras quelques jours pour réfléchir à ce que tu veux faire », avait-il dit.

Ces quelques jours allaient-ils suffire ?

Tu aurais dû partir avec lui, me dis-je en ouvrant la porte de mon bureau, essayant de repousser l'image indésirable de Colin en imaginant à quoi pouvait ressembler

Mme Black et quels pouvaient être ses problèmes. Il y a tant de problèmes. Et si peu de solutions.

Quelques instants plus tard, j'entendis la porte d'entrée du cabinet s'ouvrir et se fermer. Je me levai pour aller accueillir Mme Black.

Elle était debout au milieu de la salle d'attente, et il fallut un moment avant que mon cerveau retrouve qui elle était, alors que je l'avais reconnue immédiatement. Vous savez ce que c'est lorsqu'on rencontre des gens dans certaines circonstances et qu'on ne s'attend pas à les retrouver dans d'autres. C'était le cas avec la femme qui se tenait devant moi, et qui me souriait sous ses couches de fard à paupières bleu, derrière ses cheveux trop noirs qui lui tombaient sur les épaules. Elle portait un tailleur rose pêche avec des bas et des escarpins assortis. Le résultat était quelque peu surprenant, on aurait dit un fruit un peu trop mûr.

— Bonjour, Kate.

— Brandi ! m'écriai-je, en faisant un effort pour garder un timbre normal. (Mais que faisait-elle ici, bon sang ?) Comment allez-vous ?

— Pas très bien.

— Oh ! je suis désolée !

En fait, j'étais surtout désolée de la voir. Brandi Crowe était bien la dernière personne que j'avais envie de rencontrer. N'avais-je pas l'intention de coucher avec son mari, le surlendemain ?

Elle me sourit d'un air anxieux. Que voulait-elle ? Robert lui avait-il dévoilé nos projets ? Un employé du Breakers lui aurait-il vendu la mèche ?

— À quoi dois-je le plaisir de cette visite ? demandai-je à contrecœur.

— J'ai besoin de vous parler.

— À moi ?

— Sur le plan professionnel.

— Je suis vraiment désolée, je suis prise tout l'après-midi.

Jamais je ne m'étais sentie aussi contente d'être surchargée de travail.

— J'ai rendez-vous.

— Ah bon ?

Je repassai mon emploi du temps en mémoire, à la recherche de son nom. Je n'étais tout de même pas à côté de la plaque au point de ne pas remarquer le nom de l'épouse de mon futur amant dans mon agenda.

— Mme Black, expliqua-t-elle, avec un petit sourire d'excuse. Ce n'est pas très original, je le reconnais.

Bien sûr. Ma nouvelle patiente.

— Suffisamment pour que je m'y laisse prendre, m'entendis-je répondre.

— J'avais peur que vous ne refusiez de me recevoir si je vous donnais mon vrai nom. Et je ne voulais pas que Robert sache que j'allais vous rendre visite.

Je retins mon souffle.

— Je vous prie de m'excuser de cette mise en scène.

— Ce n'est rien.

Je la fis entrer dans mon bureau, en essayant de retrouver mon calme, songeant qu'elle avait dû appeler mon cabinet des semaines plus tôt pour obtenir ce rendez-vous, bien avant que je n'organise ma rencontre galante avec son mari pour le samedi suivant. Il était impossible qu'elle soit au courant de nos projets du week-end. Je faillis rire de soulagement.

— Asseyez-vous.

Elle s'assit bien droite sur l'un des fauteuils en face du mien, croisa et décroisa ses jambes gainées de rose pêche.

— Je me sens un peu gênée.

— Êtes-vous certaine que je sois la personne qui vous convienne ?

— Oui, s'empressa-t-elle de répondre. J'ai remarqué que vous saviez écouter. Et Robert vous tient en très haute estime.

L'éthique de ma profession ne m'interdisait-elle pas d'aider psychologiquement l'épouse de mon amant ?

débattais-je intérieurement. Certes, il n'était pas encore mon amant, et ce n'était pas moi qui avais décidé d'avoir sa femme comme patiente. Et ce serait peut-être l'unique visite de Brandi.

— Il vous serait sans doute plus facile de parler à quelqu'un que vous ne connaissez pas, avançai-je, bien consciente que ce serait surtout moi que cela soulagerait.

— Non, vraiment, cela ne me gêne pas du tout d'avoir affaire à vous.

— Parfait, dis-je en forçant mes lèvres à lui sourire d'un air rassurant tandis que je prenais un stylo et mon carnet de notes. Que puis-je faire pour vous ?

Il ne me restait plus qu'à l'écouter. J'aurais toujours la possibilité de lui recommander un autre thérapeute plus tard, me rassurai-je.

Brandi Crowe regarda autour d'elle.

— Je ne sais pas par quoi commencer.

— Si vous commenciez par ce qui vous a décidée à venir ici ?

Elle se mit à rire alors que ses yeux étaient déjà pleins de larmes. Puis suivit un long silence au cours duquel elle déglutit péniblement à plusieurs reprises.

— Mon Dieu, je suis très embarrassée. Ce que je vais vous dire va vous paraître un tel cliché.

— Quelqu'un a dit un jour qu'un cliché n'était qu'une vérité qui revenait trop souvent. Il n'y a pas de quoi être embarrassée.

— Merci, dit-elle, et elle sourit et déglutit une fois de plus. Je ne sais plus qui je suis.

Elle haussa les épaules d'un geste d'impuissance, des larmes roulèrent jusqu'au col de sa veste rose.

Je lui tendis un mouchoir en papier. Elle le prit et se tamponna les yeux en prenant soin de ne pas abîmer son maquillage.

— Et si vous commenciez par me dire qui vous étiez ?

— Vous voulez dire dans mon enfance ?

— Je sais que votre père possède une chaîne de radios, l'encourageai-je.

Elle hocha la tête.

— Quatorze.

— Et votre mère ?

— Elle est morte quand j'avais vingt et un ans. Elle s'est suicidée.

— Mon Dieu, c'est affreux !

— Nous n'étions pas très proches, mais effectivement, je crois que ce fut vraiment horrible.

— Vous avez des frères et sœurs ?

— Deux sœurs. Plus âgées que moi. Il y en a une qui vit à Mauï, l'autre est en Nouvelle-Zélande.

— Elles ne pouvaient pas aller plus loin.

Elle se mit à rire.

— Oui, c'est vrai.

— Donc, vous ne devez pas les voir très souvent.

— Pratiquement jamais.

— Et vous en souffrez ?

— Non, je ne pense pas. Nous n'avons pas grand-chose en commun.

— Comment votre mère s'est-elle tuée ? demandai-je, sincèrement curieuse de le savoir.

Brandi Crowe était bien plus intéressante que je ne l'avais cru.

— Elle s'est pendue dans le bureau de mon père, répondit-elle d'une voix distante, plate, comme si elle parlait non pas de sa mère mais d'une étrangère. Je pense qu'elle voulait seulement attirer son attention. Mais ça ne s'est pas passé comme elle l'avait prévu. Mon père n'est pas allé à son bureau, ce jour-là. C'est une femme de ménage qui l'a trouvée.

— Leur mariage n'était pas très heureux, apparemment.

— Mon père était assez heureux, lui. Il avait ses radios, sa famille, ses femmes.

— Ses femmes ?

Le stylo dans ma main se mit à trembler. Je le posai sur le bloc-notes.

— Mon père a une de ces fortes personnalités comme on en voit dans les films. Grand, passionné et exigeant. Ce n'est pas facile de le satisfaire. Oh ! il s'est un peu calmé, maintenant ! Il a vieilli, il ne peut plus courir comme avant. Mais ça ne l'empêche pas d'essayer.

— Et votre mère savait qu'il était infidèle.

— Tout le monde le savait. Il ne se donnait même pas la peine de se cacher.

— Qu'est-ce que vous en pensiez ?

Brandi pencha la tête, le regard tourné vers la fenêtre.

— Je me sentais diminuée, dit-elle finalement.

Quel intéressant choix de mot, me dis-je.

— Dans quelle mesure ?

— Je ne suis pas sûre de pouvoir l'expliquer. Je pense que ses infidélités me touchaient personnellement, comme s'il ne trompait pas seulement ma mère mais moi également. Cela me donnait l'impression que je ne comptais pas beaucoup.

— Lui en avez-vous jamais parlé ?

Elle laissa échapper un petit rire amer.

— Mon père est un homme d'affaires très occupé. Et il ne s'est jamais intéressé à ce que je pouvais avoir à dire. Jamais.

— S'est-il remarié ?

— Plusieurs fois. En ce moment, il se plaît à dire qu'il est entre deux ex.

— Il a l'air assez égoïste.

— Oui, plutôt. Cela fait partie de son charme. (Elle secoua la tête, de nouvelles larmes lui montèrent aux yeux.) C'est drôle.

— Quoi donc ?

— Je m'étais juré de ne jamais tomber amoureuse de quelqu'un un tant soit peu comme lui, et regardez ce que j'ai fait.

— Quoi donc ? demandai-je en dépit de mon intense désir de ne pas le faire.

— J'ai épousé Robert.

— Vous croyez que Robert est comme votre père ?

— Il est exactement comme lui.

Ce fut mon tour de déglutir, de pencher la tête, de tourner les yeux vers la fenêtre.

— Dans quelle mesure ?

— Il est beau, intelligent, charmant, égoïste, égocentrique, arrogant. L'arrogance donne du sex-appeal aux hommes, vous ne trouvez pas ?

— Il y a une différence entre l'arrogance et la confiance en soi, dis-je, déconcertée par cette allusion au sexe.

— Robert est à la fois arrogant et sûr de lui, vous êtes d'accord, non ?

— Je ne le connais pas suffisamment, éludai-je.

— Mais vous le connaissiez au lycée, s'empressa de dire Brandi. Comment était-il alors ?

— Beau, intelligent, charmant, égoïste, égocentrique, répondis-je, répétant ses paroles. Et arrogant, ajoutai-je, franchement.

Elle sourit.

— Avec beaucoup de sex-appeal, n'est-ce pas ?

— Beaucoup, reconnus-je, sentant qu'il était inutile de mentir.

— Je l'ai vu venir de très loin, continua Brandi. Je me suis dit : quoi qu'il arrive, évite ce type. Il est dangereux. Mais bien sûr, cela faisait partie de son charme. Je connaissais sa réputation. Bon sang, j'ai su comment il se conduisait avec les femmes à la seconde où j'ai posé les yeux sur lui ! C'était le portrait de mon père. Et bien que je sache que je ne pourrais jamais le changer, quelque chose au fond de moi a dû penser le contraire. J'ai dû penser que je n'étais pas comme ma mère, et que je saurais faire en sorte que tout se termine bien. Vous voyez, j'ai lu tous les livres qui ont été écrits là-dessus pour vous aider. Je vois très bien quelles étaient mes motivations.

— Vous voulez dire que vous pensez que Robert vous trompe.

— J'en suis sûre.

— Quelles preuves avez-vous ?

Je me mordis la langue.

— Ça fait presque vingt ans qu'il me trompe.

Je laissai échapper mon stylo qui roula sur le sol. Je me penchai maladroitement pour le ramasser.

— Il a commencé dès notre première année de mariage. Avec sa réceptionniste, je crois. Cela a duré six mois.

— Il vous a parlé d'elle ?

— Oh non ! J'ai dit qu'il était arrogant, pas stupide.

— Comment vous en êtes-vous aperçue ?

— Je ne suis pas stupide non plus.

— En avez-vous parlé avec lui ?

Elle secoua la tête.

— Lorsqu'on met quelqu'un devant son erreur, il faut être prêt à assumer les conséquences. Je n'étais pas prête à ça.

— Et maintenant ?

— J'aime mon mari, Kate. Je ne veux pas le perdre.

— Comment pensez-vous que je puisse vous aider ?

— Dites-moi ce qu'il faut faire.

— Je ne peux pas.

— Je savais que vous alliez me répondre ça. (Elle laissa échapper un petit rire éraillé, comme brisé au contact de l'air.) C'est juste que je ne sais plus quoi faire. Et Dieu sait si j'en ai essayé des trucs ! Je me suis mise en quatre pour tenter de lui faire plaisir. Je me coiffe comme ça, ajouta-t-elle en tirant sur une mèche, parce qu'il aime les cheveux longs. Il a horreur des cheveux gris, alors je refais la couleur toutes les trois semaines. J'ai toute la collection de crèmes antirides qu'on peut trouver sur le marché, et je vais faire de la gymnastique trois fois par semaine. Mais, vous savez, il y a des limites à tout. J'ai quarante-six ans, j'ai eu quatre enfants. Mes muscles n'auront jamais plus leur tonicité d'autrefois. Il y a quatre ans, je me suis fait faire un lifting, ajouta-t-elle en écartant les cheveux au-dessus de son oreille droite. Je ne sais pas si vous voyez les cicatrices.

— Non, dis-je, me refusant à regarder jusqu'à ce que je comprenne qu'elle attendait que je le fasse. C'est du très beau travail, marmonnai-je.

— Ça fait horriblement mal, croyez-moi. J'avais l'impression d'avoir percuté un mur. Mon visage et mon cou ont été couverts d'ecchymoses pendant des mois. On ne vous prévient pas avant. On vous dit seulement que ce sera un peu pénible, un peu douloureux. Que vous aurez des bleus pendant une semaine ou deux. Et encore, ça, ce n'était rien à côté de la plastie abdominale que j'ai subie le printemps dernier.

— Vous avez eu une plastie abdominale ?

— J'ai tout fait. Le lifting, la plastie abdominale, la liposuccion, les seins, tout y est passé.

— Vous vous êtes fait refaire les seins ?

— Après quatre enfants, ils avaient bien changé, et Robert, eh bien, vous le connaissez, il est resté aussi séduisant qu'il y a trente ans. Il est mince et athlétique, il n'a pas pris un gramme et moi, j'avais l'allure d'une femme d'un âge certain qui a eu quatre enfants. Je ne pouvais pas lui en vouloir d'aller voir ailleurs.

— Était-ce plus facile de rejeter la faute sur vous ?

— Peut-être. Comme ça, j'avais l'impression de pouvoir faire quelque chose pour que Robert me regarde à nouveau comme autrefois. Mais vous savez ce que j'ai découvert ?

— Quoi donc ?

— Qu'une fois que mon mari possède quelque chose ça ne l'intéresse plus. Voilà le problème. Peu importe que je semble plus jeune ou plus jolie. Certaines des femmes avec qui Robert a eu des liaisons étaient plus âgées que moi. Il y en a même eu qui n'étaient pas jolies. Toute leur séduction venait de ce qu'elles étaient nouvelles, qu'il ne les avait pas encore possédées. Elles n'ont pas besoin d'être jeunes, du moment qu'elles le font se sentir jeune, lui.

Je baissai les yeux, et comptai jusqu'à dix.

— Et qu'en est-il de votre vie sexuelle ?

« Il y a plus de trois ans que nous n'avons pas fait l'amour, ma femme et moi », entendais-je encore Robert me déclarer.

— Tout va bien.

— Qu'entendez-vous par là ?

— C'est très agréable. Nous nous sommes toujours très bien entendus sur ce plan-là.

Je me mis à tirer sur le bouton du col de mon chemisier.

— Vous faites donc encore l'amour ?

— Oh oui ! Nous n'avons jamais eu de problèmes de ce côté-là. Vous avez l'air surprise.

— Non, dis-je en luttant pour garder un visage impassible. Non, répétai-je, m'apercevant que c'était vrai. Je ne suis pas surprise.

— Ce qui me démonte, c'est que j'étais convaincue que nous avions passé un cap. Les enfants ont grandi. Ils sont de plus en plus indépendants. Nous nous entendons mieux que jamais. Sa dernière liaison remonte à presque un an et demi. Et voilà que ça recommence.

— Ah bon ?

— Oui. Il a une liaison. Ou il va en avoir une.

— Comment le savez-vous ?

— Je le sens. Faites-moi confiance, je sais reconnaître les symptômes.

— Et vous savez avec qui ?

Je retins mon souffle.

— Peu importe avec qui.

— Alors quel est le problème ?

— Le problème, c'est que je ne peux plus supporter tout ça. Les mensonges, la tromperie, ce mépris total de mes sentiments. Je ne pourrais plus faire comme si de rien n'était, et j'ai peur parce que j'ai été Mme Robert Crowe si longtemps que je ne suis plus certaine d'exister par moi-même. Je me suis mise en quatre pour lui plaire. J'ai imposé tant de choses à mon corps et je lui ai demandé tant d'efforts qu'il m'arrive de me regarder dans le miroir sans me reconnaître. Comme s'il ne restait plus rien de moi.

Elle se leva et avança lentement vers la fenêtre.

— À votre avis, comment ai-je pu tolérer ses infidélités toutes ces années ? Vous voulez savoir ce qui est le plus épouvantable ? continua-t-elle, sans attendre ma réponse.

— Quoi donc ?

— C'est que je suis exactement comme ma mère.

Sa réponse me prit à l'improviste.

— Qu'est-ce qui vous fait dire ça ?

— Ma mère s'est suicidée, dit-elle, le regard fixe et sec. Moi aussi, à ma façon. Cela m'a juste pris un peu plus longtemps pour mourir.

# 28.

— Salaud ! hurlai-je en martelant mon volant tandis que je suivais la I-95 qui me ramenait chez moi. Quel salaud de menteur ! « Il y a plus de trois ans que nous n'avons pas fait l'amour, ma femme et moi. » Ben voyons ! Et tu l'as cru ? dis-je en tapant sur le rétroviseur, regardant mon image vaciller puis disparaître. Idiote !

Comment avais-je pu être aussi stupide ? Étais-je toujours aussi désespérément naïve que trente ans plus tôt, en ce qui concernait Robert en tout cas ? Sauf qu'à cette époque, je savais que je n'étais pas la seule. Je savais qu'il allait rendre visite à Sandra Lyons. Et je feignais de l'ignorer. Exactement comme sa femme l'avait fait pendant des années. Et en voulant ignorer la vérité, c'est notre identité que nous perdons.

Heureusement, elle ne sait pas que c'est toi, me dis-je, en redressant le rétroviseur qui me renvoya à nouveau mon regard angoissé. En étais-je bien sûre ? Sa visite à mon cabinet était peut-être longuement préparée, et exécutée avec la maîtrise que l'on peut attendre de quelqu'un ayant acquis une telle expérience en la matière.

« Je ne suis pas stupide », entendais-je encore Brandi déclarer, tandis que je retrouvais dans mon regard, au travers du rétroviseur, le reflet triste de ses yeux gris.

Les objets sont parfois plus près qu'ils ne paraissent dans le rétroviseur, songeai-je en sentant le souffle de Brandi se mêler au mien, éprouvant à nouveau le contact de sa main dans la mienne lorsque nous nous étions dit au revoir.

— Je ne pense pas avoir besoin de revenir, m'avait-elle dit en quittant mon cabinet.

« Méfie-toi des femmes dont le nom peut se boire », avait dit Robert.

Évidemment, il avait dit beaucoup de choses. Mais combien d'entre elles étaient vraies ?

« Il y a plus de trois ans que nous n'avons pas fait l'amour, ma femme et moi. »

Eh bien, c'était possible. C'était peut-être Brandi la menteuse dans cette équation. Robert était peut-être un bon mari fidèle depuis tout ce temps, en dépit de sa femme frigide et sans cœur.

— Tu le crois vraiment ? me demandai-je à voix haute.

Je jetai un regard vers la conductrice de la voiture voisine, qui parlait toute seule, elle aussi. Combien y avait-il de femmes cinglées qui monologuaient sur les autoroutes d'Amérique ? Je me mis à rire. Elle aussi.

Et Brandi, riait-elle également ? Avait-elle quitté mon cabinet, rassérénée par l'idée d'avoir accompli sa mission et d'avoir mis fin à toute compétition, en stoppant net la future maîtresse de son mari ? Pouvait-elle m'avoir menti ? Avoir tout inventé de A à Z ? Des infidélités de son père à celles de son mari, en passant par le suicide de sa mère ?

*Qui est la menteuse, madame la psy ?*

Je changeai de file sans mettre de clignotant, le conducteur derrière moi klaxonna et leva un médius rageur. Rien ne pressait. Je n'étais pas forcée de prendre une décision tout de suite. J'avais jusqu'à samedi pour déterminer ce que j'allais faire avec Robert. Ta femme est venue me voir, commençai-je à répéter, sans avoir le courage d'aller plus loin. Était-ce bien nécessaire, d'ailleurs ?

Je m'efforçai de ne plus penser à rien le reste du trajet. Dès qu'une pensée surgissait, je la repoussais. Et j'arrivai à la maison, un quart d'heure plus tard, épuisée par cette lutte, avec une migraine terrible. Je n'avais qu'une idée, plonger dans un bon jacuzzi bien chaud et me mettre au lit.

La vieille voiture rouge était garée au beau milieu de mon allée, prenant toute la place.

— Génial. Ça tombe vraiment bien, dis-je en serrant les dents.

Je reculai pour aller me garer un peu plus loin dans la rue.

— Que viens-tu faire ici, Jo Lynn ? demandai-je à l'obscurité croissante.

La porte s'ouvrit alors que je remontais l'allée. Michelle sortit. C'était une vraie pub pour Gap, avec son pantalon beige et son sweater vert mousse. Elle referma la porte derrière elle et vint au-devant de moi dans l'allée.

— Je préfère t'avertir, me dit-elle.

— Que se passe-t-il ?

— Jo Lynn est ici.

— Je le vois bien. Où est mamie ?

— Elle dort.

— Et Jo Lynn, qu'est-ce qu'elle fait ?

— Elle prépare le dîner.

— Elle prépare le dîner ?

Michelle haussa les épaules, avec un air de dire : C'est ta sœur après tout.

— Quand est-elle arrivée ?

— Il y a une heure environ.

Je regardai ma montre. Il était presque sept heures.

— Sara est rentrée ?

— Elle aide Jo Lynn.

— Elle l'aide ?

— Je goûterai ta nourriture, c'est promis.

Je me mis à rire, mais jaune.

— Je ne pense pas que ce sera nécessaire, dis-je en me penchant pour l'embrasser sur la joue. Mais merci de l'avoir proposé.

— Je crois qu'il faut que tu gardes ton calme, quoi qu'il arrive, me conseilla Michelle alors que nous arrivions à la porte.

— Il n'arrivera rien.

Qui donc voulais-je rassurer, moi ou ma fille ?

— Oui, mais tu connais Jo Lynn. Elle va bien finir par dire quelque chose qui va t'énerver. Il ne faut pas te laisser avoir.

Je regardai ma fille cadette avec admiration. D'où sortait cette petite créature si sage ? Une grande tristesse m'envahit. Ma fille de quatorze ans voulait me protéger. Alors que c'était à moi de la défendre.

— Tout ira bien, ma chérie, la rassurai-je.

Michelle sourit.

— Haut les cœurs ! dit-elle au moment où je poussai la porte.

— Jo Lynn ? lançai-je depuis l'entrée.

Pourquoi ne pas crier « Ma chérie, je suis rentrée », tant que j'y étais !

— Je fais un sauté, me répondit-elle depuis la cuisine.

Son ton était chaud, réconfortant. Ça sert à quoi la famille ? disait-il.

— Ça sent bon.

Je redressai les épaules et avançai, Michelle sur mes talons.

Jo Lynn, debout devant la cuisinière, faisait sauter du poulet et des légumes dans une grande poêle. Elle portait un jean blanc et un grand pull noir en V. Sara se tenait près d'elle, vêtue d'un jean et d'une chemise en denim bleu étriquée, et surveillait une casserole de riz qui bouillait. Dès qu'elle me vit, elle remit le couvercle sur la casserole et quitta la pièce.

— Tu n'as pas mis le couvert, lui lança Jo Lynn.

— Je le ferai plus tard.
— Maintenant, s'il te plaît, dit Jo Lynn.
À ma grande surprise, Sara revint sur ses pas. Jo Lynn me lança un sourire entendu. Regarde comme c'est simple, disait ce sourire, tandis que Sara mettait le couvert pour cinq.
— Larry n'est pas là, n'est-ce pas ? demanda Jo Lynn.
— Jusqu'à lundi.
Était-ce la raison de sa visite ? Était-elle venue vérifier mes dires ?
— Veux-tu que je fasse autre chose ? demanda Sara à sa tante, comme si je n'étais pas là, comme si je n'existais pas.
— Pas pour le moment.
— Alors je peux y aller ?
— Bien sûr. Je t'appellerai quand le dîner sera prêt. Et merci.
Sara hocha la tête, et quitta la pièce, refusant de regarder dans ma direction.
— Pourquoi as-tu chassé Sara de sa chambre ? Tu aurais pu installer maman dans le bureau.
Je sentis mon estomac se nouer. Je lançai un regard vers Michelle qui, appuyée au dos du canapé du séjour, surveillait attentivement la scène.
— Souris, articula-t-elle silencieusement, et elle souleva le coin de ses lèvres avec ses doigts, comme pour souligner ses mots.
— Ce n'est pas pour très longtemps.
— La chambre, c'est un territoire sacré pour une fille, continua à expliquer Jo Lynn comme si je n'avais jamais été adolescente. Il faut savoir respecter l'intimité des jeunes si l'on veut qu'ils nous respectent.
— Ah bon ?
Michelle s'éclaircit la voix, le sourire forcé plaqué sur ses lèvres, les yeux exorbités par cet effort.
— C'est que je me souviens que je détestais qu'on rentre dans ma chambre, voilà tout. Attends de goûter ce

sauté. C'est un délice. Je suis devenue une sacrée cuisinière, tu sais.

— Super.

— En fait, il suffit d'un peu de pratique. À mon avis, pour cuisiner, il suffit de savoir lire. C'est d'ailleurs ce que maman dit toujours.

— Depuis quand écoutes-tu ce que dit maman ?

— Je viens d'essayer tout un tas de nouvelles recettes, pour quand Colin sortira, poursuivit-elle comme si je n'avais rien dit.

— Super, dis-je encore, comme si c'était la seule chose que je puisse dire sans me mettre dans mon tort.

Ce en quoi je me trompais.

— Arrête de dire « super ». Je sais pertinemment que tu n'en penses pas un mot. Je sais bien que tu n'as aucune envie que Colin sorte de prison.

— Je trouve super que ça te plaise de faire la cuisine.

— Je n'ai jamais dit que ça me plaisait.

Une fois de plus, je tournai les yeux vers Michelle. Elle souleva son menton avec le dos de sa main. Je suivis ses instructions muettes et relevai le menton.

— Tu as mal au cou ? demanda Jo Lynn.

— Il est un peu raide, m'empressai-je de répondre.

— C'est parce que tu ne sais pas te détendre. Tu n'as jamais su te laisser aller. Arrête de vouloir toujours être parfaite.

— Mais pas du tout.

— Tu sais quel est ton problème ? demanda-t-elle en posant la fourchette avec laquelle elle remuait les légumes. Ton métier te poursuit jusque chez toi.

— C'est vrai, sans doute, approuvai-je.

— Tu as tellement l'habitude de donner des conseils aux gens sur la façon dont ils doivent mener leur vie. Note bien que je n'ai rien contre, ça fait partie de ton boulot. Mais tu finis par oublier qu'à la maison tu n'es pas forcée de donner ton opinion sur tout.

— Pardon ?

— Je peux faire quelque chose ? demanda Michelle, qui se matérialisa miraculeusement à mon côté. Je remplis les verres ? Je rince le riz ?

— Tu peux aller réveiller ta grand-mère, ordonna Jo Lynn. Dis-lui que le dîner va être prêt dans cinq minutes.

— Alors, pourquoi ne pas la réveiller dans cinq minutes seulement ? protesta Michelle, renâclant visiblement à nous laisser seules toutes les deux.

— Parce qu'il lui faudra bien cinq minutes pour se lever, et que je ne veux pas gâcher mon dîner par sa faute. Allez. Va la réveiller.

— Vas-y, lui dis-je.

— Mon Dieu, qu'est-ce qu'elle te ressemble ! s'exclama Jo Lynn, dès que Michelle eut quitté la pièce. Pas étonnant qu'elle soit ta préférée.

— Qu'est-ce que tu dis ? Je n'ai pas de préférée.

— Bien sûr que si.

Elle prit quelques légumes sur le bout de sa fourchette et souffla doucement dessus avant de les goûter.

— Hum, c'est délicieux. Donne-moi un grand plat, s'il te plaît.

— C'est Sara qui t'a dit que je préférais Michelle ?

— Je n'ai pas eu besoin qu'elle me le dise. Le plat...

Je sortis un plat du placard et le tendis à ma sœur avec une envie folle de le lui casser sur la tête.

— Qu'est-ce que tu es venue faire ici, Jo Lynn ?

— Préparer ton dîner.

— Pourquoi ?

— C'est peut-être une façon pour moi de dire que je suis désolée.

Je faillis éclater de rire. Ma sœur avait vraiment une façon très spéciale de s'excuser.

— C'est la seule raison ?

Elle haussa les épaules, comme si ce qui allait suivre était tout à fait accessoire et n'avait pas d'importance.

— Il faut que je parle à maman.

— De quoi ?

— Le dîner est prêt ! s'écria-t-elle, et elle transvasa le sauté et le riz dans le plat qu'elle posa sur la table du coin-repas. À table !

— Je pense qu'il faut éviter de lui dire quoi que ce soit qui risque de la contrarier, dis-je, profitant de ce que nous étions encore seules.

— Ça ne te regarde pas, dit Jo Lynn avec un grand sourire.

Sara arriva la première à table. Elle remplit son assiette et commença à manger avant même que nous nous soyons assises.

— Tu ne crois pas que tu pourrais attendre les autres ? lui dis-je.

— Continue, mange, dit Jo Lynn en remplissant les verres d'eau. Depuis quand fait-on des manières ici ? Toi aussi, Kate. Sers-toi.

— J'attends les autres.

— Comme tu voudras. Mais c'est meilleur chaud.

Et Jo Lynn se servit copieusement de sauté et de riz.

— Qu'est-ce qui se passe ? demanda ma mère qui arrivait guidée par Michelle. C'est une fête ?

Elle portait une robe-chemisier rose pâle. Ses boucles s'étaient aplaties pendant son somme.

— Oui, maman, répondit Jo Lynn. C'est ta fête. Tu peux pleurer si tu veux.

— Pleurer ? demanda ma mère, qui n'avait pas saisi l'allusion au vieux tube de Lesley Gore.

— Mange, dit ma sœur.

— Ça sent merveilleusement bon.

— Goûte, c'est délicieux, dit Sara, tandis que Michelle aidait sa grand-mère à s'asseoir.

— Oui, Kate cuisine merveilleusement bien, dit ma mère.

Jo Lynn posa une énorme part de sauté dans l'assiette de notre mère.

— C'est moi qui ai fait le dîner, précisa-t-elle.

— C'est vrai, ma chérie ? Félicitations.

Jo Lynn leva son verre d'eau devant elle.

— Je propose qu'on porte un toast.

Elle attendit, un sourire se dessina sur ses lèvres, puis il se figea tandis que nous levions nos verres.

— Aux nouveaux départs.

Nous trinquâmes.

— Est-ce que nous fêtons quelque chose ? demanda ma mère.

— Oui, mamie, répondit Michelle. C'est une fête.

— Tu peux pleurer si tu veux, dit Sara.

Ma mère commença à manger du bout des dents.

— Tu n'as pas à avoir peur, dit Jo Lynn. Ça ne va pas te sauter à la figure.

— C'est délicieux, déclara ma mère. Kate est une merveilleuse cuisinière.

— C'est Jo Lynn qui a fait le dîner, mamie, dit Sara.

— Bien sûr, ma chérie.

Le reste du repas se déroula dans un silence miséricordieux. Quand il fut terminé, ma mère me fit des compliments sur ce délicieux dîner.

— C'était une charmante soirée, dit-elle.

— Mais elle n'est pas encore terminée, dit Jo Lynn tandis que Sara et Michelle débarrassaient la table et mettaient les assiettes dans le lave-vaisselle. Nous avons une petite affaire à régler.

— Une affaire, ma chérie ?

— Jo Lynn, je t'en prie...

— Kate, ne te mêle pas de ça. Ça ne te regarde pas.

— Est-ce que tu veux regarder la télé, mamie ? demanda Michelle depuis la cuisine.

Jo Lynn l'assassina du regard.

— Rappelle tes chiens, Kate.

— Tu sais qu'elle ne va rien comprendre à ce que tu vas lui dire, dis-je.

— Et alors, ce n'est pas nouveau.

— Et même si elle comprend, elle va oublier.

— Mais elle n'a pas besoin de s'en souvenir. Et tu n'as pas besoin de rester.

— Je ne bougerai pas d'ici.

— Comme tu voudras. Mais ne t'en mêle pas.

Jo Lynn fit pivoter la chaise de ma mère pour qu'elle soit face à elle.

— Maman, écoute-moi. Ce n'est pas compliqué. J'ai besoin d'argent.

— D'argent ?

— Ouais, tu sais, ces sales petits billets verts que tu amasses depuis des années.

— Jo Lynn, je t'en prie...

— Ferme-la, Kate.

— Elle n'a pas d'argent.

Notre mère me lança un regard fatigué.

— C'était un dîner charmant, Kate.

— C'est moi qui ai fait le dîner, dit Jo Lynn, les mains posées de part et d'autre de la chaise de notre mère, son visage à quelques centimètres du sien. C'est moi qu'il faut remercier, pas Kate.

— Kate est une cuisinière merveilleuse.

Des larmes de rage montèrent aux yeux de Jo Lynn.

— Kate fait tout merveilleusement bien. Nous le savons tous. Mais ce n'est pas d'elle dont il est question. Voyons, tu te souviens de ce que je viens de dire.

— Bien sûr, ma chérie.

— Parfait. Parce que c'est très important pour moi. J'ai décidé de retourner à l'université pour devenir avocate. Qu'est-ce que tu en penses ?

— C'est merveilleux, ma chérie.

— Et pour cela, il me faut de l'argent. Et je n'en ai pas. C'est pourquoi je te demande de m'en prêter.

Notre mère sourit.

— Il ne s'agit pas d'une grosse somme d'argent. Deux mille dollars me suffiront pour le moment.

— Pour le moment ? demandai-je d'une voix qui claqua comme un coup de fouet.

— Je t'ai demandé de rester en dehors de tout ça, Kate, m'avertit Jo Lynn.

— Mais tu n'as pas besoin de deux mille dollars tout de suite. Tu n'es encore inscrite nulle part. Tu n'as même pas envoyé ta candidature.

— Il faut envoyer le chèque avec la candidature.

— Mais certainement pas un chèque de deux mille dollars.

— Les temps ont changé depuis que tu as fait tes études, Kate.

— Pas à ce point-là. Pourquoi te faut-il ces deux mille dollars ?

— Reprends-moi si je me trompe, mais cette conversation n'était-elle pas entre maman et moi ? Et n'as-tu pas, par ailleurs, manqué à ta promesse de me prêter cet argent ?

— Dis-moi vraiment ce qui se passe, Jo Lynn.

— C'était un charmant dîner, Kate, dit notre mère, ses yeux allant d'une fille à l'autre. Je crois que j'aimerais bien retourner dans ma chambre, maintenant.

— Bien sûr, maman, m'empressai-je d'acquiescer. Michelle, si tu veux bien raccompagner...

— Michelle, tu restes là où tu es. Ta grand-mère ne partira pas d'ici tant que nous n'aurons pas réglé ça.

— Mais pour l'amour du ciel, tu ne vois donc pas que ça ne sert à rien ? Tu la perturbes, c'est tout.

— C'est toi qui la perturbes. Tout se passait bien avec moi.

— Elle ne comprend pas ce qui se passe.

— Elle comprend tout. N'est-ce pas, maman ?

— Bien sûr, ma chérie, répondit notre mère en se tortillant sur son siège d'un air embarrassé.

— Tu vois.

— Elle répond toujours ça, tentai-je d'expliquer.

— Qu'est-ce qui te prend, Kate ? Tu as peur qu'il ne te reste plus rien pour ton héritage ?

— Mais de quoi tu parles ? Il n'y aura pas un sou.

— Tout ce qu'il me faut, c'est deux mille dollars, maman. Tu dois bien les avoir. Et je ne t'ai jamais rien demandé auparavant.

— Ce dîner était délicieux, dit notre mère d'une petite voix, ses mains s'agitant nerveusement sur son giron.

— Tu lui fais peur.

— C'est vrai ce que dit Kate ? Je te fais peur ?

— J'aimerais bien aller dans ma chambre, maintenant.

— Tu pourras aller où tu voudras dès que ce sera réglé.

— Pour l'amour du ciel, Jo Lynn, ça suffit ! Je crois qu'il est temps que tu rentres chez toi.

— La fête est finie ? demanda notre mère.

— Oui, maman, la fête est finie.

— La fête bat son plein, déclara Jo Lynn d'une voix stridente, où perçait un désespoir étrange. Écoute, je crois que tu ne comprends pas combien c'est important pour moi. C'est sans doute ma dernière chance. Tu ne voudrais pas m'en priver, non ? Imagine comme tu seras fière, maman. Tu pourras parler de ta fille, l'avocate, à tous tes amis.

— Bien sûr, ma chérie.

— Si tu me dis où tu as rangé ton carnet de chèques, je pourrai aller te le chercher.

— Mon carnet de chèques, répéta ma mère en me regardant.

— Ne la regarde pas. Regarde-moi. Dis-moi simplement où il est et j'irai le chercher. Je te remplirai le chèque, tu n'auras plus qu'à le signer.

— Bien sûr, ma chérie.

— Où est-il ? Dans ton sac ?

Jo Lynn se leva et se précipita vers la chambre de Sara.

— Qu'est-ce qui se passe ? demanda Sara d'un ton las. C'étaient les premiers mots qu'elle m'adressait depuis notre altercation.

— Je ne sais pas exactement, répondis-je, sincère.

Jo Lynn revint avec le sac de notre mère.

— Je ne trouve pas ton carnet de chèques. Où l'as-tu rangé ?

— C'est moi qui l'ai, répondis-je, prête à affronter le feu d'artifice qui n'allait pas manquer de suivre.

— Comment, c'est toi qui l'as ? Mais pourquoi ?

— Il n'y a plus d'argent sur son compte, Jo Lynn. Et ça ne sert à rien de discuter.

— Bon sang, qui t'a chargée de t'occuper de ses affaires ?

— Nous devrions nous calmer un peu, avança Michelle.

— Ferme-la, Michelle. Ne viens pas te mêler de ça.

— Ne lui parle pas comme ça, intervint Sara, m'ôtant les mots de la bouche.

Jo Lynn leva les mains au ciel.

— Oh ! c'est super ! Liguez-vous contre moi, ne vous gênez pas.

— Je te propose un marché. Tu m'apportes ta demande de candidature et je te fais un chèque pour les droits d'inscription, et je paierai au fur et à mesure que ce sera nécessaire.

— Cela ne me convient pas.

— Qu'est-ce que tu veux dire ?

— Arrête de me traiter comme une enfant.

— Je ne vois pas pourquoi tu dis ça.

— Tu veux voir la candidature. Tu veux faire le chèque. Tu veux toujours tout diriger.

— Et toi, tu veux l'argent, oui ou non ?

Elle m'ignora et se laissa tomber à genoux devant notre mère.

— Je t'en prie, maman, c'est très embarrassant pour moi. Tu ne pourrais pas me prêter cet argent sans faire d'histoires ? Ne me force pas à te supplier.

Les yeux de ma mère s'emplirent de larmes.

— C'était une charmante soirée.

— Arrête, maman. Je t'en prie.

— Elle n'y peut rien, dis-je.

— Si, elle peut.

Jo Lynn se releva et se mit à faire les cent pas devant le siège de notre mère, comme un lion en cage, toutes griffes dehors, prête à bondir à la gorge.

— Non, maman, tu ne vas pas me faire ça. Tu ne vas pas t'en tirer comme ça, cette fois-ci.

— De quoi parles-tu, à la fin ? demandai-je. Qu'a-t-elle bien pu te faire ?

— Rien ! hurla Jo Lynn. Absolument rien ! N'est-ce pas, maman ? Tu n'as jamais rien fait !

— Je n'ai rien fait, répéta notre mère, un petit éclair de compréhension s'allumant au fond de son regard.

— Tu restes assise à ne rien faire. Comme toujours.

— Je n'ai rien fait, acquiesça notre mère.

— Quand ton mari rentrait à la maison, qu'il te criait après, tu ne faisais rien. Quand il te tapait dessus et qu'il te lavait la bouche au savon noir, tu ne faisais rien.

— Rien.

— Quand il terrorisait tes enfants, tu ne faisais rien.

— Je ne faisais rien.

— Jo Lynn, pourquoi remuer tout ça maintenant ? demandai-je d'une voix douloureuse tellement il m'était difficile de parler.

— Le problème, c'est qu'elle n'a jamais rien fait ! Pendant toutes ces années, elle n'a jamais rien fait !

— Et elle a payé pour ça. Dieu sait si elle l'a payé cher.

— Non, c'est moi qui l'ai payé cher ! C'est moi qui ai payé, protesta Jo Lynn, le visage couvert de larmes.

— Mais que veux-tu dire ? Tu étais sa préférée. Il ne t'a jamais touchée.

À la seconde où les mots franchirent ma bouche, je compris que je n'aurais jamais dû les prononcer.

— Oh non ! dis-je. Non, pitié.

— Bienvenue dans le monde de la réalité, madame la psy ! lança ma sœur.

— Je n'ai rien fait, dit ma mère, en se levant lentement.

— C'est vrai, maman. Tu n'as rien fait.

Jo Lynn se tourna vers la fenêtre du fond, et la fixa comme si le film de son passé était projeté sur la vitre.

— Tous ces soirs où il venait dans ma chambre pour me souhaiter bonne nuit, toutes les fois où il quittait ton lit pour venir dans le mien, toutes ces promenades à la campagne, en voiture, le dimanche après-midi. « Tu vois les vaches là-bas ? » me disait-il, tandis que sa main se glissait entre mes cuisses. « Quand elles sont toutes debout, c'est qu'il va faire beau, et quand elles sont couchées, c'est qu'il va pleuvoir. »

— Mon Dieu, dis-je, me sentant brusquement anéantie. Je ne savais pas.

— Non, mais elle, elle le savait, dit Jo Lynn, dévisageant notre mère qui, elle aussi, fixait la fenêtre du fond, regardant le même film que ma sœur. Et elle n'a rien fait.

— Je ne savais pas, balbutia notre mère. Je ne savais pas.

— Ne viens pas me dire que tu ne le savais pas ! cria ma sœur. Tu savais. Tu savais ! Et tu faisais semblant de rien. Qu'est-ce que tu croyais ? Que ça disparaîtrait si tu l'ignorais ? C'est ça que tu pensais ?

— Je ne savais pas.

— Comment as-tu pu le laisser s'en tirer comme ça ? Comment as-tu pu le laisser me faire ce qu'il m'a fait ? Tu étais ma mère. Tu étais censée prendre soin de moi. Tu étais censée me protéger.

— Il était toujours tellement gentil avec toi, dit notre mère, en larmes maintenant. Si tendre.

— Ah çà ! pour être tendre, il était tendre.

— Je t'enviais. Je me disais souvent : si seulement il pouvait être aussi gentil, aussi tendre avec moi.

— Tu le savais, insista Jo Lynn. N'essaie pas de me faire croire le contraire.

— Je ne me suis doutée de rien jusqu'à tes treize ans.

— Et qu'est-ce qui t'a mis la puce à l'oreille, maman ? Mes cauchemars répétés, mes mauvaises notes, le sang sur mes draps ?

Pendant un moment, ce fut un silence total. Sara se pencha vers Michelle et la prit dans ses bras.

— C'est la façon dont il t'a regardée, finit par dire notre mère. Tu t'étais penchée pour ramasser quelque chose, et j'ai surpris son regard, et brusquement, j'ai compris. Je l'ai quitté le lendemain.

— C'était trop tard, dit Jo Lynn en s'essuyant le nez du revers de la main. Trop tard.

Notre mère se laissa retomber sur sa chaise, et enfouit sa tête entre ses mains.

— Mais tu es allée le voir, rappelai-je à ma sœur. Quand il est tombé malade, tu es allée à l'hôpital. Tu as pleuré quand il est mort.

— C'était mon père.

Et alors, plus personne ne prononça un mot.

# 29.

Je rêvai la nuit suivante que je courais dans un champ. Le ciel était mauve, la pluie menaçait, l'herbe était sèche et jaune. On entendait Jo Lynn chantonner dans le lointain « Tu m'attraperas pas, tu m'attraperas pas ». Je courais dans la direction de sa voix et je trébuchais sur une vache blanche couchée par terre. Tandis que je me relevais, j'apercevais Sara assise sur le dos d'une autre vache. Elle pleurait. Je me précipitais vers elle, mais mon chemin se trouvait brusquement coupé par une double rangée de fil de fer barbelé tendue entre nous.

Colin Friendly était debout dans une haute tour et pointait un long fusil sur la tête de ma fille.

— Ne vous inquiétez pas, me disait-il. Je vais prendre soin d'elle.

— Toutes les vaches sont couchées, disait alors une voix derrière moi.

Je pivotais sur moi-même. Mon beau-père était appuyé contre un énorme banian. Il tenait une bouteille de bière d'une main, et Michelle de l'autre.

— Ça signifie qu'il va pleuvoir, disait Michelle, tandis que mon beau-père resserrait sa poigne.

Je me suis réveillée en sursaut, dans mon lit, le cœur battant la chamade, le corps en sueur. Et j'ai couru à la salle de bains vomir dans les toilettes.

— Salaud ! marmonnai-je entre deux spasmes. Putain de salaud !

Comment avais-je pu l'ignorer ? Comment avais-je pu ne me douter de rien ? Ça faisait des années que ma sœur laissait échapper des allusions. Tous les éléments étaient là. Il ne me restait plus qu'à les trouver, les rassembler et les mettre en place. Était-ce de l'aveuglement ou tout simplement de la stupidité de ma part ? Et ma mère. L'avait-elle toujours su, comme le soutenait Jo Lynn, ou était-elle vraiment partie dès qu'elle s'était doutée de quelque chose ? Cela avait-il encore de l'importance ? Le mal était fait.

J'ai alors pensé appeler Larry puis je me suis ravisée. Il allait être deux heures du matin. J'allais réveiller toute la maison et faire une peur bleue à sa mère. Et tout cela pourquoi ? Pour lui donner les dernières nouvelles de ma famille de cinglées ? Qu'est-ce qu'il pourrait y faire ? Personne n'y pouvait rien.

Nous avions mis une heure à nous remettre après le départ de Jo Lynn, qui s'était enfuie de la maison en sanglotant, minée de chagrin.

— Je t'en prie, reste ici ! l'avais-je suppliée tandis qu'elle se précipitait vers sa voiture. Tu peux dormir dans mon lit. Je t'en supplie, Jo Lynn, tu ne devrais pas conduire dans cet état ! Tu ne devrais pas rester seule.

Pour toute réponse, elle avait verrouillé ses portes et fait marche arrière dans mon allée, à toute allure, manquant de peu ma voiture garée dans la rue sombre. J'avais essayé de l'appeler dix minutes plus tard mais j'étais tombée sur son répondeur. « Bonjour, ici Jo Lynn, roucoulait sa voix sensuelle. Dites-moi tout. »

— Je t'aime, avais-je répondu. Je t'en prie, appelle-moi dès que tu rentres.

J'avais rappelé dix minutes plus tard, laissé un nouveau message, et j'avais recommencé toutes les dix minutes pour finalement abandonner, peu après minuit.

Il était clair qu'elle ne voulait pas me parler. Et qu'y avait-il à ajouter, d'ailleurs ?

— Tu crois que ça va aller pour elle ? avait demandé Michelle.

— Je n'en sais rien.

— À ton avis, mamie était au courant ?

— Je n'en sais rien.

— Pourquoi est-ce que Jo Lynn n'a rien dit à personne ?

— Je n'en sais rien.

Avais-je jamais su quoi que ce soit ?

— Pourquoi est-ce que tu n'as pas voulu lui donner l'argent ? demanda Sara. Tu pouvais le faire.

— La question n'est pas là.

— La question c'est qu'elle t'a demandé de l'aider et que tu as refusé.

— J'ai essayé de l'aider.

— Oui, quelle thérapeute tu fais !

Je n'avais pas discuté. Elle avait raison.

J'avais finalement réussi à ramener ma mère dans la chambre de Sara, je l'avais déshabillée et je l'avais couchée. Je l'avais bordée dans son lit et, lorsque je m'étais penchée pour l'embrasser, j'avais senti ses joues mouillées de larmes.

— Ça va aller, maman ? lui avais-je demandé.

Mais elle ne m'avait pas répondu. Elle était restée allongée là, les yeux ouverts, les larmes continuant à ruisseler sur ses joues. Lorsque j'étais revenue la voir une heure plus tard, elle n'avait pas bougé.

Le lendemain matin, je me rendis chez Jo Lynn.

— Pourriez-vous me faire entrer dans son appartement ? demandai-je au gardien, un homme grand au visage sombre et anguleux et aux yeux enfoncés. Elle était souffrante, hier soir. Je voudrais juste m'assurer que tout va bien.

— Qu'est-ce qui me prouve que vous êtes sa sœur ? me demanda-t-il, me dévisageant d'un air sceptique.

— Qui voulez-vous que je sois ?

— Une journaliste, répondit-il d'une voix traînante. Vous n'arrêtez pas de la poursuivre depuis le mariage.

— Je ne suis pas journaliste.

— On ne dirait pas que vous êtes sa sœur.

— Écoutez, j'ai peur qu'elle ait fait une bêtise.

Et, fatiguée de discuter, je tournai les talons.

— Attendez ! Je vais vous laisser entrer.

— Qu'est-ce qui vous a fait changer d'avis ? lui demandai-je tandis qu'il ouvrait la porte de l'appartement de ma sœur.

— Si vous aviez été journaliste, dit-il en s'écartant pour me laisser passer, vous n'auriez pas laissé tomber si facilement.

— Jo Lynn ! appelai-je, depuis l'entrée. Jo Lynn, tu es là ?

J'avançai pas à pas, et balayai les lieux du regard, sans m'attarder sur quoi que ce soit, de peur de tomber sur quelque chose que mon esprit n'était pas prêt à accepter.

— Jo Lynn, répétai-je, en avançant lentement, le gardien sur mes talons comme un chien fidèle.

L'appartement était à la fois en pagaille et rangé. Tout à fait comme Jo Lynn. Du désordre organisé, me dis-je, en notant la moquette bleu-vert usée, le canapé à fleurs passé et le fauteuil assorti, la table basse qui disparaissait sous des piles de vieux journaux et de magazines récents. D'autres revues étaient étalées sur le bar en Formica noir. Un pull blanc, sale, était jeté sur l'un des deux tabourets, et une paire de sandales rouges dont une bride était arrachée gisaient sur le sol, l'une sur l'autre.

— Elle n'a pas l'air d'être là, dit le gardien, en regardant dans la cuisine par-dessus mon épaule.

Il y avait encore d'autres périodiques sur la table de la cuisine, ainsi qu'une grosse paire de ciseaux, un album plein de coupures de presse et un pot de colle vide. Je jetai un regard vers l'album et aperçus, sur la page ouverte, Colin Friendly qui me faisait un clin d'œil. Je détournai aussitôt les yeux, remarquant alors la rangée de vieilles boîtes de céréales alignées sur le comptoir à côté d'un carton de lait vide. Sur un côté du carton, la photo d'une petite fille me dévisageait.

ON RECHERCHE, était-il écrit au-dessus de son sourire qui découvrait des dents écartées. Je m'enfuis de la pièce, les yeux pleins de larmes.

— Ça va ? me demanda le gardien.

Je hochai la tête. Des images de Jo Lynn se mirent à défiler devant mes yeux, comme une succession de ces horribles photos prises dans les morgues. Elle était dans une baignoire, les veines ouvertes, le sang gouttant sur le sol de carrelage blanc. Ou pendue à la douche, un immense drap de bain gaiement coloré en guise de corde. Ou allongée dans son lit, le teint de cendre, la bouche ouverte, les mains croisées sur sa poitrine plantureuse, morte d'une overdose de barbituriques.

— Pourriez-vous me rendre un service ? Pourriez-vous aller vérifier dans les autres pièces ?

Il hésita, se balança, puis se décida enfin à y aller.

— Vous feriez bien de venir par ici, me dit-il quelques secondes plus tard.

Mes genoux s'entrechoquèrent et faillirent se dérober sous moi.

— Oh ! mon Dieu ! dis-je en m'accrochant au bar.

Je fis glisser une pile de journaux qui s'écrasa à mes pieds. Un journal s'ouvrit, découvrant les yeux de Colin Friendly levés vers moi, regardant directement sous ma jupe.

— Oh ! mon Dieu ! répétai-je, en piétinant sa tête, contemplant le visage qui se fendit en deux lorsque la feuille se déchira. Est-ce qu'elle est... ?

— Elle n'est pas là. Je n'ai pas l'impression qu'elle ait passé la nuit ici.

Un rire de soulagement m'échappa. Pour se transformer aussitôt en un sanglot qui se bloqua dans ma gorge tandis que je m'approchais de la chambre de ma sœur.

J'examinai le grand lit, qui n'était pas défait, effectivement, et qui était recouvert d'une couette en vichy bleu. Un ours en peluche abricot était assis sur un oreiller du même vichy.

— On se croirait dans une chambre de petite fille, dit le gardien, lisant dans mes pensées.

Mon reflet dans le miroir de la coiffeuse de Jo Lynn attira mon regard. La glace était entourée de photos de Colin Friendly, qui, glissées dans les rainures du cadre métallique, s'imposaient à ma vue, et s'introduisaient ainsi de force dans mon monde, dans ma réalité. Partout où mes yeux se posaient, il était là. À me narguer.

— Ses vêtements ont disparu, dit le gardien.

— Quoi ?

Il s'approcha du placard.

— Elle vous a dit qu'elle partait en vacances ?

Je palpai les cintres vides et les rayons dégarnis en secouant la tête. Ses tiroirs étaient vides à part quelques vieilleries.

— On dirait qu'elle est partie pour de bon, dit le gardien, me volant une fois de plus mes pensées, qui tourbillonnaient dans ma tête telles des feuilles mortes emportées par le vent.

Où pouvait-elle bien être allée ? Pourquoi avait-elle emporté toutes ses affaires ?

— C'est mercredi prochain, l'échéance du loyer, dit le gardien.

— Je suis sûre qu'elle sera revenue d'ici là, marmonnai-je, brusquement pressée de partir. Elle s'absente tous les week-ends, rappelai-je, tout en essayant de rassembler les pièces de ce dernier puzzle, pour comprendre ce que Jo Lynn nous réservait.

Avait-elle décidé d'aller vivre plus près du pénitencier ? Déménageait-elle ce week-end ? Était-ce l'explication de la disparition de ses vêtements ? Et la raison pour laquelle elle avait besoin de tant d'argent ? Le mois de loyer passé, celui à venir, la caution, récapitulai-je intérieurement tandis que le gardien quittait l'appartement à ma suite et refermait la porte derrière moi. Tout cela finissait par faire une sacrée somme. C'était coûteux de repartir de zéro.

— Si vous voyez ma sœur, pourriez-vous lui dire que je suis passée, et qu'il faut que je lui parle ? C'est urgent.

— Ça m'étonnerait qu'elle revienne, répéta le gardien d'un ton lugubre tandis que je regagnais ma voiture.

— Mais où es-tu, bon sang ? hurlai-je, une fois dans ma voiture.

— Elle est allée voir Colin, me rassura Larry quand je l'appelai en Caroline. Arrête de te faire du souci pour elle, Kate. Elle est à Raiford, entourée d'une armée de gardes et de policiers. Elle est en lieu on ne peut plus sûr.

— Tu crois ?

— J'en suis certain.

— Merci. Je suis contente de t'avoir appelé.

— Moi aussi.

— Comment va ta famille ?

— En pleine forme.

— Et le golf ?

— Super.

— En pleine forme. Super, répétai-je.

— Tout le monde t'embrasse.

— Dis-leur bonjour de ma part.

— Promis. Tu me manques. Je t'aime. Tu le sais.

— Je le sais. Je t'aime aussi.

Et le samedi, j'allai au Breakers rejoindre Robert.

Je m'étais dit que j'y allais parce qu'il fallait que je sache la vérité, qu'il fallait que j'interroge Robert pour savoir si ce que Brandi m'avait dit était vrai, que, sinon, j'allais passer le reste de ma vie à me poser des questions et à m'en vouloir, que j'avais déjà bien assez traîné, et que toute ma vie ne serait bientôt plus qu'un énorme regret.

— As-tu des nouvelles de Jo Lynn ? vint me demander Sara, dans la salle de bains, alors que j'appliquais sur mes lèvres le nouveau rouge corail que je venais d'acheter.

Je sursautai et fis tomber le tube qui laissa une grande trace orange sur le marbre vert amande. L'orange du quartier des condamnés à mort, songeai-je, m'empressant d'effacer la tache avec une éponge, avant de jeter le tube dans mon sac à main, tout en essayant de garder un air naturel.

— Non, elle n'a pas appelé.

— Qu'est-ce que tu vas faire ?

— Que veux-tu que j'y fasse ?

Sara haussa les épaules et s'appuya contre le mur. Elle portait un jean aux jambes coupées et une de ces grandes tuniques indiennes qu'elle avait tant aimées.

— Écoute, je vais m'absenter quelques heures, dis-je, bien décidée à ne plus accorder une seule pensée à ma sœur de l'après-midi : elle finirait bien par refaire surface, comme d'habitude.

— Tu es belle.

— Merci.

J'essayai de ne pas paraître trop surprise de ce compliment, me demandant si Sara pouvait deviner sous mon ensemble pantalon Armani et mon chemisier de soie la délicate lingerie rose que je portais.

— Où vas-tu ?

— Je vais visiter quelques maisons pour mamie, mentis-je, brusquement odieuse à mes yeux.

— Je croyais que c'était demain que tu devais y aller.

— Demain aussi, répondis-je, en pensant qu'il y avait des mois que nous n'avions pas eu une aussi longue conversation, me demandant pourquoi c'était maintenant qu'elle avait lieu.

— Tu crois que tu vas trouver ?

— J'espère, lui dis-je, en sortant de la salle de bains, mes talons claquant sur le carrelage.

— D'où sors-tu ces chaussures ?

Mon Dieu, me dis-je, rien ne lui échappe !

— Je les ai achetées il y a quelques semaines. Comment tu les trouves ?

— Un peu hautes. Je ne t'ai jamais vue porter des talons aussi hauts.

— J'avais envie de changer.

— À quelle heure reviens-tu ?

— Pas trop tard. Dans quelques heures. Peut-être avant. (Peut-être plus tard, continuai-je en pensée.) Pourquoi ?

— Comme ça.

Elle haussa les épaules. Et resta plantée là.

— Tout va bien ?

J'avais posé la question à contrecœur, prise de remords. À n'importe quel autre moment, j'aurais sauté sur cette occasion de renouer la communication entre nous, d'autant plus que c'était Sara qui faisait des ouvertures. Mais pourquoi fallait-il que ce soit maintenant ?

— Tu veux qu'on parle ?

— De quoi ?

— Je ne sais pas. On dirait que tu attends quelque chose.

— Qu'est-ce que tu veux dire ? demanda-t-elle, se raidissant aussitôt, déjà prête à prendre la mouche.

— Rien. Il faut que j'y aille.

Je n'avais ni le temps ni la patience de m'occuper de ça maintenant.

— On pourrait peut-être aller au cinéma, après, dit Sara en me suivant vers la porte d'entrée.

— Tu veux aller au cinéma ? Avec moi ?

— C'est que... comme je n'ai plus d'argent, et que tu ne me laisseras pas sortir avec mes amis... dit-elle avec une certaine logique.

— D'accord, dis-je, comprenant mieux la situation. Nous verrons à mon retour.

— Ne sois pas trop longue, me dit-elle, tandis que je montais dans ma voiture.

Les enfants doivent avoir une sorte de radar, me dis-je en reculant dans l'allée, un système sophistiqué qui les avertit lorsque leur monde risque de changer. Mais ne l'avons-nous pas tous ? me demandai-je, m'apercevant que j'avais ignoré le mien bien des fois.

Vingt minutes plus tard, les tours jumelles du Breakers surgirent devant moi. Elles me firent aussitôt penser au nouveau palais de justice de Palm Beach dont les toits arrondis rappelaient à dessein l'architecture du Breakers. Mais pourquoi aller penser à des trucs pareils maintenant ? Ce n'était guère le moment de songer à ma sœur ou à son goût déplorable question hommes.

Une idée désagréable s'insinua dans ma tête, comme un lombric dans de la terre mouillée. Ma sœur et moi, nous n'étions pas si différentes finalement. Nous avions toutes les deux le don de nous enticher d'hommes peu recommandables. Ma sœur gâchait sa vie pour l'un d'entre eux. Allais-je faire la même chose de mon côté ?

Je me garai devant l'hôtel, entre une Rolls noire et une Mercedes chocolat.

Je remontai d'un bon pas l'allée en U, passai devant la grande fontaine et ses nymphes, et arrivai devant l'entrée majestueuse du vieil hôtel, une construction magnifique qui affichait sans complexe son luxe vénérable. Je vis les portiers et les grooms en épaulettes et chemises amidonnées, non sans remarquer les nombreux chariots à bagages, les sacs de golf et les palmiers en pots alignés sous le portique. Je suivis le tapis rouge jusqu'aux hautes colonnes ioniques et franchis les portes vitrées qui donnaient sur le hall immense, avec son plafond voûté couvert d'une fresque et doté, à intervalles réguliers, de gigantesques lustres de cristal, et son sol de marbre couvert par endroits de luxueux tapis. Il y avait des tapisseries aux murs, d'énormes vases de fleurs sur de hautes consoles de marbre, de profonds canapés et des fauteuils confortables regroupés autour de tables basses. Et même des tables à jeu prêtes pour une partie d'échecs. Je me dirigeai vers le comptoir de la réception, les pieds comprimés dans mes hauts talons.

J'étais en avance, je le savais sans avoir à regarder ma montre. Robert ne devait pas être encore arrivé. Ce qui ne m'empêcha pas de jeter un regard furtif autour de moi, en évitant soigneusement de croiser le regard de qui que ce soit. Je pouvais passer la demi-heure suivante à me promener dans les luxueuses boutiques situées au-dessus de l'entrée, aller dans les jardins, ou m'asseoir au bar situé au fond, derrière la salle de restaurant. J'étais venue y dîner une fois avec Larry, peu de temps après notre arrivée à Palm Beach. Et depuis, nous avions parlé régulièrement de venir passer un week-end entier dans cet hôtel. Nous ne l'avions pas fait. Et voilà que j'y étais maintenant, sur le point de prendre une chambre avec un autre homme.

— Non, il n'en est pas question, marmonnai-je entre mes dents, m'arrêtant net, et faisant demi-tour avant d'arriver à la réception. Tu es venue ici uniquement pour lui parler.

Pour connaître la vérité ?

Exactement.

La vérité ou la suite.

La vérité et la suite, tu veux dire.

Arrête ton cinéma, me dis-je en me laissant tomber sur un fauteuil de style, disparaissant complètement derrière un énorme hortensia dont les fleurs roses me tombaient carrément sur les genoux. Il y avait de fortes chances que je connaisse déjà la vérité. Ce qui ne changeait rien, apparemment. J'étais là, non ? Je n'avais plus qu'à attendre la suite. Quelles pourraient bien être les conséquences d'une aventure avec Robert ? Y en aurait-il forcément ?

Toute action entraîne une réaction, récitai-je intérieurement, sachant pertinemment qu'il y avait toujours des conséquences.

J'entendis un rire et, me tournant brusquement, je me mis la pointe d'une feuille dans l'œil. Un jeune couple se tenait enlacé à moins de un mètre de moi, leurs lèvres soudées, leurs corps ondulant au rythme d'une brise imaginaire, tandis que les gens autour d'eux, surpris, passaient sur la pointe des pieds pour ne pas troubler cette étreinte passionnée. Devant la réception, un petit garçon de cinq ou six ans les montra du doigt à sa mère en riant. Elle le gronda en disant qu'on ne montrait pas du doigt et se détourna, mais quelques secondes plus tard, je vis qu'elle se retournait pour les dévisager avec un regard mélancolique.

C'est ça que je veux, me dis-je, sachant qu'elle pensait la même chose. Être jeune et éperdument amoureux, avoir besoin des bras de l'autre si fort que ça fait mal, mourir littéralement du besoin de sentir ses lèvres sur les siennes, se sentir désirée, emportée, au point d'en oublier l'existence du reste du monde. Avoir dix-sept ans à nouveau.

Dans mon rêve, je nous imaginais, Robert et moi, tendrement enlacés, ses yeux plongés amoureusement dans les miens, ses lèvres embrassant délicatement la commissure de mes lèvres, la courbe de mon cou, mes cils palpitants, mes joues, le bout de mon nez. Il prenait mon visage entre ses mains, glissait ses doigts dans mes cheveux tandis que sa langue s'unissait à la mienne, nos baisers se faisaient de plus en plus passionnés, toujours tendres, encore plus tendres.

La réalité serait différente. Elle n'était jamais ce qu'on attendait. Oh ! il y aurait bien des baisers tendres et passionnés, mais ils ne seraient que le préambule à l'acte final, et ils ne pourraient pas s'éterniser ! Le temps nous était compté. Sara m'attendait à la maison. Et Robert devait sans doute avoir des projets avec sa femme. Nous ne pouvions pas disparaître longtemps si nous ne voulions pas éveiller les soupçons. Et donc, les baisers tendres et passionnés laisseraient la place à des caresses de plus en plus orientées. Les vêtements seraient déboutonnés et enlevés. Nos membres se mêleraient, nos peaux se souderaient. Une peau différente de celle dont j'avais l'habitude, une façon différente d'être caressée. Et ce serait merveilleux, je le savais. Et quand tout serait terminé, nous resterions dans les bras l'un de l'autre, conscients du temps qui s'écoule, essayant d'oublier la réalité du drap mouillé sous notre peau.

C'est toute la différence entre le rêve et la réalité. Le rêve n'entraîne aucune conséquence, aucun problème. Quand il est terminé, on se sent bien, pas coupable. Les rêves ne mouillent pas les draps.

C'était ça que je voulais. Le rêve.

Je n'avais nullement besoin de réalité. J'en avais déjà bien assez.

Je nous imaginais Robert et moi, chacun de notre côté du lit, sans parler, sans nous toucher, en train de nous rhabiller. Je savais que je me sentirais très mal. Je me sentais déjà très mal.

— Qu'est-ce que je fais ici ? murmurai-je, en prenant une longue feuille verte dans ma bouche.

Et alors je le vis.

Il avançait vers les portes d'entrée d'un pas confiant. Il portait un pantalon marine et un polo blanc, qui soulignait sa puissante musculature. Une mèche de cheveux tombait insolemment sur son front. Un sourire flottait sur ses lèvres. Qu'il est beau ! me dis-je en sentant tous les muscles de mon corps se raidir. Était-il possible de désirer quelqu'un autant et de l'aimer si peu ?

Un hoquet de surprise m'échappa, que je m'empressai d'étouffer en couvrant mes lèvres de la main, lorsque la justesse de mon observation me frappa droit à l'estomac, comme le poing d'un boxeur. La vérité, c'était que je n'aimais pas Robert, que je ne l'avais jamais aimé, et c'était la raison pour laquelle je n'avais pas couché avec lui, trente ans plus tôt. Et la raison pour laquelle je ne pourrais pas coucher avec lui aujourd'hui.

Robert traversa le foyer, les yeux rivés devant lui, sans regarder ni à droite ni à gauche. Il ne me vit pas. Ce qui n'avait rien d'étonnant. En fait, j'étais invisible pour Robert, je l'avais toujours été. Comment pourrait-on voir quelqu'un si, lorsqu'on le regarde, ce n'est que pour chercher son propre reflet dans ses yeux ?

C'était ça la vérité. C'était ça la réalité.

J'observai Robert qui, toujours très à l'aise, parlait à l'employé de la réception. Puis il balaya le foyer d'un regard rapide. Lève-toi et manifeste ta présence, va lui dire que tu as changé d'avis, me dis-je. Mais je me tassai sur mon siège, disparaissant complètement derrière l'hortensia, sachant bien que je me conduisais comme une idiote, et que, même si je n'avais plus l'intention de monter dans la chambre avec lui, je lui devais au moins la politesse d'une explication.

Mais rien ne put m'arracher à mon fauteuil, comme si j'avais pris racine. Car, en dépit de ma découverte toute récente, et de mes nouvelles résolutions, je savais que, si je quittais ce fauteuil et si je parlais à Robert, j'étais perdue. C'était comme si j'étais déjà couchée toute nue en plein milieu du drap mouillé. Et je restai donc sur mon siège, cachée par l'hortensia géant, regardant mon ex-futur amant signer le registre et prendre la clé de la chambre, avant de se diriger vers l'ascenseur avec un sourire confiant.

Et alors, je courus vers la sortie comme si j'avais le diable aux trousses, comme si ma vie en dépendait.

Ce qui était peut-être le cas.

# 30.

J'appelai Jo Lynn dès que j'arrivai chez moi. Ce fut encore son répondeur qui répondit. Je décidai donc d'appeler le motel où elle descendait habituellement à Starke. La gérante m'informa qu'elle ne l'avait pas vue depuis plusieurs semaines et raccrocha sans me laisser le temps de lui demander le numéro des autres motels des environs.

— Génial, marmonnai-je, tout en me demandant si je devais appeler la police, ou le pénitencier, décidant, en fin de compte, de ne rien faire. Qu'allais-je leur dire, après tout ? Que pouvaient-ils faire ?

— Je suppose qu'elle n'a toujours pas téléphoné ? demandai-je à mes filles.

Elles secouèrent la tête.

Je pensai à Robert, en me demandant s'il m'attendait encore à l'hôtel, s'il avait commandé du champagne, s'il s'impatientait, s'ennuyait, s'inquiétait, s'énervait.

— Personne d'autre n'a appelé ?

— Qui par exemple ? demanda Sara.

— Personne en particulier.

Je remarquai qu'elle s'était lavé les cheveux et qu'elle avait passé un pantalon beige et un pull assorti étonnamment présentables.

— Tu veux toujours aller au cinéma ?

— Si tu veux, répondit Sara d'une voix qui se voulait indifférente.

— Et toi, Michelle ? Ça te dirait d'aller voir un film ?

— Je ne peux pas. Je vais chez Brooke, rappelle-toi.

— C'est vrai. J'avais oublié. Où est mamie ? demandai-je en regardant autour de moi. Elle dort ?

— Elle est dans sa chambre, répondit Sara. Elle se comporte bizarrement.

— Qu'est-ce que tu veux dire ?

— Bonjour, ma chérie, dit ma mère, comme si elle avait attendu en coulisses son tour d'entrer en scène.

Elle avança dans la cuisine en traînant les pieds, son sac à la main.

— Ai-je bien entendu ? Tu disais que nous allions au cinéma ?

Sara choisit un film qui venait de sortir et la salle, à quatre heures de l'après-midi de cette journée ensoleillée, était presque comble. Nous réussîmes à trouver trois places ensemble sur le devant de la salle.

— Ça te va, maman ? lui demandai-je.

Elle ne répondit pas. Elle n'avait pas dit un mot depuis notre départ de la maison.

— Elle était calme comme ça, pendant mon absence ? demandai-je à Sara.

Sara hocha la tête.

— Oui, sauf quand elle a crié.

— Elle a crié ?

— Plusieurs fois.

— Mais pourquoi ne m'en as-tu pas parlé plus tôt ?

— Mais je te l'ai dit.

— Tu m'as dit qu'elle était bizarre. Tu n'as pas parlé de cris.

— Chut ! dit quelqu'un, tandis que les lumières s'éteignaient.

Elle cria, la première fois, pendant la bande-annonce d'un film. Un cri perçant, comme une sirène, qui me fit une peur bleue, et que dire des gens autour de nous qui sautèrent littéralement dans leurs sièges.

— Maman, qu'est-ce qui se passe ?

— Tout va bien ? demanda la femme assise juste devant nous.

— Maman, qu'est-ce qui t'arrive ?

Ses yeux hagards fixaient l'écran. Elle ne répondit pas.

— Tout va bien, rassurai-je les gens autour de nous.

Elle cria à nouveau dix minutes plus tard, pendant le générique, faisant affreusement peur, une fois de plus, à notre entourage, déclenchant quelques rires gênés et quelques « chut ! » exaspérés. Deux personnes au bout de notre rangée allèrent s'installer plus loin.

— Je suis désolée, chuchotai-je dans l'obscurité. Je suis vraiment désolée. Maman, qu'est-ce qui t'arrive ? Tu as mal quelque part ? Tu veux t'en aller ?

— Chut ! lança quelqu'un d'une voix forte.

Ma mère ne dit rien, se renfonça dans son siège, extérieurement très calme, ses démons apparemment exorcisés. J'essayai de me détendre, de me concentrer sur ce qui se passait à l'écran, mais j'étais dans l'expectative. J'étais crispée sur mon siège, le corps en alerte, prête à traîner ma mère dehors à la prochaine crise. Qui ne vint jamais. Car ma mère s'endormit pour ne se réveiller qu'au moment du générique de fin.

— Comment te sens-tu ? lui demandai-je tandis que les lumières revenaient.

— Délicieusement bien.

En tout cas, elle avait réussi à me faire oublier Robert, songeai-je, en remontant l'allée. Je me demandais combien de temps il était resté à l'hôtel et s'il avait essayé d'appeler à la maison pour voir si j'y étais, si tout allait bien. Avait-il vérifié dans les hôpitaux, appelé la police, contacté la station WKEY pour avoir les derniers rapports d'accidents ?

Je me précipitai sur le téléphone public dans le hall du cinéma, pour appeler mon répondeur et connaître mes messages. Il n'y en avait aucun.

Nous nous rendîmes dans un minuscule restaurant italien dans la même galerie marchande que le cinéma. La petite salle brillamment éclairée était décorée aux couleurs du drapeau italien : rouge, blanc, vert. Nous commandâmes une énorme pizza avec toutes sortes de garnitures et une salade au gorgonzola.

— Alors, tu as trouvé une place pour mamie ? demanda Sara tandis que nous attendions d'être servies.

— Pardon ?

Je regardais dehors en me demandant si Robert était parti et ce qu'il faisait. Je n'étais pas étonnée, finalement, qu'il n'ait pas appelé. Ni particulièrement déçue, constatai-je avec un réel soulagement.

— Je voulais savoir si tu avais trouvé une place pour mamie.

— Non, dis-je en tournant les yeux vers cette étrangère en face de moi qui avait été ma mère.

La dureté de l'éclairage de la salle accentuait le vide de son regard et donnait au reste de son visage un éclat sinistre. On aurait presque dit qu'elle était d'un autre monde, une créature extraterrestre tombée parmi nous. Je me souvins d'une phrase de la bande-annonce d'un vieux film d'horreur : *D'abord, ils s'emparent de votre corps, puis ils s'emparent de votre esprit.* Sauf que dans ce cas précis, le processus se déroulait dans l'autre sens. C'était l'esprit de ma mère qui avait été pris alors que son corps restait relativement intact. Non, me dis-je en dévisageant celle qui m'avait donné la vie presque un demi-siècle plus tôt, la transperçant de mon regard. Cette femme n'est pas ma mère. Cette créature à la peau de porcelaine, au regard vide et caverneux, n'a rien à voir avec ma mère.

Nous mangeâmes en silence, en écoutant un homme à la table à côté critiquer violemment le film que nous venions de voir. Un sujet intéressant, mais un script médiocre, déclara-t-il, dû sans doute à trop d'auteurs et trop d'interférence du studio. Les acteurs étaient convenables, sans plus. La mise en scène était trop dispersée. Il y avait trop de prises de vues bizarres, pas de vision réelle. Décidément, c'était mauvais.

Sara fit une grimace, prit une autre bouchée de pizza. De la sauce tomate et du fromage dégoulinèrent sur son menton.

— Qu'est-ce que tu penses du film, mamie ? demanda-t-elle.

— Je ne sais pas, répondit ma mère, le regard brusquement inquiet.

— Tu ne sais pas si tu as aimé le film ?

— Je ne sais pas, répéta ma mère, lâchant sa pizza pour lever les mains au ciel.

Me penchant vers elle, je pris ses mains dans les miennes pour les reposer doucement sur la table.

— Ça va, maman. Tout va bien.

— Qu'est-ce qui se passe ? demanda Sara.

— J'ai voulu vous protéger, dit ma mère. J'ai toujours voulu vous protéger, dit-elle en se levant à moitié de son siège.

— Je le sais, maman.

— C'est le rôle d'une mère de protéger son enfant.

— Bien sûr, maman. Bien sûr.

— Je n'ai jamais laissé qui que ce soit faire du mal à mes petites.

— Je le sais, maman. Rassieds-toi. Je t'en prie, rassieds-toi, dis-je en la poussant doucement vers son siège.

— Il a fallu me faire une césarienne, tu sais. Je fais une allergie au sparadrap. J'ai la peau très sensible.

— Je sais.

Ses mains se mirent à pétrir fébrilement son estomac.

— Cela me démange terriblement. Et il ne faut pas que je me gratte.

— J'ai peur, dit Sara.

— Ne t'inquiète pas, ma chérie. Mamie est juste un peu perturbée.

— N'aie pas peur, Jo Lynn, chuchota ma mère, ôtant la main de son estomac pour caresser la joue de Sara. Maman est là. Je te protégerai.

Après le dîner, nous repartîmes avec ma mère jusqu'à la voiture et nous l'installâmes sur le siège arrière. Dès que je mis le moteur en route, la radio s'alluma et de la musique country envahit l'habitacle.

— Comment peux-tu écouter une horreur pareille ? s'exclama Sara, en passant d'une station à une autre.

Des bribes de rythmes et d'accords se succédèrent sans marquer mon cerveau. Quelle importance ? me dis-je, lorsqu'un morceau de phrase accrocha mon attention.

*Il se serait échappé...*

Sara passa sur un autre poste. Du heavy-metal m'assaillit les oreilles. Elle se précipita sur une autre station. *Tu peux prendre mon cœur, mon pauvre cœur brisé...*

Elle changea encore.

— Attends une seconde. Qu'est-ce que c'était ?

— Maman, je t'en prie. Ne me demande pas d'écouter Billy Ray Cirrus.

— Pas ça. Avant. Les nouvelles.

— Je n'ai pas envie d'écouter les informations.

— Sara...

— D'accord, d'accord.

Il nous fallut plusieurs secondes avant de retrouver la station, mais le journaliste était passé à la météo. *Encore une belle journée ensoleillée pour tout le sud de la Floride.*

— Trouve une autre station.

— Qu'est-ce que tu cherches ?

— J'ai cru entendre quelque chose.

— Quoi ?

— Cherche-moi des informations, c'est tout.

Sara tomba sur un autre bulletin, et nous écoutâmes dans un silence stupéfait la relation des événements.

— *Une formidable évasion a eu lieu aujourd'hui à la prison d'État de Raiford, en Floride. Colin Friendly, condamné pour l'assassinat de treize femmes et suspecté du meurtre de plusieurs autres, s'est évadé pendant son transfert au pénitencier voisin.*

— Oh ! mon Dieu !

— *Les autorités restent très réservées quant à ce qui s'est passé, mais le condamné à mort aurait été aidé dans son audacieuse entreprise par son épouse, Jo Lynn Baker, de Palm Beach.*

— Oh ! mon Dieu, non ! Pitié !

— Jo Lynn l'a aidé à s'échapper ? demanda Sara, effarée.

— *Colin Friendly aurait assailli l'un des gardiens avec un couteau introduit clandestinement dans la prison. La police a lancé un avis de recherche à toutes les patrouilles pour le véhicule des fuyards, une Toyota rouge modèle 1987, numéro d'immatriculation YZT642, qui appartient à l'épouse du tueur. Si vous apercevez ce véhicule, vous devez prévenir la police immédiatement. Il ne faut s'en approcher sous aucun prétexte. Colin Friendly est armé et il est considéré comme extrêmement dangereux.*

— Je ne comprends pas, dit Sara. Pourquoi Jo Lynn a-t-elle fait une chose pareille ?

— Parce que c'est une débile ! m'écriai-je en martelant le volant de mes poings, heurtant accidentellement le klaxon, qui me déclencha une décharge d'adrénaline.

— *Nous répétons : Colin Friendly s'est évadé de la prison d'État de Floride, certainement en compagnie de sa femme, Jo Lynn Baker, qu'il vient d'épouser en prison. Ils se sont enfuis dans la Toyota rouge de la jeune mariée, numéro YZT642, et la dernière fois qu'ils ont été vus, ils se dirigeaient vers le nord-ouest. La police a établi des barrages dans tout l'État, et vous demande de la prévenir immédiatement si vous voyez ce couple. Ils sont armés et considérés comme extrêmement dangereux. Il ne faut s'en approcher sous aucun prétexte. Et maintenant, voici la suite de nos informations...*

— Que va-t-il se passer ? demanda Sara.

— Je ne sais pas.

— Tu crois que c'est pour ça qu'elle voulait cet argent, pour pouvoir l'aider à s'échapper ?

— On dirait bien.

— Où penses-tu qu'ils vont aller ?

— Je n'en sais rien. Au nord-ouest, a dit le journaliste. En Alabama, peut-être. Ou en Géorgie, je ne sais pas.

— Tu crois qu'elle va essayer de nous contacter ?

— Je ne sais pas.

Dieu sait si j'en avais marre de dire ça !

— Ils ne risquent pas de revenir par ici, hein, à ton avis ?

— Non, répondis-je, sachant que c'était ce qu'elle voulait entendre.

Sur la banquette arrière, ma mère se mit à pleurer.

Dès notre retour à la maison, j'appelai chez Brooke et demandai à parler à Michelle. Je voulais lui dire de rentrer à la maison en taxi ou, mieux encore, de passer la nuit chez son amie.

— Elle n'est pas là, me dit d'un ton las le frère de Brooke, qui parlait du nez et dont la voix était à peine audible avec la télé qui beuglait dans le fond.

— Comment, elle n'est pas là ?

— Elles sont parties il y a un moment.

— Tu sais où elles sont allées ?

— Je les ai entendues parler d'une soirée.

— Chez qui ? Où ?

— Je ne sais pas.

— Est-ce que je pourrais parler à ta mère ?

C'était plus un ordre qu'une question. Reste calme, essayai-je de me dire. Il n'y a pas de quoi s'inquiéter. Colin Friendly est parti vers le nord-ouest, pas le sud-est. Il n'est pas fou au point de revenir à Palm Beach. Je n'ai aucune raison de m'inquiéter.

— Je suis tout seul, me répondit le garçon.

Je me le représentai, vautré sur le canapé du salon, un sac de chips à côté de lui.

Je raccrochai sans savoir que faire.

— Ne t'inquiète pas, dit Sara. Tu connais Michelle. Elle rentrera à l'heure.

Je regardai ma montre. Il n'était que huit heures. Michelle ne devait rentrer que dans quatre heures. Allais-je pouvoir tenir jusque-là ? Je consultai mon répondeur. Il n'y avait pas de messages.

— Mais qu'est-ce qui t'inquiète tant ? demanda Sara, en me regardant d'un air effrayé.

— Je me ferais moins de souci si je savais où elle est.

Ma mère se mit à pleurer, en se balançant d'un côté sur l'autre.

— J'aimerais bien rentrer chez moi, maintenant, dit-elle.

— Tout va bien, maman. Tout va bien.

Je demandai à Sara de mettre ma mère au lit et je restai près d'elle jusqu'à ce qu'elle s'endorme. Je revins ensuite dans le séjour et j'appelai calmement la police.

— Je m'appelle Kate Sinclair, commençai-je à voix basse, pour ne pas alarmer ma fille aînée.

— Je suis désolé, dit le policier. Pourriez-vous parler plus distinctement ?

Je répétai mon nom, plus fort, puis je l'épelai.

— Je suis la sœur de Jo Lynn Baker, lui dis-je. Jo Lynn Friendly, corrigeai-je aussitôt, me représentant le policier subitement attentif au bout du fil.

— Vous êtes la sœur de Jo Lynn Friendly ? dit-il avec un petit ricanement dans la voix indiquant qu'il avait du mal à me croire.

— Oui, et j'ai très peur que Colin Friendly ne vienne ici.

— Et où donc ? demanda-t-il du même ton moqueur.

Je lui donnai mon adresse.

— Je ne plaisante pas, lui dis-je.

— Qu'est-ce qui vous fait croire que Colin Friendly va revenir à Palm Beach ?

Je lui parlai du coup de fil de Colin Friendly et de sa lettre.

— Avez-vous fait un rapport à la police à ce sujet ?

— Non, j'aurais dû le faire...

— Vous avez la lettre ?

— Je l'ai déchirée, dis-je d'un ton piteux.

— Pouvez-vous attendre une minute ?

Et il me mit en attente avant que j'aie eu le temps de protester.

Je saisis la télécommande et mis la télé. Aussitôt, le visage d'assassin de Colin Friendly couvrit l'écran, en alternance avec des enregistrements vidéo de ma sœur au tribunal.

— Où êtes-vous ? sifflai-je en direction de l'écran. Où êtes-vous, bon sang ?

Le policier revint en ligne.

— Nous vous envoyons quelqu'un, dit-il.

À une heure du matin, j'étais toujours assise à attendre devant la télévision, écoutant le récit ininterrompu des terribles forfaits de Colin Friendly, les yeux fixés sur son sourire de tueur. La police était venue et repartie. Et Michelle n'était toujours pas rentrée.

À une heure et demie du matin, je faisais les cent pas dans le séjour en me demandant si je ne devrais pas appeler Larry en Caroline. À deux heures, j'étais en larmes me demandant si je ne devrais pas appeler la police. Ils m'avaient promis de patrouiller autour de la maison, mais ils étaient convaincus que Colin Friendly se dirigeait dans la direction opposée. Jusqu'à présent, je n'avais pas vu passer une seule voiture de police.

À deux heures et demie, lorsque j'entendis enfin la clé de Michelle tourner dans la serrure, j'étais dans un tel état que je ne savais plus si je devais l'embrasser ou l'enguirlander. Alors je fis les deux. Je courus vers elle, les bras tendus, le visage en pleurs.

— Mais où étais-tu passée, bon sang ? demandai-je en la serrant si fort qu'elle ne pouvait répondre. Tu as vu l'heure ?

Elle se mit aussitôt à pleurnicher.

— Je suis désolée, maman. Nous sommes allées à une soirée et j'ai dû attendre que quelqu'un veuille bien me raccompagner.

— Tu aurais pu prendre un taxi. Ou m'appeler. Je serais allée te chercher.

— Il était si tard. Je croyais que tu dormais. Je ne voulais pas te réveiller.

— As-tu idée du souci que je me suis fait ?

— Je suis désolée, maman. Vraiment désolée.

— Il est deux heures et demie du matin.

— Ça ne se reproduira plus.

— Ça, tu peux en être sûre.

— Qu'est-ce que tu vas faire ?

— Je ne sais pas. (Une odeur familière me vint aux narines.) Tu n'aurais pas fumé par hasard ?

— Non, répondit-elle, s'écartant aussitôt de moi.

— Tu pues la cigarette.

— Il y en avait beaucoup qui fumaient à la soirée.

— Mais pas toi ?

— Pas moi. Franchement.

Je fermai les yeux, me frottai le front. Est-ce que je devenais folle ? Quelques minutes plus tôt, je mourais d'angoisse qu'il ne lui soit arrivé quelque chose. Et maintenant, j'étais retournée à l'idée qu'elle ait pu fumer. J'étais trop vieille pour tout ça, me dis-je en refermant la porte à double tour. La ménopause et les adolescentes, ça n'allait vraiment pas ensemble.

— Va te coucher. Nous réglerons cela demain matin.

— Je suis vraiment désolée, maman.

— Je sais.

— Je t'aime.

— Moi aussi, je t'aime. Plus que tout au monde. Maintenant va te coucher, dis-je en la serrant fort contre moi.

Je la suivis du regard, mes yeux las pleins de larmes. Ils finissent toujours par vous avoir, tôt ou tard, me dis-je en allant dans la cuisine me servir un verre d'eau glacée.

Je contemplai par la fenêtre le kaléidoscope d'étoiles qui scintillaient dans le ciel noir. Je cherchai la plus brillante et fis un vœu. Je voudrais que tout redevienne normal, pensai-je en revenant vers le séjour, traversant le coin-repas qui, moins de huit heures plus tard, serait maculé de sang.

# 31.

Je me déshabillai, me lavai la figure, me brossai les dents et je me couchai, la fatigue me recouvrant comme une épaisse couche de poussière. Elle s'introduisait dans mon nez et dans ma bouche, s'insinuait dans mes pores, se glissait sous ma peau, envahissait mes entrailles, comme un ver solitaire qui s'engraisse tandis que son hôte se ratatine pour finir par mourir.

Et, bizarrement, je dormis très bien. Sans rêves, sans perturbations, sans me réveiller au beau milieu de la nuit, déchirée par les regrets ou les remords. Sans penser à rien ni à personne. Ni à Larry, ni à Robert, ni à Colin Friendly, ni à Sara, ni à Michelle, ni à Jo Lynn, ni à ma mère, ni à mon père, ni à mon beau-père. À personne. Dès que ma tête se posa sur l'oreiller, un vide total se fit dans mon esprit.

Lorsque j'ouvris les yeux, il était huit heures du matin, le soleil perçait à travers mes rideaux.

Encore un jour idyllique, me dis-je, en me levant pour aller à la salle de bains. Je m'interdis de penser à quoi que ce soit tandis que je prenais ma douche et que je m'habillais. J'essayai vainement de me coiffer. Ce fut à contrecœur que je quittai le refuge de ma chambre, et je franchis le seuil de la salle de séjour avec réticence, les mains croisées sur la poitrine, comme pour tenir mon cœur à l'abri.

Je regardai la porte d'entrée fixement. De l'autre côté, il devait y avoir le journal, avec, sans aucun doute, la photo de ma sœur en première page. Je chancelai, fermai les yeux et me détournai de la porte. Je vais d'abord prendre un café, me dis-je en tendant les bras devant moi, comme pour garder la réalité à bonne distance.

Je ne sais plus à quoi j'ai pensé pendant que je préparais le café. Je devais plutôt essayer de ne pas penser, car cela ne faisait qu'empirer les choses. Ma sœur était-elle réellement impliquée dans l'évasion de Colin Friendly ? Jusqu'où irait-elle pour l'aider ? Que lui adviendrait-il quand on arrêterait Colin Friendly, ce qui arriverait forcément tôt ou tard, non ? La police judiciaire entamerait-elle des poursuites contre elle ? Irait-elle en prison ? Ou serait-elle jugée folle et forcée de se soigner ? Y avait-il la moindre possibilité que quelque chose de bon sorte de tout ce gâchis ?

Mon regard se tourna vers la télévision. Peut-être avaient-ils déjà été arrêtés tous les deux ? Combien de temps pourraient-ils se cacher ainsi ? Ce n'était pas un couple très discret. Ils auraient attiré l'attention même si leurs portraits n'avaient pas fait la une des journaux depuis des mois. Et la vieille Toyota rouge de Jo Lynn n'était pas un véhicule idéal pour des fugitifs. Ils avaient bien dû se faire repérer depuis le temps. Eh bien, mets la télé et tu le sauras, me dis-je, sans pour autant faire un geste. Quelles que soient les nouvelles, elles ne pouvaient être que mauvaises.

J'allai chercher une tasse et en choisis une en forme de flamant rose, les plumes de sa queue de porcelaine faisant office d'anse, avec Beautiful Palm Beach écrit en noir sur le côté. Je remplis la grosse tasse de café fumant et retournai dans le séjour où je m'assis doucement sur le canapé, le regard perdu vers les grandes baies vitrées qui donnaient sur le jardin. Encore une de ces journées magiques, me dis-je, où le bleu du ciel est si intense qu'on en a mal aux yeux. « Tu n'aimerais pas avoir un pull de cette couleur ? » entendis-je Jo Lynn me demander, et je sentis la tasse vaciller dans ma main. Mes doigts se crispèrent sur la queue du flamant, si fort qu'ils auraient pu la briser.

— Détends-toi, me dis-je. La journée n'est pas encore commencée.

— À qui parles-tu ? demanda une voix derrière moi.

Je sursautai et le café jaillit de ma tasse comme une éruption de lave surgissant d'un volcan. Il me brûla les mains et éclaboussa le devant de mon T-shirt jaune, faisant une tache marron qui ressemblait désagréablement à du sang séché.

— Ça va ? demanda Sara en se précipitant vers moi, pour me prendre la tasse des mains et la poser sur la table basse. Je suis désolée. Je ne voulais pas te faire peur.

— Tout va bien. J'ai seulement besoin d'un chiffon humide.

— Je vais le chercher, dit Sara qui, en une seconde, courut à l'évier et revint s'agenouiller devant moi pour frotter la tache avec un torchon mouillé. Je suis vraiment désolée, dit-elle, des larmes apparaissant au coin de ses yeux déjà gonflés.

— Ça va, Sara. Vraiment. Je vais très bien.

— Tu es sûre ?

— Oui.

— Je suis vraiment désolée.

J'étudiai son visage, toujours aussi beau malgré les yeux gonflés par le manque de sommeil. Je sentais qu'elle ne s'excusait pas seulement pour le café.

— Je sais. Je suis désolée, moi aussi.

— Je ne sais pas ce qui me prend, parfois. Je deviens vraiment mauvaise.

Je ne dis rien.

— Je t'aime, dit-elle.

— Moi aussi, je t'aime.

— C'est vrai ? demanda-t-elle d'une toute petite voix.

— Toujours.

Sara se mordilla la lèvre inférieure.

— Comment peux-tu m'aimer alors que je suis tellement odieuse ?

— Tu n'es pas odieuse, Sara.

— Michelle n'est jamais comme ça.

— Michelle est différente de toi.

— Elle est tellement posée. Elle est sûre d'elle. Elle sait ce qu'elle veut.

— Et toi, qu'est-ce que tu veux ?

— Je ne sais pas. Je ne sais rien. Je suis tellement bête.

— Tu es tout sauf stupide.

— Alors pourquoi est-ce que je fais des trucs pareils ?

— Je ne sais pas, répondis-je honnêtement. Peut-être que ça t'aiderait d'en parler à un thérapeute.

— Tu es thérapeute.

— Je suis également ta mère. Les deux sont, paraît-il, inconciliables.

Sara essaya de sourire, mais ses lèvres s'y refusèrent.

— Y a-t-il des nouvelles de Jo Lynn ?

Je secouai la tête.

— Je ne sais pas. Je n'ai pas eu le courage de chercher à le savoir.

Sara ramassa la télécommande d'un geste sec et alluma la télévision, faisant défiler toute une série de sermons du dimanche avant de trouver les informations. J'écoutai distraitement un jeune et beau présentateur me donner les dernières nouvelles du monde, qui furent suivies d'un reportage détaillé sur l'environnement. Une pichenette sur la télécommande et il fut remplacé par un autre jeune et beau présentateur. Une forte tempête de neige allait frapper le Nord-Est du pays, avec des chutes de neige qui pourraient atteindre un mètre par endroits, récitait-il tandis que des images de neige balayée par les vents emplissaient l'écran.

Et soudain la neige fondit sous le soleil de Floride, et apparut sous mes yeux une vieille Toyota rouge garée devant un motel pouilleux, et entourée d'une armée de policiers.

— Mon Dieu ! laissai-je échapper, retenant mon souffle, me penchant en avant tandis que mes mains se plantaient dans le canapé.

— Selon le rapport de la police, cette voiture serait celle qui a servi à l'évasion de Colin Friendly du pénitencier d'État de Floride, hier après-midi, commença le commentateur. Cette Toyota rouge, qui appartiendrait à Jo Lynn Baker, la toute nouvelle épouse du tueur, a été trouvée, tôt ce matin, dans un petit bois, près du motel Wayfarer, dans la banlieue de Jacksonville, en Floride.

— Jacksonville ? demanda Sara, faisant écho à mes pensées. Ils sont à peine à Jacksonville ?

— La police ignore si les fugitifs se trouvent encore dans les environs de Jacksonville, continuait le commentateur, tandis que des portraits de Colin Friendly et de ma sœur défilaient à l'écran. Elle souhaite rappeler à la population que Colin Friendly et sa femme sont armés et considérés comme excessivement dangereux. Si vous les voyez, ou si vous avez des renseignements à leur sujet, contactez immédiatement la police. Il ne faut les approcher sous aucun prétexte.

— Comment a-t-elle pu faire une chose pareille ? marmonnai-je en me renfonçant dans le canapé.

— Tu crois qu'ils vont réussir à s'échapper ?

— Non.

— Qu'est-ce qui va arriver à Jo Lynn ?

— Je n'en sais rien.

— Une nouvelle de dernière minute, reprit le commentateur, incapable de maîtriser son excitation. (Il avait dû attendre toute sa vie l'occasion de prononcer ce « Une nouvelle de dernière minute », me dis-je tandis qu'une fois de plus ma respiration se bloquait dans ma poitrine.) La police vient de confirmer la découverte, dans le bois derrière le motel Wayfarer, du corps d'un homme correspondant au signalement de Colin Friendly.

— Mon Dieu !

— Et Jo Lynn ? demanda Sara.

— Je répète : la police déclare avoir trouvé le corps d'un homme qui pourrait bien être Colin Friendly, dans un petit bois derrière le motel Wayfarer, à Jacksonville, non loin de l'endroit où a été retrouvée la Toyota rouge appartenant à Jo Lynn Baker, l'épouse du tueur. La police refuse de faire tout autre commentaire pour le moment, mais elle nous a promis un communiqué dans le cours de la journée. Restez à l'écoute pour connaître la suite des événements. Nos autres nouvelles maintenant...

— Il est mort ? s'exclama Sara. Colin Friendly est mort ?

— Je n'arrive pas à y croire.

— Tu crois que c'est Jo Lynn qui l'a tué ?

— Jo Lynn serait incapable de tuer une abeille prête à la piquer.

— Alors où est-elle ? Que lui est-il arrivé ?

— Je l'ignore. (Je me levai, puis me rassis.) Je ne sais pas quoi faire.

— À quel sujet ? demanda Michelle qui entra dans la pièce, sagement vêtue d'un short en jean et d'un chemisier vert clair. Qu'est-ce qui se passe ?

— Colin Friendly est mort et personne ne sait ce qui est arrivé à Jo Lynn, lui dit Sara.

— Quoi ? !

— Il y aura peut-être quelque chose dans le journal du matin, dit Sara. Où est-il ?

— Il est toujours dehors.

— Je vais le chercher, proposa Sara, en se dirigeant vers la porte d'entrée.

Le téléphone sonna. Michelle courut à la cuisine pour répondre. C'était Larry.

— Tu es au courant ? demanda-t-il tandis que Michelle me tendait le combiné.

— À l'instant... aux informations.

— Des nouvelles de Jo Lynn ?

— Aucune.

— D'accord. Écoute-moi, tiens bon. Je suis en route pour l'aéroport. Je suis en liste d'attente sur le premier vol. J'arrive à la maison dès que possible. Et inutile d'essayer de me faire changer d'avis.

— Dépêche-toi, fut ma seule réponse.

— Colin Friendly est mort ? répétait Michelle.

— Apparemment.

— Parfait. Qu'est-ce qu'ils disent dans le journal ? demanda Michelle en entendant la porte d'entrée s'ouvrir et se refermer.

Il n'y eut aucune réponse.

— Le journal n'est pas arrivé ? demandai-je en sortant de l'angle du coin-repas, Michelle sur mes talons.

Ce que je vis ensuite est incrusté dans mon esprit, comme des hiéroglyphes gravés sur la paroi d'une grotte : ma fille aînée, débraillée, en chemise blanche et en caleçon, tenant le journal d'une main inerte, ses cheveux multicolores lui tombant dans la figure, des larmes roulant dans sa bouche ouverte, la tête maintenue en arrière, un grand couteau pointu et effilé appuyé en travers de sa gorge.

— Oh ! le journal est bien arrivé ! dit Colin Friendly, son visage souriant appuyé contre la joue de Sara trempée de larmes, un bras enroulé fermement autour de sa taille, l'autre autour de son cou, sa main appuyant le couteau sur sa jugulaire. Mais vous savez comme ils sont, les journaux. Ils racontent n'importe quoi.

Pendant un moment, le monde parut s'arrêter : le ronronnement du réfrigérateur, le gazouillement des oiseaux dans le jardin, le sang coulant dans mes veines, ma respiration. Dans le silence irréel, je notai les étonnants yeux bleus de Colin Friendly, ses cheveux ondulés et son sourire sournois, sa chemise bleue d'un classique surprenant, son pantalon noir flottant sur ses hanches étroites, les mains puissantes qui dépassaient des manches légèrement trop longues. Et surtout les longs doigts minces enroulés autour du manche noir du couteau à scie, dont le tranchant était appuyé sur la chair tendre de ma fille.

— Qui est là ? demanda Michelle qui sortait de la cuisine.

Elle contourna l'angle du coin-repas et se figea un instant en voyant ce tableau cauchemardesque avant de bondir brusquement vers les baies vitrées donnant sur le jardin.

— Arrête ! hurla Colin Friendly. Ou je lui ouvre la gorge sur-le-champ. Tu peux me croire sur parole.

Michelle s'immobilisa aussitôt.

— C'est bien, dit Colin. Maintenant, reviens ici. Mets-toi à côté de ta maman. Voilà une bonne petite.

Michelle s'avança lentement vers moi, mettant un pied devant l'autre avec beaucoup de mal, comme si elle marchait dans de la boue. Je l'attirai contre moi, et la serrai fortement, trop effondrée pour parler, la vue de ma fille aînée avec un couteau sur la gorge me rendant aussi impuissante que si j'étais pieds et poings liés. Où était la police ? Y avait-il une chance que la voiture de patrouille ait repéré Colin Friendly tapi dans les buissons, et qu'elle ait appelé des renforts ?

— Nous vous croyions mort, dit Michelle.

Il éclata de rire.

— Ouais, eh bien, j'espérais un peu qu'on irait penser ça.

Un petit cri sortit de la bouche de Sara. De nouvelles larmes roulèrent sur ses joues.

— Je vous en prie, lâchez-la, dis-je, retrouvant ma voix, me forçant à parler.

— La lâcher ? demanda-t-il d'un ton incrédule. Vous n'y pensez pas. C'est un peu pour elle que je suis revenu ici.

— Je suis désolée, maman, gémit Sara, sans bouger les lèvres.

Colin Friendly resserra son étreinte autour de sa taille.

— N'est-ce pas mignon la façon dont toutes les petites filles appellent leur maman dès qu'elles ont des ennuis ? Wendy Sabatello a appelé sa maman en pleurant, et Tammy Fisher aussi. Oh ! et cette jeune fille à laquelle vous vous intéressiez tant, Amy Lokash, elle aussi ! Ça m'a toujours excité, vous savez.

— Vous êtes un monstre, murmurai-je.

— Ouais, mais vous l'avez toujours su, hein, maman ? J'ai eu de la chance que votre sœur ne vous croie pas.

— Où est Jo Lynn ?

— Là-bas, à Jacksonville. Elle n'a pas voulu revenir jusqu'ici.

— Elle va bien ?

Il sourit.

— Vous croyez que je pourrais faire du mal à la seule femme qui m'ait défendu, qui ait cru en moi, celle qui m'a aidé à m'évader ?

— Vous avez bien tué Mme Ketchum, lui dis-je, en me souvenant de sa voisine qui, elle aussi, avait voulu l'aider.

Un rire remplaça le sourire.

— Eh oui, je l'ai tuée !

Sara se tortilla dans les bras du tueur. Il appuya le couteau plus fort contre sa gorge. Une goutte de sang apparut.

— Oh ! mon Dieu ! murmurai-je.

— Oui, on l'aime bien celui-là, dit Colin. J'entends souvent son nom. « Mon Dieu » et « maman », ils sont ex æquo tous les deux.

— Pourquoi êtes-vous venu ici ? demanda Michelle. Qu'est-ce que vous attendez de nous ?

— C'est une petite bagarreuse, n'est-ce pas ! dit-il en me décochant un clin d'œil et un grand sourire. Je vais me régaler avec toi, ma belle. Je parie que je vais être ton premier, continua-t-il, et je dus me retenir pour ne pas vomir. Et le dernier.

Il éclata de rire, visiblement ravi du pouvoir qu'il avait sur nous. Il n'avait pas bégayé une seule fois, constatai-je.

— C'est pour ça que je suis là, ma chérie, poursuivit-il. C'est ça que j'attends de vous. De vous toutes, même de maman. (Sa voix était comme un lasso qui nous encerclait, nous attachait toutes ensemble et nous tirait jusqu'à lui.) Je ne pense qu'à ça depuis que je suis en prison. Je me suis nourri de ça, c'est ce qui m'a aidé à tenir. Sans oublier, bien sûr, ma boîte à trésors qui m'a beaucoup manqué.

— Votre boîte à trésors ? répétai-je, en me demandant si la police était dans les parages, essayant de gagner du temps.

— Ouais, la boîte dans laquelle je garde tous mes petits souvenirs : le bracelet que Tammy portait à la cheville, le slip de Marie Postelwaite, la barrette rouge d'Amy Lokash. Elle est pleine de choses très intéressantes. Je l'ai enterrée dans le jardin du vieil immeuble où j'habitais à Lantana. Je ne devrais pas avoir trop de mal à la retrouver, surtout si la police est convaincue que je suis parti vers le nord.

— Comment êtes-vous venu ici ?

— Eh bien, il m'était difficile de prendre la poubelle de votre sœur, elle était aussi voyante qu'une voiture de pompiers. Alors, j'en ai emprunté une autre à un mec. Ça lui était égal. D'ailleurs qu'est-ce qu'un mort pourrait bien faire d'une voiture ? ajouta-t-il avec un grand sourire. C'est le type qu'ils ont retrouvé dans le bois. Celui qu'ils prennent pour moi. Sans doute parce que je lui ai un peu refait le portrait. Et il a eu la gentillesse de changer de vêtements avec moi avant de mourir.

Un petit gémissement emplit la pièce et Sara s'affaissa dans les bras de Colin.

— Ce n'est pas le moment de me tomber dans les bras, fillette, dit-il. Pas encore.

Il passa le couteau sous le menton de Sara, d'un geste de barbier. Un petit son étouffé, entre un hoquet et un soupir, s'échappa des lèvres de Sara.

— Vous avez entendu ? Ce mignon petit cri ? Vous devez tenir ça de famille. Votre sœur a eu le même. Juste avant que je lui écrase le nez.

— Oh ! mon Dieu !

— Encore lui !

— Vous avez tué ma sœur ?

Mes yeux se remplirent de larmes. Je ne voyais plus rien. J'essayai de chasser mes pleurs mais la pièce restait floue, les objets débordaient les uns sur les autres, comme de l'encre sur du papier mouillé. Je vis Colin Friendly, ses cheveux ondulés se mélangeant aux racines sombres de Sara, la pâleur de sa peau se fondant à la blancheur de la chemise de ma fille, le couteau dansant dangereusement sur sa gorge, au point que j'avais l'impression qu'il y avait plusieurs couteaux, plusieurs gorges. La pièce bougeait dans tous les sens, elle n'avait plus ni perspective ni équilibre. Elle menaçait de se retourner, de s'écrouler, de disparaître.

— Non, je n'ai jamais dit qu'elle était morte, répondit-il d'un ton égal. J'ai seulement dit que je lui avais cassé le nez.

— Qu'est-ce que vous lui avez fait ?

— C'est drôle comme les gens réagissent quand ils sentent qu'ils vont mourir, poursuivit Colin comme si je n'avais rien dit. Il y en a qui paniquent, qui se mettent à hurler, qui se décomposent complètement. Et il y a ceux qui essaient de raisonner avec vous. Vous jouez avec eux un moment, vous leur laissez croire qu'ils vont vous avoir, ils se détendent un peu, ils reprennent espoir et arrive ce moment merveilleux où ils comprennent que vous allez les tuer de toute façon, et vous voyez l'espoir sombrer dans leur regard, comme un bateau dans l'océan. C'est en général à ce moment-là qu'ils commencent à supplier.

Il se mit à rire, d'un caquètement de maniaque qui fendit l'air comme une machette.

— Je crois que c'est le moment que je préfère.

Il se balança, le regard rêveur, comme s'il en savourait le souvenir.

— Ils vous donnent toutes sortes de raisons de ne pas les tuer, ils veulent vivre, ils sont jeunes, ils ont toute la vie devant eux, ils ont des enfants ou une vieille mère dont ils doivent s'occuper. Ce genre de boniment. Janet McMillan, elle, pleurait pour ses deux mômes, et votre amie, Amy Lokash, elle s'inquiétait pour sa mère. Hé ! Vous voulez toujours savoir où elle est ? demanda-t-il brusquement, continuant avant que je puisse répondre. Vous vous souvenez quand je vous ai envoyée sur une fausse piste, au lac Osborne ?

Je hochai la tête.

— Eh bien, elle n'était pas si fausse que ça. Amy est bien là-bas. Mais pas dans l'eau. Je l'ai enterrée à côté de la petite maison qu'ils ont construite pour les enfants du camp d'été. Vous avez dû la voir.

— Je l'ai vue, reconnus-je, revoyant très bien le petit chalet entouré d'arbres.

— D'ici à deux mois, les enfants danseront sur sa tombe.

Une fois de plus, mes yeux s'emplirent de larmes, pour Amy, sa mère, mes filles, moi. Jo Lynn.

— Avez-vous tué ma sœur ?

— Si je l'ai fait, c'est qu'elle le méritait. Elle faisait tout de travers. Elle ne m'a pas apporté un sou de l'argent qui se cache ici, l'argent que vous allez gentiment me donner avant que je m'en aille.

— L'avez-vous tuée ?

— Ouais, je l'ai tuée. Et vous savez, elle ne m'a pas supplié, elle n'a pas essayé de discuter pour me faire changer d'avis. Elle a juste poussé ce petit cri si mignon et elle m'a regardé avec ses grands yeux verts comme si elle avait toujours su que ça finirait ainsi. Elle n'a pas été aussi drôle à tuer que vous le serez toutes les trois.

Sans relâcher son emprise sur ma fille, il réussit à plonger une main dans la poche de son pantalon et en extirpa l'alliance que ma sœur s'était achetée et qu'elle avait portée avec tant de provocation et de fierté.

— Pour ma boîte à trésors, dit-il.

J'essayai de contenir ma panique grandissante, de trouver un moyen de protéger mes filles de ce monstre. Il était évident que la police n'allait pas venir à notre secours. Mais nous étions trois, me disais-je, et il était tout seul. Et même s'il tenait un couteau sur la jugulaire de ma fille, nous n'étions qu'à quelques pas de la cuisine et de nos propres couteaux. Il existait peut-être un moyen de le distraire, de le maîtriser, de le surprendre avant qu'il ait le temps de réagir, avant qu'il plonge son couteau dans la gorge de Sara.

Et alors je la vis. Je ne perçus d'abord, du coin de l'œil, qu'un mouvement, qui se transforma en une ombre, qui prit progressivement forme en trois dimensions, avec ses cheveux gris aplatis par l'oreiller, sa robe de chambre passée négligemment, ses chaussons qui ne faisaient aucun bruit tandis qu'elle se glissait derrière Colin Friendly, le regard clair et précis.

— Mamie ! ne put s'empêcher de crier Michelle.

— Quoi ? s'exclama Colin Friendly en se tournant précipitamment.

Et alors tout explosa.

Je ne vis le club dans la main de ma mère que lorsqu'il fendit l'air pour s'abattre sur la tête de Colin Friendly dans un craquement d'os brisés. Il la percuta de côté, poussant littéralement une pommette dans l'autre, le scalpant presque. Le sang jaillit de son oreille droite. Je plongeai sur Sara, qui hurlait, pour l'arracher aux bras de Colin Friendly au moment où celui-ci titubait et laissait échapper son couteau sous l'impact du club qui s'abattait une seconde fois sur sa tête, avec encore plus de férocité, lui brisant la mâchoire. Les dents jaillirent de sa bouche comme des grains de maïs, le sang coulait de son menton comme d'une fontaine. Le club s'abattit à nouveau, avec une précision diabolique, juste au milieu du visage, et le tueur tomba à genoux, dans une flaque de sang, le nez brisé. Il se tourna vers l'endroit où nous étions blotties, mes filles et moi, et essaya de rire, mais au lieu d'un son, ce fut un flot de sang qui sortit de ses lèvres. Et il s'écroula alors à nos pieds.

Je courus vers ma mère qui laissa échapper le club, et je l'embrassai en la serrant tendrement contre moi.

— Je vous protégerai, murmura-t-elle, tandis que Michelle et Sara nous prenaient à leur tour dans leurs bras et nous serraient de toutes leurs forces. Je vous protégerai.

Le temps que la police arrive, le regard de ma mère s'était voilé. Elle accueillit les policiers avec un sourire poli, et s'assoupit contre moi pendant que j'essayais de leur raconter ce qui s'était passé.

# 32.

Les médias s'en donnèrent à cœur joie. Pendant les semaines qui suivirent, nous fûmes littéralement assiégés par une horde de journalistes venus du monde entier. Des caméras de télévision surgirent sur notre pelouse, poussant comme du lierre autour de la maison, escaladant les fenêtres, se tapissant dans le moindre recoin. Partout où nous allions, des micros surgissaient devant nos bouches, des flashes nous explosaient à la figure, les gens chuchotaient dans notre dos. Nous passions notre temps à répondre « Je n'ai rien à dire » aux centaines de questions qu'on nous posait. C'était plus facile que d'expliquer que nous n'avions pas de réponses.

Encore maintenant, quatre mois après, je n'ai pas de réponses. Je cherche toujours à comprendre ce qui s'est passé.

La seule chose dont je sois certaine c'est que ma sœur est morte.

Au début, j'ai refusé d'y croire. Je me disais que Colin Friendly m'avait menti, une fois de plus, qu'il s'était joué de moi, qu'il m'avait tourmentée sadiquement et qu'en fait, Jo Lynn était saine et sauve, qu'elle avait réussi à se faufiler hors de son lit au milieu de la nuit, qu'elle était peut-être même cachée dans le petit bois, derrière le motel Wayfarer, près de Jacksonville. Et même si Colin

Friendly disait la vérité, avais-je été jusqu'à penser, Jo Lynn était une femme solide et elle avait bien dû survivre à sa sauvage agression d'une manière ou d'une autre. Elle devrait sans doute passer quelques semaines à l'hôpital pour se remettre de ses blessures, mais elle se rétablirait. Et même lorsque la police déclara avoir retrouvé le corps d'une femme dans la chambre seize de l'infect motel, je me dis que ce n'était pas Jo Lynn. La police s'était déjà trompée : elle avait bien pris le corps de l'homme trouvé dans les bois pour celui de Colin Friendly. Elle devait se tromper une fois de plus, essayai-je de me convaincre. Jusqu'à ce qu'il ne me soit plus possible de nier les faits.

Je me rendis à la morgue mais on refusa de me laisser voir son corps, on ne voulut même pas me montrer de photographie. Elle avait un grave traumatisme au visage, expliqua le policier, alors que je ne l'écoutais plus, ayant déjà entendu ce genre d'explications. Se souvenaient-ils de moi ? me demandai-je distraitement, en me remémorant ma visite avec Donna Lokash. J'étais loin de me douter, à cette époque, quand je regardais, bouleversée, la photographie de l'adolescente étendue sur la table, qu'un jour ce serait ma sœur qui y serait allongée. Ou me mentais-je à moi-même, là encore ? Ne le savais-je pas, d'une certaine manière, depuis le début ?

Et aujourd'hui, je me demande ce que je savais réellement. Avais-je compris, tout au fond de moi, ce qui s'était passé entre mon beau-père et Jo Lynn, il y a bien longtemps ? J'avais certainement eu tous les indices pour reconstituer le puzzle qu'était ma sœur. En y réfléchissant aujourd'hui, il me paraît inconcevable que j'aie pu les manquer. Jo Lynn n'arrêtait pas de lancer des allusions. Il ne me restait plus qu'à me pencher pour les ramasser. Avais-je pu les ignorer délibérément ?

Quelle belle thérapeute tu fais ! m'avait jeté Sara, et peut-être avait-elle raison. Étant donné ma profession, j'aurais dû deviner. Si Jo Lynn avait été une patiente, et non pas ma sœur, j'aurais, au moins, soupçonné la vérité.

Mais comme on dit, les enfants du cordonnier sont toujours les plus mal chaussés. Cela me touchait de trop près.

Finalement, l'identité de ma sœur fut établie grâce à ses empreintes et son corps fut incinéré. Tu es poussière et tu redeviendras poussière. Pendant un certain temps, ce fut comme si elle n'avait jamais existé, comme s'il n'y avait jamais eu cette créature exotique nommée Jo Lynn. Et je crois que je ne pourrai pas m'approcher plus de la vérité. Parce que du jour où mon beau-père a posé ses sales mains sur elle, la vraie Jo Lynn, celle qui était née Joanna Linda, a cessé d'exister. Sa place a été prise par une jeune femme perturbée, avec le goût du drame et très peu d'estime de soi, une femme qui a appris dès son enfance qu'être maltraitée c'était être aimée.

Une chose est sûre : Jo Lynn n'a jamais connu la sécurité auprès d'un homme. Ni avec son père ni avec aucun de ses trois maris, qui ont tous appliqué les concepts acquis dans son enfance : que l'on a le droit de faire du mal à ceux que l'on aime, que les hommes dangereux sont les plus séduisants, que les poings sont plus convaincants que les mots tendres. Colin Friendly n'était que la suite logique des hommes qui l'avaient précédé. On pourrait même dire que son mariage avec lui était bien dans l'optique de toutes les décisions que Jo Lynn a pu prendre.

Cela suffit-il à expliquer pourquoi elle s'est jetée au cou d'un homme qui avait autant envie de la tuer que de la regarder, c'est le cas de le dire ? Avait-elle, ainsi que le proclament les journaux, à ce point besoin d'attention, de publicité, d'amour ?

Je ne le crois pas. Je pense que c'est une explication trop simpliste de son comportement et qu'elle passe à côté du problème.

Si bizarre que cela puisse paraître, je crois que ma sœur pensait pouvoir contrôler Colin Friendly. Il était en prison, après tout, condamné à mourir sur la chaise électrique. Même s'il réussissait à échapper à la mort, il resterait toute sa vie derrière les barreaux. D'une façon subtile, mais tout à fait réelle, cela faisait de ce tueur démoniaque l'un des hommes les plus inoffensifs que ma sœur ait croisés.

Ou peut-être s'était-elle imaginé pouvoir le sauver ? Peut-être pensait-elle qu'en l'aimant passionnément, qu'en croyant en lui très fort et qu'en le soutenant avec ardeur, elle finirait par le sauver, et qu'en le sauvant elle se sauverait elle-même.

Y avait-il quoi que ce soit qui aurait pu la sauver ? Aurais-je pu faire quelque chose ?

Je pense que non, mais finalement, c'est bien là mon problème : je pense trop. Et qu'en est-il de ce que je ressens ? C'est la question que je pose sans arrêt à mes patients : Que ressentez-vous ?

Eh bien, qu'est-ce que je ressens ?

J'ai envie de prendre toute la vaisselle dans le placard pour la jeter sur le carrelage et la regarder se briser en mille morceaux. J'ai envie de me mettre au milieu de la rue, de crier à m'éclater les poumons, en défiant les voitures de me renverser. J'ai envie de courir à toute vitesse, jusqu'à ce que mes jambes se dérobent, que mon corps demande grâce, et me remettre à crier. Je me sens impuissante. Révoltée. Frustrée. Et je me sens triste. Tellement triste. La tristesse emplit mes poumons, comme de l'eau. J'ai l'impression de me noyer. J'ai peur. Jo Lynn m'a abandonnée. Elle était imprévisible et sauvage et juste un peu folle. Et tant qu'elle était tout ça, je n'avais pas besoin de l'être moi-même. Je jouais sur du velours, je pouvais être la gentille petite fille raisonnable face à ses excentricités. Et maintenant qu'elle a disparu, je me sens comme si un animal sauvage m'avait arraché le flanc. Une partie de moi-même a disparu.

Je n'ai jamais dit à ma sœur que je l'aimais. Et elle ne me l'a jamais dit non plus.

Comment deux sœurs qui se connaissaient si bien l'une l'autre pouvaient-elles avoir une telle méconnaissance d'elles-mêmes ?

Je n'ai pas la réponse. La dame qui sait tout ne sait rien. Que vont penser mes patients ?

En fait, je n'ai plus de patients. J'ai décidé de prendre un peu de repos, peut-être un an, peut-être plus. Pour faire le point, je crois que c'est ce qu'on dit habituellement. Je n'ai jamais cessé de travailler depuis l'obtention de mon diplôme universitaire, et j'ai besoin d'une pause. Même si, pour être tout à fait honnête, ce congé sabbatique m'est imposé par des forces extérieures et non le fruit d'une détermination personnelle. Dans les jours qui ont suivi le drame et la publicité qui en a été faite dans les médias, la plupart de mes patients se sont décommandés. Ce dont je ne les blâme pas. C'est dur de confier sa vie à une thérapeute qui ne sait pas contrôler la sienne.

Évidemment, tous les projets d'émission de radio n'ont jamais abouti. Robert m'a appelée pour me dire que le conseil d'administration de la station avait décidé, à la lumière des récents événements, que ce n'était sans doute pas le moment idéal pour moi de me lancer dans une carrière aussi publique. Il me parla de la crédibilité de la radio n'osant pas me dire qu'en fait, c'était la mienne de crédibilité qui était sérieusement atteinte. Il n'a pas dit un mot sur ce qui s'était passé (enfin plutôt sur ce qui ne s'était pas passé) au Breakers. Il me réitéra ses amitiés. Je fis de même.

Hier, je cherchais une station à la radio, et je suis tombée sur la fin de l'interprétation insipide de Faith Hill de *Take Another Little Piece of my Heart*, immédiatement suivie par une voix rauque qui m'était vaguement familière.

— Nous parlons de peines de cœur aujourd'hui sur WKEY-FM. Notre standard est ouvert. Si vous voulez nous parler de la dernière fois que vous avez perdu un petit morceau de votre cœur, ou si vous voulez des conseils pour le retrouver, ou si vous voulez simplement écouter une chanson à ce sujet, appelez-moi tout de suite. Ici Melanie Rogers. Je suis là pour vous aider.

Je me souvins alors de la rousse aux yeux d'émeraude et à la voix ensorcelante que j'avais croisée dans le bureau de Robert. « Laisse-moi te présenter une vieille amie, avait dit Robert en guise d'introduction. Melanie Rogers, voici Kate Sinclair. Nous nous connaissons depuis très, très longtemps. » Depuis le lycée et Sandra Lyons, me dis-je, en m'apercevant que certaines choses ne changeront jamais.

Il me paraît inconcevable aujourd'hui que j'aie pu mettre en péril mon mariage avec Larry pour quelqu'un comme Robert. La vérité, c'est que j'aime mon mari et que je l'ai toujours aimé. Je ne peux pas imaginer vivre sans lui. Depuis quelque temps, Larry et moi envisageons de quitter la Floride pour retourner à Pittsburgh. Nous ne nous sommes jamais fait de véritables amis ici et Larry regrette les saisons bien marquées. Il dit qu'il joue comme un pied au golf et que, de toute façon, il ne peut plus voir un club sans penser à ma mère et à Colin Friendly.

Je n'arrive toujours pas à me faire à l'idée que Colin Friendly a survécu à ses blessures, alors que je ne devrais pas être surprise. Les gens comme lui survivent toujours. Ce sont les innocents qui succombent. J'ai lu dans le journal l'autre jour que la cour suprême de Floride venait de rejeter sa dernière demande de sursis à l'exécution. Si je me souviens bien de ce que Jo Lynn m'a dit, il lui reste encore la cour fédérale de grande instance, la onzième cour d'appel d'Atlanta, et la cour suprême des États-Unis. La procédure est très lente. Cela pourra prendre des années.

Ma mère est dans une maison de retraite pour personnes dépendantes maintenant, et elle est une célébrité là-bas, bien qu'elle ne semble pas comprendre pourquoi on s'intéresse tant à elle. Elle n'a plus dit un mot depuis le matin où elle a frappé Colin Friendly à coups de club, et je suis presque certaine qu'elle ne s'en souvient pas. Je ne suis même pas sûre qu'elle sache encore qui je suis, bien qu'elle paraisse toujours contente de me voir quand je vais lui rendre visite.

Sara et Michelle m'y accompagnent souvent. Les cheveux de Sara ont retrouvé leur brun naturel, sa garde-robe présente une combinaison originale entre tenues olé olé et style hippie. Michelle a découvert le noir. Elles sont devenues très proches de moi ces derniers temps, ce qui, ma foi, est assez normal vu ce que nous avons vécu. J'en savoure chaque seconde, parce que je sais que ça ne va pas durer. Il m'est arrivé plusieurs fois, dernièrement, de sentir des relents de cigarette dans l'haleine de Michelle, et parfois de l'impatience dans le ton de Sara. Je sais qu'elles se préparent à reprendre leur vie. Je rassemble mes forces en vue de ce moment-là, sachant que, quelle que soit la voie qu'elles choisissent, ce sera hors de mon contrôle. Je ne peux les protéger éternellement. Je ne peux que leur dire combien je les aime.

Nous suivons une thérapie qui nous a beaucoup aidées. Nous y allons ensemble ou individuellement. Après avoir passé des années à écouter les problèmes des autres, je redécouvre le plaisir de parler des miens. Mais le chemin est long avant que tout redevienne normal, et je sais que cela prendra du temps. Je suis tout simplement reconnaissante de l'avoir encore, ce temps-là. Pour des gens comme Donna Lokash, il est passé à jamais.

La police a découvert les restes d'Amy Lokash enfouis au camp d'été du parc John Prince, exactement à l'endroit indiqué par Colin Friendly, et elle a également retrouvé sa boîte à trésors, remplie d'objets appartenant à chacune de ses victimes, tous soigneusement étiquetés avec le nom de la victime et la date de sa mort. Dix-neuf en tout, dont un bigoudi appartenant à sa mère et une croix en argent qui était autrefois au cou de Rita Ketchum.

La police peut donc désormais établir un lien entre Colin Friendly et la disparition de six autres femmes. Six cas résolus de plus.

Entre parenthèses, je viens juste d'entendre aux informations qu'on avait retrouvé Millie Potton. Elle claudiquait, en petite tenue, sur la plage de Riviera Beach, couverte de coups de soleil et complètement perdue, mais saine et sauve. Je suis contente. Je m'inquiétais pour elle.

Je crois que c'est tout. Je vais certainement éliminer certaines révélations un peu trop intimes avant de remettre ce rapport à la police. Je ne suis pas sûre que ce soit ce qu'ils attendaient. Mais j'ai essayé de leur exposer la situation, le contexte, et de leur fournir certaines explications. J'ai fouillé ma mémoire et mis mon âme à nu. Je suis sûre qu'il me manque encore des fragments. Mais j'ai fait de mon mieux. J'espère que cela servira à quelque chose.

Et de toute façon, il est temps de ramasser les morceaux. Et de repartir de zéro.

# Remerciements

*Je souhaite remercier les responsables du pénitencier et de la prison de l'État de Floride, qui m'ont communiqué de précieux renseignements. Je remercie aussi tout spécialement le personnel du département médico-légal du comté de Palm Beach qui m'a si gentiment consacré son temps. Lawrence L. Lewis, bénévole au tribunal du comté de Palm Beach, a orienté mes recherches, m'a donné des brochures utiles et une tasse de café, fort agréable après une dure journée.*

*Merci à Janet Tanzer et Sally Muir, deux extraordinaires thérapeutes familiales, dont l'esprit et la sagesse ont changé ma vie.*

*Merci encore à mes filles Shannon et Annie, sans qui ce livre n'aurait pu être écrit.*

*Et enfin, merci à mon mari, Warren, pour tout.*

## Pour mieux connaître l'auteur

Joy Fielding n'a pas froid aux yeux. Avant de se diriger vers l'écriture, elle rêvait d'être comédienne. Elle a commencé par monter sur les planches et a joué dans une vingtaine de pièces de théâtre. On peut la voir également dans le plus simple appareil dans un film d'étudiants projeté aujourd'hui dans les salles d'art et d'essai au Canada.

Après ses études universitaires à Toronto, dont elle est originaire, elle partit s'installer à Los Angeles, bien décidée à devenir une vedette. « Mais, raconte-t-elle avec humour, j'ai surtout travaillé comme employée de banque et, au lieu de l'Oscar que j'espérais, je me suis vu décerner un prix récompensant la meilleure caissière. » Elle décrocha néanmoins un rôle de figuration dans un long métrage et a bien failli être sélectionnée pour jouer le personnage de la fille aînée dans *Un violon sur le toit*. « Le problème, se souvient-elle, c'est qu'ils m'ont demandé de chanter. C'est là que les choses se sont gâtées... »

De retour à Toronto, Joy Fielding a joué dans une série télévisée et a commencé à écrire des scénarios pour CBC-TV. Parallèlement, travaillant comme conseillère d'orientation dans un lycée d'enseignement professionnel, elle a publié un rapport critique sur le système scolaire qui a fait la une des journaux et a manqué de lui valoir un procès en diffamation. C'est à cette occasion qu'elle a rencontré l'homme qu'elle allait épouser, un avocat, à qui elle est mariée depuis plus de vingt ans.

Joy Fielding a publié son premier roman en 1972. Il a été suivi de dix autres. « J'aime écrire, dit-elle, parce que c'est le seul moment de ma vie où je maîtrise complètement les situations. Personne ne dit ou ne fait quelque chose que je n'ai pas demandé mais je dois reconnaître que cette maîtrise est illusoire car il arrive un stade où les personnages de mes romans me dictent malgré moi ce qu'ils doivent dire ou faire. »

Son talent pour dépeindre la vie de femmes en danger, menacées dans leur bonheur et leur équilibre quotidien par des individus en rupture avec la société, a fait de Joy Fielding un auteur à succès dans le monde entier. Ses lecteurs s'identifient aux personnages et aux situations de ses romans, à tel point qu'un homme lui a écrit pour lui dire qu'après avoir lu un de ses livres, il a ramené à son ex-femme leurs enfants qu'il avait kidnappés.

Joy Fielding, qui a beaucoup voyagé à travers le monde, notamment en Chine, en Inde, au Moyen-Orient, en Europe et dans toute l'Amérique du Nord, vit aujourd'hui à Toronto avec son mari et ses deux filles, et passe une partie de l'année à Palm Beach, en Floride.

**Du même auteur, France Loisirs a publié :**

*Qu'est-ce qui fait courir Jane*
*Ne me racontez pas d'histoires*

## Comment est né *Vies éclatées*

« Il est toujours difficile de dire précisément comment naît un livre, c'est un peu comme la question de l'œuf et la poule. Les idées surgissent de tous les côtés : des

(Photo : © W. Seyffert)

événements qui se produisent dans ma vie ou dans celle de mes amis ; des journaux et des magazines ; de choses dont j'entends parler ; de ce qui me tracasse à un moment donné. Certaines idées sont plus fortes que d'autres. Elles s'incrustent, me trottant dans la tête pendant des années jusqu'à ce que je leur trouve une place, ou plutôt jusqu'à ce qu'elles finissent par s'imposer d'elles-mêmes. *Vies éclatées* a suivi le même cheminement. Je m'intéressais depuis longtemps aux femmes qui s'attachent à des hommes épouvantables, particulièrement à ces femmes à propos desquelles il m'est arrivé de lire dans les journaux qu'elles poursuivaient assidûment des criminels emprisonnés pour des meurtres en série. Mais je n'avais aucune place dans mes romans pour ce genre de personnage — ou tout au moins c'est ce que je croyais. J'ai décidé que j'allais écrire un livre dont l'héroïne serait une thérapeute familiale. En tant que femme ayant eu recours à la thérapie, et en ma qualité de mère de deux filles âgées de 21 et 18 ans, je me suis dit que c'était un sujet avec lequel je me sentirais à l'aise. Je sais combien la réussite d'un mariage exige d'efforts au quotidien ; je connais les difficultés qu'il faut affronter pour élever des filles au moment de l'adolescence. Comme tout le monde, j'appréhende de vieillir et j'ai des amies qui sont confrontées à d'énormes problèmes avec des parents âgés et parfois infirmes. En un mot comme en cent, je sais ce que c'est que de rêver d'une vie plus facile. Mais il me fallait un peu plus, et mon roman a réellement pris tournure lorsqu'une femme que je connais en Floride, un agent immobilier, m'a demandé de lui faire le plaisir de donner son nom à l'une des héroïnes de mon prochain livre. Elle s'appelle Jo Lynn. Une fois que j'ai eu le nom, le personnage a pris corps : Jo Lynn Baker, la demi-sœur de Kate Sinclair, une femme obsédée par le beau tueur en série Colin Friendly. Une fois ce dernier élément établi, mon roman s'est pratiquement écrit tout seul. »

*Aubin Imprimeur*
LIGUGÉ, POITIERS

Cet ouvrage, composé
par Nord-Compo (Lille),
a été imprimé sur du papier bouffant sans bois et sans acide Lac 2000
de la papeterie Salzer
par Aubin Imprimeur (Ligugé-Poitiers)
et relié par la Nouvelle Reliure Industrielle (Auxerre)
pour France Loisirs

N° d'édition 29170 / N° d'impression L 54904

Dépôt légal, novembre 1997

*Imprimé en France*